ZHONGGUO XIAOSHUO
100 QIANG

中国小说100强（1978—2022）

浪漫的黑炮

张贤亮 著

北京联合出版公司
Beijing United Publishing Co.,Ltd.

图书在版编目（CIP）数据

浪漫的黑炮 / 张贤亮著. -- 北京 ：北京联合出版公司，2023.9

（中国小说100强）

ISBN 978-7-5596-7177-6

Ⅰ.①浪… Ⅱ.①张… Ⅲ.①长篇小说－中国－当代 Ⅳ.①I247.5

中国国家版本馆CIP数据核字(2023)第150855号

浪漫的黑炮

作　　者：张贤亮
出 品 人：赵红仕
出版监制：张晓冬　范晓潮
责任编辑：徐　樟
特约编辑：和庚方　张　颖
封面设计：武　一

北京联合出版公司出版
（北京市西城区德外大街83号楼9层　100088）
北京兴星伟业印刷有限公司印刷　新华书店经销
字数232千字　650毫米×920毫米　1/16　24.5印张
2023年9月第1版　2023年9月第1次印刷
ISBN 978-7-5596-7177-6
定价：68.00元

版权所有，侵权必究
未经书面许可，不得以任何方式转载、复制、翻印本书部分或全部内容。
本书若有质量问题，请与本公司图书销售中心联系调换。
电话：010-65868687

中国小说100强（1978—2022）丛书

编委会

丛书总策划

张　明　　著名出版人
张　英　　资深媒体人

编委主任

吴义勤　　中国作协副主席
　　　　　中国小说学会会长

编　委

吴义勤　　中国作协副主席、中国小说学会会长
宗仁发　　《作家》杂志主编
谢有顺　　中山大学教授、中国小说学会副会长
顾建平　　《小说选刊》副主编
张　英　　资深媒体人
文　欢　　作家、出版人

总　序

"中国小说100强"（1978—2022）是资深出版人张明先生和腾讯读书知名记者张英先生共同策划发起的一套大型文学丛书。他们邀请我和宗仁发、谢有顺、顾建平、文欢一起组成编委会，并特邀徐晨亮参与，经过认真研讨和多轮投票最终评定了100人的入选小说家目录。由于编委们大多都是长期在中国文学现场与中国文学一路同行的一线编辑、出版家、评论家和文学记者，可以说都是最专业的文学读者，因此，本套书对专业性的追求是理所当然的，编委们的个人趣味、审美爱好虽有不同，但对作家和文学本身的尊重、对小说艺术的尊重、对文学史和阅读史的尊重，决定了丛书编选的原则、方向和基本逻辑。

从文学史的角度来说，1978年以后开启的新时期文学是中国当代文学的黄金时代，不仅涌现了一批至今享誉世界的优秀作家，而且创造了许多脍炙人口的文学经典，并某种程度上改写了20世纪中国文学史的版图。而在中国新时期文学的经典家族中，小说和小说家无疑是艺术成就最高、影响力最大的部分。"中国小说100强"（1978—2022）就是试图将这个时期的具有经典性的小说家和中国小说的经典之作完整、系统地筛选和呈现出来，并以此构成对新时期文学史的某种回顾与重读、观察与评判。呈现在读者面前的这套丛书是对1978—2022年间中国当代小说发展历程的一次全面、系统的整体性回顾与检阅，是中国当代文学经典化的重要成果，从特定的角度集中展示了中国新时期文学在小说创作方面的巨大成就。需要说明的是，与1978—2022年新时期文学繁荣兴盛的局面相比，100位作家和100本书还远远不能涵盖中国当代小说的全貌，很多堪称经典的小说也许因为各种原因并未能进入。莫言、苏童、余华等作家本来都在编委投票评定的名单里，但因为他们已与某些出版社签下了专有出版合同，不允许其他出版社另出小说集，因而只能因不可抗原因而割爱，遗珠之憾实难避免，而且文学的审美本身也是多元的，我们的判断、评价、选择也许与有些读者的认知和判断是冲突的，但我们绝无把自己的标准强加于别人的意思。我们呈现的只是我们观察中国这个时期当代小说的一个角度、一种标准，我们坚持文学性、学术性、专业性、民间性，注重作家个体的生活体验、叙事能力和艺术功力，我们突破代际局限，老、中、青小说家都平等对待，王蒙、冯骥才、梁晓声、铁凝、阿来等名家名作蔚为大观，徐则臣、阿乙、弋舟、鲁敏、林森等新人新作也是目不暇接，我们特别关注文学的新生力量，尤其是近10年作品多次获国家大奖、市场人气爆棚的新生代小说家，我们禀持包容、开放、多元的审美立场，无论是专注用现实题材传达个人迥异驳杂人生经验、用心用情书写和表现时代精神的现实主义作家，还是执着于艺术探索和个体风格的实验性作家，在丛书里都是一视同仁。我们坚信我们是忠实于自己的艺术理想、艺术原则和艺术良心的，但我们并不认为自己的角度和标准是唯一的，我们期待并尊重各种各样的观察角度和文学判断。

当然，编选和出版"中国小说100强"（1978—2022）这套大型丛书，除了上述对文学史、小说史成就的整体呈现这一追求之外，我们还有更深远、更宏大的学术目标，那就是全力推进中国当代文学"经典化"的历程和"全民阅读·书香中国"建设。

从 1949 年发端的中国当代文学已经有了 70 多年的发展历程，但对这 70 多年文学的评价一直存在巨大的分歧，"极端的否定"与"极端的肯定"常常让我们看不到当代文学的真相。有人认为中国当代文学达到了前所未有的高度和水平。王蒙先生在法兰克福书展上就说：中国当代文学现在是有史以来最繁荣的时期。余秋雨、刘再复甚至认为中国当代文学的成就远远超过了现代文学。也有人极端否定中国当代文学，认为中国当代文学都是垃圾。他们认为现代文学要远远超过当代文学，中国当代文学连与现代文学比较的资格都没有。比如说，相对于鲁（迅）、郭（沫若）、茅（盾）、巴（金）、老（舍）、曹（禺）这样大师级的人物，中国当代作家都是渺小的侏儒，根本不能相提并论，两者比较就是对大师的亵渎。应该说，与对中国当代文学的肯定之声相比，对当代文学的否定和轻视显然更成气候、更为普遍也更有市场。尽管否定者各自的角度和出发点不同，但中国当代作家、作品与中外文学大师、文学经典之间不可比拟的巨大距离却是唱衰中国当代文学者的主要论据。这种判断通常沿着两个逻辑展开：一是对中外文学大师精神价值、道德价值和人格价值的夸大与拔高，对文学大师的不证自明的宗教化、神性化的崇拜。二是对文学经典的神秘化、神圣化、绝对化、空洞化的理解与阐释。在此，我们看到了一个非常有趣的悖论：当谈论经典作家和文学大师时我们总是仰视而崇拜，他们的局限我们要么视而不见要么宽容原谅，但当我们谈论身边作家和身边作品时，我们总是专注于其弱点和局限，反而对其优点视而不见。问题还不在于这种姿态本身的厚此薄彼与伦理偏见，而是这种姿态背后所蕴含的"当代虚无主义"。这种"虚无主义"的最大后果就是对当代作家作品"经典化"的阻滞，对当代文学经典化历程的阻隔与拖延。一方面，我们视当下作家作品为"无物",拒绝对其进行"经典化"的工作,另一方面又以早就完全"经典化"了的大师和经典来作为贬低当下泥沙俱下的文学现实的依据。这种不在同一个层面上的比较,不仅毫无意义,而且只能使得文学评价上的不公正以及各种偏激的怪论愈演愈烈。

其实,说中国当代文学如何不堪或如何优秀都没有说服力。关键是要进行"经典化"的工作,只有"经典化"的工作完成了才有可能比较客观地对当代的作家作品形成文学史的判断。对当代的"经典化"不是对过往经典、大师的否定,也不是对当代文学唱赞歌,而是要建立一个既立足文学史又与时俱进并与当代文学发展同步的认识评价体系和筛选体系。当然,我们也要承认,"经典化"问题是一个非常复杂的问题,并不是凭热情和冲动一下子就能完成的,但我们至少应该完成认识论上的"转变"并真正启动这样一个"过程"。

现在媒体上流行一些对于中国当代文学经典化冷嘲热讽的稀奇古怪的言论,其核心一是否定中国当代文学有经典、有大师,其二是否定批评界、学术界有关"经典化"的主张,认为在一个无经典的时代,"经典"是怎么"化"也"化"不出来的,"经典化"是一个实实在在的"伪命题"。其实,对于文学,每个人有不同的判断、不同的理解这很正常,每一种观点也都值得尊重。但是,在"经典"和"经典化"这个问题上,我却不能不说,上述观点存在对"经典"和"经典化"的双重误解,因而具有严重的误导性和危害性。

首先,就"经典"而言,否定中国当代文学早就不是什么新鲜事,对当代文学的虚无主义态度在很多人那里早已根深蒂固。我不想争论这背后的是与非,也不想分析这种观点背后的社会基础与人性基础。我只想指出,这种观点单从学理层面上看就已陷入了三个巨大误区:

第一个误区,是对经典的神圣化和神秘化的误区。很多人把经典想象为一个绝对的、神圣的、遥远的文学存在,觉得文学经典就是一个绝对的、乌托邦化的、十全十美的、所有人都喜欢的东西。这其实是为了阻隔当代文学和"经典"这个词发生关系。因为经典既然是绝对的、神圣的、乌托邦的、十全十美的，那我们今天哪一部作品会有这样的特性呢？如果回顾一下人类文学史，有这样特性的作品好像也没有。事实上，没有一部作品可以十全十美，也没有一部作品能让所有人喜欢。在这个问题上，我们应该明确的是，"经典"不是十全十美、无可挑剔的代名词，在人类文学史上似乎并不存在毫无缺点并能被任何人所认同的"经典"。因此，对每一个时代来说，"经典"并不是指那些高不可攀的神圣的、神秘的存在，只不过是那些比较优秀、能被比较多的人喜爱的作品而已。从这个意义上说，当今中国文坛谈论"经典"时那种神圣化、莫测高深的乌托邦姿态，不过是遮蔽和否定当代文学的一种不自觉的方式，他们假定了一种遥远、神秘、绝对、完美的"经典形象"，并以对此一本正经的信仰、崇拜和无限拔高，建立了一整套关于中国当代文学的伦理话语体系与道德话语体系，从而充满正义感地宣判着中国当代文学的死刑。

  第二个误区，是经典会自动呈现的误区。很多人会说，是金子总是会发光的。但对文学来说，文学经典的产生有着特殊性，即，它不是一个"标签"，它一定是在阅读的意义上才会产生意义和价值的，也只有在阅读的意义上才能够实现价值，没有被阅读的作品没有被发现的作品就没有价值，就不会发光。而且经典的价值本身也不是固定不变的。如果一个作品的价值一开始就是固定不变的，那这个作品的价值就一定是有限的。经典一定会在不同的时代面对不同的读者呈现出完全不同的价值。这也是所谓文学永恒性的来源。也就是说，文学的永恒性不是指它的某一个意义、某一个价值的永恒，而是指它具有意义、价值的永恒再生性，它可以不断地延伸价值，可以不断地被创造、不断地被发现，这才是经典价值的根本。所以说，经典不但不会自动呈现，而且一定要在读者的阅读或者阐释、评价中才会呈现其价值。

第三个误区，是经典命名权的误区。很多人把经典的命名视为一种特殊权力。这有两个层面的问题：一，是现代人还是后代人具有命名权；二，是权威还是普通人具有命名权。说一个时代的作品是经典，是当代人说了算还是后代人说了算？从理论上来说当然是后代人说了算。我们宁愿把一切交给时间。但是，时间本身是不可信的，它不是客观的，是意识形态化的。某种意义上，时间确会消除文学的很多污染包括意识形态的污染，时间会让我们更清楚地看清模糊的、被掩盖的真相，但是时间同时也会使文学的现场感和鲜活性受到磨损与侵蚀，甚至时间本身也难逃意识形态的污染。此外，如果把一切交给时间，还有一个前提，那就是对后代的读者要有足够的信任，要相信他们能够完成对我们这个时代文学的经典化使命。但我们对后代的读者，其实是没有信心的。我们今天已经陷入了严重的阅读危机，我们怎么能寄希望后代人有更大的阅读热情呢？幻想后代的人用考古的方式对我们这个时代的文学进行经典命名，这现实吗？我不相信后人对我们身处时代"考古"式的阐释会比我们亲历的"经验"更可靠，也不相信，后人对我们身处时代文学的理解会比我们亲历者更准确。我觉得，一部被后代命名为"经典"的作品，在它所处的时代也一定会是被认可为"经典"的作品，我不相信，在当代默默无闻的作品在后代会被"考古"挖掘为"经典"。也许有人会举张爱玲、钱钟书、沈从文的例子，但我要说的是，他们的文学价值早在他们生活的时代就已被认可了，只不过很长时间由于意识形态的原因我们的文学史不谈及他们罢了。此外，在经典命名的问题上，我们还要回答的是当代作家究竟为谁写作的问题。当代作家是为同代人写作还是为后代人写作？幻想同代人不阅读、不接受的作品后代人会接受，这本身就是非常乌托邦的。更何况，当代作家所表现的经验以及对世界的认识，是当代人更能理解还是后代人更能理解？当然是当代人更能理解当代作家所表达的生活和经验，更能够产生共鸣。因此，从这个角度来说，当代人对一个时代经典的命名显然比后代人更重要。第二个层面，就是普通人、普通读者和权威的关系。理论上，我们都相信文学权威对一个时代文学经典命名的重要性，权威当然更有价值。但我们又不能够迷信文学权威。如果把一个时代文学经典的命名权仅仅交给几个权威，那也是非常危险的。这个危险表现在什么地方呢？就是几个人的错误会放大为整个时代的错误，几个人的偏见会放大为整个时代的偏见。我们有很多这样的文学史教训。在这个问题上，我们既要相信权威又不能迷信权威，我们要追求文学经典评价的民主化、民主性。对一个时代文学的判断应该是全体阅读者共同参与的民主化的过程，各种文学声音都应该能够有效地发出。这个时代的文学阅读，最理想的状态应该是一种互补性的阅读。为什么叫"互补性的阅读"？因为一个批评家再敬业，再劳动模范，一个人也读不过来所有的作品。举个例子：现在我们一年有5000部以上的长篇小说，一个批评家如果很敬业，每天在家读二十四小时，他能读多少部？一天读一部，一年也只能读三百部。但他一个人读不完，不等于我们整个时代的读者都读不完。这就需要互补性阅读。所有的读者互补性地读完所有作品。在所有作品都被阅读过的情况下，所有的声音都能发出来的情况下，各种声音的碰撞、妥协、对话，就会形成对这个时代文学比较客观、科学的判断。因此，文学的经典不是由某一个"权威"命名的，而是由一个时代所有的阅读者共同命名的，可以说，每一个阅读者都是一个命名者，他都有对经典进行命名的使命、责任和"权力"。而作为一个文学研究者或一个文学出版者，参与当代文学的进程，参与当代文学经典的筛选、淘洗和确立过程，更是一种义不容辞的责任和使命。说到底，"经典"是主观的，"经典"的确立是一个持续不断的"过程"，"经典"的价值是逐步呈现的，对于一部经典作品来说，它的当代认可、当代评价是不可或缺的。尽管这种认可和评价也许有偏颇，但是没有这种认可和评价，它就无法从浩如烟海的文本世界中突围而出，它就会永久地被埋没。从这个意义上说，在当代任何一部能够被阅读、谈论的文本都是幸运的，这是它变成"经典"的必要洗礼和必然路径。

总之，我们所提倡的"经典化"不是要简单地呈现一种结果，不是要简单地对一个时代的文学作品排座次，不是要武断地指出某部作品是"经典"，某部作品不是"经典"，不是要颁发一个"谁是经典"的荣誉证书，而是要进入一个发现文学价值、感受文学价值、呈现文学价值的过程。所谓"经典化"的"化"实际上就是文学价值影响人的精神生活的过程，就是通过文学阅读发现和呈现文学价值的过程。可以说，文学的经典化过程，既是一个历史化的过程，更是一个当代化的过程。文学的经典化时时刻刻都在进行着，它需要当代人的积极参与和实践。因此，哪怕你是一个对当代文学的虚无主义者，你可以不承认当代文学有经典，但只要你还承认有文学，你还需要和相信文学，还承认当代文学对人的精神生活具有影响力，你就不应该否定当代文学经典化的重要性。没有这个"经典化"，当代文学就不会进入和影响当代人的生活，就失去了存在的意义。每一个人，哪怕你是权威，你也不能以自己的好恶剥夺他人阅读文学和享受文学的权利。

从这个意义上说，当代文学的经典化当然是一个真命题而不是一个伪命题。在一个资讯泛滥的时代，给读者以经典的指引是文学界、出版界共同的责任，而这也是我们编辑出版这套书的意义所在。

最后，感谢张明和张英先生为本套书付出的辛劳，感谢北京立丰天文化传播有限公司、北京金圣典文化有限公司的资金支持，感谢全体编委和北京联合出版公司各位编辑，感谢所有对本套丛书的出版给予大力支持的作家和他们的家人。

是为序。

吴义勤
2022年冬于北京

目 录
Contents

浪漫的黑炮＿＿1

土牢情话

　　＿＿一个苟活者的祈祷＿＿59

青春期＿＿136

早安！朋友＿＿223

浪漫的黑炮

纯系一系列偶然事件,但绝非虚构的故事。看了这篇小说,你就明白小说是怎样写出来的了。

一

有人以为写小说很困难,以为这种脑力劳动一定有什么只可意会不可言传的诀窍,或是绝对地需要天才,需要灵气,需要超于常人的想象力。其实不然。生活中随时随地都是故事,几乎能俯拾即得。你看看,这条大马路上熙熙攘攘、摩肩接踵地走着的芸芸众生,有的悠闲自在,有的兴致勃勃,有的东张西望,有的目不斜视地埋头赶路,有的成双成对地勾肩搭背、旁若无人地溜达……还不说那些骑自行车的、坐在电车上的、站在公共汽车上的和靠在小轿车舒适的沙发上的许许多多人了。你只要盯住这成千上万人中的任何一个，如果你有一股钻劲，有一股韧性，有一副不刨到根、不盯到底绝不罢休的执拗脾气，那么，你一定会从这个人身上得到一个甚至若干个有趣的故事。你把他的事和围绕他展开的事原原本本地照实记录下来，就是小说了。

　　困难的是，你要学会钻到这个人心里去的本领，就像孙悟空能钻到铁扇公主的肚皮里去一样。铁扇公主心里的念头一动，孙悟空马上就能知道，不上她的当。当然，写小说的人和被描写的人之间不存在什么上当不上当的问题，但道理却有相同之处。一则是，没有心理描写，你的文章就不叫小说，而是新闻报道了；并且，写人物的行为却不写行为的动机，有时会使读者莫名其妙。你把人物那最隐秘的心理，那一霎间的闪念写出来，才会使你的小说较为生动，较有情趣。二则，你要是钻到他或她的肚皮里去，你就会发现，那里面隐藏的东西要比他或她外表表现出来的东西丰富得多，有趣得多。老实说，故事多半是从那里开始的，而不是从你眼睛能看到的表情行为上开始的。

　　比如说吧……好！我们就从那家电影院门口的青年男女中找出一对做例子。你看，那人群里穿着打扮得最时髦的一男一女，亲亲热热的，看样子还没有结婚。现在，他们出了电影院，女的主动地挽起男青年的胳膊，把全身重量的一半靠在他的身上，朝旁边的水果店走去。他们的面孔也像那水果店里的苹果，成熟的幸福全部洋溢到外表上来了。但是，且慢，如果我们钻到他们心里去，你就会发现：那女的痴痴呆呆地什么都没有想，只一个劲儿地沉浸在毫无逻辑的快感里；而那男的却一门心思地想着刚刚看的那部电影中的女演员。他心里说："假使靠在我身上的不是她，而是她，那该多么好！"对他身边这位傻姑娘的亲昵，他已经感到有点不舒服了。

这还是看得见的一对。现在我们再把目光转到别处去。好，我们就在公共汽车里来找吧。幸好这趟车不挤，人人都有座位。你看，坐在左边位置上的那个男人，和坐在右边位置上的那个女人，年纪都有三十多岁。他们隔着通道分开坐着，显然并不认识。女的打扮得很朴素大方，像个机关干部，面庞清秀，有一对颇能传情的大眼睛，但眉间有几丝不易觉察的细纹，看来她的婚姻遭遇过不幸。那男的一看就知道是个教员或技术人员，外表斯斯文文，是个性格内向的人。他们俩在汽车的摇来晃去中不时地相互瞥那么一眼，每一瞥不超过一秒钟。好，让我们这时钻到他们心里去吧。原来，他们两人此刻都非常渴望认识对方；他们两人在不时的一瞥中，从外表表现出的内在气质上，都发现了他是她以及她是他长期以来梦寐以求的人。他们之间有种无形无影的生物电的磁场，有一种歌德称之为"亲和力"的东西，有一种心灵的感应，使他们彼此都觉得他们能非常和谐、非常亲密地在一起生活一辈子。"是的，年复一年，日复一日，暗暗地企盼的仅仅是一件事——幸福的艳遇。"流亡巴黎的俄国作家、后来得了诺贝尔文学奖金的伊凡·阿历克谢耶维奇·蒲宁，就写过许多在路上、在餐馆里、在轮船上偶然相识，而演出了缠绵悱恻的爱情故事的短篇小说，如《中暑》、《三个卢布》、《在巴黎》等等。上面那句话就摘自《在巴黎》这篇绝妙的小说。然而，这可怜的一对却没有能继续演下去，公共汽车在一个站上停下了，女的站起来，用一种很坚定的步子，绝没有一丝顾盼地走下汽车。其实她这种坚定正掩饰着内心深沉的惆怅与惋惜。正如蒲宁写的："可结果呢，却空等了一场……"而他和她的面容，将长久地印在她和他的脑海里。

你看，这有趣没有趣？

好,现在我们再把目光投向那些坐在小轿车里的人物。就说这辆从我们身边飞驰过去的"丰田"吧。那后面的沙发上坐的是一位省级干部,身躯微胖,四方脸盘,眉宇之间都显出一派"汉官威仪"。他要去参加一次重要的会议,讨论重新划分几个专署的行政区。如果我们钻到他心里去,你就会发现他这时的心思并不在那个什么会上,而是在想一个古老的笑话。这个笑话是这样的:过去有两个毗邻的县官,为了划分自己的管辖范围,约定好第二天早晨从自己的衙门开始,不坐轿,不骑马,徒步相对而行,他们在哪里碰到,哪里便是他们的县界。一个县官天没亮就爬起来跑,另一个县官直睡到日上三竿才醒来,等他穿好衣裳急急忙忙出了衙门,正好在县城门口迎面碰上那个赶夜路的县官。于是,这个睡懒觉的县官的权力只能到他的城门口为止,城关以外的大片土地、众多百姓都由那个县官统治了。这位领导干部在想:用这种办法来解决行政区域的划分倒不错,省得旷日持久地在会上争争吵吵。他虽然是那个会议的主持人,却对那个会厌烦了。

我们再看另一辆小轿车,就是那辆黑色的"伏尔加"。坐在里面的是一位外贸部门的高级干部。他从这个城市一家最大的饭店出来。那家饭店是一般人有钱也不能问津的。他刚宴请完几位外商。吃的菜,喝的酒,席面的规格和服务的质量,我们用"高级"两个字来概括就行了。可是你要钻到他的肚皮里去,你就会知道,他表面上虽在剔牙,仿佛陶醉在酒足饭饱里,但心里想的既不是昨天签订的那项合同,又不是刚吃的那桌酒菜,却是他妈妈在他上中学时每个星期天给他烙的锅盔。在本世纪四十年代初,县城的中学没有食堂,住校的农村学生每星期要往学校带一包袱干粮,在六天当中顿顿就着白开水吃。他在想,要是时光能够倒转,让生活重新开始一次多么好啊!如果是那样的话,他就成了未卜先知的人了,可以少犯甚至不犯错误,抓住许多别人不能发现的时机,到他这个年纪,至少当上党中央委员、国务院副总理了!

如此等等,不一而足。

假如你有兴趣,我们不妨实验一下。你就在这条大街上随便挑选一个人,不要挑我们刚刚看见的红男绿女,也不要选那些坐在小轿车里的人物,因为实验必须用最一般的材料来进行,所以你最好挑一个最平常的、最普通的、最不起眼的人来,让我们盯住他,试试看能不能随着他的行踪写出一篇有趣的小说。

二

以上是写小说的基本方法,也是我们写这篇小说的缘由,可作为这篇小说的"序"或"引言"。好,我们现在正式开始吧。

嗯,你挑的这个人倒是符合我们的要求。他是个再普通不过的人了,从相貌到衣着都毫无出奇之处。这个人有五十多岁,面容清癯,皮肤暗黄,身材瘦小,略微有点驼背,看来他是个从事案头工作的人。如果你再仔细观察,你会发现这人的神情有种萧索之气;他不是一个踌躇满志的人,甚至可以说他一辈子也没有神采飞扬过。因为这种萧索之气会使人联想到腌制的酸菜,是在盐水里长期浸泡过的。于是,我们可以推测到,他不是个多年来受着家室之累的人,就是从未被爱情滋润过的老光棍,两者必居其一——这就是对立而统一的辩证法。他似乎对这个城市,至少是对这条大街并不熟悉。你看,他下了电车以后起初东张西望,一时举棋不定,不知该往哪个方向走。停了一会儿，他才向东走去，拎着他那黑色的人造革皮包。那种皮包也是最普通不过的，里面既可以装馒头，又可以装书籍，物质和精神都能掺和在一起，碰到什么处理品之类的也能往里面塞。现在，他走上人行道了，一面走，一面很注意地浏览沿街的铺面。这样，我们又可以肯定他是一个外地来出差的干部。如今出差办事开会的人非常多，因而他也不算是什么特殊人物，我们不用换别人，仍然继续盯着他吧。

这当儿，他已经进到一家大邮电局里去了。来，让我们看看他在邮电局里干些什么。

邮电局里挤满了人，收寄包裹的、领取汇款的，打电报、打长途电话的柜台前都排着长长的队。长椅上，横七竖八地躺着等长途电话的顾客，衬着玻璃板的斜面桌趴满了写信的人。大厅里有股很特殊的气味。这种气味是由油墨、纸张、胶水、木器、人造革和人身上的香味与臭味混合起来的，在任何一个家庭中都闻不到，所以倒带有一种公事公办的严肃性。我们跟踪的这个人犹豫了一下，想退出去。但不知怎么，他还是停下了，四处张望一番，终于排进了打电报的队列。

前面有一个人和邮电局的姑娘不知为什么争吵起来。后面的人有的哈哈大笑，有的微微冷笑，有的趁乱跑出队列，装着看热闹，却在前面加了一个塞。但我们这位主人翁毫不为之所动，连眼皮都不眨，仍然像列兵一样规规矩矩地排在他的位置上，抱着他鼓鼓囊囊的提包思忖着什么。我们完全能够确定他是个性格拘谨的、不易冲动的、感情内向的人了。

他在想什么心思呢？这时，就需要我们钻到他肚皮里去了。

"……我是炮二平五，老钱是马八进七，"原来，他在想一局残棋，脑海里映有一幅非常清晰的棋局的图影。"这时候，我卒七进一。我先进这步卒而不出马，是为了后来使用七路马作准备。如果先走马二进三，老钱肯定是兵三进一，那么我的计划便不能实现了……"

他微张着血色不足的嘴唇，用一种冷漠的、略带沉郁的目光视而不见地望着前面。"象一进三吃他的兵是平稳的着法。"他继续想，"唉！如果我当时改成车八进五封锁河头，就能成为更剧烈的对攻局面了……"

队伍总算慢慢地向前移动起来。后面的人用一个什么硬东西在他腰眼上戳了一下，他才好像不情愿地往前挪了两步。"最糟糕的是我马三进四那步走错了，操之过急！"他已经想到战局的最后阶段了。"我本来应该走后炮七平四，老钱不论怎么走我都会占优势：他如果帅六平五，我马三进四，他车四进一，我马四退二，他车四平八，我炮四平二……假如他不那么走，而是前车八进一，我就车八平二，他马七进八，我车二退五，他马八退六，我象一进三，还可以吃掉他一子。可是，我没这样……真所谓'棋错一步，满盘皆输'！"

"喂！"

后面的人又戳了他腰眼一下，他方才醒悟过来。眼前的棋局不见了，只看见那位刚和人争吵过的邮电局女营业员用愠怒的眼光瞪着他。

"哦……我买张电报纸。"

他慌忙掏出一分钱。那位姑娘板着面孔把一张电报纸劈面向他摔来，宛如郎平的猛扣。他本能地用两手护着脸，闪了两下才把电报纸接着。随后，他慢条斯理地在玻璃板的斜面桌上找到一个空当，挤了进去，拧开一支高级英雄金笔，写下这样几个工整的字：

　　L 市东环路胜利宾馆四楼 301 号房间钱如泉
　　丢失黑炮一枚请在室内寻找赵信书

请注意，这里的地名、人名我们全部都要改换。当然，我们盯着的这个人并不姓赵，收报人也不姓钱。因为我们在实录真人真事，免得这篇小说发表后引起什么麻烦，这种防范措施还是必要的。人名我们按《百家姓》的顺序来起，地名用英文字母来代替。这是写小说常用的方法。

写完电报稿，他端详了一下，脸上忽然展开一丝调皮的微笑。这种微笑使他的神情蓦地开朗起来，带有一种孩子般的天真。俗话说"老小老小"，你从上了年纪的人身上经常能发现一闪即逝的幼稚，如秋日晴空中突如其来的电光。那一瞬间的电光会使秋日的田野更显现出成熟季节的绚丽和即将进入寒冬的萧瑟。这时，我们在这位赵信书脸上看到的就是这般情景。人，是不可以貌相的；即使是像他这样普普通通的人，心里也有自己奇特的憧憬。幸亏人心里的幻想、理想、向往、希望，各种荒诞不经的、毫无道理的、愚蠢可笑的念头和圣洁的、崇高的、仁慈的、美好的情怀没有重量，不然，地球就会被形形色色的此类东西压得粉碎——人心里面装的东西要比人的肉体多若干若干亿倍！

这真是个书呆子，不懂得如何生活的人，他写好电报稿，本来可以直接交给那女营业员的，但他却又去排了一次队。在队列中，当他意识到手中的提包的分量时，脸上突然出现了茫然的、不知所措的表情。原来，他刚刚从新华书店科技门市部里买了一大摞书。他掏了掏上衣的四个口袋和裤子的两个口袋，连钢镚儿在内还没有凑足一块钱。他是个谨慎的人，旅费都锁在宾馆的小柜子里，出门身上很少带钱。怎么办呢？这九角钱既要打电报，又要做回宾馆的车费……

"喂！"

这次是那姑娘用呵斥的口气招呼他。

"哦，哦……我再买一张电报纸。"

他又向柜台里递去一分钱。姑娘啪的一声把电报纸拍在水磨石台面上，同时用俗话说的"卫生球眼"翻了他一下。

他又从物质的现实飞到虚无缥缈的精神世界中去了。每当这种时候，他的表情就不像平时那么呆板，那么拘谨，那么惶悚，脸上又浮起调皮的，甚至是略带自满自足、自以为是的笑意。他重新拟了电报稿，按最经济、最简明的原则，写了如下几个字：

L市东环路胜利宾馆四楼钱如泉失黑炮301找

第三次排队也挨上了他。他带着极不好意思的表情递进电报稿，仿佛他省了几角钱而使姑娘减少了收入似的。姑娘在电报稿上用圆珠笔点了一遍，惊讶地抬起头来，以一种很特别的眼光审视了他一番，似乎脾气又要发作。他的脸更红了，在柜台前忸怩不安。但不知怎么，姑娘终于隐忍住了，冷冷地告诉他要多少钱。在姑娘埋头开发票的时候，他连连摆手，用深感抱歉的口吻说："不用了，不用了。"他不像有些出差的人，连八分钱邮票也要开张单据回去报销。这份电报纯属私人通信，要什么发票呢？他付了电报费，就拎起他一包沉甸甸的书，挤出人群，推开弹簧门走上大街，很快地消失在茫茫的人海之中。

三

以上是小说的第一章。写到第二章，我们就需要变换一下人物和场景。这就是所谓小说的章法。

现在我们来看这位邮电局的女营业员。这里又要声明,这位姑娘仅仅代表她"这一个"——如黑格尔所说的,绝不代表全体可敬的邮务人员。鉴于经常会有"难道我们的什么什么是这样的吗"的文艺责难——不是文艺批评,这种声明是必要的。当然,她有她的真名实姓,但按《百家姓》的顺序她应该姓孙了,我们就叫她孙菊香吧。

孙菊香其实是个天真幼稚、模样俊俏的姑娘。她现在是坐在高高的水磨石柜台后面,如果她站起来走两圈,你会发现她的身段非常窈窕,自有天然袅娜的风韵。上中学时,她最高的理想是将来到文工团里去,她自信舞蹈、唱歌、表演都拿得下来,会成为一名全能演员。但中学毕业后,投考艺术院校和本市的歌舞团都没有被录取,在家闲待了一年。后来顶替她妈妈进了邮电局。由于她有一定的文化程度,人也活泼可爱,不久就从装邮袋、搬邮包的工作调到前台来当营业员。不过她并不喜欢这种工作。不管是装邮袋、搬邮包还是收电稿、开发票,她都觉得烦闷枯燥。

在平时,她是个迷人的、妩媚的姑娘,不但注意梳妆打扮,也很懂得运用自己的一颦一笑博得同志们和邻居的喜欢,所以人人都说她是个好姑娘。追求她的男青年不少,但她还想再等一两年才结婚。这样的年龄,正是女人的黄金时代。

可是,只要她一走进这间 C 市邮电局的营业大厅,坐在柜台后面这把人造革包的椅子上,就像被施了一种什么魔法似的,模样即刻变了:不只面若冰霜,并且态度生硬,和这间大厅里散发的那股特殊气味完全和谐地融为一体。今天上班,她本来就不痛快。百货大楼新到了一批外国进口卷发器:电吹风、电剪夹、电梳子等等全套才卖四十一块钱。盒子的装潢很漂亮,印着一个风骚的白种金发美女,柜台的

"露布"上写道:"进货不多,欲购从速!!!"光那三个大惊叹号就够刺激人的了。吃早饭时,她跟妈妈商量,要买一套。妈妈大吃一惊,说是从来没听过搞"毛毛"的玩意儿要卖几十块钱的!她妈妈在五十年代初期参加工作时剪掉辫子,直到如今快六十岁了还是土话说的"二道毛",从来没有在头发的花样上翻新过,嘟哝说:"那又不是碧玉簪,又不是金钗,要好几十块钱?!"而她的正嚼着油条的爸爸,一个土产杂货门市部的副主任,愤愤地说:"现在,只有搞投机倒把的人才有那么多闲钱买那种玩意儿!"

提案在家庭会议上没有通过,倒惹了一肚子气。上班来,她又听旁边管长途电话的姑娘说,那种电气卷发器昨天就卖完了。可见现在有钱的人还是不少。这更使她郁郁不乐,自怨自叹没能加入文工团。在演出单位,像这种化妆用品都是公家出钱买的。于是,她不自觉地就要在一件什么事情上发泄一下。憋着气办了几件平常的业务以后,一份这样的电报稿伸到她面前:

R 市西大街市文联
众星散

她把电报稿朝水磨石台面上一摔:
"打电报,不能用隐语和雅语!"
"请问,这怎么是隐语和雅语呢?嗯?"柜台外面的人用嘲讽的语气质问她。

她抬起头:这是个三十岁左右的白面书生,戴着一副式样新颖的宽边眼镜,穿一件米黄色的风衣。风衣里是隐条花呢的西服和雪白的衬衫领子。从他的上身,她可以想象到他下身穿的一定也是笔挺的裤子和三截头皮鞋。她暗自思忖没有找对发泄对象，语气和缓了一些：

"请你把意思写明白一些。"

"还要怎么明白呢？这难道还不明白吗？"白面书生仿佛对她比对打电报还感兴趣，风度潇洒地跟她貌似说理辩论，而实际上是自我介绍起来。他是R市文联的编辑，来本市参加什么"诗会"的。这个"诗会"很盛大，全国有名的诗人都荟萃一堂，言下之意他也是位名诗人，R市有些业余作者也想来见识见识，但今天"诗会"散了，他打电报回去报告那些著名诗人已各奔东西，意思是叫他们不要赶来。

"打电报不是和写诗一样，要用最简洁、最精练的语言么？"诗人脸上挂着揶揄的微笑。"你难道要我写上'著、名、诗、人、已、回、全、国、各、地、你、们、不、要、白、跑、一、趟、了'这么多字吗？要不，你替我拟个稿子吧！"诗人一面说，还一面诙谐地掰着手指头算字数。排在后面的人早就嫌她办事太慢，趁此发出了一片有倾向性的笑声。听到诗人要她代拟电报稿，又见她瞠目结舌的样子，笑得更欢了。

如果是在公园里，在电影院门口，诗人的风度和外貌她还是很欣赏的。但偏偏他们是在这间营业大厅里，偏偏她被施加了某种魔法，偏偏她今天非常不愉快，再加上诗人的话引起了人家对她的嘲笑，这样，诗人的卖弄不但没有使她动心，反叫她更加恼火。她像被狗惹怒了的小猫，虎虎地说：

"不行，我说不行就不行！你重写一张！"她顺手扔出去一张电报纸，"再交一分钱！"

诗人对女性都有细腻的审美能力。他起初对她完全没有恶意，不过是想趁"诗会"的余兴逢场作戏地开个小玩笑。但她冷若冰霜的面孔和寒风般的口气，却一下子激怒了这位生性敏感而又自尊心很强的年轻诗人。诗人也出奇地固执起来,脸色陡然一变,涨得绯红。他把那张电报纸又摔进柜台,坚持要按自己拟的电报稿发报;他还拍着水磨石台面说,他写的诗寄到大刊物的编辑部,都不允许编辑改动一个字的!

毫无条理、东拉西扯地争吵了一会儿,总算在后面的人的催促劝解下平息了。当然是帮着诗人说话的多。孙菊香姑娘被奚落了一番,噙着眼泪收下了这份或者是"隐语"、或者是"雅语"的电报稿;诗人得胜,扬长而去。

我们这位赵信书同志正碰在孙菊香姑娘十分伤心、十分委屈、十分恼怒的时候去打那份叫别人看来莫名其妙的电报。

他第一次买电报纸时,孙菊香还没有顾上注意他,只一心想着要是我在舞台上,哪怕随便唱支歌,随便朗诵一段台词,下面也得鼓掌,而坐在这个倒霉地方,即使我态度再好,也有人找碴生事……第二次,他又排着队来买电报纸。因为他个子瘦小,隔着柜台递那一分钱,胳膊要伸得老长,孙菊香一眼就瞄见他干枯得像公鸡趾的腕上戴着一块瑞士名牌的全自动双历金表。孙菊香是常逛百货公司的,知道这块表至少值十套电气卷发器的钱。这明晃晃的玩意儿和他的袖子、和他的胳膊完全不相称。又看见这个衣着寒酸的老家伙一副畏畏葸葸的、欲进还退的、目光张皇的神情以及放在柜台上的鼓鼓囊囊的提包,倒猛然想起她爸爸的庭训:"现在,只有搞投机倒把的人才有那么多闲钱买这种玩意儿!"就开始怀疑了。到他第三次捏着电报稿,带着一脸惶惶不安的神色交给她的时候,她一看电文,岂止什么"隐语"、"雅语",简直是不折不扣的暗语黑话。她小时候听爸爸说,旧社会把鸦片不叫鸦片,叫"黑土"、"黑膏";她妈妈有次生病,她爸爸就说过:"要是有点'黑膏'就好了!"现在,走私贩子不是还把赃物叫作"黑货"么？孙菊香姑娘还最爱看电影，什么《407号谋杀案》、《R4之谜》、《39级台阶》等等她都看过。她有一个在电视台工作的男朋友，还带她去看了几部内部资料的录像片，演的是《117在东京》、《女皇陛下007》之类詹姆斯·邦德的特工故事。所以，凡是莫名其妙的数字都会使她联想到可怕的事情和某种特殊人物的代号。如果她没有和前面那位诗人发生过争执，她就会义正词严地呵斥这个家伙一顿，叫他重写或是干脆拒绝发这样的电文。可是，在一秒钟之内，她脑子突然机警起来，想起了那位诗人给她的教训，就按捺着报复的激情和为社会除害的冲动，不露声色地把这份电报稿收下来。而那老家伙连单据也不要，急急忙忙地溜出人群，更使她确信这份电报大有问题了。

到中午下班的时候，她把"失黑炮301找"交给了邮电局主管这方面事务的领导。

四

真糟糕！我们并没有准备写什么推理小说、惊险小说，不想搞无谓的噱头，但事情发展到这一步，出乎我们的意外，似乎有向侦破小说发展的趋势了，所以我们得赶紧找到那位赵信书同志，弄清楚他发那封电报的意思，使我们的实录沿着生活的正常进程写下去，不要像拙劣的小说一样设置一个廉价的悬念。

当我们按照那份电报稿最下一栏的发报人地址找到本市一家招待所的时候，赵信书正在一间乙级房间里闭目养神。

窗外，初秋的阳光和煦明亮，蓝天中没有一丝云影，微风不时地轻拂起绿色的窗帘；大街上传来隐隐的喧闹声和蓝天下最远处朦胧的、乳白色的雾霭，都仿佛在召唤人们出去畅游。是的，这是一个旅游的好日子；而这个历史名城又是有许多好去处的，从秦朝到民国年间，都给她留下了供后人凭吊的遗迹。可是这位赵信书同志对游览毫无兴趣。他搞的是技术工作，单调刻板已经成了他生活的常规。而那种生活也恰巧适合他的性格。他昨天到达C市，明天一早要转乘长途汽车到一个和他工作单位同类的大工厂去参加现场会议。他可以有半天时间去参观一些名胜古迹的，但他情愿躺在床上不动。那么他有什么心思呢？现在让我们钻到他肚皮里去。

原来，他肚皮里是一大堆枯燥乏味的数字、方程式、机械图形、应用技术理论和许许多多我们不认识的外国字。啊，且慢，这里好像有一点微弱的亮光，像萤火虫似的在心头一闪一闪的。当我们爬到那里去，我们会发现那是一种友情的结晶体，虽然很微小，像芥子一般大，却使他这颗缺乏水分的心散射着蓝幽幽的光彩，怪不得他脸上有时会浮现出只有自己才能意会的微笑哩！

现在让我们来研究研究这颗结晶体。

这颗结晶体是前两天才形成的。正因为他这颗心缺乏水分，和一块石头一样，所以这颗结晶体非常小，同时却又非常可贵。这是一个孤僻的老单身汉，身边没有亲人，工作单位里没有知心朋友；有的人历经政治运动越挨斗越胆大，有的人却看别人挨整也觉得害怕，他就属于后一种人，多年来是在自己作的茧中生活的。他没有什么业余爱好，就是喜欢下象棋。但是在工作单位，他也很少和人交手。有些小青年倒挺喜欢下象棋，可是他讨厌一摆上棋盘，旁边就围来一堆人指手画脚，比对弈的双方还积极。他更讨厌那些小青年的油腔滑调，什么"走哇！走哇！前面是蓝色的天空……"嘴里还不停地哼着"啦呀啦——啦呀啦呀——啦——"身子同时像触着电似的颤抖，好像骑在马上一样。据说这一套是从一部日本电影和一段中国相声里学来的。他觉得这简直是对文明的娱乐的亵渎。他情愿闲时一个人埋头在棋盘上自己跟自己搏斗，也不愿参与那种集体活动。

　　这次，他从他所在的 S 市乘火车来 C 市出差，中途要在 L 市转车。在 L 市的那家胜利宾馆里，却碰上了一位难得的棋友。这个人就是收报人钱如泉。他们俩当时住在一间客房里。钱如泉五十多岁。比他年龄稍大一点，但长得面白体胖，很是富态，行动举止也显得年轻活泼。他自我介绍说他是 C 市外贸公司的干部，在 L 市办点事还要去新疆。他出身贫寒，十二岁就被送到一家当铺当学徒，除了扫地倒茶递水烟，凭着他机灵的脑袋，还学了点识别古玩玉器字画的知识。这位外贸干部显然是个见多识广，善于结交，带点江湖派习气的人物。那天是星期日，L 市又下着小雨，两个人闷在房里无处可去。钱如泉喝了二两大曲，中午觉醒来以后，伸了个大懒腰，先是有一搭无一搭地跟他闲谈，渐渐就天南海北地神聊起来：从秦砖汉瓦说到养花种草，从扬州八怪说到"四人帮"，滔滔不绝，口若悬河。赵信书这个书呆子肚皮里除了 X、Y、Z 之外，社会常识其实贫乏得很，在这位几乎是无所不识、无所不晓的杂家面前，只有洗耳恭听、目瞪口呆的份儿。钱如泉这种老社会油子，是他那偏僻的 S 市很少见的，更是科技界里找不出的，在书呆子眼里，他无异于一部社会的百科全书，因而不由得对他产生了兴趣和亲切感。这种情感，是一个孤独的人在寂寞的旅途中经常容易闪现出来的。

　　吃完宾馆里淡而无味的晚餐，钱如泉冒着细雨到街上买了一只烧鸡。看来这还是一个绝不让自己口腹受委屈的人。他撕了一只鸡大腿给赵信书。赵信书慌忙摆手拒绝了。他那拘谨的、木讷的模样，这时倒又引起了钱如泉的兴趣。从学历上讲，赵信书是名牌大学五十年代初期的毕业生，如今是工程师，但谈起天来这个人却又呆头呆脑地什么都不懂，连现在买布不要布票了都不知道。于是钱如泉诧异地问：

"那么，你闲下的时候干些啥呢？总不能一天到晚啃书本子吧！"

"……我有时候，也爱下个象棋。"他为自己的知识贫乏深感羞愧，期期艾艾地说。

"哦？下棋？"钱如泉躺在床上，一拍大腿，"我也能下两下子！可惜这会儿没有棋子。"

"啊！我有，我有。"他突然兴奋了，脸上都泛出了血色，"我出差时随身带着象棋，待着无聊，我就摆上棋盘研究研究……"

说着，他拉开自己的旅行包，拿出一副四边贴着胶布的象棋盒。"要是你有兴趣，我们不妨来两盘。"他带着恳求的笑容对钱如泉说。

"来两盘就来两盘。"

钱如泉在床上盘腿坐起来。他中午觉睡足了，这会儿来了精神。他们把棋盘铺在两床中间的小柜上。钱如泉主动挑了黑子，说了声："红先黑后，你先请！"

几招一过，赵信书就发现这位对手真是个样样精通的"博士"；在棋术上也出手不凡，变化多端。他对付得很吃力，下到半夜十二点，钱如泉胜局居多，而败给他的那两局，他看出来钱如泉也是为了保持他的面子，有意让给他的。一个人的棋风可以表现一个人的为人和道德水平，他更对这位外贸干部有好感了。

"你说你'研究研究'，"钱如泉咂咂嘴笑着说，"看得出来你老弟光会研究机器，还没研究过古谱《韬略玄机》和现代人谢侠逊编的

《象棋谱大全》咧！这里面，学问大着哩！你看，就这一局来说……"他端开茶杯，把棋盘小心翼翼地转过来。棋盘上的残局，就是赵信书在邮电局营业大厅里苦苦思忖的那种局面——自己已经明显地处于劣势。现在，由钱如泉走红子，来处理颓败的形势。

"你看，"钱如泉又拿掉几个红子，自信地说，"我就光下这几个子，你也难赢我。你别小看这老帅的战斗力，其实它的潜力很大，尤其是在残局结尾的阶段，可以说是'不出九宫，决胜千里'。嘿嘿！跟'文化大革命'里一样……不信，咱们就走着瞧瞧……"

果然，赵信书换了占优势的一方，钱如泉还让了几个子，下到最后，还是一盘和棋。赵信书像见了爱因斯坦一样，对这位钱如泉佩服得五体投地。这时他也活跃起来。两人越说越投机，把一只烧鸡啃得精光。请注意，两个性格、学历、经历截然不同的人，结下的友谊有时会比同类人物之间的交往更亲密。赵信书对钱如泉是相见恨晚，他觉得这位见多识广的老兄在他面前陡地揭开了一个五彩缤纷的世界。钱如泉也豪爽地说，可惜自己还要去新疆，不然就跟他一起回 C 市，好好招待招待他。

"我家里房子宽敞得很，还有一个小院；我老伴做得一手好饭食。"钱如泉感叹地说，"我年纪也不小了，这趟是最后一次出差；以后，我就待在家里不出来，过两年，也该退休了。你说 C 市那个厂跟你们厂搞协作，今后你还断不了来 C 市。你来，别住招待所，就住我家里去。你不来，是看不起我！咱老哥儿俩好好聊聊，我带你到 C 市好好逛逛。我看得起你，别看你不会下棋，可老弟你是有真才实学的人，是咱们国家的栋梁之才……"

天快亮了，两人交换了通讯地址，才朦朦胧胧地打了个瞌睡。清晨七点钟，赵信书匆匆地洗漱了一下，打点起提包去赶开往 C 市的火车。钱如泉非要把他送到车站不可，拦都拦不住。

"喏，你跟我客气啥？"钱如泉抢着拎起他一个小包，"我送了你，在车站吃点早点，正好去办公事。走吧，走吧！"

在月台上，两人终于依依不舍地分了手。

赵信书一辈子也没有和钱如泉这类人物交往过；同时，他觉得他在钱如泉面前那种呆头呆脑的模样，是绝不会博得别人的尊敬的，但钱如泉却看得出来他是"有真才实学的人，是咱们国家的栋梁之才"！那颗缺乏水分的心，被知音人的友情所滋润，在火车上，他几乎感动得流下泪来。石头的心不动情便罢，一动情就非同小可，不好收拾。他怎么也按捺不住要向这位知音人表达自己的思念的激情。

恰好，到C市住进招待所，他收拾旅行包的时候，发现他的那副象棋里丢了一颗黑炮。这使他蓦地想起了他们科室里一位技术员有趣的逸事。

那位技术员是华南工学院新分配来的毕业生，外号"小老广"，是个活泼坦率、爱好文学的青年。今年年初，他去广东探亲，和他的对象热乎了一阵子。回到单位，跟赵信书此时的心情一样，急切地要向他的对象表达自己的思念之情。写信嫌慢，长途电话破费又太多，想来想去，他给在中学里教书的姑娘发去一份电报，仅仅两个字——"红豆"！既有情趣，又有不尽的言外之意。不久，未婚妻就来信了。"小老广"一点也不隐讳，兴高采烈地在科室里当众朗读了这封情书：

"亲爱的：'红豆生南国，此物最相思。'我完全理解你现在的心情。我也同样，恐怕比你还深沉、还痛苦。你应该知道，我是一个南国女儿，我就是家乡的'红豆'……"

情书还有些肉麻的话，听的人全笑得前仰后合。只有赵信书一个人默默地坐在窗前，被那些情意绵绵的话所感动。办公楼前的山沟里，野桃花含苞欲放，柳树和槐树已经绽开了新叶；潮湿的山坳中，丛丛野草也开始向四周铺展开来——万事万物都说明青春常在，并且会周而复始，但他的青春却永远不会再现了！他在大学时，爱上了一位女同学，两人很要好，她在功课上多得他的帮助。然而毕业以后，她却嫁给了另一位男同学，一起去了贵州。使他最伤心的，还是她临走时跟一个女同学说："赵信书是个好人，但是跟这种人只能交朋友，不能嫁给他。要是跟他结了婚，家庭生活肯定不会有什么乐趣！"那个女同学以老大姐的身份把这话告诉他，意思是劝他以后活泼些、开朗些、兴趣广泛些，却不料反成了对他致命的一击。从此，他在女性面前更加自卑、更加腼腆、更加没有男子气概了。再加上他分配来大西北的一个矿山，男多女少，阴阳失调，尽管他后来每月有一百多元的高工资，也没有和他相匹配的知识妇女垂青于他。

是的，大自然的青春能周而复始，而他呢，正如他在大学里曾听过的一首歌中唱的："我的青春小鸟一去不复返！""亲爱的"，这是多么动听的、令人心摇神荡的词！但不论在书信上，在耳边，都没有一个女性这样称呼过他。他那颗枯涩的心底泛起一种深切的悲哀，痛感到他这一生可说是白过了，没有一小时、一分钟值得他炫耀，值得他临死时留恋。他暗暗地羡慕年轻活泼的"小老广"。"小老广"享受了他一辈子没有享受过的幸福。而那种巧妙的、迅捷的、富有独特性和浪漫气息的表达思念的方式，也在他脑子里留下了深刻的印象。

这时，这个被偶然建立起来的友情感动的书呆子，突然心血来潮，从"小老广"的"红豆"一下子联想到"黑炮"；同时，他的直觉也告诉他，钱如泉这个胖子是个海阔天空的人，如果他不主动去信，钱如泉一定想不起来给他写信的。于是，第二天吃完早饭，他就跑到大街上，先买了几本科技方面新出版的书，随后去邮电局打了那份电报。

表面上是要钱如泉找找那颗棋子，或是给他寄来，或是保存着，待他下次来C市取，从此建立经常的联系，骨子里，却有种只可意会的罗曼蒂克的情愫。

这个书呆子活了五十多年没有浪漫过，这次浪漫了一下。可是，东施效颦，邯郸学步，这份电报差点叫他扭了腰，后半生爬着走。

五

写到这一章，我们又要声明，我们不想写什么侦破小说，所以即使写到公安保卫部门，不过是事情发展中的一个环节，我们照实记录了而已。我们刚刚说他"扭了腰"，也绝不是公安保卫部门给他造成的。总之，这篇小说的主题，和公安保卫工作完全无关。

公安保卫部门忠于自己的职守，对下面报上来的案件，总要按法律程序调查调查。倘若确有必要继续追查，则要立案侦破，如果并没有异常情况，也就存档了事。现在，我们就照抄几份C市公安局要求协查的信函和复信吧。

L市公安局：

　　本市邮电局报上一份发往你市胜利宾馆四楼钱如泉收的电文，全文是"失黑炮301找"。发电人赵信书，此人原住本市××部招待所，今日清晨已离去。请你们协查收报人情况。

　　　　　　　　　　　　C市公安局 ×月×日

C市公安局：

收到你局×月×日要求协查信函一件。去胜利宾馆调查情况如下：从登记簿上得悉，收报人钱如泉是你省外贸公司干部，赵信书是S市矿务局机械总厂干部。两人于×月×日同住四楼301号房间。第二日赵即离去，钱于×月×日订购火车票去新疆。目前301号房间已住进别的旅客。据服务员证词，在他们离去时，301房间内没有发现任何可疑的遗失物品。

L市公安局×月×日

既然钱如泉就在本市，调查起来当然更方便了。第二天，C市公安局就收到省外贸公司人事部门报来的材料，全文如下：

钱如泉，男，58岁，本市人，家住本市平安巷42号。目前此人有妻子、三儿一女。除女儿尚在高中念书，其他家庭成员皆参加工作。该钱家庭成分城市贫民，个人出身学徒。1956年全行业公私合营时由私营企业店员转为国家工作人员。1959年任收购门市部副主任时，因下属盗窃还没有上交的宋代瓷器两件，以失职过错被撤去职务，1962年，因在收购时私自留下（即以公家名义收购，个人付款的方式取得私人所有权）翡翠扳指一枚，受严重警告处分。1965年又因私自留下清代扇面一幅受行政记过处分。1976年以当时所谓"散布政治谣言罪"被判有期徒刑五年，1978年平反出狱，仍任我公司职员。1982年在香港商人走私古物一案（见82·145号案件卷宗）中有牵连。但因他是经别人介绍，在不知情的情况下被案犯请去鉴定古物的，仅与案犯吃过一次饭，没有直接违法活动，故未给予处分。此人经常被民间的收藏者请去鉴定估价古文物，以此收受礼品。只因该钱熟悉业务，我公司从工作需要出发，尚未对其采取措施。目前此人被派往L市与新疆两地出差。

这样，情况有点复杂化了。C市公安局认为有必要了解一下这个赵信书，就给S市公安局去了一封协查的信函。S市公安局转给了矿务局机械总厂人保科，责成他们调查答复。下面是两份函件：

S市公安局：

你市矿务局机械总厂干部赵信书于×月×日来我市，住我市××部招待所。×月×日赵在我市邮电局发往L市一份电报，给我省外贸公司当时住L市的工作人员钱如泉。电报全文是"失黑炮301找"。现将L市公安局协查信件与钱如泉的材料的复印件寄给你们。请调查赵信书的情况。

C市公安局 ×月×日

C市公安局：

你局×月×日要求协查的信函并材料两份收悉。赵信书情况如下：

男，52岁，南京人，未婚，家庭成分旧职员，本人出身学生，未参加任何党团。1954年毕业于××大学机械系，1955年分配来我局。现为我局机械总厂设计室工程师。此人历史清白，在历次运动中皆未犯过错误，无前科可查。家中有母亲、两兄一妹，均在原籍，没有其他社会关系。他确系×月×日被我厂派往中央××部在你省××矿机械厂召开的现场会。行前，他曾请假趁便去南京探亲，我厂考虑他多年未归，在此地又是单身，故准予三十天的探亲假。现在假期未满，此人尚在原籍。如归厂后发现有异常情况，当即时函告。

S市矿务局机械总厂 × 月 × 日

六

我们在C市大街随便盯上的这个人，竟把我们带到××矿，带到南京，最后带到S市这个偏远的山沟里来了，绕了好大一个圈子！他在××矿、在南京的言行没有什么"异常情况"，不必记他，且看他回到S市矿务局机械总厂以后的事吧。

如果不节外生枝，赵信书此"案"也就不了了之，以后慢慢传出来，至多变成一个笑话，像"小老广"的"红豆"一样供大家一乐罢了。S市矿务局机械总厂给C市公安局复函中所说的"如归厂后发现异常情况，当即时函告"等语，不过是支应差事的套话，对赵信书这样的书呆子，谁也不会再去注意他。可是，这时偏偏有这么一件事，来了这么一个人，于是，在赵信书还傻头傻脑地盼着C市钱如泉给他来信的同时，他的背后，却展开了一系列有关他的紧张活动，光厂党委会就开了三次。

S市矿务局从西德引进了一套机器。这套机器的安装、调试、运转都由机械总厂负责。去年年底，西德专家来洽谈过一次，现在，机器运来了，专家也跟着来了。按合同，他要指导安装，待试车成功以后才算完成任务。去年西德专家来，是由赵信书陪同当翻译的。因为矿务局的技术人员懂得英语、日语的虽然很多，而懂得德语的却只有赵信书这么一个宝贝。那么这一次，能不能再让赵信书去跟外国人接触呢？

请注意，在这篇小说中我们不但要把真实的地名人名隐去，还要把矿山的种类和机器设备的名称隐去。因为只要暴露一个实际名词，有人就能从某份内部通报上查出整个事件的真相，这一来，对号入座的人就太多了。我们的小说也不叫小说，叫报告文学了。而报告文学是最难写的，批评也不是，表扬也不是，总会遭到"违反真实"的指责。并且，我们如果把技术上的事写得太细，不熟悉这种专业的读者读起来也会感到枯燥。幸好小说不是写机器，而是写人的；机器、技术的描写我们就从略了。感谢相声演员马季给了我们灵感，他在八四年迎春晚会上表演推销"宇宙牌"香烟，说是有一种新产品叫WC。这样，我们干脆就把西德运来的这套机器称作WC好了。

现在，WC机器来了，西德专家汉斯（这也不是他护照上的名字，而是我们给他起的一个最普遍的德国姓，就像俄国的伊凡、中国的张三李四一样）也到了S市。还让不让赵信书去当翻译，厂党委会上煞费脑筋。

"老赵这个人我很了解，"新上任的厂长、原厂副总工程师李任重思忖着说，"我和他一起工作了二十多年。说这个人缩手缩脚，工作没有魄力，不主动，不能独当一面，我是信的。可是我不信他会搞什么见不得人的名堂。这两天我们讨论来讨论去，不就是为了C市公安局来的那封调查函件吗？我看，那也并不能说明老赵有什么问题。咳！……"

说到这里，李任重摸着剃得发青的下巴沉吟了。他瘦高个子，身材匀称，年轻时一定很漂亮。如今已五十开外，两鬓已经花白，自当了厂长以来，性格也比过去稳健得多了。并且，他是搞科学的，科学讲究反证，但此刻他也拿不出什么有力的反证来证明赵信书没有问题；他的思维方式决定了他不能仅仅靠经验、靠直觉办事。于是他咳了一声后，沉默了下来。

冷场片刻，厂党委副书记周绍文轻轻地叹了口气，绕了一个圈子说：

"唉！现在，社会上要比过去复杂多了。我记得报上还登过这么一件事：南方哪个省的一个高干，参加过长征的老红军，竟想把自己的女儿给香港的富商做小老婆。唉！真是……"

"真是"什么，他也没说出来，言外之意是，社会比过去复杂了，人也会变得复杂起来，不能用过去的历史来证明此人现在不会出问题。李任重看了他一眼，觉得他这个论据也没有什么说服力，便没有理睬他的话，接着说：

"我看我们还是早点决定吧，汉斯先生在S市已经住了三天了，总不能再拖下去。我的意见还是让老赵去试试，万一有什么问题……"

"万一有什么问题"怎么办？这位新提拔上来的知识分子领导干部又傻眼了，自己也拿不出办法，只好焦躁地在皮椅上扭动了一下。

"真要命！这种事又没法表决的。"厂党委书记吴克功拍了拍桌子。在我们看来，他长得却有点像钱如泉，面白体胖，是个心地宽厚的人。他也觉得这种事情可笑，一面笑一面叹息。"赵工这份怪电报真给我们出了个难题。不把它当回事吧，人家公安局都注意上了，那个钱如泉又是那么种人。把它当回事吧，赵工又是这么个老实头子……嘿嘿！……"

提到钱如泉，周绍文倒忽然想起了一件事。他用笔敲着记事本说：

"哦，去年汉斯临走的时候，有这么一件事，不知你们还记得不记得？当时汉斯的确给我们出了些好主意，我们想表示表示谢意，送给他点什么。可是他说别的都不要，只要中国的一个小古董。这话也是赵工翻译的。后来，我们花了四十块钱买了一个仿制的汉朝瓦当送给他。他也不懂真假，高兴得眉开眼笑。买古董这事，我记得去年党委会的会议记录上有……"

周绍文向来是绕着圈子说话，但他的言外之意、弦外之音总能使人听明白。果然，这种联想引起了党委成员们的注意，连李任重都警觉地皱了皱眉头：是不是这个书呆子真的受汉斯私下的委托，代买什么古董，这次趁出差的机会和C市的一个古董贩子挂上了钩，却卷进一件违法案件中去了呢？……

"嗯，这事倒是有的。"党委书记吴克功点点头，又搔搔花白的短发，带着无可奈何的、会意的笑容说，"嗯，这里面，嗯，他们这里面，是不是……啊，有啥……哎，老郑，这个汉斯会不会说英文呢？要会说英文，事情就好办了。咱们厂好几个工程师都会英文哩，哪怕由李厂长抽出点时间来陪陪他呢。"

吴克功不愧搞过长期的政治工作，搔了搔头就想出了这个办法。

负责临时接待外国专家的郑副厂长埋在靠墙的沙发里，用不满的口气回答：

"这事我早就问过他了。他会英文，可是他说他是德累斯顿人，在国外，他向来不用英文说话。"

"啥？德累……"吴书记诧异地问，"那不是德国？那跟不说英文有啥关系？会英文，又不说英文。这，这里面……"

在这方面，吴书记可又糊涂了。郑副厂长懒得跟他解释，埋在沙发里喝茶。显然这位副厂长、党委委员有自己的看法，如果采取表决的话，他是会投赵信书的票的，但他却不愿在会上表态：管他呢！书记厂长决定谁去当翻译谁就去吧！

"德累斯顿是德国的一个城市，在第二次世界大战的时候被美国空军炸了个一塌糊涂。"李任重见吴克功的窘态，看不过去，耐心地告诉吴书记，"也可能是因为这个原因，汉斯才不在国外说英语。这也是他爱国主义的一种表现。"

"何止于一塌糊涂！当时汉斯面红耳赤地说，他的父母就是被美国飞机炸死的！"李厂长说话了，郑副厂长才用激烈的口气补充了一句。他们俩的关系有点别扭。可正因为关系别扭，才能从反面激出话来。

吴克功总算明白了，但又搔开了头。会议僵在这儿，和前两次一样，无法进行下去。

"哎！老郑，他跟你说这话的时候是用英文还是用德文的？"

周绍文灵机一动，想到了妙计。但他还是不愿直接说出来；他要引导别人往他的妙计里钻。

"德文。"郑副厂长眼睛都不看他，仅仅吐了两个字。

"那么，"周副书记面带微妙的笑容，"他说的是德文，你怎么懂得的呢？"

"我怎么懂的？我前天不就汇报过了么？我只好从省社会科学院借了个新分来的大学生！"郑副厂长的潜台词是：你别的事情记得倒挺清楚，前天的事你却记不得了！

"嘿嘿！"周绍文点点头，眼睛横扫过会议桌，朝大家一笑。意思是：这问题不就解决了吗？

李任重当即明白了，但他觉得这个办法不妥。可是这时候他的脑子被古董、钱如泉、"黑炮"、汉斯、赵信书和"社会比过去复杂了"

等等所干扰，乱成一团，也没有表示异议。吴书记两眼还瞪着周绍文，不太懂得这位副书记的圈子。至于郑副厂长，他的心思根本不在这个会上。他当了多年的副厂长，工作勤勤恳恳，没犯过大错，可是这次调整班子，他还是副厂长，却让李任重当了正厂长，所以他抱定了冷眼旁观的态度。

这时，管财务的王副厂长忍不住了，皱着眉头拍了拍记录本。

"行啦，行啦！"他不耐烦地说，"我看我们也别再讨论了，就照周副书记想的办法办吧。老郑，既然你已经请了一个翻译，那就请到底算了。咱们顶多给他单位付点借调的劳务费和出差费，要不了多少钱。我告诉你们，S市的招待所愣敲竹杠，一套特级房间一天要我们四十多块钱；机器还放在车站的仓库里，每天又要付钱，过期不取还要罚款！咱们坐在这儿讨论，人民币可是不停地朝外淌哩！"

"嗯，老周的办法倒是个办法。"吴克功终于恍然大悟，高兴地说，"既然请了一个大学生来，就让他一直陪同当翻译好了。老郑，你再跟省社会科学院商量商量，把这事定下来。至于赵工呢，"他把脸转向厂长李任重，"咱们也别难为他，还是要注意知识分子政策。你想，要是他没啥问题，我们不让他跟那个德国人接触，对他也没啥妨碍；要是他真有啥问题呢，我们让他跟那个德国人接触，不是倒给他提供了一个犯错误的机会，反而害了一个同志么？你说，是不是这样？"

李任重看着吴克功笑眯眯的脸，觉得这位党委书记抱的态度还是与人为善的，心里不觉有些感动。"好吧，"他点点头，"我们目前也只有这样做了。"

事情总算在第三次党委会上定下来：赵工靠边，找人顶替，赶快去接汉斯。

七

你在大街上找的这个最平常、最普通、最不起眼的赵信书，现在却引出个很不平常、很不普通、很引人注目的金发碧眼的外国人来了。世界上的事就这么复杂，人与人之间就有着这种千丝万缕的联系——要是你有工夫倒腾，你很可能从那个卖烧鸡的个体户身上找到他是哪一个皇帝的皇亲国戚的线索。

汉斯由郑副厂长和那位大学生陪同来到机械总厂，下了小轿车，吴书记、周副书记、李厂长把他迎进由会议室临时布置成的客厅。双方握手致礼，嘻嘻哈哈地寒暄了几句零七八碎的话，大学生也无法翻译。坐定之后，汉斯很高兴地叽里咕噜说了一通，大学生在一旁凝神倾听，随即面对大家说：

"他说，他非常高兴再次来到中国；这次来，算是和老朋友见面了。他对厂方对他的招待表示感谢。他说，你们太客气了，他已经在北京游览过了，这次，你们又让他在Ｓ市休息了好几天，等于度了个假期。他认为Ｓ市是个新兴的工业城市，有很好的发展前途。他对中国在短短的几年里取得的成绩表示敬佩。他还说他想早点开始工作，最好是下午就工作。"

听了这番话，李任重松了口气。他不是因为汉斯感到满意松了口气，而是觉得这个大学生翻译得还算流利。

"哪里，哪里！"吴克功微笑着说，"汉斯先生不远万里，来到中国，嗯，支援我们……我们理应招待的。要是汉斯先生有什么需要，尽管提出来,不必客气。"

大学生别过脸去,向汉斯译了吴克功的话。汉斯在沙发上欠了欠身子,朝吴克功点了点头,意思是感谢他的好意,又叽里咕噜地说了几句。大学生听了,白皙的面皮上突然泛起红晕。按《百家姓》顺序,大学生应该姓冯了,我们就叫他冯良才吧。他中等身材,衣着入时,戴一副黑边眼镜,是个初出校门的年轻人,第一次跟着外国人当翻译,态度还不太自然。

"他说,中国人是非常讲礼貌的民族,是一个文明的民族。他非常喜欢和中国人交朋友。他问你们厂有位姓赵的工程师,赵什么……按音译是赵、新、树,这位先生在哪里,他希望让他来当翻译。他说,他上次来,就是这位先生当翻译的。"

听了大学生的翻译,吴克功竟也像大学生一样,态度不太自然了。他干咳了一声,眼睛瞅着大学生说:

"嗯,是有这么一位赵——赵工程师,他叫赵信书。不过——不过,他现在不在这里,调到别的工厂去了。"

说完,他挨个儿地看看其他人,仿佛是征求意见:我这样答复对不对?其他人都没有表态,在沙发上端坐着。

冯良才把吴克功的回答告诉汉斯。汉斯耸了耸肩膀,摊开两手,说了几句话,冯良才翻译道:

"他说,他表示遗憾。他说,这位赵先生是个很好的人,是个很诚实的人,他和他在那十几天中结下了友谊。他要求你们代他问赵先生好。"

"好的,好的,"吴克功连忙答应,"我们一定把他的话带到。"

宾主又谈了一会儿,商定第二天开始工作。吴克功等人就送汉斯到招待所休息。招待所新布置了一套客房,和汉斯上次来又大不同了。

服务员全是本厂职工模样长得比较秀气的子女，替客人沏上热腾腾的香片茶。汉斯环顾了房间的设备，连连用刚刚学来的中国话笑着说：

"顶好！顶好！谢谢！谢谢！……"

从招待所出来，吴克功也很高兴，说：

"嗯，我看这个大学生也不错，翻的话也挺快，都不带打磕巴的。"

郑副厂长低着头，没有搭话。李任重在考虑明天的工作安排，也没有说什么。只有周绍文意味深长地说：

"嘿嘿！这个外国人为什么对赵工那么感兴趣？一来就夸他，还要叫他来当翻译呢？"

他说话的声音不高，却如雷贯耳，旁边走的三个人都掉过脸来盯着他。吴克功的一团高兴被冲到九霄云外，心头还罩上了一丝阴影，李任重肚子里暗自嘀咕：

"这个搞政工出身的人，果然有头脑，幸亏我昨天没有坚持……"

八

且不说这四个人心事重重地走了，我们来看看这个外国人是怎样想的吧。写小说不但要钻到中国人心里去，还要钻到外国人心里去。

汉斯身材高大魁梧，如今已年过五十，开始发胖了；金黄色的头发淡了下去，变成了亚麻色；有皱褶的皮肤红彤彤的，还很滋润，要不是罩着一层汗毛，就和煮熟了的胡萝卜一样。他的行动还带有年轻人的敏捷，这是长期坚持体育锻炼的效果。

这些天，他的确在 S 市待腻了。这里没有夜总会，又没有体育馆，电视上演的节目他全听不懂。由郑副厂长和翻译陪同逛了两趟大街，他看出来连这两个中国人也不知道还有什么地方可以消遣的了。但是他又不明白为什么还不让他开始工作，对中国人的慢节奏，他感到莫名其妙，然而又不便问，只好成天坐在特级套间里喝啤酒。啤酒是青岛出的，比德国啤酒和美国的罐装啤酒都好，这才把他暂时稳住。今天来到机械总厂，知道老朋友赵信书已调走了，他就想赶快干完活，早点离开这个没有意思的地方，在公司给他限定的出差日期里，余下几天到中国南方去逛一趟。

他和赵信书怎么建立起的友谊呢？现在让我们顺着他的回忆追溯上去。

原来，他去年冬天被公司派到这个矿务局机械总厂洽谈业务，一下火车，就听到一口很纯正的德国话招呼他。对一个离家万里的人来说，这首先就使他感到十分亲切，消除了他在漫长的旅途中的寂寞感。而这位能说很纯正的德国话的人，又是一个瘦小的、文质彬彬的、脸上总带有一种很羞涩的笑容的中国人。赵信书的外貌在我们看来是最平常的、最普通的、最不起眼的，可是在外国人看来，这却是一副典型的东方人的形象。汉斯从小到大，在德国出版的介绍中国的书籍上，经常看到画着这种单眼皮、黄皮肤的人的插图。于是，他像见到了一位多年未见的老朋友，一把把赵信书搂进怀里，两人着实亲热了一番。

赵信书第一天来接他，穿的是自己的涤卡棉制服，外面穿了一件在S市的冬天离不开的军绿色老羊皮大衣。把汉斯接回厂里，在宴请汉斯的酒席上，吴克功忽然发现我们的工程师和汉斯比较起来穿得太寒碜了，有失国体。宴会以后，就叫王副厂长去想办法，无论如何也要买套西服来，把赵信书打扮打扮，以壮声威。王副厂长连茶也没有喝，赶紧坐小轿车进城。但是，西北的这座中等城市在当时还没有一家商店出售西服，挂的都是灰色、蓝色、黑色的棉中山装，还不如赵信书本人的衣服。幸好王副厂长的女儿是 S 市文工团的歌唱演员，她给爸爸想了个办法，去文工团向一个小个子演员借了一套演出服。王副厂长连夜赶回机械总厂，和吴书记一起来到赵信书的宿舍，硬要赵信书穿上。赵信书涨红了脸，扭扭捏捏地不肯穿，说：

"汉斯根本就不在乎这个，他还佩服我们中国的知识分子艰苦朴素哩。他说，要是外国的工程师处在我们这样的生活水平，是受不了的……再说，我从来没有穿过西服，我还是穿自己的衣服习惯……我，我的确不愿意这样做……"

"嗳！"吴克功说："他不在乎，我们可要在乎呀。赵工，你现在不是代表你自己，是代表我们国家跟外国人打交道。你看，我、老王，这不都换上料子服了吗？你当我愿意穿？这件衣服的领子做小了，也不知道是我胖了，"说着，他扭了扭脖子，"你看，箍得紧紧的，还不如我穿大棉袄舒服哩！可是，我们得识大体呀！习惯嘛，穿穿就习惯了。来吧，来吧，穿穿试试。"

赵信书从来没有勇气坚持自己的意见，尤其在领导面前。他勉强地穿上了演出服。吴书记和王副厂长像两个服装设计师一样，把他拨来拨去地看了看。

"嘿！好！"吴书记笑着拍了拍巴掌，"这你在外国人面前一站，才像那么个样子！"

"正合身！正合身！"王副厂长也笑着说。这一下午他总算没有白跑。

西服有了，还没有大衣，总不能里面穿这样讲究的西服，外面穿那件军绿色老羊皮大衣吧。吴克功苦苦地想了一会儿，突然高兴地说：

"有了，我老伴刚给我做了件二毛皮、礼服呢的大衣，我还没穿过。我这就叫司机去拿。"

大衣可不怎么合身。吴克功身材跟赵信书一般高，但要胖得多。吴书记和王副厂长想了想，只好对赵信书说：

"这么着：你要出门，就把大衣披上，进了房子就脱下来。屋子里嘛，反正有暖气，不冷的。"

第二天一早，赵信书就土洋结合，里面穿着西服，外面裹着吴书记的二毛皮大氅，顶着寒风来到汉斯的住处。招待所里暖气果真烧得很热，赵信书进了门就扒下了大衣，露出舞台上的演出服。汉斯刚刮完脸，从卫生间里出来，见了他，笑着拍拍他的肩膀说：

"嗬！赵先生，你今天怎么穿得这么漂亮？是在这S市做的么？"

赵信书这个书呆子一辈子不会撒谎，并且心里对这种做法也有隐隐的反感，苦笑了一下，竟脱口说道：

"不是的。这衣服不是我的，是我们厂借来的。你一走，我还得还人家。"

汉斯听了哈哈大笑。但从这点，他更认为这是个诚实可信的中国人，具有东方人固有的美德，而且还有别人不易发现的幽默感。他亲热地拉着赵信书在沙发上坐下，喝着他带来的速溶咖啡聊天。他问赵信书的德语是在哪里学的，赵信书告诉他那还是在大学里，他的教授是三十年代留德的学生，曾得过德国的博士学位。

"那么，你那位可敬的教授在德国上的哪所大学？"

"汉诺威大学。"

"啊！"汉斯兴奋地从沙发上跳起来。"我也是汉诺威大学的。他是三十年代毕业的；我是五十年代毕业的。他是我的前辈了。想不到我在中国能够和我前辈的学生见面。赵先生，在中国，我们两人的关系应该算什么关系呢？"

赵信书想了想，在中国，这算不上有什么关系，连师兄弟关系也算不上。但他不愿意让汉斯失望，说：

"在中国，这也可以说是一种同学关系。"

"对的！对的！是同学关系！"汉斯高兴得又和他握了握手。两个人的关系更亲密了。

赵信书在钱如泉面前显得呆头呆脑，社会常识很贫乏，但他毕竟是中国土生土长的中年知识分子，与汉斯比较起来，对中国的风俗人情、地理历史当然要知道的多得多了；他又能用很准确流利的德国话向汉斯作介绍，甚至能讲一些有趣的民间故事和神话传说。在汉斯眼里，他简直成了个知识非常渊博的学问家。

在工作中，汉斯还发现赵信书对本行业务也很精通，虽然对现代的科技发展不太了解，但基础知识比自己还要扎实。工作的最后阶段，汉斯终于推心置腹地向赵信书说了实话：

"赵先生，我不明白你们为什么要买我们公司的WC机器。这种机器其实已经很落后了，在非洲都很难推销出去。你们应该买另一种机器——WCL334，那才是最先进的。你们买了WC，对你们采矿业的帮助并不大。"

"唉！"赵信书摇了摇头，"我一看图纸和说明，已经知道了。但是，买什么机器，不买什么机器，不是由我们技术人员决定的。"

"那由谁来决定呢？由那位姓吴的政府官员吗？"

"不是，"赵信书看了汉斯一眼，"他也决定不了，厂长也决定不了。那是由上面决定的。"

"上面？那你可以建议呀！"汉斯热情地说，"我把这信息透露给你，你去建议，不是更能取得你们政府官员对你的信任吗？"

赵信书无可奈何地笑了笑。"你还没有来的时候，我已经在局里召开的一次会上提过了类似的意见。但是局里说，我没有到过外国去，怎么知道外国采矿机械发展的情况呢，又说，上面已经基本上决定了，我们照着办就行了。上面不重视我的意见，我，"他也学汉斯耸了耸肩膀，"没有办法。"

汉斯当然更"没有办法"，只得撇开不谈，叫他介绍他们的家乡——长江以南的风景了。

九

以上一章，在小说技巧中叫作倒叙，或是倒插笔。下面，我们再接着第七章记录下去。

第二天，汉斯脱下西装，穿上厂里为他准备的工作服开始工作。WC 机器已经由大卡车、起吊车运到矿场，头两天是拆箱搬运，大学生冯良才的翻译还能应付。到了安装阶段，冯良才当翻译就越来越感到吃力，而汉斯的火气也暴露出来了。也不知汉斯的性格本来就是这样，还是因为当翻译的不是赵信书，他心里不痛快，抑或是他想早点干完赶快逛江南去，总之，只要冯良才稍不如他意，他就会火冒三丈。两个人经常闹点只有他们俩才知道的小矛盾。

一次，汉斯带两个工人仰卧在机器下面，叫站在旁边的冯良才拿个"kugel"来。"kugel"一词冯良才学过，是"子弹"的意思。他也奇怪钻在机器下面的汉斯这时候要颗子弹干什么，但又怕问多了汉斯发火，就叫一个小工人去找子弹。这个小工人是学徒，刚刚进厂，什么也不懂，心想："你叫我干啥我就干啥吧。"工地上当然没有子弹，小工人就跑到民兵指挥部去。管武器弹药的人还要叫他去领导那里批张条子来。跑来跑去，等小工人拿着一颗步枪子弹跑回工地，汉斯早从机器下面爬出来了，一面用棉纱擦手，一面向冯良才大发脾气。

"Kugel！Kugel！"汉斯指着机器旁边一堆钢球，朝冯良才瞪着眼睛大喊。下面还叽里咕噜了许多话，四周的工人也听不懂，反正觉着不是在表扬他。

当着许多工人，冯良才决心维护自己的尊严，红着脸跟汉斯顶起嘴来。两人指手画脚地叽里咕噜了半天，汉斯才告诉他，"kugel"一词在德文里不但指子弹，也指金属制的球和轴承上的滚珠。

"你不行！"汉斯直摆手，"你不能当翻译！你比赵先生差远了。请你去跟你的领导人说，再把赵信书先生调回来。你们中国的企业不都是国营的吗？人员调动要比我们西方容易得多。去！请你去向政府官员说，就说这是我的要求。那位吴先生不是说过，我有什么要求都可以提出来吗？"

吃完中饭，冯良才就气呼呼地跑到郑副厂长的家里。他是家中最小的儿子，从小娇惯到大，"文化大革命"中家庭也没有被冲击过，哪受过这种委屈？而且，毕业后，看着别的同学有的留校，有的分配到京津沪穗等大城市，偏偏把他这个学德文的分配到西北来，他本来就一肚子气，不愿在这里待哩。

"郑副厂长，"冯良才板着面孔说，"那个汉斯向你们提出要求，要把姓赵的工程师调回来给他当翻译。"

"怎么？"郑副厂长给他端来一杯茶，放在茶几上，向旁边的沙发上一指，"你先坐下。你翻译是不是遇到什么困难了？慢慢说。"

"困难嘛——"冯良才脑子转了转：他还不能承认有什么困难。在学院里，他考试的成绩都不差，现在，一般的口语翻译也很流利，怎么能说自己不行呢？于是他这样说：

"困难倒是没有什么困难。只是，你知道，说外语的人应该和翻译合作、配合。要是两人合作、配合得不好，多好的翻译也不行！我看那个汉斯和那个姓赵的工程师一定能配合；大概赵工程师也摸到了汉斯说话的方式，有了经验。把赵工程师调回来给他当翻译，对工作也有利些。"

郑副厂长是个有经验的领导干部。他肚子里早就一清二楚。但冯良才自己不愿承认有困难，他也不便把问题捅破。

"那你就好好争取和汉斯合作、配合嘛。人家是外宾，是我们请来的，小冯，你不能耍小孩子脾气哟！外国人不像我们中国人，在工作上，人家是不讲什么交情的。有时候，你也会受点委屈。那没什么！年轻人嘛，磨炼磨炼对你也有好处。"

"我倒不怕受委屈，其实汉斯对我也没什么过不去的。"他虽然气得要命，还是要掩盖他和汉斯的摩擦。领导如果知道汉斯对他不满，准认为是他的过错。"我只是觉得，要把赵工程师调回来给他当翻译，他们两人投脾气，工作会进展得顺利些。再说，这也是汉斯本人提出的要求。"停了停，他又问，"赵工程师调到哪里去了？是不是调他有什么困难？"

郑副厂长喝了口茶，沉吟了一会儿，忽然用感慨的语气说：

"唉！调他有什么困难，什么困难也没有。哼哼！赵工哪儿也没去，就在我们厂里，可是现在领导上还不能让他和汉斯接触。"

"啊？"冯良才一怔，诧异地问，"那为了什么？"

"为了什么？我也莫名其妙。"郑副厂长侧过身子，面向着他，"小冯，'为什么'你也别问了。总之，我们是相信你的。"郑副厂长把重音放在"你"字上。"将来你就知道，要想得到别人的信任是最困难的。你还是继续去当翻译吧,有什么困难,努力克服。你别小看在我们这儿当十来天翻译。送走汉斯,你完了事,我们就以局的名义给你们社科院写个鉴定和感谢信。这个,对你将来的提级、评定职称,用处可大哩。你好好干,我们不会亏待你的。"

冯良才不明白不让姓赵的工程师和汉斯接触的其中奥妙,但根据经验,他想这个中国人和那个外国人之间一定有什么勾当。要不,为什么汉斯非要姓赵的跟着他不可呢?同时懂得了在这里当临时的翻译对他的前途还是有好处的,只得按捺着性子,继续跟在汉斯后面。

一下午相安无事。第二天,在安装工作中,碰到了一个技术名词,冯良才又错译成别样的东西,工人给汉斯搬了来,汉斯看见,再次大发脾气。

"冯先生,你是不能搞技术翻译的!"汉斯不客气地手指着冯良才,"技术翻译和一般翻译是不同的。我请你去提的要求你提了吗?为什么还不把赵先生调来?"

冯良才不是个甘居人下之辈,又容易冲动,面对着汉斯,不卑不亢地说:

"我已经把你的要求转告了厂领导,但是他们没有答应。汉斯先生,据我所知,赵先生并没有调走,还在这个厂里。"意思是,你就凑合点吧,人家不让那个姓赵的跟你接触;你们俩搞的什么名堂,你应该自己肚子里有数!

"哦?"汉斯疑惑地瞪起蓝色的眼珠,"他还在这个厂里?他没有调走?那为什么不派他来跟我一起工作?走!请你带我去见你们厂的负责人,我当面去提出要求。"

冯良才没有料到汉斯有这一手。看着汉斯毫不心虚、理直气壮的神情,他不得不去了。但他不能带汉斯去找郑副厂长,因为赵信书没调走的秘密是这个厂长透露给他的,闹不好,会把他装进口袋里。于是他带汉斯去找李任重。

在厂长办公室,李任重客气地接待了他们。坐下之后,汉斯说了两句话,冯良才这样翻译道:

"李厂长,我听别人说,赵信书并没有调走,我希望你们能让他来跟我一起工作。"汉斯原话是"听这位先生说",冯良才翻译成"听别人说"。

李任重却用英语直接问汉斯:"汉斯先生,是不是这位冯先生在翻译中有什么困难,使你不太满意。啊,你可以用德语回答我。"

汉斯瞥了冯良才一眼,耸了耸肩膀,说:"你问冯先生吧。"

这话是不用翻译的,从汉斯的表情上也能看得出来。冯良才见李任重的英语很好,又是位技术人员,就很坦率地说:

"李厂长,你是科技人员,又懂外文,你也知道,科技翻译和一般翻译不太相同,那里面有许多专用的术语;德语中一词多义的情况又很多。我不是搞你们这项专业的,我在大学里学德语时从来没有读过这种专业的教科书,调到我们省社科院,只译了几篇德文的哲学和社会学资料。所以我本人也觉得有一个专家来跟汉斯在一起工作比较好些。"

李任重抿了抿嘴唇,思忖了一会儿,对冯良才说:

"这个我早就知道,让中国专家随同外国专家工作,当然要比你当翻译合适得多。可是,赵信书同志手头还有很多事没完,不能马上把他抽出来。你就这样给汉斯解释,说一旦赵信书那边的事办完,即刻调来同他一起工作。小冯,这些日子,请你一定要仔细一些,在外国人面前要虚心,至少人家比你的德语要强得多,不清楚的地方,你多问人家两遍,这也是一个学习的机会嘛。好不好?"

"我——没有什么'好不好'的。"冯良才垂下眼睛,歪着脑袋说,"只是汉斯有这样的要求,提了几遍了,从一来就提出过,我怎么跟汉斯解释?一会儿说赵工调走了,一会儿又说没调走,只是有别的工作。李厂长,要是赵工有什么问题,不能让他跟外国人接近,就干脆告诉汉斯好了。这样也能使他断了那个念头,跟我配合得比较好些。"

"哎!你绝不能跟汉斯那样说,"李任重急忙说道,"赵工什么问题也没有!并没有不让他跟外国人接近的事情。当然,我们也不能跟外国人撒谎。赵工没调走就是没调走,他现在正忙于其他工作。小冯,你再干几天,如果技术翻译上有什么困难,你直接找我好了,我们一起研究。唉!我要不是当了这个厂长,成天忙着企业整顿,开会学习,我就和你一起跟他干,把这套WC机器摸一摸。但是……你看,我一天到晚忙得看点技术资料的时间都没有。真是……"

两个中国人用单音节的汉话抑扬顿挫地说了半天,汉斯在一旁也听不懂,但从表情上看出来两个中国人都很为难。最后,冯良才告诉他,赵信书先生的确没有调走,仍在本厂,可是他现在担负了别的工作,待那项工作一完,马上就来给他当翻译。汉斯也无话可说了,站起来告辞。

"汉斯先生,"李任重送汉斯出来,用英语对他说,"这位冯先生刚从大学出来,又不懂我们的专业,所以,还要请你在术语上多给他解释。他是个年轻人,有什么不对的地方,请你原谅他……"

汉斯点点头,"呀、呀"地表示答应。然而,他心里总觉得,中国人的礼貌后面,隐藏着什么东西没让他知道。

十

　　送走汉斯，李任重一屁股坐在办公桌前沉思起来。他比谁都懂得应该有个专家来跟汉斯一起工作。这不单单是个翻译的问题，还便于 WC 机器今后的维修；如果这套机器的确既先进又不复杂，自己厂说不定还能仿造。他也完全信任赵信书这个人。一起工作了二十多年，对这个人再不认识，真是笑话了！但是，那"失黑炮 301 找"又是怎么回事呢？他怎么跟那个值得怀疑的什么钱如泉挂上钩的呢？这么一个稳重的人有什么必要急急忙忙用电报和一个古董贩子联系呢？……种种疑点糅合成一个疑团，他想来想去想不通。他决定在百忙中抽出一点时间亲自去了解了解。

　　吃完晚饭，在家人们都围在电视机前面的时候，他出了门，徒步向单身职工宿舍区走去。矿山上骑不成自行车，他爬了好几里坡路。一面走，还一面低着头回忆赵信书这二十多年来的表现。脑子里和演电影一样，一幕一幕地闪过，但除了"黑炮"事件，再没有找到这个书呆子一点可疑的地方。

十一

　　以上是简短的一章，在小说中是必要的过场。现在我们再跑回赵信书那里,看他在干些什么。

这是间和招待所客房一样的住房,开开门就是长长的走廊,门上还编了号码。房间有十五平方米,一对带茶几的简易沙发,一张写字桌,一张单人床和两个大书橱就挤得满满的,但收拾得却很干净整齐;墙上的空间也利用了,挂着三角板、直尺之类绘图器具。老单身汉不像小单身汉,多年的独身生活使他学会了自己照顾自己。从C市回来,受了钱如泉的熏陶,他居然还弄了两盆花放在窗台上,一盆文竹,一盆吊兰,其实不算是花,而是草。

前十天,厂里忽然把他从设计室抽出来,要他到二十里路以外的一个矿场作"现场指导"。那不属于他的工作,他并不能帮什么忙。但他还是服从调动,按时去上班。上下班都有交通车接送,可是下了班必须在那个矿场吃饭,因为到他回来的时候,这边的食堂已关门了。所以,他每天都很晚才能回"家"。

这天,他下班回来,翻了翻带回来的资料,见没有什么可办的,就把棋盘铺在茶几上,照着从南京买回来的一本《象棋谱大全》,一个人研究起棋局来。

他正在研究第二局——"双炮双士胜炮双仕",李任重敲门进来了。

"啊,老李,你怎么来啦?有什么事?"他很惊讶。李任重从来没到他住处来过。一个有家室的人是很少到单身汉那里串门的。

"没什么事,"李任重跟他握了握手,"路过这里,顺便来看看你。"

他请李任重坐在沙发上,沏了一杯从南方带来的茶,递到厂长手里。两人随便扯了几句,李任重问:

"汉斯来了,正在安装WC,你知道吗?"

"知道。"他心里想,也许又要调我去跟汉斯一起工作了吧。

他很希望去，见识见识WC究竟"先进"到什么程度。

"你去找过他吗？"李任重把茶杯放在茶几上，瞥了棋盘一眼。

"找过。第一趟去，招待所的人说不在。上个星期天去，看门的老头子叫我不要再去了，说周副书记告诉过，汉斯这次来是干活，除了那个姓冯的翻译，谁也不要放进去，免得打扰他。这样，我就没有去了。"

"嗯，是这么回事……"李任重似乎明白了点什么，但没有说下去。

"老李，"赵信书恳切地说，"汉斯上次来，跟我坦率地说过，WC其实是很落后的东西，在非洲都推销不出去。买这样的机器，对我们的帮助并不大。上次你出差去了，我在局里的会上提过，可是……"下面，他谨慎地把话咽回肚子里。

"唉！"李任重又端起杯子喝了口茶。茶叶很好，和WC一样，也是S市买不到的。"这是局里弄来的，我没插手。你知道，我们出国采购的人里面，有一些根本就不懂专业，不是看需要，而是看手头有多少外汇来买东西的；什么东西便宜买什么……东西既然已经买来了，那就安上吧，至少它还能干活，是不是？"

沉默了一会儿，李任重蓦然想起来：

"哎，他怎么会把这种话告诉你呢？我听局里的人说，汉斯还口口声声说WC如何如何先进哩！"

"哦，"赵信书呆笑道，"那还不是混熟了，他是把我当作朋友才说的。"

"那么，"李任重紧盯着他问，"他是不是曾经托你办过什么事？私人的事？"

"没有，"赵信书断然否定，想了一想，又说，"没有！"

从他的神态上，李任重看出来他说的是实话；从多年的经验上，也深知这个人不会撒谎。李任重松了口气，同时更觉得这个人老实得可怜；不让他去当翻译，他也不问个所以然；有意隔离他和汉斯，他也看不出来个迹象，还一个劲儿地为 WC 先进不先进的问题操心。

李任重默然地又把茶杯放回茶几。这时，他注意到了那副棋盘。他心中一动，俯身在上面细细地看了一遍，发现棋盘上有一颗棋子，是由一个牙膏盖代替的，他急忙问：

"老赵，这个牙膏盖是颗什么？"

"哦，那是个黑炮。"

"你是丢了颗黑炮？"

"嗯，这趟出差丢在路上了。"

书呆子莫名其妙厂长问这些闲事干什么，而李任重却是厂党委委员，他无权把党委会上议论的事泄露给当事人。这样做，是违犯组织纪律的。在一瞬间，他自持地稳住了神色，沉静地靠回沙发上，笑着说：

"老赵，你还喜欢下棋啊？"

"嘿嘿！"书呆子讪讪地笑了笑，"没有事的时候，下两盘消磨消磨时间。"

李任重还是在上小学时下过棋，只知道"马走日字象飞田"。以后四十年来不是忙于学习，就是忙于工作，忙于家务，如今工作担子更重了，他对这项娱乐更失去了兴趣。他已经达到了此行的目的，就抬起眼睛四处看了看。他发现这间房间虽然收拾得很整齐，书籍杂物都放得井井有条，却不知怎么，给人一种不舒服的感觉；这里有一种让人看不见、摸不到、说不出的冷清、寂寥、落寞和没有勃勃的生机。就连窗台上那盆吊兰和文竹，也是死样怪气的、蔫蔫乎乎的，仿佛是它们不愿来，而是被主人拼命地把它们拽了来似的。

这里缺少什么呢？似乎什么都有，一应家具齐全，可又似乎什么都没有，空空如也。李任重端起杯子慢慢呷着茶，琢磨了一下，才猛然想起来：这里缺少一个女人！

是的。他自己从学校毕业后不久就结了婚、入了党，夫妻双双来到这个偏远的矿山。那时生活条件虽然艰苦，但新婚夫妇的日子过得还很快活。以后有了孩子，一个、两个、三个，现在每晚围在电视前的已经是一大家子人了。

而眼前的这个书呆子呢？比自己还早毕业两年，到这里的时间比自己还长。可是多少年来他都是在这种冷清的、寂寥的、落寞的气氛中生活着。在人家一家人热热闹闹地看电视节目的时候，他却一个人孤独地待在房子里自己跟自己下棋。过去，当然谈不上组织对他有什么关心，不整他就是他的福气。现在呢？记得就是为了使他一个人能住这么一间房子，厂里还有人喋喋不休地说闲话：矿上的单身汉都是两人一间，工人还四个人挤在一间里，凭什么他一个人独占一间？

蓦地，李任重又想到，厂党委会从来没有为这个长期以来埋头矿山建设、叫干什么工作就干什么工作的书呆子的生活、工作、组织问题开过半次会，只是发现他有什么"黑炮"事件了，才急急忙忙在两天中开了三次党委会，紧紧张张、郑重其事。

一时，厂长的感情激动起来，他决心要改变这种不公道的事情，首先，要解决书呆子的终身大事。这事是不必经过党委会，他自己就能做主的。

"老赵，"李任重深情地说，"你也该成个家了吧！老实说，我今天来，就是想给你谈谈这件事。计财处有个会计，叫陈淑贞，跟我爱人在一起工作，常到我家来玩。我看她人不错，长得也很端正，还是个南方人，跟你一定合得来。她丈夫是职工子弟中学的教务主任，前年得癌症死了，身边只有一个上中学的女孩子，没有多大的家庭负担。怎么样？你有意思没有？要是愿意谈谈，我明天就叫我爱人去跟她说……"

赵信书见了女同志都会脸红——比如上次和孙菊香打交道，听见别人给他介绍对象，他更忸怩不安了。他全身缩在沙发里面，埋着头盯住棋盘，一言不发。

李任重问了半天也问不出他的意见，以为他算是认可了，就站起身告辞。临走时，又盯了那黑色的牙膏盖一眼。

李任重决定明天一早上班就提议召开厂党委会。

十二

李任重的一席话，撩得书呆子心慌意乱，一晚上睡在单人床上辗转反侧、胡思乱想。他极力在脑海中寻找那个女人——陈淑贞的形象，似乎见过，又似乎没见过。这个机械总厂有两三千工人干部，厂房沿着山沟逶迤下来，占地长有几公里，他到哪儿去找呢？

他一点也没想到在他背后还有针对他的政治活动，他的呆就呆在这里。

一宿无话，现在我们也去参加第二天一大早就由李任重提请召开的厂党委会吧。

五个党委委员来了四个。王副厂长一听说又是讨论翻译的事头就疼：早已决定的事，有什么必要还翻来覆去地讨论？他借口快进入第四季度了，要作财务总结，没到会议室去。

开始，李任重就说明了必须配备专业翻译的必要性：让赵信书去不但是当翻译，还要去熟悉引进的机器，这对矿山机械化是大有好处的，何况，外国专家再三提出这样的要求，厂方总不能置之不理。

"我保证赵信书同志没问题！"他慷慨激昂地说，"我已经亲自调查过了：他确实丢了一个黑炮。这黑炮不是别的，却是一颗棋子，象棋里的棋子！这是我亲眼看见的。我还认为，我们厂党委对他的生活关心得很不够。这个人，大家都知道，在矿山勤勤恳恳地干了快三十年，却连个家都没有。这……周围的同志也应该替他操操心，给他一点温暖吧……"

这个知识分子也有点书呆子气，连翻译问题带落实知识分子政策问题侃侃地谈了十来分钟，说到后来，他也发觉自己走了题，又把话拉回来，说：

"总之，我提出还是让赵信书去和汉斯一起工作，大家讨论吧。"

吴书记主持会议，当然要听完大家的意见以后才作总结，这时脸上没有任何表情地坐在会议桌的主位上。郑副厂长早就觉得应该让赵信书来当翻译，到外单位借人是多此一举。什么"黑炮"不"黑炮"的！他知道赵信书此人即使干坏事也干不了大的坏事，至多和汉斯有点私下的财物来往，无非是交换中国的古董和外国的录音机之类的玩意儿，那也没什么了不起，总比误了生产上的大事好。但是，因为这个提案是李任重提出来的，他就执拗地不表态支持，靠在椅子上两眼一会儿望望窗外，一会儿瞅瞅天花板。

会场静默了一会儿，周绍文坐起来，两手放在会议桌上，轻轻地咳了一声，说：

"对赵工，关心，我们的确应该关心的。过去，我们对他是不够关心的，啧！今后……不过，关心不等于不搞清楚问题。正是为了关心他，更要把问题搞清楚。所以说，李厂长，你是不是能把调查的过程介绍详细点呢？"

周绍文绝对没有一丝恶意。由赵信书当翻译和由冯良才当翻译，对他个人都没有一点利害关系。他只是从他主管的事情上出发，一定要把每个人的问题弄得水落石出而已。

李任重原原本本地把夜访赵信书的经过叙述了一遍，只是略去了给他介绍对象的话。

"嗯——"周绍文皱着眉头想了一想，脸上蓦地展开一丝异样的笑意。"那么，这里面就有两个值得研究的问题了：一、下棋是两个人才能下的，你当时去的时候，房子里并没有别人，他为什么要把丢了一个黑炮的象棋大明大白地摆在最显眼的地方呢？二、一颗棋子值多少钱？李厂长说是木头做的，我不会下棋，不懂那玩意儿，可我想一副木头棋子至多值一块多钱吧；一颗棋子，不管它是黑炮红炮，就更不值钱了，他为什么要花好几毛钱打这么份电报呢？嗯？"

他睁大眼睛，带着疑问的笑意看看每一个人，像一个天真幼稚的孩子，希望大人能给他解答这两个问题。三个人也困惑地看着他，连郑副厂长的目光也从天花板上收了下来。李任重直眨眼睛：这两个问题既没有数据，又没有资料可查，比任何技术问题都难回答。

是的，一件生活上的小事一旦提到严肃的会议桌上来讨论，它本身就无形中具有了严肃性和神秘性，谁也难以摸透——理性解释不了非理性！

大家又像第一次、第二次讨论翻译的会上一样，僵在各自的座椅上。最后，还是吴书记出来打圆场。

"哎——我看，老李，WC的安装也快完成了，翻译呢，也不用再换了吧。那个姓冯的大学生，不是也对付到今天了吗？再把赵工换上去，他还要重新熟悉，也有困难。是不是？啊，咱们……这就算了。赵工呢，今后咱们的确要多关心他，主要从政治上关心，看他以后还有什么新情况吧。啊，咱们这次会，是不是就到这里？啊，大家还有什么意见？"

李任重回答不了周绍文的两个问题，再说不出什么意见了。郑副厂长和周绍文更无话可说，收拾了桌上的本子，端起茶杯，一前一后地走出会议室。

"老李哇，"吴书记站起来把门关上，转回身坐到李任重旁边，语重心长地说，"凡事要谨慎小心啦！像这类问题，咱们宁可信其有，不可信其无。万一要出了什么纰漏，责任算谁的呢？你还敢在会上大包大揽地'保证谁谁谁没有问题'，我告诉你，我参加革命四十年了，都从来没敢说过这种话。你现在可不像过去了……你也知道，为了提拔你当厂长，从局里到厂里，有多大的阻力！直到现在，咱们党委内部，不还有人不服气吗？唉！你千万别出错呀！你出了错，不是你一个人的问题，是给咱们党提倡领导干部知识化、专业化的政策上抹了黑啦！到时候，你看吧，说啥难听话的都有……难啦！以后你就知道了，当个领导真不容易！至于赵工呢，我还是那个话：也别难为他。干脆，让他啥都不知道，不参与。这样，要是他真像你说的那样没啥问题，他心里也不会不好受……"

李任重半小时前还满腔热情，想为知识分子，至少是为赵信书伸张正义，辩白冤屈，但在周绍文这位由职业所决定的怀疑主义者面前，心里的血液一下子降到了冰点，听了吴书记这番亲切的教诲也没有暖和过来，反而更有点战战兢兢的感觉。他沮丧地坐在皮椅上默默无语。吴书记看看他的脸，拍了拍他肩膀以示安慰。吴书记此刻心里想：

"唉！真难啦！你看，我还得给厂长做思想工作！"

十三

好了，以下，我们也没什么可记的了。汉斯仍然带着冯良才安装那套WC。赵信书仍然每天去二十里外的矿山上"指导工作"，不过一路上总心神不定地想发现谁是陈淑贞，见了四十岁左右的女人就不自觉地要盯上一眼。机械总厂生产照样进行，李厂长仍然忙于企业整顿和日常事务，真是七荤八素，什么问题都有，几乎把自己的专业也忘了；吴书记继续做他的政治思想工作；周、郑、王统统一如往常。日子，就这样悄悄地过去了。

在平常的日子里，我们还是选个不平常的人来写。在这个山沟里，不平常的人只能是汉斯。

汉斯是个爱国主义者，可惜他爱的是他们德国，而不是中国。那天他和冯良才从李厂长的办公室出来，心里就产生了疑团：怎么搞的？一会儿说赵先生调走了，一会儿说赵先生还在厂里。在德国，他曾听说中国许多知识分子在前些年有些离奇古怪的遭遇，那么，是不是他的老朋友又碰到了类似的不幸呢？

这样，汉斯就不认真地工作了，但也不再向冯良才发脾气。冯良才译错的时候，他只冷冷地站在一旁看，或是自己动手去做，并不告诉冯良才这个词的多种含义。WC并不是什么精密的机器，零件都很粗笨，即使没有冯良才，他用手指点工人也能把它装配起来——由不同语言的人能造巴比塔，何况一部WC呢？不多日子，WC装好了，在矿场上开机运转，一切正常。局里的人来验收，觉得很满意，在合同上签了字，汉斯第二天就打点起行装告辞。这次走，他显然没有上次愉快。

且不说汉斯跑到江南游山玩水，也不说冯良才拿着一份很好的鉴定和一封感谢信回到省社科院，我们来看这部WC。

WC刚运转了半个月，整部机器就像害了疾病一样发开了抖，后来越抖越厉害，几乎要立刻散架瘫下来，矿长只得命令关掉机器。WC成了一堆废铁堆在那里。

这一下，事情闹大了，第二矿场的生产计划整个乱了套。局领导立刻下令检查原因，如果是德国人的错，就要向德国公司要求赔偿。这个任务，当然落在机械总厂的头上。

李任重带着几个技术人员和十几个工人奔赴现场。他这是第一次见到装配好的WC，远远地一看，他就知道这不是什么"先进"的玩意儿，顶多是六十年代的产品。这种东西国内也会制造，甚至比它还要灵巧。可是有什么办法？是你自己跑去买的，又不是人家硬塞在你手上的。现在，这部偌大的废物正堵在坑道门口，进进出出的工人没有一个不骂的。李任重黯然神伤，心想，要是听了赵信书的话，何至于弄到这种地步呢？

事故很快就检查出来了：没有别的毛病，是WC的全部轴承被磨损得变了形。正如一个人全身的每个关节都得了关节炎，它还怎么能工作呢？

"真是开玩笑！真是开玩笑！"李任重踢着卸下来的轴承，气愤地说，"WC安的是滑动轴承而不是滚动轴承，这算什么'引进'！照这种标准，我们都可以向西德输出技术了！"

下一步，是要检查责任。局里下令把和德国公司签订的合同、矿场各班的开机记录和汉斯留下的注意事项等等都集中起来，交给机械总厂分析。

"一定要迅速查明责任！"局长在电话里向吴克功喊，"这关乎一大笔外汇哩！连夜把有关的人，把那个懂德语的姓赵的工程师也找来，局里明天就要你们的报告。你明天上午带着报告来开会。"

局长咔嗒挂上电话，吴克功连忙打发人去通知召开党委会，吃完晚饭，党委委员们都到了会议室，一个个阴沉着脸，垂头丧气。

"哦，没到齐！"吴克功眼睛溜了一遍，"还有赵工，赶快去把赵工叫来。这会儿，只有他才解决问题！"

厂里的小轿车一溜烟飞驰到单身宿舍大楼，通讯员连拉带拽地急急忙忙把赵信书塞进汽车。不一会儿，他就来到鸦雀无声的会议室。

"啊，来来来！"吴克功迎了上去，"赵工，你快看看，把我们的记录和德国公司的说明、注意事项对照一下，看看 WC 损坏的责任究竟该谁来负。"

他把一大堆材料放在赵信书面前。赵信书已经听说 WC 出了问题，看了看在场的每一个人，然后慢条斯理地坐下来，摊开材料，一字一句校对起来。李任重是技术人员，又懂外文，事故也是他检查出来的，他在旁边帮着赵信书。其他人都焦急地在会议室里踱圈子、抽烟、喝茶。责任检查不出来，他们这一晚上别想去睡觉。

合同是赵信书译的，没有错误，但他还是仔细地从头到尾核对了一遍。检查到汉斯留下的说明书、注意事项时，一条条改正了冯良才译错的地方。冯良才译的中文本上，密密麻麻地写满了他的字，就像批改过的小学生的作文本一样。

"唉，这真是，这真是……"李任重气得说不出话，只一个劲儿地摇头叹气。但冯良才上面的译文与这次事故并无直接关系。

"啊，在这里了！"赵信书忽然抬起头，呆滞的眼睛放出光彩。周、吴、郑、王赶紧聚在他的身后，尽管他们不懂德文，也一齐盯着桌上的那份说明书。

"是这样的，"赵信书把说明书捧到吴书记眼前，"说明书的注意事项上第 27 条这句话'Ander Maschine sollen alle Lager geschmiert werden.'正确的译法应该是'机器上所有的轴承都应该涂上润滑油'。可是中文本上却译成：'机器仓库都应涂上油。'这、这，人家已经说得很清楚了……"

"咦！"吴克功惊异地说，"咋会错得码子这么大呢？"

赵信书歪着头想了想，用不太有把握的语气说：

"可能是这样的，'Lager'这个词，在德文里有三个意思，一个是'阵营'——社会主义阵营、资本主义阵营的'阵营'；一个是'仓库'；一个是'轴承'。这位翻译平时大概很少接触机器，就按'阵营'和'仓库'来考虑了。按'阵营'译，显然不像话，按'仓库'译比较妥当。既然是'仓库'，那就不存在要涂'润滑油'的问题，他就把'润滑油'译成了'油'。这、这只是我不成熟的看法，还是请领导考虑。"

"他妈的！"王副厂长气得骂了起来，"幸亏他光说'油'，还没说是什么香油、麻油、棉籽油……"

郑副厂长沉重地一屁股坐在靠墙的沙发上，一言不发。李任重皱着眉头把矿场的记录一把拉到自己面前，一页页地翻了一遍。

"是的！"李任重用指关节敲了敲记录，"我们就是在最平常的事情上忽视了。我们以为人家先进，那就样样先进；谁知道 WC 安的还是滑动轴承，既然注意事项上没有注明要涂润滑油，也就想不起来去给它涂润滑油，因为现在最先进的轴承可以不上润滑油的。你们看这记录,从开机直到停机,从来没有给轴承上过润滑油。一天三班倒,机器不停地转,滑动轴承还有个不磨损的!"

"这么说,"吴书记也无力地坐下了,"责任不在德国人,而在翻译?"

"什么'在翻译'?!我看在我们!"郑副厂长在他们背后气恼地撂来一句,"我们还是在'背靠背'地解决问题!"

"唉!这一来,连停工带维修,咱们要损失三四十万啦!"管财务的王副厂长马上想到财务损失上去,"哼哼!还刚碰上这企业整顿,讲求经济效益的时候……"

会议室一下子寂静无声,党委委员们都在寻思:损失了这几十万的原因究竟在哪里?这笔账究竟应该挂在谁的名下?赵信书忐忑不安地缩着脑袋,仿佛他是罪魁祸首似的。

"哎!赵工,"忽然,吴书记打破了沉闷,"你想想,你是不是给一个姓钱的打过一份电报,说啥'失黑炮301找'?"他是党委书记,毕竟有魄力、有胆量,没有经党委会讨论就把问题捅了出来。

"嗯,嗯,"赵信书惊讶地说,"是呀,是,是有这么回事!"

"唉!你给那个姓钱的打啥电报嘛!那份电报是个啥意思嘛!"吴书记焦躁地叹气。

"我,我跟他是在L市旅馆里认识的。我们下了一晚上象棋。第二天我到了C市,发现我的象棋里丢了一颗黑炮,就,就给他打了份电报。这、这有什么问题吗?"

"唉!'什么问题','什么问题',"吴书记啼笑皆非地摇着脑袋,"对你来说,啥问题都没有!可是……"

"'可是',可是我们问晚了!我们早就应该跟老赵面对面地谈开的!"李任重倏地站起来,走到窗前凝望着一片灯光,陷入了沉思。

"是什么东西使我们总不能相信自己的同志,还要等着看他的'新情况'哩!"

"哎,赵工,"一直没有说话的周绍文问,"你怎么会花好几毛钱去打电报找那颗不值钱的棋子呢?有那钱,你再添点,不就能买副新象棋了吗?"他还是想搞清楚他怀疑的问题。

书呆子看着五个党委成员突然都撂开了重要的 WC 来追问他打的电报,似乎也明白了他那份电报和 WC 损坏的责任有什么联系,急得头上的汗都冒了出来。但急中生智,他知道什么友情,什么心灵里微妙的秘密等等浪漫主义的东西,是无法使人相信的。在这种场合下,人与物之间的感情,倒比人与人之间的感情更有说服力。于是,这个一辈子也没撒过谎的书呆子也撒起谎来,嗫嚅地说:

"我,我只是,只是用惯了原来用的棋子……原来这副象棋,我,我用习惯了。"

"哎呀!"吴书记拍了一下桌子,"真是,真是……你这个习惯哟!真是个害人的东西!"

记录者的话

行了!小说就此刹住吧。如果写到书呆子老树开花,在李任重夫妇的撮合下和陈淑贞结了婚,写到他退休,写到他寿终正寝,我们会写成一部叫人看了直打瞌睡的多部头长篇小说了。写小说讲究"凤头、猪肚、豹尾",我看这结尾虽然不算是豹子尾巴,也可算老鼠尾巴,上面是抹了油的。现在,让我们向"赵钱孙李周吴郑王冯陈……"诸人告别，向S市矿务局机械总厂告别，回到C市来吧。你问我这篇小说的主题思想、社会意义在哪里，这是仁者见仁、智者见智的事，我也不太清楚。我只知道，从整个过程来看，"赵钱孙李周吴郑王冯陈"诸位都是好人，连外国人汉斯也不坏，可就是为了书呆子那颗"不值钱"的黑炮，弄得国家损失了几十万！

吴书记说得对，"习惯哟，真是个害人的东西！"

再见！

1984年2月于银川西桥

土牢情话

——一个苟活者的祈祷

第一章

> 错、错、错！
> ——陆游《钗头凤》

我震惊了。虽然我知道她没有死，但我仍然震惊了。

我从那颗哀婉的黑痣上认出是她。

我望着她，她望着我。来来往往的旅客，墙上的电钟，巨大的列车时刻表，白的灯，绿的灯，红的灯，一切的一切，全部化成调色板上那样斑驳的一片杂色。只有她，在朦胧模糊的背景之前站在我对面，那样清晰、鲜明。

"你好吧？"她朝我凄楚地微微一笑。我没听清她说的什么，只是从她嘴唇的颤动上看出她说的是这句话。

我的嘴唇也嚅动着，但我也不知道自己说了什么。我又像害热病似的颤抖起来，就像十二年前那天晚上一样。

"结婚了吗？"我看见她眼里闪着泪光。

"没有。"我使劲控制住牙床，吐了这么一句。

"应该了……找一个……这么大岁数了。"她的音调柔和而平板，像一汪死水，没有一丝感情的波澜，"现在你有条件了……找一个，照顾自己……"

"不，我不想找了……"

我想请求她的宽恕，可是她却带着歉疚地对我一笑。我看出她是想笑得美一些，笑得像阳光那样灿烂，像她过去那样。但是，她的脸好像已经失去了那样笑的机能。现在，她的笑像月光一样，是凄清的、衰弱的；又像是梦里的影子，轻轻一掠就过去了。

我这才注意到：她变了！她的脸干瘪黄瘦，额头、眼角、嘴边都出现了令人伤心的皱纹。一绺沾着汗的头发随便地搭在颊边；鼻孔的边沿上凝定着一滴清鼻涕，闪着刺目的光。现在的她，就像是失去了绚丽色彩的旧画，那上面只残存着一些模糊的美妙的线条了。

"你到哪里去？"她的呼吸是急促的，但却故作平静地问我。

"我……我送一个朋友，他刚上车。你……你到哪里去？"

我也努力使自己冷静下来。对了，这有什么？不是有许许多多人都把悲痛埋藏在心底了吗？悲痛埋藏在心底，和尸体埋在土里一样，也会慢慢地消失。据说，它还会和尸体能使土壤肥沃一样，使心变得丰满。

"我……我们回家去，回老家去。"她突然笑出声来，但笑声却像是呻吟。我看见她毫无笑意的眸子里闪烁着精神病患者那样游移不定的目光，对我来说，还有一把打开那恐怖的记忆的钥匙。不，不能让她打开我那已经关闭了的记忆的大门。那里有毁灭我自己的火。我往后退了一步。

蓦地，她的眼神严厉起来，并且掀起右上唇，露出白白的犬齿，向我身后狺狺地叫着：

"鬼！你到哪儿逛去了！鬼！你啥也不管！你……"

"嘿嘿……在车站对面的小馆，嘿嘿……"我身后响起含混不清的回答，同时一股混合着白酒、大蒜和油腥的臭气喷在我颊上。

他！穿着一身半新的灰涤卡制服，一面摇摇欲倒地擦过我身边，一面像安抚一匹受惊的马似的嘟囔着。他已经醉醺醺的了，字眼就像黏痰一样在舌底滚动。最后，一个趔趄跌坐在睡在长椅上的两个女孩的脚边。

"唔……发那么大火干啥？……瞧你，厉害的……"他倾斜着上身，手在口袋里摸索着，终于寻找出几粒葵花子，低着头闷闷地嗑起来。

顿时，我心里升起一阵恶毒的快感，我挺了挺胸，鼻孔里威胁似的吭了一声。

"哦，是你……"他抬起头，但一点也没有表示惊讶或妒意，反而讨好地望着我。

"王富海，你还认得我吗？"我弯下腰，用基督山伯爵的神态问他。

"哪能忘呢？"他苦笑了一下，"你嘛，石在同志……"

"你过得挺好吧？"我扬了一下眉毛。

"哪……你看，这不是，我们回老家了。我大哥给我在县商业局找了个差使……在农场有啥意思……以工代干，还得考试……你现在好了，知识分子，现在是你们的天下了。嗯？不是吗？考是考不倒你们的……"

他也变了！我记得他至少比我小六岁，但衰老的迹象已从他脖子上的青筋蜿蜒到他的颔部，耳朵四周挤满鳌黑的皱褶。他脸色晦暗，但又透出酗酒的人那种常见的青白，再配上胸前斑斑点点的油迹，十足地表现出被生活所压倒的困顿和惯能随波逐流的无聊。这副形象，突然使我感到自己的心胸狭隘而卑劣。我悲哀了。时间真的是无情的，我们在它的磨盘里，仅仅十二年就被榨去了那么多生命的汁水。我沉重地叹息了一声，把话题转到另一个人身上。

"刘俊现在在哪里？他怎么样？"

"他好滑的。他早就活动调回老家去了。"他向我狡黠地笑笑，"他有办法。他是……他是那种有办法的人。他是……他总是当官。那小子！他是……他有当官的才……"他皱着眉，摆出一副说正经话的神情，但翻来覆去仍是那几个词。

这时，她在旁边突然发出一阵阵痛苦的、被压抑住的呜咽。随即，她两手捂住脸，猛地转过身去，用尖厉的声音连连对我喊道：

"你回去，你回去吧！你回去……"

候车室里闹哄哄的，空气浑浊，还有股熏人的尿臭。她蓬松的头发，在廉价的尼龙头巾下随着她的抽泣不停地颤动。突出的、瘦削的肩膀（那原是滚圆的、丰腴的、结实的！）像门上的合页般一张一合。而他却点起了根纸烟，用漠然的眼光观望着四周。

我能再向她说什么呢？深切的忏悔？温存的安慰？多情的絮语？热烈的鼓励？虔诚的祝福……这一切都是虚伪的，虚伪而多余！既然那真挚的爱情早已逝去。

我能再向她说什么呢？连说"再见"都是虚伪的。我们都知道，在这次偶然相遇之后，今生今世是不会再见的了。往事，甚至比不上一具依照物质不灭定律而永不会消失的白骨，它就这样慢慢地、慢慢地消失了，在世界上留不下一丁点儿痕迹。

我转过身走了。到候车室门口，又回头望了望他们。她止住了抽泣，膝盖顶在长椅上，用半跪的姿势立着，对着墙上巨大的火车时刻表，就像在默默地祈祷；他仍像一堆灰布似的摞在长椅上，只有一缕青烟显示着他的生命。光波在这一瞬间凝固了，此情此景，我是终生不会忘怀的。然而，这一切又逐渐逐渐模糊了，最后，全部溶化在一滴晶莹的泪水里。我冲出玻璃门，赶紧用手帕捂住嘴，免得哭出声来……

啊，她往日的细声碎语抓挠着我的心，回忆的闸门终于被她打开了，尽管那里面有毁灭我的烈火。但是，我想，不毁灭过去，怎么能重新生活。所以，我要写，要写！要把过去的事写出来，为了她，为了我，为了有权力要求生活得好一些的人们。无神论者的上帝是人民。我——这样一个苟活下来的、软弱而浅薄的无神论者，要写出我的忏悔，写出我的祈祷，祈求上帝——人民保佑：今后不要再发生这样的事。

第二章

……触及灵魂……
——摘自1968年报刊社论

刷、刷、刷……暴雨抽打着大地，也抽打着每个人的心。后墙皮上那一团渗过来的褐色的水迹在阴险地向四周洇开。我们都知道，只要这面土墙被雨水渗透，它马上就会自动坍下来。于是，这团水迹就成了一座指示我们生命终结的时钟,成了一片会吞噬人的魔影。

轰——! 接着是一片哗哗的水浪拍打声。我们惊惧地面面相觑。这不知是哪幢房子的墙倒塌了。倒墙一般是往外的,但我们头顶上是一块块水泥板,一块就有六百多斤。它们似乎马上就要压下来,把我们变成一具具血肉模糊的尸体。

我们十个"犯人"先是和钻出洞的耗子一起,在牢房里乱窜,但是不久,浑浊的洪水就从牢门下翻滚进来,耗子被淹得只剩下尖尖的鼻子和稀疏的胡须,我们又只得上了炕,守在垂死的"三反分子"旁边。

"妈妈的! 他们还叫我当特务呢!"天津下乡青年小顺子忍不住了,从炕上一跃而起,蹚过没过脚脖子的泥水,扑到牢门擂打起来:"开门! 开门!……妈妈的! 你们要把老子压死在里头呀?! 妈妈的! 开门! 开门!……"

然而,他的喊声和打门声,被淹没在外面一片可怕的声浪中了。

"喂! 大渠决口了!……喂! 把人都撤到羊圈……喂! 快把人撤到羊圈……"

急骤的暴雨声,慌乱的蹚水声,妇女恐惧的哭喊,孩子惊吓的啼叫,大人愤怒的咒骂,牲口不安的嘶鸣,混合在一起,凝成整整一大块压倒一切的声音。是的,是一大块。我们每个人都感觉到了这块声音沉重的分量。它不是像水泥板那样会压在我们肉体上,而是现在就直接压在我们的魂魄上,使我们每个人都像承受不住似的索索发抖。

小顺子停下来,恶狠狠地看了看门板,又惊慌地跳到窗口向外张望。

焊着钢筋的窗外,是厚厚的、铅灰色的雨幕。这时,视觉已毫不起作用，外界的恐怖只是通过听觉在折磨我们。突然，一头毛驴扯长嗓子喊救命似的大叫起来。这种粗犷的、兽性的哀嚎，像在我们已经不能承受的重量上加了最后一砣砝码，一下子把我们生的希望完全压垮了。我们明白了：革命群众已全部跑光了；他们撇下了我们，和这头失群的毛驴一起等待死亡。小顺子首先大哭起来：

"妈妈的！妈妈！妈妈的……他们还叫我当特务呢！妈妈……"

他既是在骂人，也是在呼唤妈妈。原来，他和一伙小青年养了一条狗，起名叫"娜佳"。农建师参谋长下连队视察，小顺子唤着娜佳："来，来，站起来，跟师首长握握手。"于是就被视为"目无领导"，关进牢房。听说，他还在自由的时候，他妈妈从天津来看他，风尘仆仆地赶到连队。他高兴地扑过去喊道："妈妈的！昨天接你你不来，妈妈的！今天没接你你倒来了。妈妈的！……"现在，他在骂人的"妈妈的"之中，是真正想念起他的妈妈了。

"唏、唏、唏！多事，多事，多事！……""现行反革命""多事先生"蜷在炕角，滑稽地翻着白眼，翘起一根手指威胁地指点着我们，"唏、唏……多事，多事！……"

这个富农出身的会计，一天早晨在一面土墙上发现了"刘少奇万岁"几个粉笔字，慌忙报告给军管会，但是，查来查去，他本人却成了最大的嫌疑犯。他也就在漫长而艰苦的交代过程中精神失常了。现在，他只会说："唏、唏、唏，多事，多事！"我们都叫他"多事先生"。

"天塌下来啦！革命和反革命都完蛋啦！""国民党残渣余孽"——一个老机修工人猛地蹦起来，神经质地、嘶哑地喊叫着。

"呜呜……呜呜……"这是蜷在西边墙根的小陈在悲恸地哭。他的罪名他自己不愿意说，但我们人人都知道。他把脸埋在膝盖里，两手抱着头，沉浸在伤心的黑暗之中。也许，在黑暗里，他心上又浮现出他那美丽的爱人的身影了吧，竟越哭越响，最后变成了大声的号啕。他的号啕，和小顺子天真的哭喊不同。这不只是对生命的留恋，更多的是对生活的控诉。这种发自内心深处的呼号，使我们都震动得战栗起来。

"你号什么？脓包！你为什么不把老婆送给人呢？你号什么？你为什么不把老婆送给人呢？……"农建师生产处技术员老秦抬起头，大声咒骂这个年轻的农工，而且用了极其难听的脏话。他是六二年的大学毕业生，在上大学以前就入了党。前年夏天，他响应"你们要关心国家大事"的号召，组织了一个"毛泽东思想战斗队"，现在却作为"坏头头"被关进来。他一向是文质彬彬的，动作带有演员那种故作潇洒的气派。而今天，他突然一反常态。命运的捉弄、人身的凌辱、不公正的处理，再加上现在死亡的恐怖，把在人类身上还没有全部蜕尽的兽性从他身上一下子引发了出来。在他瘦削的脸上，只看见两道灼灼逼人的目光和龇露出来的尖利的白牙。他的身子，像一头被打伤了的野兽，痛苦地蜷缩成一团。此时，他表现出来的一点残存的人性，仅在于他想安静地死去。

"唏、唏！多事，多事，多事！……"

后墙上那团魔影又扩大了。它的边缘沿着土墙草泥的细缝向四周伸展，就像一幅太阳的图案……

忽然，三个"刑事犯"不约而同一齐扑向小陈。一个揪住他的肩膀，一个揪起他的头发，一个捂住他的嘴。

"……狗日的！号得人心烦！就是秦技术员说的：你把你老婆送给当官的嘛。活该，活该！谁叫你讨了个漂亮老婆！……"他们下手并不重，一个个脸上还带着疯人的笑容。他们不过是要在生命的最后时刻发泄一下剩余的精力罢了。可悲的、根深蒂固的奴性在此时依然控制着我们。我们没有一个人想起招呼大家合力砸开牢门，跑到安全的地方去，至少同革命群众一道，跑到沙丘上的羊圈去，却在这间死屋里自己作践自己。

"这样子不对的啰！应该把我们也转移到安全的地方去嘛！这是故意把人往死里整嘛……"李大夫不停地用湖南腔的普通话反复唠叨。他颤颤巍巍地不时用没有光泽的眼睛瞅瞅墙上那团魔影。那片写着"资产阶级反动权威"的、从日本尿素袋上剪下的白尼龙布，就像一片寿衣在他胸前抖动。

只有我，安安静静地背靠墙坐着，头垂在蜷曲的膝盖上。可是，我的脑子里却翻腾着一个极其邪恶的念头：妈妈您要赶快死！快死，快死！死在我前面！想到她会看到我血肉模糊的尸体，我的心就揪紧了，像被抓住的蛇一样扭动。是的，现在我的心就像毒蛇一样，我都能感觉到有股毒液从心脏沿着血管蔓延到全身。它不仅使我手脚冰凉，使我捏紧拳头，使我咬牙切齿，而且正一点点腐蚀掉我对人的善意，把我原来单纯、天真、热情的细胞变成一团团癌组织。

一个多月以前，农建师"联委会"命令我到这个团场来"办学习班"。虽然这个武装连以关押本师各种犯人而闻名，使我有一个不祥的预感，但我还是抱着良好的意愿——我，一个年轻的"摘帽右派"，应该在这场史无前例的伟大运动中荡涤身上的污泥浊水，把自己彻底改造好。那天，妈给我炒了碗蛋炒饭，冲了碗酱油汤，为了不使汤泼出来，一直用手扶着摇摇晃晃的破桌看我吃完。我出了院墙，坐进在门口等我的吉普。妈像一尊塑像似的立在断墙的豁口中间，只有一绺白发在微风中拂曳。她忧伤的眼光从松垂的眼睑下凝望着我，给了我最后一点母爱的光辉。我再一次目测巷口自来水站到我家那口大缸的距离，看到那条用碎砖铺就的坑洼不平的小路，想到妈一个人今后生活的艰难，我的眼睛濡湿了。但是，我绝没有想到这就是永别。我在大学一年级时，因为在《诗刊》上发表了一首歌颂人道主义的诗而被打成"右派"。开始，我虽然对给我的帽子有过怀疑，但一遍一遍的批判终于摧垮了我的自信。在思想检查中，我把自我谴责推到了极端，最后真的以为自己是罪孽深重的了。我痛心疾首，认为只有今后痛改前非，重新做人，才能报答党和毛主席的关怀。所以，不论在六〇年摘帽以前和以后，在学校和这个省的农业行政部门，我都以努力改造世界观和勤勤恳恳的工作受到领导的好评。后来，十几个农场合建成准军事组织——农建师，我仍然是一名称职的干事。我一直谨小慎微地在被指定的圈子里干活，从没有越出家门到机关的那条马路一步；"文化大革命"以来，也没有卷进什么派性斗争。这一次，我仍然以为是党和毛主席用另一种形式对我的考验和教育。来到这个小小的武装连，我一下子被这里幽美的景色迷住了。这里绿树环绕，渠水淙淙，长满夏秋作物的宽阔的条田，一档档平铺在一眼望不到边的原野上。两旁长着茸茸青草的乡间土路，温驯地在脚下蜿蜒。不论走到哪里，都能嗅到绿色植物在阳光下发出的热烘烘的香气。尽管无休无止的强度劳动折磨着我，我还是能享受到鲜明的、清新的、纯朴的自然美。这些可感可触的美的实体，当然比康斯太勃或柯罗那些细腻的风景画更动人。它经常使我心旷神怡，忘却疲劳，沉浸在遐想之中。

然而，此时此刻，生活却突然向我揭示出它的另一面：生活在这块美丽的土地上的人们本身，却是丑恶的、狰狞的、疯狂的。生活的真实，倒是人与人之间用心的恶毒和仇恨。以至于会搞出在自然灾害来临时，把我们弃于这间死屋，叫我们在死亡之前还要受最后一次恐惧的折磨这样残酷的事。

于是，按照作用力与反作用力相同的力学原理，从我内心里也激发出同等程度的对人的愤恨：下吧！冲吧！世界全部毁灭吧！什么宽阔的条田，什么青草茸茸的小径，什么武装连、农建师，连同我的肉体、希望、苦恼、遐想……全部冲走吧！既然人都咒开了自己的母亲，又有什么恶毒的念头转不出来？！

我也疯狂了！

"唏、唏、唏！多事，多事！……"

天，不知不觉地暗下来，从窗口透进来的铅灰色的光慢慢变成一片阴森的黑影。一群"犯人"也在恐怖的紧张中渐渐消耗完自己的体力，感到了生理上的疲乏。这时，我们才发现，压在我们心上那一大块凝结起来的声音，不知什么时候移去了，只余下一些拖泥带水的尾声。我们又陡然感到可怕的空虚，感到了被遗弃的孤独，而且有一种莫知所从的心慌意乱，就像乘着一只破船漂流在水天茫茫的大海上。顿时，我们像听到一声号令似的，一下子安静下来。

这间牢房本来是连队的肥料仓库，潮湿的空气里散发着浓烈的氨臭，听觉减轻了负担，嗅觉恢复了功能。这时，我们才觉得肺里像燃着一盆火，一直向上灼灼地炙烤着我们的喉咙。我们一个个都大口大口地喘着气。虽然吸进去的还是氨，但毕竟有股凉意，为了一点凉意而狠命地吸氨；氨气又使肺部更加灼热。我们的呼吸系统就在这样的恶性循环中进行吐故纳新……

"喂！快来看，雨小多了！"突然，小顺子在窗口大喊起来，声音里充满着得救的欢欣。

炕上的人没有下去，但都直起了脖子。是的，外面的雨声已不是浑然一片了，偶尔还能听到水面上冒泡的音响。啪、啪、啪……水泡一个个破裂，像一组组美妙的琵琶音。牢房里的人都舒了口气，抹去头上的冷汗，神经和肌肉开始松弛下来。

"喂！你们是咋搞的？快来看嘛！雨小了，雨小了！得儿隆的咚……"小顺子手舞足蹈地蹚过水，扑到炕沿边上，挨个拍打着，拉扯着，还唱起了"天津时调"。

但是炕上的人没一个理他。随着死亡威胁的逐渐消失，人性又在心灵里慢慢觉醒过来。我们不敢互相观望，人人都像曾把生活中通常不便给人看到的隐私展示在大庭广众中一样，觉得有一种痛切的羞耻在啃噬着自己。老秦在被窝里蠕动着，最后蜷缩成只有枕头那样小，同时从胸腔深处发出一声长长的、令人毛骨悚然的叹息。

已经晚了。人性中的弱点——残存的原始兽性已经暴露过了。人，经过炼狱和没有经过炼狱大不一样；从炼狱中生还的人总带有鬼魂的影子。每一想到我头脑里会出现那么恶毒的念头，我就成了一个彻底的怀疑论者，怀疑善的、美的、真的东西背后都有恶的、丑的、假的一面……

第三章

斯多葛派哲人说：死并不是死者的不幸，而是生者的不幸。

"水……水……"

忽然，"三反分子"在被窝里微弱地呻吟起来。

夜空，黑得黏黏糊糊的。连队也断了电。但焊着钢筋的窗外已成了一片泽国，呆滞的、钢青色的波光映到牢房里，使我们还可以看到一点黑黝黝的影子。"三反分子"宋征原来直挺挺地躺在炕上,现在,他两手慢慢挪到腹部,捂住自己的肚子。

"水……水……"这次我们听清了他呼唤什么。

"咋办,李大夫?"我们仿佛都很高兴有这样一个机会表示自己又复原成一个人了,一个个从自己的铺位上挪到宋征身边。

"舀缸子地下的水澄一澄,怎么样?"刑事犯之一、"贪污分子"马力向李大夫那个方向偏过头去。

"不行。"李大夫权威地说,"满地都是碳酸氢铵,水里的氨是澄不清的。"

"唏、唏、唏,多事,多事!……""多事先生"在被窝里说开了梦话。

"水……水……"

小顺子突地从炕沿跃到窗口。

"喂——王——班——长!王——富——海!'三反分子'逃跑啰,反革命暴动啰,牛鬼蛇神开黑会啰!王——富——海!"

他响亮的、鼓足了丹田之气的喊声,从水面刷地涌向远方。我们还能听见那带着金属般咝咝声的回音在水面回荡。小顺子喊一会儿,听一会儿,但是,没有一点反应。

"妈妈的!都死绝了!连小报告都不理了。妈妈的!连特务的小报告都不搭理了。"

小顺子是牢房里的特殊人物。"连首长"看他年轻,在他刚关进来的时候,曾找他密谈过一次。而他一回牢房就暴露了谈话内容,原来是叫他暗地监视我们。

"……妈妈的!还叫我故意对你们说反动话,看你们是啥反应。妈妈的!又让我鼓动你们逃跑,好抓住你们往死里打……"

平时,他可以吊儿郎当一些,可以少劳动一些,以作为给他的报酬。这样,他正得其所哉,可是每次小报告的内容他都预先告诉我们。

现在,如此响亮的报警都不起作用了。

"水……水……"

"国民党残渣余孽"窸窸窣窣地退了回去,在他铺位下翻腾了一会儿,又窸窸窣窣地爬回来。

"李大夫,能喝酒不能?我还……还藏了一丁点儿酒。"

"不行呀,他实际是被打坏的。很可能是多处闭合性损伤,喝酒只会加剧内出血呀……"

"三反分子"宋征是我们这个农建师的副师长,我的老领导。三一年他从四川老家投奔到江西参加的革命。他忠厚有余,知识欠缺,斗大的字不认识一担,再加上不会权术,安于退让,以致"文化大革命"前才做到农业厅副厅长。农建师组建后,他是五个副师长的最末位。后来又干脆把他弄到这个团场来"蹲点",实际上成了一个非军非农的团场长。本来,这样的老实人并不碍人晋阶之路,可是偏偏有卧榻之下不容他人酣睡的"同志"要搞他,策动了这个团场的"军垦战士"——其实就是农场的农工,农场变成农建部队后,从十二三岁放毛驴的娃娃到六七十岁看场的老头,在一夜之间全穿上了军装——来造他的反。他最最"反动"的地方,就在于对人一视同仁,平等相待。劳教劳改刑满就业人员、地富子女、历史上有污点的"干战"和出身好的人、复员军人、党团员、历次运动中的积极分子,在他手下都一律按政策规定享受同样的经济待遇;只要是公民,都有公民权。这样,就混淆了阶级界线,搞得"坏人不臭、好人不香",后一种人怨气冲天。上面有人一挑,正投这些人所好,其中就有人怀着强烈的优越感和权力欲,把他平时一些言行收集起来,精选加工,编成一部"反党、反社会主义、反毛泽东思想罪行录"。他们先把和他在马圈里下过一盘棋的、曾在国民党兽医学校当过教官的兽医打死,然后宣布他曾向那个兽医打听过去台湾的路线,策动兽医和他一起投奔蒋介石。于是,关他就成了"非常必要、非常及时、非常正确的革命行动"了。起初,不过是斗来斗去那些早已司空见惯的程式,叫他吃了些皮肉之苦;今天,为了庆祝毛主席畅游长江两周年,一大早就把他叫去,直到下暴雨才由王富海班长托着两腋拖了回来,像只落汤鸡似的,全身泥水淋漓。我们替他脱衣服的时候,看到除了额头破了一点皮之外,身上还有几处淤血斑。他一直昏迷不醒,倒也免受了刚刚那场恐怖。

"水……水……"

"唏、唏,多事,多事!……"

"……好大的西瓜呀……甜呀……甜……"他的呻吟逐渐清晰起来,"好大的皂角树……西瓜呀……龟儿子,真安逸……浮叫、浮叫,我会狗刨……看哪个先到……安得儿逸哟,麻得儿甩……扁豆架下啰,喵儿!来,来,我们几个藏猫猫……嘟嘟眯!嘟嘟眯……剪刀、石头、布……"

奇怪。他的呻吟,给我描绘出了一幅美丽的巴蜀田园风光:在炎热的夏日里,在翠蔓绿树之间,一群光着屁股的四川娃儿在池塘里嬉戏。他们一会儿浮水,一会儿在岸上捉迷藏,又偷偷摸到瓜田里,抱回一个大西瓜,围坐在皂角树的浓荫下猜丁壳儿:"剪刀、石头、布!"

"剪刀、石头、布!剪刀、石头、布!……我得啰,我得啰!"呻吟变成欢呼,又慢慢低弱下去,并且竟可笑地捏起细嗓唱开了四川童谣:"天老爷,莫下雨,保佑娃儿吃白米!……天老爷,嗯……莫下雨……保佑,嗯……"

我觉着腮边冰凉,一滴泪水不知什么时候滚落出来。

"毛主席呀!毛主席……我要见见你呐……见见你……我没有反你呀……忠于你……"

呻吟更清晰了,而且具有逻辑性。为了测试他的神智,老秦趴在他耳边学四川话问他:

"宋副师长,宋副师长,你啷个到北京去呐?你坐啥子到北京去见毛主席老人家呐?"

"降落伞呐,降落伞……我嘟——一下,见了毛主席……他老人家……"

这时,外面响起哗哗的蹚水声。有人来了。

乓!咣啷啷啷。玻璃被打碎一大块。

"不许动!谁动就打死谁!"

从玻璃缺口,慢慢试探性地伸进一根乌黑的铁铳——枪!

死的沉默。

乌黑的枪口向牢房里扫描了一遍,我们每个人都感到子弹好似从胸膛顶了进去。

"喂,王班长,王富海!"小顺子利用他的特殊身份先打招呼,"宋副……哦,'三反分子'宋征快玩完儿啦!妈妈的!你们要不赶紧想办法,专政就专不成啦!"

"人都在不在?"也不知是因为冷还是害怕,王富海的声音颤抖得厉害。

"人一个不少。可你们要不快叫医生来,马上就要少一个啦!"

"你们这里不是有个医生吗?"停了一会儿,王富海问道。

"报告班长,"李大夫知道指的是他,"可是这里又没有亮,又没有药,连水都没有一口,叫我怎么办?班长,连里有医生,医务室设备还是不错的,他要是死了,这个、这个……责任可不轻呀!"

那时,给这个武装连队配备了军医。外面的王富海显然在犹豫,几分钟以后,他恢复了往常那种严厉的口气:

"小顺子,你把人看好,少一个就找你!我去请示连首长。"

"行呀、行呀!妈妈的!只要你把医生找来,少一个我把脑袋割下来给你当夜壶使。妈妈的!"

王富海哗哗地走了。一股清凉的、甜丝丝的夜风从王富海打破的玻璃缺口吹进来,小顺子扑到缺口旁,畅怀地呼吸着。我也下了炕,蹚水走到窗前。

夜空,出现了点点胆怯的星光,黄黄的,一闪一灭。一片钢青色的浩渺的水,一直伸展到深奥莫测的浓黑的夜幕里。我们这间孤独的牢房,像一条搁浅的破船,沮丧地被围在一片汪洋中间。几声清脆的蛙鸣,又引起我对妈妈的思念;那一条铺着碎砖的小路,那一堵残破的颓垣。这么大的雨,家里的房子会漏吧?要是妈妈病了,谁来给老人家做饭呢?妈妈常常催我:"快三十的人了,该找个对象成家了。要是我病了,谁来给你做饭呢?"妈妈担心的,只是没人给我做饭,倒不是她没人服侍。平时,她老人家一分一分地节省,总想抠下一点钱给我结婚。但是,在省城里要养活两口人,水要钱,电要钱,房要钱,五十多块钱的工资,维持下来已勉为其难了,结婚,又怎敢妄想呢?蹉跎至今,形单影只,连女朋友都没有找过,青春,就在刻苦的自我改造和勤勤恳恳的工作中悄然流逝了。现在,又被不明不白地送到这个死地,在暴雨下经历了一次炼狱的火,想到马克思在《资本论》里抨击资本主义原始积累时引用的一位法学家的话,"一个人为了一个罪，在一生中数次受罚，这不能不说是惊人的"，不禁愤愤不平起来。再想到刚刚经历和现在还笼罩在头顶上的险恶，更是不寒而栗：对自己、对人，都产生了忧虑、绝望和恐惧。妈妈过去常夸我心软，是个善良的孩子，不知怎么，我现在觉得我的心突然变坏、变硬了……

这窗前多好。这里没有氨臭，这里的空气甜丝丝的……这里有夜空……这里闪烁着星光，星光逐渐近了、大了，星光中有妈妈的脸……妈妈提着小水桶，在铺着碎砖的小路上蹒跚……

我就这样站在窗口睡着了。

"多事！多事！多事！……"

突然，"多事先生"在梦中大叫起来。我揉揉眼，才发现肮脏的玻璃上透过了微微的晨曦。我的头脑发胀，两腿酸麻，只得仍疲乏地靠在墙上。

"唏……唏……"这次不像是"多事先生"，我看见李大夫在炕上弓着腰，颤颤巍巍地不知在摸索什么。

"怎么哪，李大夫？"

"唏……唏……他死了呀……死了……"

"什么？""啥？"炕上的人，除了"多事先生"全一骨碌翻身坐起来，原来他们也被"多事先生"吵醒了。

"怎么可能？刚刚他还是好好的。""残渣余孽"说。

"是死了呀，"李大夫带着恐惧的哭音，"刚刚……我早知道……"

"啥'刚刚'！"小顺子喊道，"现在是啥时候了，还'刚刚'，天都快亮了！医生为啥不来?！妈妈的！医生为啥不来?！妈妈的！"

我们这才从梦里清醒：医生为什么不来?！现在离王富海走时起码过了四个小时。

我们又一齐围到宋征身边。马力不信似的摸摸他的鼻子，又摸摸他的胸口，颓丧地说：

"就是。心口都冰冰凉了。"

死了。生与死的界线只此一步。早上出工的时候，小老头还腆着大肚子，自得其乐地、晃晃悠悠地扛着铁锹，对我说，劳动就是好，现在他吃得香了，肚皮小了，老婆对他不满的烟也戒了，还学会了打炉子打炕；他深刻领会了毛主席要干部参加劳动的伟大意义；他还能再活二十年，紧跟毛主席干革命……还没走到桥头，他就被喊了回去。而现在，他的"心口都冰冰凉了"。

"呜呜……""残渣余孽"抽抽搭搭地哭起来，"他是个好人啊……呜呜……是个好人啊，说我是反革命还差不多，他是不会反的呀……呜呜……"

"残渣余孽"在军阀的枪械所做了十几年工，集体加入过国民党，解放后一直在这个农场的机修厂干活。有人嫌他历史上有污点，借故降了他一级工资。他跑去找宋征，宋征一个电话，那人只得乖乖给他复了级。"文化大革命"开始以后，那人一跃成了"革命大联合"的小头头，就把他送来武装连关进牢房。罪名是"和宋征搞第三次国共合作"。

他的悲哀，是真挚的。

"呜呜……宋副师长死得冤啊。呜呜……宋副师长死得不明不白啊。呜呜……"

看到一个身经百战的、军龄党龄比我年纪还大得多的人，一个踏踏实实、平易近人的老革命，就这样被一群无知的人、寻开心的人、有野心的人踢来打去，还不知用什么方法致了内伤，终于死在这凄风苦雨之夜，死在一片洪水之中，死在一群陌生的"犯人"之间，而且死前连口干净水都喝不上，死后家属又无法抚尸，只有一个"国民党残渣余孽"为他致悼词,为他鸣冤叫屈,我也不禁潸然泪下了。想起他弥留时的呓语,看到这样一个老革命在死前的昏迷中仍这样虔诚地遵循着自古以来就统治我们的一种宗法从属关系,不敢对施加于自己的凌辱表示一点异议和怀疑,我更感到自己像虫蚁一样渺小和无力,更对凌驾于我之上的这种恐怖力量敬畏如神了。

大家沉默了一会儿,蹲在尸体旁的老秦忽然握起拳头,用严肃的眼光对我们扫了一遍,说:"对的!他死得有问题。李大夫,你说呢?"

"事情是明摆着的啦!"李大夫叹了口气,"不过,现在有什么办法?到处都整死人,有冤无处诉啊。你我都朝不保夕,生死未卜呀!"

天更亮了。虽然太阳还没有出来,但可以看出今天是个晴天。在屋檐下躲过暴雨的麻雀又很落寞、很寂寥地喳喳叫了。晨光从喷着红红绿绿的图案的玻璃窗外一点点渗进来,但人们的脸并没有因此而开朗,一个个还是满布愁云惨雾。现在已可以看清:宋征皱着眉,睁着眼,嘴角向上,露出一种狰狞的笑容。老头活着的时候,对人总是和和气气的,死以后倒现出一副可怕的面孔。我抽出他的枕巾,盖住了他的脸。

"同志们!"老秦在炕上站起来,又恢复了他素常那种演员的姿态,手往下一劈,并且奇怪地把我们称为"同志",说:"我们要永远记住这一天,以后,忘记了今天就等于背叛!"

而正在这时,外面又哗哗地响起蹚水声。他又急速把手一挥:"散开,快散开!各就各位!"我又赶紧退回窗前。

哐啷,锁打开,枪托一砸门,"连首长"刘俊穿着高勒雨靴,拿着一根削得笔直的树枝跨了进来。王富海跟在后面。他端着枪,光着脚,沾满泥污的绿军裤一直卷到大腿根上。

"嗯，很好！人都在。"刘俊两眼把牢房一扫，夸奖了我们一句。他身材高大健壮，要不是前额略嫌低狭，还算得上是英俊魁梧的。他是六五年从公安部队复员的副班长，现在已经是这个不戴帽徽领章的武装连的"连首长"了。

"这场自然灾害，对我们每个人都是场考验……"

"报告连长，宋征死了。"只有小顺子有胆量打断他的话。

"啥？"他像是吃了一惊，脸陡地阴沉下来，"咋死的？嗯？"他气汹汹地跨到炕边，掀起枕巾看了看，"咋死的？嗯？李方吾，你说！"

"这个，这个……"李大夫吓得嘴唇发抖，"这个……我……"

"报告连首长，"小顺子眨眨眼睛，"他昨天回来到处喊疼，头疼、心口窝儿疼、肚子疼……"

"谁问你啦！"刘俊瞪了小顺子一眼，"你说，李方吾。你是医生。"

李大夫还是抖得说不出话。

"嗯？肚子疼？……"刘俊思忖着，"是不是绞肠痧？老百姓说的绞肠痧，你们医生叫啥？"

"说！"王富海把枪对李大夫一戳。

"叫……叫阑尾炎。"

"对了。就是阑尾炎嘛！过去我们部队有个战友就得这个病死的，跟宋征一样。主要是吃了饭就运动。王富海！"

"有！"

"叫两个人抬副门板来，收拾出去。"

这时，刚刚蹿入我心脏的毒素起作用了，突然有股强烈的报复欲使我不能控制地昂奋起来。

"报告连长，"我向前跨了一步，"这块玻璃被打碎了。"

"嗯？咋搞的？"果然，引起了刘俊的注意。

原来，玻璃上有在"三忠于"运动中用红漆喷上的毛主席胸像，缺口呈三角形，斜边正从胸像的面部切过。

"谁干的？"他愤怒地大吼了一声。

"王富海王班长，"我兴奋地揭发，"他昨天晚上故意用枪朝这块玻璃上一捅。"

"唔——"刘俊一下子泄了气，像多疑的麻雀一样歪着脑袋。王富海却马上惶恐起来，本来就不高的身子又缩了一大截。

"唔——"刘俊终于平静下来，"王富海，把玻璃碴捡起来。别扔到垃圾堆上，放到办公室主席像的后面。以后你注意一点，别老冒冒失失的。"

"是！"王富海急忙弯下腰，在水里慌慌张张地摸索着。大概他的手被碎玻璃划破了，只见一缕鲜血悄悄地在污水里飘散开去。

"现在，我跟你们讲。"刘俊又面向蜷在炕上的人，用树枝拍打着雨靴，模仿阿尔巴尼亚电影里德国军官的姿势，"现在……哦，石在，你回到你的铺位去。现在，这场自然灾害，对我们每个人都是场考验。昨天你们就经过了考验嘛，很好嘛。现在，夏秋作物、瓜果蔬菜全部淹了，房子也倒了不少。但是，我们的方针还要放在自己力量的基点上，要大灾年夺大丰收，像大寨那样。我们经过无产阶级'文化大革命'的革命群众是这样说，也是这样做的。你们呢？是和革命群众一道艰苦奋斗，争取立功赎罪、宽大处理呢？还是准备顽抗到底呢？当然啰！'树欲静而风不止'嘛，你们当中肯定会有人乘机跳出来表演的。好！我们正要在这场抗灾中狠抓阶级斗争，抓出几个典型。从今天开始，革命群众要大干了，男女劳力统统上阵。管你们的，换个女班长，是贫下中农、共青团员。你们不要以为换了女战士，你们就可以捣乱啰，逃跑啰。我们就是要这样考验考验你们。谁敢试试无产阶级专政的强大威力，我们欢迎……关于宋征的死，也是不可避免的嘛，和自然灾害一样。要奋斗，就会有……哦，关于宋征的死，不准你们互相议论，不准外传消息。从今天开始，信件一律要检查，家属一律不准探望。如果发现你们不老实，当场铐起来！不信，你们就试试……"

　　我的老领导就这样被抬走了，放在一块湿漉漉的门板上；我刚刚像得到天授似的想出的伎俩也落了空，悲伤和羞愧的眼泪又悄悄流了出来。

　　随后，王富海端来一盆玉米饼，发给每人两块。

　　"大家节约点吃。"王富海从来没有这样和蔼过，"这就是一天的饭啦。都吃了，晚上就没啦。要喝开水也没有，反正外面有的是水。大家凑合点吧。连首长还特别关照，吃完饭歇一会儿再出工，别得了阑尾炎……"

　　"妈妈的！谁知道晚上还活不活……"

　　小顺子和"多事先生"很快把两块玉米饼都吃完。其他人先还迟疑不决，但最后还是把一天的饭全报销了。

　　第一线灿烂的阳光射进来了。多么美的阳光，多么惨淡的人生啊！

　　门"吱"的一声轻轻开了，这还是第一次不用枪托，而是用手推开的。

　　"大家休息好了吗？"一个年轻的冀东口音的妇女在门外喊道，"休息好了就出来吧，出工了。"

第四章

潘多拉使诸神和人们惊讶了。
——《希腊古代神话传说》

  我从来没有见过，一个有血有肉的躯体会放射出这样美的光辉。金色的阳光照在她脸上，甚至可以看到她红润的皮肤上茸茸的汗毛。齐耳的短发配上圆圆的脸，表现出了无邪的稚气；肩膀、胸脯、胳膊和手都厚实丰满，仿佛勃勃的生气要往外溢出似的。她是当时画家笔下经常出现的一个典型的农村姑娘：丰腴、妩媚而又端庄。她背着一支七九步枪，穿着已经被洗得发黄的绿军装。而就这种装束，在我们眼里也像个天使，露出安详的、抚慰人心的、好像还有点歉意的笑容，站在地狱的门口。

  所有的"犯人"，包括小顺子在内，都乖乖地排好了队瞅着她，听她的命令。

  当务之急是排水。哪里能排出去就到哪里挑沟，十个人要分散开来。大概她和她率领的女战士们早已商量好的：三个"刑事犯"归两名年纪较大的女战士带领；李大夫和"残渣余孽"两个老头子，由一名体弱的姑娘带领；小顺子和小陈两个年轻小伙子归在一名"孙二娘"式的女战士麾下（可是小顺子马上就喊肚子疼，回牢房睡觉去了）；老秦"一贯不认罪服管"，单独由一名"顾大嫂"式的女战士看押；"多事先生"这个抑郁型的精神病患者和我这个白面书生，是属于既老实而又身体较强的一类，由她亲自带领。

啊！这是命运的安排吧！

空气清新凉爽。从充满氨臭的牢房出来，我头晕目眩，脚步趔趄了一下。她在后面喊了一声："小心！"关心多于呵斥。这时，只要两个平和的字眼，就能给人以温暖。我心头好过了一点，定了定神，才看到：灾情的确是严重的。目之所及，不过是被淋得像一摊摊烂泥的土坯房和环绕房屋的东倒西歪的树木；已经坍塌的房子，早已泡成了一堆堆凄凉的荒冢（我们那间土坯牢房没有倒塌，简直是不可解释的奇迹）。除此之外，就是一片汪洋大海了。然而，天瓦蓝瓦蓝的，没有一丝云彩；清晨的微风，在水面上吹起无数细碎的鳞片。大自然以万物为刍狗，她并不以为这对人是一场灾难，仍然到处炫耀她的美丽。我不觉叹息了一声。

"咋哪？不好走吗？"她以为我在叹行路的艰难，"来，让我走前面。我路熟。"

红润匀称的小腿，矫健有力地蹚到我前面。一圈圈美妙的弧形的涟漪，在小腿肚四周轻漾。这个印象，好像开始驱散笼罩在我心头的乌云。我感到一股青春的热流在搏动，感到一种异性的美对我的刺激。我不由得挺起胸来——我也是个年轻人。

远远地，其他几个女战士都按条例规定走在"犯人"的后面或侧面。唯独她，背着枪，用一根树枝在我们两个"犯人"前面全神贯注地探着路。我突然产生异想：如果真有犯人在后面用铁锹这样一劈……

"喂，班长，"我想，我毕竟是个男人，"还是我走前面吧。"

"不，"她没有回头，"你路不熟。这附近本来就有个好几丈深的大水坑……"

"啊！——"

她的话没有说全，就传来一声惨叫。七八十米的前方，有一个绿衣服的影子一晃，就没入了水面。

"不好！"我大喊一声，扔下铁锹，奋力向前面奔去。跑了一大半距离，我也陡地滑进了大坑，只得用自由式的泳姿游到出事地点。一片妇女的长发像水藻似的正在水面漂浮着，我一把抓住它，再游三四米，就爬上她原来滑下去的斜坡，把她拖了上来。

这是个三十岁左右的妇女，穿着一身补着补丁的绿军服，双目紧闭，脸色铁青，一头水淋淋的乱发劈头盖脸，两只枯瘦黧黑的手紧紧抓着两团污泥。我不能把她放到水里，只得抱着她蹲在水面上。

"啊呀！真亏你！"女班长气喘吁吁地跑来，"这是刘连长的爱人。她大概是回来给娃娃拿尿褯子的。咋办？咱们把她抬到羊圈去吧。喂——喂——！"

她招呼来几个女战士。那群"犯人"仍留在远处，莫名其妙地向我们这边瞧着。

这就是"连首长"夫人！我看到了我们生活条件的普遍贫困，那样一位威风凛凛的人物，家庭生活也不富裕。我那还没有完全泯灭的善意，又不自觉地萌生出来。

"先急救吧。"我说，"从这里蹚水到羊圈，至少要蹚半个多钟头，到那里，人也完了。你把李大夫李方吾叫来。他有办法。"

"好，好……"她信任地对我连连点头，其中不无亲切之意，"李方吾——李大夫——你过来——"

李大夫跌跌撞撞地在水里蹚过来，略施小技，不一会儿"连首长"夫人就苏醒了。

"啊呀！大妹子呀！我这趟可过了次鬼门关呀……""连首长"夫

人一把眼泪一把鼻涕地哭诉,"那死鬼不顾家呀!就知道干他妈的革命呀!革得他妈的家里都死光他也不管呀……"

"好了,嫂子!好了,嫂子!……"她噘着丰满的嘴唇,像哄孩子似的劝慰着,用滚圆的、长得很好看的手指替"连首长"夫人理顺头发:"好了,嫂子!人家连长干的是革命,是国家大事,别怨他……"

这一上午,就因为出了这件大事而在忙乱中过去了,谁也没有干一铁锹活。我们轻松地回到牢房。但一坐下来,就感到饥肠辘辘,玉米饼都吃完了,只得无精打采地爬上炕,靠在潮湿肮脏的被褥上。

一会儿,门又轻轻开了。她忸怩不安地站在门口。我们都抬起头,满怀希望地盯着她,看她是不是给我们带来了午饭。

"石在,你出来一下。"她招呼我,眼里闪着羞涩的光泽。

"什么事?"我跟她走到墙角,问她。

"给。"她拿出一块用印着花猫的小手帕包着的玉米饼。

"就一块吗?"我瞥了一眼。

"就——……一块。"她讷讷地,脸好像一直红到了头发根。

"这一个,我们十个人怎么分呢?"

"就给你的。这是我的一份。你一个人吃。"

"哼哼,"我冷笑着,"你以为我一个人当着他们那么多双眼睛能吃得下去吗?"

"你就在这里吃,吃了再进去。"

"谢谢。"我轻轻地推开她的手,"这……这我不习惯。"

起风了。风徐徐地刮过水面,拂起她颊边那一绺新月般弯曲的黑发。这时,我才发现,她左腮靠嘴唇上方,有一颗令人惋惜的、如绿豆般大小的黑痣。

"你……也是坏人吗?"停了一会儿,她有点尴尬地问我。

我不知怎么回答,难堪地笑了笑。

我们相对无言。她又低下头,微蹙着眉,像是为难地喃喃地说:"我说,我不愿来看管你们……可那……"

我侧着脸怀疑地看着她。她说这些话是什么意思?是他们派来试探我的吗?想到这里,我的心抖了一下。

"班长,要没别的事,我进去了。"

"哦,"她仿佛从自己的思索中惊醒过来,"你进去吧……"

停了很长时间,我们才听见她抖抖索索地把门锁上。

"什么事?"大家好奇地问我。

我也不知是哪来的那么一股狭隘得可笑的英雄主义,把刚刚的事情气愤地说了出来。

"唔,唔……"老秦意味深长地点着头。

"嗨!妈妈的!你石在真傻!吃了再说。"小顺子扑到窗口,"喂——乔班长——!"

她又哗哗地蹬回来,在窗外问:"啥事?"

"你不是有块饼子吗?"小顺子嬉皮笑脸道,"来,咱们给石在做了工作,他要吃了。"

"是吗?"她高兴地从被王富海打碎的那块玻璃缺口把饼子递进来。

"好了!"小顺子捧着玉米饼到炕边上,"来,咱们哥儿们有难同当,有福同享。'今日同饮庆功酒,甘洒热血写春秋。'来,这块大一点,给石在;这一块给李大夫……'多事先生'你还伸手呀?妈妈的!你别吃了,吃了事儿更多!……好,一、二、三,开始,吃!"

一口饼子细细地嚼完,慢慢地咽下去,人好像有了点精神。老秦问道:"小顺子,你怎么知道这个姑娘姓乔?"

"嗨!好嘛您哪!全团一枝花,武装连的大美人!谁人不知,谁人不晓!大名叫乔——安——萍!"

"那么,她是怎么到这团场来的呢?"老秦又问。

"不知道是谁的小姨子,从老家跟着一块儿来的。你别看她,打她鬼主意的可不少,包括咱们'连首长'在内。为啥叫她来看押咱们?这就是照顾,懂不懂?大田里干活苦得很,尤其是现在。看咱们多轻松,谁都知道咱们不会跑,背着一杆枪,样子货!"小顺子滔滔不绝地说,"可这姑娘有点冒傻气,一会儿跟着刘俊这帮人喊'打倒、打倒……'一会儿又跟他们辩论:这是好人,那是坏人,还认真得不行。刘俊他们把她当玩意儿耍呢,瞧吧,迟早她要栽在这帮人手上……"

下午出工,看到水小多了。原来这个连队地势较高,大渠缺口冲下的水,只是从这里漫过,就涌到东南方向的荒滩上去了。道路两旁的深沟里虽蓄满了水,而道路上有的地段已现出了路面。通信员骑着没有备鞍子的、满身泥污的马,在断断续续的泥泞的路上艰难地跋涉。路边电线杆上的电话线,又开始嗡嗡作响。到底是负有特殊任务的武装连队,尽管遭到这样的自然灾害,但通信和电力很快就恢复了正常。

"你为啥不一个人吃饼子?"走在路上,她悄悄问我。

我没有回答。

"你倒是能做到'毫不利己,专门利人'。"她并不带讽刺意味地说,"可你饭要吃饱,以后有了吃的,你就一个人吃。"

"哪来吃的?"我奇怪地问她,"每个人不就是一份吗?"

"哦,那,那……"她吞吞吐吐地,并且腼腆地向我笑笑,又改变了话题,"他们说你文化很高,是吗?"

"也没多高的文化。"我谨慎地回答。我搞不清她的用意,她的笑靥和正在我腰侧晃动的七九步枪,怎么也调和不到一起。

"我挺喜欢有文化的人。这里的人,都野得很。"她好像还叹了口气,"……他们爱糊弄人,欺负人……"

我像狐狸一样小心钻入什么圈套,默不作声。

"唏、唏,多事,多事……""多事先生"却在一旁叫起来。

傍晚,我们听见远处尖厉的哨音,大队收工了。在苍茫的暮色中,几个女战士领着各自所带的人马,会合在连队前面一棵歪歪扭扭的沙枣树下。这时,安在语录塔上的高音喇叭,正在播送团场"毛泽东思想广播站"的"抓革命,促抗灾"专题节目:

"……在这场抗灾斗争中,表现最突出的有:武装连女战士乔安萍同志。当一名干部家属不幸被洪水卷走的时候,用毛泽东思想武装起来的共青团员——乔安萍同志,念着'下定决心,不怕牺牲,排除万难,去争取胜利'的伟大教导,奋不顾身地冲到洪水面前,面不改色心不跳,以压倒一切的英雄气概救出了阶级姐妹的生命。对乔安萍同志创造的英雄业绩,团场革筹小组决定给予记二等功一次……"

几个女战士围着她雀跃欢呼,可她却用一种羞愧得痛苦的眼光偷偷地瞄我,像暮色中闪烁的星星。

第二天,天气仍然晴朗。天上的雨水好像全倾泻尽了,太阳毫无遮拦地炙烤着大地。水已在昨夜全部退去,除了洼处还有积水,大地已显出了它本来的地貌。那是一幅凄惨的景象。据我看,收成不但大部分无望,就是军垦战士——农工们的生活也马上要面临困难。可是,广播站的高音喇叭,还不断传来师部、团部的动员。在一派豪言壮语后面,无非向农工说的是,不要指望国家的支援,要"宁肯少活二十年，也要拿下大寨田"，并且竟像开玩笑一样，把这场自然灾害说成是"好事"。农工们在出工前列队听完这样冷冰冰的鼓励，其垂头丧气的程度，不亚于我们这些囚犯。

看着他们穿着褴褛的、满是泥污的绿军服，对着高耸在一片破破烂烂的土房之上的水泥浇铸的语录塔，用低沉的、参差不齐的声音诵着语录："节约粮食问题，要十分抓紧。按人定量，忙时多吃，闲时少吃，忙时吃干，闲时半干半稀，杂以番薯、青菜、萝卜、瓜豆、芋头之类。此事一定要抓紧……"请示完毕，再举起主席像和语录牌，无精打采地向大田踽踽而行的时候，我也不由得黯然神伤了。来这里一个多月，我充分体会到农工们生活和劳动的艰苦。他们吃着粗粮，住着陋屋，看不到一点生活改善的希望。持久的物质匮乏和精神贫困，使他们逐渐丧失良知，丧失同情心，就把自己的激愤，盲目地发泄到莫名其妙的"革命行动"中去。所以我有时平心而论，倒也觉得他们对待所谓阶级敌人的暴行事出有因。

这一天，全部"犯人"在一起修复一条农渠，她没有机会和我单独说话。傍晚收工往回走，因为"多事先生"一向动作迟缓，出收工都拖在后面，而她又必须在最后压阵，所以他们两人脱离了这支小小的劳改队伍。走到半途，她指名叫我等一等，替"多事先生"扛铁锹。我只得退出队列，站在泥泞中等他们。

"我不是叫你替疯子扛锹，"她押着"多事先生"赶上来，向我羞怯地瞟了一眼，"我有话跟你说。"

我疑问地望着她。

"我不是……不是我报的，"她语无伦次地说，"是连里报的……那应该是你的功，是你把连长家属救起来的，你应该……"

"噢，原来是这件事。这有什么？领导上把功归于你，我想总有一定的道理。"我说,"你放心,我不会跟你争这个功,我争来功有什么用?"

"你立了功,就能早点出去呀!"她忽然变换成热切的目光和热切的语气,不顾脚下的泥泞,一溜一滑地跟上我的步子,"不是说立功赎罪吗?这个功给你记上,你的罪就赎了一大截子了。你就能早点出来,跟我们一起……"

不知怎么,我觉得这种因为宋征的死已经在我心中破灭了的希望,从她那张轮廓美丽的嘴里说出来,特别不相称,也特别刺耳。我产生了一种自轻自贱,而实际上是被别人的歧视激起的反感,产生了一种想破坏点什么的恶劣情绪。

"你知道我们两个之间的关系吗?"我眉头一扬,故作玄虚地问她。

"嗯?"她天真地笑了,歪着头看我,"你说呢?"

"你知道公安人员破案时领的狗吗?"

她疑惑地点点头。

"我们两个就是公安人员跟那条狗的关系。尽管坏人是狗抓到的,案子是狗破的,可是功劳要给公安人员记上。这是天经地义、合情合理的事。怎么能给狗记二等功呢?我再跟你说一遍:我们两个,你就是那公安人员,我就是那条狗!"

看到她颤抖起来,看到她气得胸脯急促地起伏,看到她用雪白的牙齿咬着下唇……我高兴了!我到底发泄了点什么。我真想大吼一声:我要破坏掉一切美好的感情!

第五章

纯洁的人性在赎偿人类所有的缺陷。

——歌德《赠克吕格尔》

这几天,她没有理我。她不时用孩子般的赌气的眼神瞪我。有时,完全不必要地对我呵斥:"快干,快干!你干活老是磨磨蹭蹭的……"搞得另外几个女战士都有点莫名其妙,因为在九个"犯人"里(小顺子现在干脆躺倒不干了),我干活是最踏实、最卖力的。但是,也许只有我才能听出她的呵斥里有一种并非不友好的调皮的捉弄。每在这个时候,我就装着不理解,用凶狠的眼睛回瞪她。我并不是不愿领受这种友情,不是对她有反感,而是我现在更产生了一种我感情上想得到、但理智上知道根本不可能得到、从而要干脆毁坏掉我想得到的东西的畸形心理。

洪水过去一星期以后,大地就恢复了生机。她甚至比过去更美了。茂密的、苍翠欲滴的绿叶,汁水饱满、纤维坚韧的枝蔓,覆盖了洪水在土地上破坏的痕迹。本来已经黄熟的春小麦是完了,但水稻却顽强地从水面挺立起来。玉米和高粱,有一部分仍可指望收成。阔大修长的叶片,像碧玉似的略略透明的枝干,在带着红斑的、像章鱼触须似的须根的支撑下,迎着炎热的夏风摇曳。大自然自己愈合了自己的伤痕。人,不是也有这种能力吗?

阳光酷烈,暑气蒸人。我们这些"犯人",干活的时候,除李大夫和"多事先生"外，都脱光了上衣。我看着我隆起的胸肌、突出的双头肌，像扇子面一样的阔背肌和胸肌下一块块对称的腹肌，全被灼热的阳光晒得油黑锃亮，不禁有一种男子汉的自豪感。我想，以后，我可以躲开这纷扰的世事去务农，凭我多年坚持体育运动锻炼出来的这副健壮的身体，足可以把妈妈养老送终。所以，我干活很认真，在挖渠、挑沟、修埂、平田中，不断向本地人出身的"刑事犯"和小陈请教农业生产知识。不几天，我的农活干得就很出色了。

我们干活的时候，女战士们就抱着枪在树荫下乘凉。她们就取得这点特权，有别于在大田里辛辛苦苦地和我们一样干活的其他男女战士。这些穿着军装的女农工们，不改她们在农村自小养成的习惯，她们多数人拿着针线和鞋底，围在一起叽叽喳喳说个不停。在她们纳鞋底和搓麻绳的时候，七九步枪也成了她们的纺织工具。这副情景，要让一个有闲情逸致的旅游者发现，肯定会当作世界奇闻报道出去。当然，我们是不会从这种荒唐可笑的画面中得到乐趣的。我们明白：在她们这松散的一伙背后，有刘连长说的强大的无产阶级专政的铁拳。宋征领教过后，已经死于非命。这是开不得玩笑的。

那么，"连首长"这些人怎么会放心我们"犯人"同她以及这些家属（派来看押我们的女战士，除她之外都是连队头面人物的家属，全属照顾性质）接近呢？后来我才理解这些人的心理：其实他们根本就没有把我们当作人，就和古罗马贵妇人洗澡时不避她们的男奴隶一样。他们连想都没有想到这些妇女会对我们有什么好感，或是我们敢于对她们有什么非分之想。他们确实是以为已把我们打翻在地，永世不得翻身了。

在平整土地的时候，偶尔，我会因取土的需要站得离她们近一点。我听见，我，常是她们叽叽喳喳的话题。她们也是人，而且是女人，当然是用女人的眼光来看男人。她们赞赏我结实匀称的身躯和踏实的劳动态度，传说我是什么问题，猜测我家里还有什么人，是否结了婚，一个月挣多少钱，等等。这时，我会不由自主地瞥她一眼。我看到，她从来不参加她们有关我的议论，只是在一旁挂着步枪，用兴奋的、专注的、研究的眼光盯着我，仿佛我是一只她正准备捕捉的猎物似的。

我也是人，而且是男人。这时，我那男性的敏感总会使我得到一点满足，还产生一种阿Q式的精神胜利：别看你们拿着枪，我的气势就足以压倒你们！

这天傍晚，我就装着这种不无炫耀的姿态，扛着铁锹，昂首挺胸地走在队列前面。她在最后押着"多事先生"，不时叫喊走慢点，等一等。我站在路边，仰着脸，以一种凌驾于她之上的眼光睥睨着她，我恍惚看到她在我旁边显出了软弱、慌乱的表情。她没有再敢呵斥我，我反而发开了牢骚：

"走快点嘛！干了一天了，肚子也饿了。你们是饱汉不知饿汉饥的。"

"好，好，咱们快走、快走……"

回到牢房，她把锁打开，我们一拥而入。小顺子从炕上跳下来。

"快吃饭，快吃饭！今天有信。喏，这是李大夫的，这是马力的，这是秦技术员的……喂，乔班长，快给咱们端玉米饼子来！妈妈的！我待在家里肚子都咕咕叫了……"

"小顺子，有我的信没有？"我看着李大夫、老秦等人聚精会神地读着家信，羡慕得几乎嫉妒起来。信都是拆开的，而且不给信封，据说扣下信封要"存档"，统计"牛鬼蛇神"在改造期间收到过多少封信，信又是从哪里来的。

"喂，先吃饭……"

"到底有我的没有?"

"没有……妈妈的!肚子饿了,吃饭要紧……"

她和一个女战士把一盆玉米饼和一盆菜汤端进来。刘俊跟在她们后面。

"唔,信都看了吗?小顺子,把信都发了吧?家里都叫你们好好改造,是吧?石在,你的信呢?……"

我疑惑地瞧着小顺子。小顺子无奈地从口袋里掏出一张折叠的纸。

"唔?咋?没有给?来,我给他念。"

我觉得全身的肌肉紧缩成一团,神经也顿时麻木了。

"'石在同志',哼!还'同志'呢!看来写信的人也不咋的!'现在,我不得不告诉你一个沉痛的消息,你母亲……'"

我一把把信夺过来。这是邻居赵老师的笔迹:

妈妈死了!妈妈死了!妈妈死了!妈妈死了呀!

"……你嘛,十八岁就反党……"刘俊用猫儿嬉弄老鼠的神情斜眼看着我,"……只有好好改造,才有你的出路……"

我狂吼一声,想扑过去,但刚一挪步,就重重摔倒下去……

醒过来,已经是黑夜。在昏暗的灯光下,李大夫、小顺子、老秦……除"多事先生",全围在我身边。

"好了,好了,"小顺子说,"这就没事了。妈妈的!真吓人……"

"要坚强地活下去!"老秦握着我的手,"他们就是要你自己垮掉。坚强地活下去,并且要永远记住这一天……"

我没有眼泪,所有的痛苦都被这个痛苦压倒了。我用被子蒙住头,强压住从胸中往上涌的悲号。母亲死了,那一个充满着母爱的光辉和家庭温暖的世界消失了。从此,只有我一个人踯躅在这样一个混乱而又荒凉的人间。这种想象,这种孤独感,激起了保卫自己的本能这种本能,又加强了以自我为中心的心理。

心里的血淌完了,心里的水分也被压榨干了,心就会变硬起来……

夜,静悄悄的,只有一只夏虫在窝外寂寞地吟叹。那幽幽的、断断续续的、时高时低的唧唧声,给我带来青草的气息、泥土的气息、生命的气息。是的,世界是美好的,生命是值得留恋的;活是要活下去的。但是,我那能品味、体验、享受美的心已经僵硬了,从此,美的世界在我心中折射出来,都将是零碎的、扭曲的、变形的。我把被子略略掀开,深深地吸了口气,然后像被打伤的野兽似的,带着颤音长长地呻吟了一声。

而这时,从那焊着钢筋铁条的窗外,像是回声一样,也飘进来一声幽幽而沉痛的叹息……

第二天早上,虽然我一夜没有睡,仍然按时起了床。仍然是她和一名女战士端来玉米饼和菜汤。她没有看我,像影子般飘然而逝。我默默地吃完早饭,大家也都带着沉重的肃穆不声不响,连"多事先生"也没有"多事"。

一会儿,她在门外招呼了。我还是默默地扛上铁锹,跟大伙一起排好队。老秦用赞赏的眼光鼓励着我。她站在队列前面,用忧郁的声调问李大夫:

"他……他还出工吗?"

"出!"

老秦代我作了坚定的回答,然后领着呼口号:

"坦白从宽!""抗拒从严!""立功赎罪!""顽抗到底,死路一条!""向左转,开步走,一、二、一!……"

今天还是修复农渠,全都在一起干活。女战士们好像也安静了一些,她们在树荫里叽叽喳喳的声音是低沉的、克制的。快到中午,一段渠坝修好了。她叫其他女战士把"犯人"带到另一段渠坝，留下我和"多事先生"在这里收尾工。等人走远后，她让我们也到树荫下来，嗫嚅地对我说："我……我还不知道……你还有妈。"

"啊！"我突然愤怒地喊叫起来，"难道我就没有妈吗？！"这时，我只觉得头昏目眩，眼前一片金黄色的光，光中飞舞着无数苍蝇似的黑点。"难道只你们有妈妈？难道我们阶级敌人不是人生父母养的吗？难道我们就没有血没有肉吗？难道我的妈就应该……"一霎间，我完全失去了自我控制能力，血一下子涌到头部，浑身战颤不停，最后竟喊失音了。我焦灼地用十指抓挠着喉咙和胸脯。

"不，不！我不是这个意思。"她双手乱摇，惊慌地反复这样说，"不！我不是这个意思！不！我不是这个意思……"

我仍剧烈地战颤着，抓挠着，嘴角喷出了白沫……

"你打我吧！啊，你打我吧！"她把枪撂到地上，抓住我一只手，"你打我出出气就好了……你打吧！就这样，就这样……"她把我的手使劲向她脸上挥，"就这样，你打呀！你打呀……"

我猛地甩开她的手，一口气终于冲出来：

"你滚！你滚！你滚得远远的……"

接着，我转身扑倒在渠坝上，放声号啕起来。

"唏、唏！多事，多事，多事！……"

也不知过了多长时间，中午酷热的阳光把渠坝上的沙土晒得发烫了。干燥的、闪光的细沙，悄无声响地从堤坝坡上蜿蜒流下，如同不尽的、结晶成固体的眼泪。细沙流到我头顶，流到我赤裸的胸脯，给了我一种凄凉的温暖。一只土蜥蜴，在芨芨草丛中探出头，用米粒大的黑眼睛望了望我，又急匆匆地掉尾爬去。几只小蚂蚁，在我眼前商议着，踌躇着，最后像还叹息了一声似的败兴而归。她用细润的手，胆怯而温柔地摩挲着我的脊背。我的皮肤陡然感到一阵清凉滑润的舒爽，同时闻到一股茉莉花的香气。

"背都晒脱皮了，给你抹点香脂。"她蜷着腿坐在我旁边的堤坝坡上，声音发颤地说，"以后干活穿上衣服，要注意身体呀。"

"你走吧，"我只是无力地摆动手臂，忘记了她是看押我的，"你走吧，你走……"

"现在我看清了，谁是好人，谁是坏人。"她叹息了一声，愁苦地把手放在膝盖上，"别人伤心，他们高兴……你别伤心，以后慢慢会好的。毛主席说：'善有善报，恶有恶报，不是不报，时候未到。'你救了人，总有好结果的。他们知恩不报，还折腾你，总没有好结果……"

我抽动了一下，紧闭上眼睛，在人性的暴烈冲动过去以后，多年来被培养成的驯顺的理念又习惯地控制了我。我觉得她那无视抽象的政治概念，仅凭一种简单的是非观，把人分成好人和坏人的做法是幼稚的。我不敢想象刘俊，他代表的是历史上那么巨大和正确的力量，这种力量是我一直崇敬的对象。现在，好像它越残酷恐怖就越使我痛切地尝到惩罚的滋味，越使我折服，因而也就越使我自怨自艾，悔恨过去。

太阳更酷烈了，树荫慢慢移动了地方。我们俩都暴露在炽热的阳光下。她仍守在我身边，不顾我的冷淡，絮絮地说。

"我知道你吃不饱，想给你送点吃的。可白天不好拿。我回去给你在窗子下面支个铺。我晚上就从那块破玻璃的地方给你扔进来。你一个人悄悄地吃……"

虽然我并不想吃她的东西，但她这个主意我觉得还是可取。一张大炕睡十个人，夏天挤在一起，闻着浑浊的鼻息、汗气，常常使人不得入眠。再加上"多事先生"的虱子横冲直闯，更搞得人奇痒难熬。中午，她取得刘俊的批准，让小顺子帮我在窗下搭起了铺。铺板就是抬走宋征的那块。当然，现在已经晒干了。

晚上，睡在窗下，清凉的夜风拂着我的脸颊。大恸一场以后，心头好像轻松了一些。悲痛是会随着眼泪溢出去的，如果人类没有泪腺，我想，平均年龄绝不会超过四十岁。但是，摸着身下这个铺板，我对自己是不是能活到三十岁都没有把握。难道这块抬走过宋征的铺板，就不会再把我抬出去吗？

第六章

> 销魂的酷刑，极乐的苦痛！
> 痛苦和快乐都是难以形容！
> ——亨利希·海涅《诗歌集》

香甜爽朗的晨风，穿过破玻璃轻柔地吹醒了我。我感到特别清醒。

这一夜，我睡得很沉。在入睡以前，我想，今夜一定会梦见母亲。但是，却没有。生与死既是一步之隔，又离得非常遥远，在梦中都无法再见到慈颜。妈妈是个家庭妇女，在锅灶中间度过了她的一生。她相信冥冥之中有另一个世界，相信托梦、还魂等等无稽之谈。有时，在灯下，她老人家带着那么神秘和虔诚的神情，对我说得活灵活现，仿佛灵魂在幽冥中更加自由，随着清风就能飞临人间。那么，是什么阻碍了她老人家来到我的梦境哩？……

我正躺在铺板上苦思冥想，高音喇叭突然播出了一支我从来没有听过的高亢的乐曲，同时窗前的操场上也响起了哨声和口令声。我坐起来，想从玻璃缺口向外看个究竟，而一块用印着花猫的小手帕包的玉米饼，却从被子上滚落下去。我看了看炕上睡着的九个人，经过一番考虑，真如她所说的"悄悄地吃"了。

等我吃完，再趴到缺口旁往外看，人群已经散了。只见玻璃缺口的边沿上，有一缕像是从肉上刮下来的鲜红的血迹。

干活的时候，她又把我和"多事先生"（"多事先生"啊，你曾听到过多少秘密！）叫到离人们很远的地方修一段车路。

"谢谢你！"我说，"我看见了，也吃了。"

"是你一个人吃的吗？"

"是的。"

"你睡得真沉。我在窗子外看了你好半天。"她调皮地笑着，"我本来拿着根树枝子，想捅醒你，可看你睡得香香的，就算了。以后你别让他们知道。"

"算了吧，以后别送了。"我一面扔土一面说。

"为啥？"她歪着头，不解地看着我。

"谁知道我要关多长时间，也许……"

"不，"她任性地说，"反正你关多长时间我就给你送多长时间，老送下去……"

"那么，我就要老关下去啰？"我凄怆地笑了笑。

"不，"她挎着七九步枪，望着远方，脸上溢出如梦似的甜蜜，"你在这里我给你送吃的，以后……"

"以后怎么样？"我不是故作多情，而是确实没有想到以后会怎么样。

"以后……"她抿起嘴微微一笑，"我不说了，你坏得很！"

"你这倒说对了，我本来就是坏人嘛。"

"别,别……"她向我靠拢过来,又噘起鲜红丰满的嘴唇,像哄孩子似的,"我这是说笑的,你别生气,啊,别生气。我知道你们右派是好人。过去我们村里也有下放来劳改的。就是说'大炼钢铁'搞糟了、'大跃进'是大冒进、老百姓饿死了这些话的人。我妈跟我说过,你们右派是好人。"

"不!"我吃了一惊,而且知道她是把"右派"和"右倾"搞混了。赶快说,"不,我没说过这些话!"我的确没说过,而且连想也没敢想过。她这样大胆而明确的话,又引起了我的怀疑。

"说了就说了,怕啥?这儿又没别人,就这个疯子。"她瞟了"多事先生"一眼,把一绺头发撩到耳后。我看到她手背上贴着纱布。

"你的手怎么啦?"

"没啥!"她莞尔一笑,把手藏到背后。

联想到早上沾在破玻璃上的血迹,我明白了。一方面是有意试探,一方面是真情关怀,我无法理解,深深地叹了口气。

"别多想了。"她温和地劝慰我,"我也没爸,也没妈……哎,人说你……就一个人,是吗?"

"是的。"我沮丧地回答。

"我也是一个人。"她倒仿佛很高兴地接着说,"我妈是六〇年冬天得浮肿病死的,因为没吃的。那年我才十三岁,也伤心得不得了。可咋办呢?活着的人还得过呀!人嘛,听老辈人说,人死如灯灭。一辈一辈都是这样。有时候,遇到伤心事,觉着过不去,过不去了,可时间一长,也就过来了。"蓦地,她又转换成调皮的卖弄的神气问我:"你今天早上看到我跳舞了吗?"

"什么?跳舞?"

"'忠字舞'呀!我专找了个对着你们窗子的地方站着,专跳给你看的。给你宽宽心，解解心烦。"

"'忠字舞'？什么'忠字舞'？"

"嗐！你都让人关傻了。就是向毛主席表忠心的'忠字舞'嘛！最新的。我们昨儿晚上才学的。现在外面都跳这个舞，连六七十岁的老头、老太太都跳哩！可好看了！你明天早晨趴在那缺口子上看吧！我只跳给你一个人看……"

第二天清晨醒来，又在枕头边上发现一块玉米饼。正在我吃的时候，高音喇叭和哨音又像昨天早晨那样响起来。

我好奇地趴在破玻璃的缺口旁，看见军垦战士们趿拉着鞋，揉着惺忪的睡眼，打着哈欠，从宿舍纷纷聚到操场上。他们排好队、报了数，就按乐曲的节拍跳起舞来。这种舞蹈是一系列凶猛动作组合成的，像是丛林中的非洲土人或澳大利亚毛利人的战斗舞，但又没有那种舞蹈所具有的粗犷的风趣和激情，而是僵直的、生硬的、对机械的物理位移的模拟。

然而，我看到了她。她正对着窗子，浑身充满着热情，美丽的脸庞在晨光中粲然发亮。她在举手投足之间稍稍变换了一点点角度，任丰腴柔软的四肢和腰身依自然的节奏来摆动，竟把那一系列恶狠狠的动作化成了曼妙的舞姿。当她挺胸一跃的时候，粗陋肥大的绿布军服都没有掩盖住她婀娜的线条；她身体的突出部位都像风帆一样饱满地显现出来；伸开的两臂宛如鸟儿的翅膀，好像她马上要凌空而去似的。

我在她身上看到了美。不过，她怎么会把这种奇形怪状的所谓舞蹈跳得那么动人呢？我蓦地恍然大悟了：她对我的关心和安慰，绝不只是出于同情，而是爱情！

我一下子倒在铺板上。这并不是被爱情所陶醉，而是有两种感觉纠缠在一起撞击着我。一种是微妙的直觉，它告诉我她是真挚的。她在这贫困粗野的环境中遇见了我，我也许正符合她早就设定的某种想象或幻想，她那少女的心就不顾目前的处境对我一见钟情。可是另一方面，自危、痛苦、惶惑、怀疑已经充斥了我的心，再没有一点余地能容纳柔情蜜意。而且，她这种竟然大胆地利用我认为虽然浅薄，但毕竟是种严肃的政治仪式来表达个人爱情的方式，也令我不安，使我惊愕。最后，后者压倒了前者，阴郁地保护自己的本能占了上风，她表露出的爱情不仅没有使我感到喜悦的激动，反而引起我莫名的恐惧。我决定拒绝她对我的温情，小心翼翼地企求避免另一次灾祸。

这天，出工前，女战士们把我们带到军垦战士队列的后面，听"连首长"刘俊作薅草的动员。他说，从现在开始到八月底，全连要投入薅水稻田杂草的战斗，"活一分钟就要干六十秒，宁叫身上掉层皮，也要打好薅草仗"。

草荒是严重的。我们随大队军垦战士来到水稻田，只见三棱草淡褐色的花和尖利的芦苇叶完全覆盖了水稻。草薅掉了以后，只有几株瘦弱的稻苗漂浮在水面上。

女战士们坐在农渠上，我们"犯人"在水田里列成一排，旁边田里就是分成一组一组的大队军垦战士，我没有单独和她说话的机会。收工时，我故意落在后面，等她和"多事先生"。

"以后，你不要再送吃的了……"他俩走上来，我阴沉地对她说。

"别再说这些话了。"今天，她显得很紧张，不住张皇四顾，"我还有个重要的东西给你看，昨天上面才发下来的。"

"嗯？"这件新奇的东西打断我的思路，"那么……你晚上还是从窗子……"

"不行！上面说绝不许阶级敌人看，那样做不保险。你知道吗？小顺子就是专门暗地里看你们的。发现了了不得。等过两天我找个因由把你和这个疯子带到玉米地去灌水,就在那里给你看。"

这样保密,一定是关于我们这些人如何处理的中央文件了。我吞下了我的拒绝之辞,希望她能给我带来一线生机。

回到牢房,小顺子正在吃馅饼。

"喂,咱们哥儿们告诉我,今天连里来了好些小车,还有一辆'伏尔加'。妈妈的!小人物坐大车,大人物坐小车,瞧着吧,准是兵团或师里来了人,还准是奔咱们这号人来的!"

小顺子有很多北京天津的小"哥儿们",白天经常来看他。他们不经过合法的渠道,也利用那块被王富海打碎的玻璃传递食品和消息。

果然,她端中午饭来的时候,传达"连首长"的命令,叫李大夫到连部办公室去,看来,上面开始处理我们这些人了,我第一次有点兴奋起来。

"别啃玉米饼了,李大夫。"小顺子夺下李大夫的筷子,"现在就去。妈妈的!首长保险管你一顿红烧肉。"

下午,直到我们已经到田里薅草时,李大夫才由那个小姑娘押回来。他神色懊丧,颤颤巍巍地下了水稻田。

"什么事?"我们都慢慢向他靠拢。

"唉——"李大夫长叹一声,抬起头向四周窥视一遍,"我……我做错了一件事呀……"

原来,是兵团军管会会同师部军管会的军代表前来调查宋征死亡的原因。在把李大夫叫到办公室之前,刘俊和另一位师首长已经在另一间房子里向李大夫"打了招呼",要他证明宋征"害的是阑尾炎"。

人们都知道,李大夫是四五年华西大学医学院的毕业生,有二十多年临床经验,关进来以前是农建师医院的内科主任,够得上是个"学术权威"了。他的证明,是再有力不过的。

"……怎么办呢？在兵团和师的军代表面前，刘连长跟那个师首长一直拿眼睛瞪着我。说错一句，后果不堪设想呀！后来……后来，我只得写了证明。我想，等以后出去再说吧。听师里来的军代表的口气，宋副师长的家属向北京告了状……"

我们大失所望。停了一会儿，老秦突然从牙缝里挤出一句冷酷的话：

"你还想活着出去吗？"

"这……这……"李大夫惊惧地瞧着他，拿着杂草的手索索发抖。

"你想想，"老秦分析说，"宋征死亡的真实情况，只有我们这些人知道。你现在被他们利用，做了假证明，你以为他们会相信你吗？你说你以后出去再说，他们也料到你有这一招，你就成了他们的隐患。现在，你人还在他们手里，只有先把你整死，他们才安心。你看吧，宋征的下一个，就是你！"

"啊……啊……"李大夫脸色苍白，像喝醉酒似的在水里晃晃欲倒。我赶忙扶着他。

真如老秦所料，新的迫害的苗头很快就露出来了。

太阳偏西的时候，刘俊大摇大摆地到田头检查质量。他站在田埂上先看看田里的草薅得干净不干净，然后在撂到田埂上的杂草堆里拣出一把，一根根地审视着。我们都屏声息气，像在听候宣判似的。

"李方吾，这草在你屁股后头，是你撂上来的吧？"他面带笑容，和颜悦色地说，"你过来，你过来。过来嘛！又没谁要吃你。"

李大夫连跌带爬地蹚到田埂旁边，丧魂失魄地站在他面前。

"你看看！你给我数数，这把草里有多少稻苗。"陡然，他脸色一变，大吼起来，"说！你说！你是啥用意？搞破坏？哈哈哈……"他龇出牙狞笑着，"看不出你，还有这么一手。咬人的狗不叫唤，暗地里来啊！无产阶级专政咋的你了？你就这么仇恨，上来！上来！你给我上田埂上来！……"

全水稻田里一百多对眼睛全盯在李大夫身上。李大夫已经失去了知觉，失去了分辨能力，低着头，垂着肩，呆呆地站在田埂上。刘俊叫来两个男战士，把撂在田埂上的杂草捆成两大捆，一边一捆挂在李大夫脖子上。又用一根草绳套着他的头，绳子的一端牵在一名男战士手里。

"带去游街，叫他示众！不打你就不倒！牛头不烂，多费点柴炭！我姓刘的就不信制不服你们这些资产阶级……"

灰黑的泥浆涂满李大夫花白的头发和胡须，又滴滴答答地流遍他全身。他像一头疲惫的牲口，被人牵着，拖着，顺着田埂农渠踽踽着。跨田口的时候，他又摔了一跤，滚得成了一个泥团。稻田里是一片起哄笑骂的喊声：

"哈哈，大主任围起了狐皮领子……"

"这家伙，过去一双皮鞋就值六十块钱，这下也叫他尝尝赤脚医生的味道……"

"喂，金光明（这大概是牵他的男战士），你这头驴可是他妈的喝过墨水的呀……"

我偷眼看看坐在树荫下的她，她却早已背过了身去。

晚上，李大夫吃不下饭，躺在炕上老泪纵横："怎么办？老秦，不幸而言中呀！……以后，肯定会像你说的那样，他们不放过我，要整死我呀……"

老秦向我使了个眼色。我们两人到我小铺上坐下。

"你看怎么办？"老秦问我。

"现在能怎么办呢？我只觉得这……这的确比拳打脚踢还可怕！"

"天真！"老秦不满地斜了我一眼，"这就是拳打脚踢的前奏，更厉害的还在后头哩。难道我们就这样，一点办法也没有了吗？"

我脑子里乱得很，实在想不出什么办法。

"我记得你说过宋征和北京方面的关系。"老秦说，"我们要想办法和宋征的爱人取得联系，把宋征死亡的原因和我们这个所谓学习班的真实情况告诉她。跟她说，我们可以证明宋征死于严刑拷打，可是要保证我们证人的安全。由她向北京申诉，让宋征的老首长插手。他的爱人你是认识的。你要知道，他们怕的是你、我，还有李大夫三个知识分子。整完了李大夫，接着就是你和我。杀人灭口，是这些人惯用的手法。"

我知道，宋征在江西时和长征中给当时还没有打倒的一位部队高级领导人当过警卫员，宋征的名字就是这位高级领导人取的，在"文化大革命"以前，他们还经常书信来往。宋征和他爱人王玉芳是四九年进城后结的婚。她是一位精明能干的妇女干部，"文化大革命"前是市妇联的一名负责人，听说现在只不过受了点株连，问题还不大。她不只是宋征的贤内助，而且是左右手，过去宋征看文件、批条子还靠她。

"嗯，这倒是个办法。"我说，"可是这样做合适吗？你知道我们现在的身份和处境，在无产阶级专政下……"

"嘻！"老秦皱起眉头，"你呀，书生气十足！现在有两个司令部，你知道刘俊这些人是哪个司令部的人？毛主席教导我们：要在斗争中求生存。小石，现在你、我、他的生命能不能保全，就在此一举了。"

"可是……"我犹豫地说，"怎么能跟王玉芳取得联系呢？现在连封信都发不出去。"

老秦两道炯炯的目光盯着我："这就看你的了。"

"我？我哪有办法？我看小顺子……"

"不行！"老秦向炕上瞥了一眼，"他那些'哥儿们'属于毛主席说的'游民无产者'，'有时虽能勇敢奋斗，但有破坏性'，办不成事，倒会到处乱说。你别瞒我。我看出那个姓乔的姑娘对你有好感，你要利用她给你寄信。"

"我，我……"我一下子脸通红，但又知道我们这些"犯人"每天形影不离，无法否认这点，"可是……她能冒险给我发信吗？"

"那——就看你怎样做她的工作了。"

我被他两道炯炯的目光盯得低下头。他见我沉吟不语，又说：

"小石，在这样的生死关头，不能再书生气十足了。你、我，过去都是吃了书生气十足的亏呀！我现在才知道：活在咱们国家，就离不开政治，你不招它，它要找你，想躲也躲不过去。你老兄在五七年发了昏，歌颂什么人道主义，后来不就上了'阳谋'的当吗？现在你关在牢里，搞得家破人亡，还想洁身自好，摆出中世纪的骑士风度，不叫女士们去担风险，或是想跟人正正经经地谈恋爱，就像小说里写的那样，你能办得到吗？老实说，姓乔的是个傻姑娘，可你是栽过跟头的人了，应该懂得功利主义了。你现在就得笼络她、利用她，让她做我们的'堡垒户'……"

第七章

满纸荒唐言。

——摘自《红楼梦》

近几年来，我的生活用四个字就能概括：事与愿违。这一次又是如此。本来是想拒绝和她有管与被管之外的来往的，可是现在还非要设法和她建立某种暧昧的关系不可了；本来是已经生死置之度外，听天由命的，可是在危机真正来临时却又有生的留恋，非要积极地去求得解脱不可……老秦对我的动员，尽管有点似是而非，可我也无法反驳他。那的确是从生活中得出来的经验。有时，我觉得他真是个靡非斯特菲勒士①，虽然会引诱我去犯罪，但却给我开了新的思路。他善于把抽象的政治概念用到生活实际中去，为自己的行为和利益辩护。我是没有这种本领的。

奇怪的是：自那天我答应老秦去试一试以后，就被一种非常复杂的情绪紧紧抓住。基本上，我还是认为正在无产阶级专政下改造的时候，搞不允许做的事是违法犯罪，对她来说更是不正当的；可是这种犯罪感却会成为一种刺激，激起在刘俊这些人手下既恐惧而又不甘俯首帖耳的反抗性和报复欲。这种情绪使我兴奋不已，甚至缓冲了我悼念母亲的悲痛。

但是，这几天我找不到和她谈话的机会。这种话，又不是出工、收工时三言两语能说清的。虽然我弯着腰在水田薅草，她就坐在渠堤坝上乘阴纳凉，而咫尺天涯，我只能在偶尔的一瞥之间接受她脉脉含情的目光。

一天中午收工回来，小顺子又向大家宣布了一个小道消息：因为现在"犯人"都和大队在一起干活，看守用不了那么多人，稻田薅草任务又很紧张，连队准备撤下全部女战士，再把王富海派来看押我们。

---

① 靡非斯特菲勒士：歌德诗剧《浮士德》中的魔鬼。

"……哥儿们还告诉我,"小顺子又说,"这些天连里是因为受了灾,又抢着薅草,没工夫整咱们。等秋收一罢,妈妈的!连里就开始一个个收拾咱们了。咱们大家都当心点,妈妈的!该写遗嘱的就写遗嘱吧……"小顺子虽然不出工,也没挨过打,可他总自觉地把他划在我们一起。

下午出工,走在路上,老秦对我说:"这事再不能拖了。现在,第一步,你必须扯着她,叫她设法赖在'学习班'看我们。她要是一调走,这事就弄不成了。"

我思忖了一下,就装着系凉鞋的袢子,蹲在队列外面,等她和"多事先生"。

"怎样?听说你们女战士都要撤换下去。"他俩走上来,我插在"多事先生"和她之间。

"就是。"她向我嫣然一笑,"你着急啥?"

"你能不能争取留在这里看我们?"

"你放心吧。"她在我身后说,"我都说好了,不会把我撤下去的。明天灌玉米地的水,我让连里派我领你和这个疯子去。明天我把那个本子给你看。"

第二天早晨出工,果然,除了她,别的女战士都撤下去了;王富海又走马上任了。我们呼完口号,她把我和"多事先生"叫出队列,押我们到玉米地。其他人由王富海押到水稻田。

洪水从山上冲下来的矿物质和羊粪,等于给田野施了一次肥。玉米长得黝黑苗壮,顶端都抽出了粉红色的花穗。宽大的叶片在晨风中抖掉了晶莹的露水,发出一片柔和而欢快的飒飒声。渠堤坝和沟沿上,长满肥嫩的猪耳菜、碧绿的野薄荷和高大茂密的艾蒿。清晨的空气里弥漫着沁人的清香和一股好闻的苦味。

"快！给你。你钻进玉米地里去看。"还没开始干活，她就从怀里掏出一个小本子，夹在《毛主席语录》里塞给我，然后押着"多事先生"去渠口开水管。

我急忙钻进青纱帐。一看，这不是什么中央文件，而是封面上写着"一百个怎么办"的油印小册子。翻开来，里面写着"受了批评怎么办？""看到同志有缺点怎么办？""在荣誉面前怎么办？""工作不容易展开怎么办？""个人利益与集体利益有冲突怎么办？"等等，整一百个问题，每一个问题下面注明《毛主席语录》里的页码。原来这是一种对号入座，"带着问题学"《毛主席语录》的辅导材料。

我失望地把小本子一合，又怀疑她是在戏弄我。但转念一想，她知识浅薄，大概真的把这种学习方法看得非常奇妙，以为我会在这里面寻找到解救自己的方法吧。她的好意，总还是应该感谢的。

刷、刷、刷，她也钻进了玉米地，头上沾着点点粉红的玉米花穗。

"疯子把水管放开了，水到这里还有一会儿。"她兴奋得脸都红了，"你看了吗？对你解决问题有没有帮助？"

"谢谢你。"我站起来，把小册子和《毛主席语录》还给她，"有帮助，当然有帮助。"

"上面来人说，啥问题都能从这里面找到解决：中国的，世界的，个人的，这里面都写着哩！"她把小册子包好，小心地揣到怀里，仰起脸看着我，"可我文化浅，找了半天找不到：为啥叫你这样的好人受罪，叫那些人不人鬼不鬼的得意；为啥咱们的生活好了一阵子，又过开了六〇年……"

"别……别说这些了吧。"我不安地向阒无人迹的玉米地望了望。

"好，瞧你……"她娇嗔地向我瞟了一眼，转了话题，"哎！他们说你过去是诗人，啥叫诗人？"

"诗人吗？"我"哼"地冷笑一声，一接触到个人问题，牢骚就来了，"诗人就是专门说废话的人！"

"瞧你！啥都不给我说实话！"她噘起好看的嘴，装出气恼的样子，"你以为我不懂，看不起我。我以后不跟你好了！"

啊！但愿时光在瞬息之间退到十二年前，让我在那迷人的晴朗的蓝天下，在那迷人的碧绿的青纱帐里，重新开始……

"唉——"而那时，我只能叹气，用无可奈何的调子说，"我不是不跟你说，我现在说什么也没用，你不是不知道我的身份和处境……"

"我不管！那有啥？你不也是人吗？"她又转嗔为笑，安慰我，"你放心，就是你劳改，我也看你去。不过……"她陡地截住话，沉吟着，低下头看着叠在一起的两手。

我没有敢接她的话问下去，和她单独在一起，我既有从来没有体验过的那么一种微妙的激动，又有一种仿佛濒临深渊的畏惧。这二者汇在一起，化合成了一种极为烦躁不安的心情。还是老秦说得对，在这里不可能像小说里写的那样正正经经地谈恋爱，何况恋爱对象又是直接看押我的战士。现在，枪就在她背上熠熠闪光，而且她每天都要到"连首长"那里去报告我们"犯人"一天的言谈动静。我只觉得四周都充满了阴谋，到处都是陷阱：一个阴谋套一个阴谋，一个陷阱连一个陷阱；他们张开网要罗织我们，我们又操起盾牌对付他们。于是，我极力想在她那纯洁光灿的脸上看出什么阴影，找到什么值得怀疑的东西，哪怕是一丝不自然的笑容也不放过。

"那么，我倒要问你，你怎么能让刘连长听你的话的：你说不撤下去就不撤下去。你要把我们带来放玉米地的水就来放水。你们究竟是什么关系呢？"

"没……没有……"她马上慌乱起来，一双水灵灵的大眼睛躲开我的视线,"没有……啥关系也没有。"

"我不信!"我更怀疑了,"好,既然你不肯说实话,我们也没有什么好说的了。"我扛上铁锹,准备钻出玉米地。

"别……别……你回来。"她紧张地抓住我的胳膊,"我跟你说实话吧,我……我……我就跟他说我受不了大田的苦。"

"那他就不叫你去大田受苦了?"

"我……我就让他……让他在我脸上拧了一下,我就跑出来了。"

"就这点?"

"就这点。我知道他安着坏心,我提防着哩!"她用噙着泪水的眼睛祈求地望着我,"你放心吧,放心好了。我绝不让他占着便宜。"接着,她叹息了一声,又有点懊丧地说,"我本来不想跟他们混在一起,可现在……现在……算了!现在不跟你说这些,以后慢慢跟你说。"

在外面,自"文化大革命"以来,我也曾听到过不少利用手中的一点权力胡作非为的事,何况这样一个偏僻的连队。看来,她说的是可信的。

"好吧,"我红着脸,壮起胆子说,"那么……那么你替我办件事,行不行?"

"你说吧,啥事我都能替你去办。"她又兴奋了,仰起孩子般天真的脸。

"你替我去发封信。不要在团里发,拿到外单位的邮电所发,行不行?"

"那有啥!拿来吧!"她整整衣服,一掠头发,仿佛现在就要动身似的,"我到公社的邮政代办那里去发,就十来里路,近得很……你放心吧,啊,我不会做对不起你的事的……"她流露出一种极为满足的溺爱的表情。我发觉,她把我的怀疑,当成了嫉妒,当成了爱的表示。

晚上，吃完晚饭，我向老秦报告了今天的结果，当然略去了所有的细节。

"好！这就好！"老秦像电影里运筹帷幄的将军，在牢房里兴奋地踱着方步，"现在的问题，就是怎样写这封信了。"

我们又进一步商量，这事与其瞒着大伙（在这个狭小的死屋，几乎是不可能的），还不如调动起人们的"积极性"，群策群力。于是，由老秦向大伙陈明利害关系，不能坐以待毙，使得除"多事先生"外都动开了脑筋。而老秦的确也有大将之风，很能采纳各种意见，最后制订好方案。

"第一，我们还不能完全相信这个乔班长。"老秦说，"要是她把这封信交给刘俊，那就整死我们也有道理的了。所以，这事得分两步走：第一步，先和王玉芳取得联系，自然，这还得要这个乔班长转信。她真肯发信，转信也不会有什么问题。等王玉芳回信来，咱们再把详细情况写出去。第二，就是这第一封信，也不能让人看出是我们写的。我们用左手写，即使落在他们手里，也查不出笔迹来。"

"不行。左手写的字一看就看出来。"马力说，"要是他们查的时候，也叫咱们每个人都用左手写几个字，那不露馅了？"

"有了！秦技术员，"一向沉默寡言的小陈，忽然用颤抖的手指指着墙上糊的报纸，"我们学那……反特小说写的……用报上的字……"

"妈妈的！你这招太绝了！"小顺子一拍大腿。

"'夫子不言，言必中'呀！"李大夫抹着胡子微笑着。

"行！"老秦也夸奖小陈，"真有你的！"

随后，由我拟了稿，得到了老秦认可，大家就在昏黄的灯光下在墙上寻找需要的铅字（幸亏我们牢房的电灯是彻夜不灭的）。找见了就用指甲剜下来，沾上李大夫剩的玉米糊糊贴在白纸上。花了好大工夫，我们用型号不一的铅字拼成这样一封信：

  王玉芳同志：我们急需和你取得联系，如你想知道你爱人的死因，请速照信封的地址和姓名来信。

信拼好了，但信封是不能用铅字拼的。老秦问我："这个乔班长会写字吗？"

"我想会吧。我记得她好像说过，她念过两年小学。"

"好，信封就叫她代写。小石只写一张王玉芳姓名地址的条子交给她。这样，就是发现，信里根本查不出笔迹，信封的笔迹又是这个姓乔的。怎么样？这样就绝对保险了！"老秦扬扬得意地说。

第二天，在玉米地里，我把封好的信和王玉芳的姓名地址交给她。

"王玉芳？"她皱起眉头，"是个女人的名字。"

"当然，当然是个女的……"

"咋？你不是说你家里没人了吗？咋又出来个女的？"

"那……那是我姑妈，当然是个女的。"

"哦——"她舒展开眉头，对我莞尔一笑，可是又马上疑问地歪着头，"你姑妈有女儿吗？"

"没有……只有两个表弟。"

这些话我都是随口说出的，连自己听了，都愤恨我说谎的本领。但是，在一连串恐怖和痛苦把对前途的希望摧毁以后，人就会沿着一个斜坡不由自主地滑下去。当时，我既愤恨我竟然会说谎，又愤恨我竟会因为说了谎而感到愤恨。

"好！"她揣起信，又在胸脯上按了按，"下午我请个假，到公社去发。你姑妈一有回信，我就给你。"

"要寄挂号信。你会不会寄挂号信？"

"就你会，我啥都不会！"她撒娇地说，"寄挂号，贴两张邮票，还向邮局要个条子，对不对？"她得意地望着我。

"对。可这是本市的，你贴一毛钱邮票就行了，不用多花钱。条子拿回来交给我。钱你先垫上，行不行？"

"看你说的！"她压低了声音，"告诉你吧：我有钱，这些年我存下些钱来着，以后你出来好花……"

炎热的、干燥的风，从南边沙枣林吹来，带来一股热辣辣的香味。远处，连绵的山岭在耀眼的阳光下失去了立体感，像图画一样贴在薄薄的乳白色的雾气中；近处，黄色的渠水在欢快地流淌，淙淙地翻过用草筑成的小坝，冲起一层层活泼的涟漪。"多事先生"坐在田口旁，背对着我们，一动不动。她似乎期待我说些什么，把枪换在另一只手上，往我身边靠了靠。我闻到她身上、她头发上散发出的少女的温馨，我感到那被压抑的爱的欲念要觉醒过来。但是，那又反而会唤起我的羞耻心，引起我的内疚，使我更加痛苦。我顽固地抗拒从她身上向我冲击来的引力波，紧紧地咬着下唇。

"你咋哪？好像不高兴。"她开始觉察到我的表情。

"我没不高兴，我总是这样。"我向她痛楚地微微一笑，"我觉得……我觉得应该谢谢你。"

她扑哧笑了起来。

"你们知识分子哪，花样就是多，怪不得人说知识分子难斗。啥'谢谢'哪，'以后不要送'哪，'钱'哪啥的！我看你就是看不起我们贫下中农！"

"不……不是！我是怕你也遭到危险。"

"危险就危险,在外面也不保险!我见着好些人不知为啥就关了起来,早上还好好的,下午就戴上高帽子游街,要么就是给赶跑了。把我也关起来,咱们不就一样了吗?"她天真地笑着,"以后,你教我学文化好吗?"

我很高兴她转了话题。她经常是这样:从一件事很快地转到另一件事。我觉得她脑子里有许多不切实际的梦想在催促她,常常会使她兴奋得喘不过气来。

"好的。这并不难。"

"当然不会难哪,有你这样的好先生。我学得可快哪!现在我能背二百多条语录,还有'老三篇'。就是不会写。"

一块田里的水灌满了,"多事先生"还是坐在田口旁不动。我扛起了铁锹。

"还有啥事?"她问我。

我想了想:"你能不能跟连长说一声,让我们也休息一天,哪怕半天也行,我们好洗洗衣服,理理发。你就说是我说的,语录里有这么一条:人要劳逸结合。"不知怎么,我特别强调了最后一句。

第八章

万古长存的山岭,并不胜于生命短促、瞬息即逝的玫瑰。

——黑格尔

一百多亩玉米,两天就灌完了水。我和"多事先生"又回到大队,王富海吸取了被告发打碎"宝像"的经验,知道我们也会反咬人,对我们表面上比过去和气了一些,但处处都想暗地里抓我们的辫子。同时,这不是我神经过敏,我总觉得他有种特殊的敏感,好像已经发觉了她和我之间有什么值得怀疑的地方。他把牢房前面一个原来贮藏冬菜的地窖收拾干净,还拉上电灯,晚上就睡在里面,一抬头,从后窗洞就能看见牢门。

她和我的接触更困难了。自王富海开始守夜,玉米饼就断了顿。第二天早晨,她的舞姿第一次流露出懒洋洋的忧郁情绪。出工时,她向我暗示了一下,想把挂号信的收据交给我,也找不到机会。下午,小顺子自告奋勇地出了工,走在路上和王富海胡缠,她才乘机把一块玉米饼和收据交给我。

收据拿回来,在我们每个人手里传阅了一遍。一时大家都好像有了新的希望,牢房里的气氛顿时轻松了一些。小顺子又唱起了"天津时调",闷闷不乐的小陈也轻轻哼了几句《大海航行靠舵手》;李大夫躺在炕上,两手枕着头,喃喃地自言自语:"但愿皇天不负苦心人呀……"

四天以后,出工时,她又对我做了暗示。下午,小顺子仍如法炮制。她塞给我一封信!

晚上,王富海押着马力和"残渣余孽"抬进尿桶,出去刚锁上门,大家就簇拥我到大炕的旮旯里。我拆开信,却不是王玉芳的笔迹。

"不对!这不是王玉芳的字!"我神经质地叫起来。"她经常替宋副师长批条子,她的字我认识。"

"这是左手写的字。"马力肯定地说,"这瞒不了我。"

"先看看内容再说。"还是老秦沉得住气。

信是这样写的:

我的爱人是忠于毛主席、忠于毛主席革命路线、忠于毛泽东思想的革命干部。希望你提供他死的情况。你用这种方法和我联系，大概你的处境也很困难。我保证不牵连你，为你保密。请速回信。

没有抬头，没有落款，而且是用左手写的字。我们面面相觑，惘然若失。

"妈妈的！"小顺子骂着，向后缩回去，"这是嘛玩意儿！"

"对的！这是真的！"老秦胸有成竹地微笑着，"这就是王玉芳来的信。要是这些人搞的圈套，他们绝不会搞得这么扑朔迷离。这些人的头脑都非常简单，搞武斗内行，搞文斗外行。他们搞的那些圈套，都笨拙得要命。你们想，我们害怕我们的信到不了王玉芳的手，王玉芳也同样怀疑我们写去的信是个圈套。她用这种方法回信，是正常的。这和小石平常说的王玉芳的为人相符。没有错，写回信吧！"

"对，对！写吧，写吧！……"

经过老秦解释，大家又恍然大悟，喜上眉梢。李大夫又从枕头下翻出白纸和信封：

"写吧，小石，明天就交给乔班长。"

"且慢！"老秦按住我的手，像电影里那种足智多谋的智囊人物似的，"这封信，还不能把宋征死的情况告诉王玉芳。我们只告诉她，宋副师长是被打死的，过程我们一清二楚，我们可以做证，重点要放在先解决我们这些证人目前的处境上；不解决我们的处境，一切都谈不到。要她直接向北京宋副师长的老首长申诉……最后还告诉她，接到信以后给我们一个回信。"

的确，老秦的推理能力和谋划能力，比起英国的福尔摩斯和比利时的波洛并不逊色。而且，他真的是把在那种不正常的状态下形成的人与人之间的关系和人的心理吃透了。

信写好，仍然在小顺子的配合下交给她。从此，王玉芳就是我们唯一的希望寄托了。

这以后，我和她的接触停顿了下来，连每天清晨欣赏她跳舞的机会也被剥夺了。王富海非常热衷于看押犯人的工作，在革命群众跳"忠字舞"以前，他就把我们押出去打扫厕所。他自己蹲在粪坑旁边，带着满足和悠闲的神情看着我们。待我们打扫完厕所，革命群众的"忠字舞"也跳完了，我们再匆匆吃早饭、站队、呼口号、出工，那个防止我们得阑尾炎的措施，也无形之中取消了。

这样过了一个多月，王玉芳那边一直没有回信来。可是，薅草早结束了，水稻也收割完了，稻子都拉到场上码起了垛，就等入冬后脱粒了。这时，农业生产周期里有个比较闲暇的时候，也就是说，小顺子"哥儿们"报告的那个整我们的时候到了。

随着天气一天天转凉，"犯人"们的脸色也一天天灰暗下来。保卫自己的本能、求生的本能，成了每个人生命力的唯一的表现。不能预测的命运中的那个可以预测的灾难，压在我们心头，使心头又产生一个更为恐怖的幻觉，再反过来夸大了那个即将来临的灾难。因而，人人都惊悚不安。我时而震颤不已，时而心灰意懒，时而疑神疑鬼，时而胸襟坦然……我只有用拼命的劳动来折磨自己，用疲乏来使自己镇静。当我挥汗如雨地收割、装运、码垛的时候，在偶尔的一瞥之间，我能看见她那焦灼的、疼惜的、爱怜的目光，但这时我已在所不顾了。

李大夫和"残渣余孽"两个老头，一个是搞自然科学的，一个是本也无所谓宗教情绪的人，在恐怖莫测的命运的重压下，晚上竟用

"书卜"来推测个人的未来。在牢房里，扑克牌、镍纸这些能用来算命的工具都没有，于是他们就在昏暗的灯光下捧着《毛选》，嘴里念念有词，先预定了哪一页哪一行，然后翻开寻找，揣摩那一句话对自己命运的意义。

"……'估计此着不易实现，不是九十四军残部迅速撤回北平，就是九十四军、十六军……'嗯，这句话的关键是'估计此着不易实现'。"李大夫看着屋顶的水泥板嘀咕，"这指的是那封信？还是他们对我们……嗯？"

"唔，这句话还对得上，您看，""残渣余孽"翻开另一页，悄悄对李大夫说，"'从团结他们出发，对他们的错误和缺点进行认真的和适当的批评或斗争……'这就是说，他们也许对咱们还……"

"算了吧，算了吧！"老秦披着绿军大衣，在地上焦躁地来回踱步，斥责两个老头，"哼，告诉你们吧，只有有理、有利、有节的斗争，才能救你们自己……"他又坐在我身旁，把手指捏得劈啪作响："小石，我总感到最近他们对我们不动声色，说不定是掌握了什么。咱们再估计一下，那个姓乔的是不是真的发了信，嗯？世界上绝没有无缘无故的爱，也没有无缘无故的恨。你不能相信她真的会对你有什么感情。要那真是个圈套，可就全砸了……"

"妈妈的！"小顺子说，"哥儿们跟我说，乔安萍这些日子跟刘俊那帮人可跑得欢，老到他办公室去……"

"这……"奇怪，这时我心里既有惶恐，又有一种酸楚的嫉妒，"这我也说不清，你也知道，我们好久没有单独接触了……"

然而，第二天——九月二十九号晚上八点钟，我们正躺在各自的铺位上苦恼的时候，她突然打开牢门，把我和"多事先生"叫出去。

"走！"她站在门外，端着枪，"到学校把晒的煤饼收进去。"

煤饼是我们前几天中午和的。小学校在居民点西边。这时，满月正悬在当空，田野上，田野的林带上，被林带包围的居民点的屋顶上，都被镀上一层冷峻的、刚毅的铅白色。四周静极了，我听见她在我身后的急促的呼吸和细碎而略带踉跄的脚步。我们默默地跨过干涸的排水沟，钻进黑黝黝的林带。

"好了，"她抓住我的胳膊，"你在这里等一等，我去把疯子安排好。"

她押"多事先生"往学校去，很快就小跑着回来。

"咋办？明天要开大会批斗你们。"她气急败坏地说，"现在他们正在开会，我趸摸了个因由跑出来告诉你，只有几分钟。咋办？你说咋办？……"

"咋办？……"我不由得被她的恐慌传染，重复她的问话，"可是……批斗会这样的事也不是一次了……"

"哦，我还忘了告诉你，"显然她不知道该先说什么好，"'十一'我要到师部去开立功受奖人员大会。明天我不参加会，给我一天时间准备。这要去好几天，照顾不上你了，问题不在明天，明天团部军代表要来参加。他们还不会把你们怎么样。等军代表一走，他们就要甩开膀子干了。现在他们开会正说的这个，听得好吓人。你说咋办？啊……"她下意识地握起我的手。我呆呆地站着。月光透过叶片筛孔似的缝隙照在她脸上，她的脸像银子似的苍白，那一颗墨玉似的哀婉的黑痣在她腮边抖动着。她的眼睛是闪烁不定的，像惊起了的睡鬼。

"你跑吧！"她不停地揉搓我的手，"明天，我就要把钥匙交给连里了。明天晚上，我到王富海那里去把他那串钥匙偷出来。你跑到你姑妈那里去，咱们俩在城里见面。你要是现在跑，我脱不了身……"

"那，那……"我被她这个计划震惊了，而且觉得她大胆得令人怀疑，"这，这……"

"我早就想过了，总有这么一天。"她放开我的手，却抓住我两只胳膊。我觉得她的手掌滚烫，"现在他们也相信我了，咱们就乘这时候跑回老家去。我们都能劳动……老家的人好，那都是看我长大的……"她突然兴奋起来，口齿不清地说了些语义不连贯的话。然而，正就在这奇突的荒谬的迷乱之中，她那不容怀疑的真情猛叩着我的心，激起了我的男子气概。我两手不自觉地从她肘弯下抚着她丰满的腰肢，第一次用真诚的温柔的语气对她说：

"你放心，啊，你放心……我知道，他们不会对我怎么样的……你放心吧……"

"噢！不，他们合计要打你们，不把你打死也打残废……"她抬起手，把我几个月没理的乱发捋向脑后。我觉得她的手在我心上轻轻滑过，"跑吧，啊，还是跑到老家去，等运动过去再回来……"

"没关系，没关系……一切都会好起来的……"

"噢，不，不……"她轻轻地摇晃我。

我的心颤抖起来，我的呼吸急促起来，同时，一种渴望，一种欲念，一种幻想，一种不能抵御的激情，使我在她把她的脸，连同那干燥炙热的嘴唇贴上来的时候，也不由得把嘴唇迎了上去……

一切一切的痛苦、危险、灾害好像都消失了……

枪，从她肩上滑下去、滑下去……她如同一片秋叶在我怀里索索发抖。

"从今以后，我就是你的人了。"不知过了多长时间，她喃喃地说，"你叫我一声吧！"

"叫……什么呢？"我抖得厉害。

"叫我妹妹……"她仰起脸，暖烘烘的鼻息喷在我脖子上，"我叫你……哥哥！"

　　我的心凄楚得隐隐作痛。我被这种在农村里一直保持着的表达爱情的语言感动了。这种也许是从远古的近亲结合形成的夫妻称谓习惯，这种以血缘纽带来表示亲密关系的方式，从一个农村姑娘嘴里自然地吐露出来，包含着其深无比的真挚和信赖。

　　"叫我呀，叫我呀……"她用头轻叩我的胸脯。

　　然而，我仍在颤抖。这不仅是由于从来没有享受过的心荡神迷，也是由于害怕，由于对她和我的未来有一种朦胧的不幸的预感……

　　现在，即使我已过了不惑之年，即使我两鬓已染上了白霜，但每当回想起那个月明之夜，回想起在那幽暗的沙枣树和柳树相间的林带里和她度过的两分钟，我仍不禁柔情万种。一个人的一生，总有那么一个终生不能忘怀的时刻，而我这样的时刻只有两分钟。不过，这两分钟就足够我后半生享用的了。现在，每当我感到困难的时候，感到惶惑的时候，感到余悸忡忡的时候，这两分钟总能使我迸发出青春的活力，把我的心燃烧起来，鼓起我向那摧毁人的幸福和人的价值的东西进行批判的勇气，坚定我和大家一起建设美好的未来的决心。

第九章

　　东风无力百花残。
　　　　——李商隐《无题》

　　六八年九月三十日上午，武装连召开对"阶级敌人"的批斗大会。

一早，军垦战士就忙忙碌碌地在所有泥土剥落的墙上刷上标语。菜窖的后窗洞旁，一条白纸浓墨的口号正对着我们——"人民大众开心之日，就是反革命分子难受之时！"

团部军管会的代表出席了大会。这是个面孔白皙、外表斯文的中年军人，我在师部机关时曾见过他。当我们被押进会场的时候，在惊慌的一瞬间，我恍惚看到他向我投来一线温和的目光。

批斗大会进行得很正常，正如她说的，有军代表在场，他们不会把我们怎么样。不过，就在他们按我的头，给我们坐常规的喷气式的时候，我猛地觉得有许多极尖锐的钢针扎在我头皮上。李大夫大概也尝到了这种滋味，竟疼得叫唤起来，顺势倒在地上。

"您看看，军代表，"押李大夫的军垦战士委屈地抱怨，"真没办法！这些人，就是这么耍死狗，动也没动他……"

"怎么哪？李方吾。"军代表敲了敲桌子，"我已经打过招呼了：要文斗，不要武斗。群众又没有打你，你这样就不好了。群众运动嘛，难道批一批你就不行了？就要叫唤了？……"

下面，他的讲话被一片狂噪的口号声代替了。我最大限度地低着头，眼睛向两边窥视，发现押我们的军垦战士都戴着劳保用的白线手套。

批斗告一段落，军代表就叫王富海把我们押回牢房，革命群众继续进行我们不能旁听的议程。牢门锁上后，老秦首先气愤地叫起来："看到没有？看到没有？"他举着一枚光闪闪的东西，"他们手套里藏的就是这个——图钉。这就是从他们手套里掉出来的……"

"妈妈的！"小顺子骂道，"找军代表去，告那些婊子养的！"

"哼！我才不告哩！这我还要留着当纪念。"他冷笑一声，把图钉又放回口袋里，"老实说，军代表也是睁一只眼闭一只眼；就是知道了,一个小小的军代表又能怎样?"他从铁丝上拽下毛巾捂在头上,踱了一圈,在我铺上坐下,"从刚刚的批斗看来,那封信的事他们还没有发现,也可能那个姓乔的姑娘真以为你是给你姑妈写的信,没有在意。你可要记住,任何情况下都不能说出那封信。老实说,这里就你最幼稚,最书生气……"

下午,王富海持枪踹进牢房,说是军代表要和专政对象个别谈话,第一个叫的就是我。

军代表坐在办公桌后面,几个连部的头面人物围着他。他捧着茶杯,用杯盖轻轻地拂开水面的茶叶。"怎么样,石在?"他带着失望的表情,用惋惜的语气问道,"听说你在改造期间表现得可不怎么好啊!"

我坐在他对面。我感到他语气里有一种期望和温暖。这种话,我自来这里就没有听到过;这种话,出于这样一位具有权威的人物的口里,使我的泪水不觉地浮上了眼眶。

"哎,你看,"他翻动着桌上的一沓纸,"你还向带你们的班长要求休息,还借口毛主席说的,人要劳逸结合。现在,外面正有人不是带着问题学毛主席著作,而是为我所用,搞实用主义。哎,想不到你在这里也搞。可你搞,性质就不一样啰……"

我的耳朵里猛地嗡嗡作响,下面的话,我没有听进去,只是像森林里的鹿听到了异常的响动,惊惧地望着他。这明明是我向她随意地提出的一个要求,怎么会传到这里,而且成了一条严重的政治问题呢?那么,我和她之间其他的事,难道也……

"你不要以为你聪明,"刘俊说,"我们是掌握了你的情况的。是你自己坦白呢?还是非要由我们给你准备材料不可呢?……"

"不要急嘛,"军代表一抬手,用教训的口吻说,"要给他一个认识过程。石在,你知道为什么要叫你来学习班吗?"他抿了一口茶,

"你是五七年在报上发表过文章的人嘛,是有影响的人嘛。我们是讲政策的,你的右派帽子早摘了,不错,可你总是资产阶级知识分子,是十七年的旧学校培养出来的人吧,是不是?这个你总要承认吧。叫你来学习班,是对你的关怀嘛,可你自己改造得怎么样呢?嗯?"他手指在那沓纸上一敲,严峻地望着我。

"资产阶级知识分子"!这像一道强光一样突地把我阴郁的心照亮了。我过去怎么会没有想到这个概念,只是纠缠在政治身份上呢?我不由得衷心地崇敬地瞥了他一眼。我那种崇尚理性上的逻辑推理,而不顾感性上的实际体验的知识分子习气得到了满足。来这里三个多月时间压缩在这一刹那,我领悟到:我的怨恨、怀疑、痛苦,我利用她私寄书信等等不法行为,全部能从这个概念中得到解释,这就是我之所以会撒谎堕落的根子,而刘俊这些人对我们肉体和精神上的摧残,作为一种阶级仇恨,也都是可以原谅的了。这时,深深的自责代替了委屈和愤懑,我的确认为自己改造得不好,惭愧地低下头去。

"这个班长是什么人?"军代表见我正陷入思想斗争,便侧过头问刘俊。

"一个女战士,"刘俊欠了欠身子,"很勇敢的,路线觉悟也很高,立过二等功的。"他又转向我,把那沓白纸一拍:"你的事多啦,都在这上面,你不是不知道党的政策,坦白从宽,抗拒从严……"

完了!他的表情和口气都证明我果真落入了圈套。我的神经痉挛起来,再不能进行合理的分析、推理、判断了;她曾给我的关怀、安慰、抚爱,我们昨夜如梦的炽情融合在一起燃起的腾腾烈焰,全如一阵青烟似的飘散了。我像被逼到洞穴深处的野兔,只是疲乏地、绝望地喘着气。

"干了什么坏事,说出来就表示自己有了认识嘛。"军代表说,"人不怕犯错误,犯了错误能改,还是好同志嘛……"

啊,生命史中的这一刻,我是决不愿回顾的。现在一想到它,我就要恶心、要窒息。我并没有挨打,我想如果真打了我,也许还不会造成这样的效果。而这种结果又不是偶然的,却是我思想和心理状态的必然性。他们在审讯中使用的全部概念,和我自己多年来信奉的观念完全一致。这种过左的观念是五七年"反右"以后形成的。这种观念,会使一部分人的自我膨胀起来,也会使另一部分人的自我萎缩下去。尽管后一种人里也有品格无可指摘的人,但他们的精神境界总是卑微低下的,因为他们承认前者的膨胀,也承认自己的无权;他们安于自己卑微的地位,甘于逆来顺受,甘于放弃自己的独立思考。而不幸我正是这后一种人。现在,前者已经膨胀到如此巨大,而且正以有形的力量压在我头顶上,同时,又有意露出一丝缝隙,让我能继续卑微地在下面生活下去。生的欲望,保护自己的本能,受了欺骗后的激愤,对信念虔诚的悔悟,对爱情彻底的绝望……在我那已经被恐怖和痛苦扭曲得变了形的心里虬结在一起,终于迫使我一点一点像挤牙膏似的把她替我发信、给我送吃的、今晚叫我逃跑都坦白了出来。只不过为了不牵连其他人,我把信说成是给姑妈的,并且抽出了她对我的感情那条线而已。

"胡说!"刘俊却把桌子一拍,打断我的话,"你诬陷好人!好哇你……"他愤怒地骂出一连串脏话,也不顾军代表在旁边,最后向王富海一挥手:"押下去!先押下去!以后咱们再算他的账……"

"唉,唉,"军代表摇着头,"正如毛主席说的呀:各种剥削阶级的代表人物,当他们处在不利情况的时候,往往采取以攻为守的策略……"

出乎意外的是,把我押回牢房以后再没有提审其他人,一下午平安无事地过去了。李大夫、老秦、小顺子……不时狐疑地看我一眼。我孤单地躺在铺板上，我并没有享受到坦白后的轻松愉快，我的心并没有因忏悔而净化；我开始明白他们其实不知道她和我中间的这些事，突地腾起了新的懊丧和惶恐，而且，那任何理性上的解释都压抑不住的天良发现，更使我痛苦不安。这时，我只有希望他们真的以为我在诬陷她，在采取以攻为守的策略；我愿承担搞这种活动的任何罪责。

可是，已经晚了。

一直到深夜，我还辗转反侧，不能入眠，总觉得就在这个时候要发生什么事。果然——

"哎呀！……我不干呀！……"

她一声凄厉的嘶叫在万籁俱寂的深夜穿窗而入。我的心猛地揪了起来，可是，很快地，她的声音又被一个什么柔软的东西闷住了。

我战栗地趴在破玻璃旁向外张望。月色如水，王富海那间菜窖的窗洞也反常地熄了灯光。我疑心刚刚是一种在紧张的心情下产生的幻觉，但然后窗洞的灯光却又亮了。并且，菜窖里响起了人活动的声音，开门的声音，一阵阵被捂住的哭声和压得很低的说话声。哭声是她的；说话声是男人的，而且不止一个。又过了一会儿，门砰的一声像被人使劲地摔了一下，紧接着，一阵慌乱杂沓的脚步声越跑越远，最终消失在溶溶的月色里。

我猜到了菜窖里发生了什么事。我咬紧牙关，两手死死地抓着钢筋，菜窖后窗洞旁那条白纸浓墨的标语，在月下像挽幛一样发出冷冷的惨白的光；玻璃上喷着红色的"忠"字、黄色的向日葵、光芒四射的太阳，它们的阴影组成一团奇形的花纹投在我脸上，我只觉得有一种能把人正义的冲动和反抗禁锢得凝冻起来的力量钳制着我，使我全身麻木，使我喊不出声来。我整个沉沦在一个愤怒和恐惧的深渊里。

以后几天我不记得是怎样过来的了，只记得从"十一"到十月三号，武装连执行国防部在国庆期间停止"对台澎金马炮击"的命令，没有斗我们。而且，她、王富海、刘俊都不见了，另派了个小伙子来看我们。

十月四号武装连开了一天大会，我们被押到离会场很远的马圈干活。深夜，正在我迷迷糊糊要入睡的时候，被一根树枝捅醒了。

"哥，看！"

她的声音低得像一声叹息。苍白的脸，在玻璃缺口外一晃就不见了。

我赶忙趴在缺口上。窗外，月光已经暗淡了。在沉沉的夜色里，我希望还能看见那一张苍白而美丽的脸庞，但只见一个一闪即逝的黑影和几声细碎而急促的脚步声。

我的被子上有一封叠成三角形的信。

她的字像孩子的字一样，但写得很工整，一笔一画的。被泪水洇化的字迹，还用铅笔细心地描了出来。信是这样写的：

我最亲爱的哥：

那天晚上我去偷要四，没想狗连长根在我后面，他在那菜叫里把我坏了，叫王看在外面，现在我身子张了，不佩你了，这两天狗连长叫了很多人看住我叫我家给王富海，哥，我以想好了，就是你救狗连长女人的大水沆，我假意答应了，今天他们才不看我我才给你写了这封信。

狗连长说是你告的我，我不信，就是你告的，我也不愿你，你太老实，是个好人，这几年，我看了，人月来月坏，我就看你是个好人，你救狗连长女人我就看出来了，现在是好人受气，坏人得意,为了你,我没想过的都想了,为了他们相信我我是说你要休息,他们也许这么逼供信你来的,我忘了告诉你,你上了当,我不愿你,哥,我对不住你,把你一个人留在世上,你要好好活下去,活着要主意,要跟好人在一起,我要身子不张总等你,现在不行了,我在最后叫你一声哥,你还没叫过我,你叫我一声妹吧,以后不要忘记我。

妹妹

我干了什么事!我干了什么事!!我干了什么事呀!!!……

我咬住枕角,屏住声息,任眼泪像泉水似的汩汩流淌。我把信看了一遍又一遍,使我即使在生命的最后一刻,也能记住那上面每一个字、每一个绝对正确的错别字,和每一个不讲语法的标点。然后,我默默地把它揉成一团,放进嘴里嚼烂。我把她滴在那上面的苦涩的泪水和喷在那上面的辛酸的鼻息,用牙齿紧紧压榨出来,和着我的泪水与叹息咽进肚里。

这时,我才发觉我多么爱她!

她那天赋的朴实与天真,使她在那混乱的年代里还保持着闪光的灵魂;她像一片未经污染的土地,上面仍然粲然地开放着鲜花。然而,她那在爱情的推动下所采取的合理的行动,在反常的社会状态里反成了不能解释的行为;她那天真幼稚的设想,在无情的现实面前反成了值得怀疑的用心。她凭着她充满着浓郁的泥土气的少女的心,凭着她单纯的直感对我倾心相许,但我那已经被扭曲的心灵却大大地辜负了她,把她炽热的爱情浸在我利己主义的冰水之中。陡然,她的自杀和母亲的去世一下子沟通了。一霎间,生与死、冷与热、希望与绝望、柔情与恐惧,一齐汇聚在一起,我的血液突然横溢泛滥,长期被压抑的愤懑和青春的爱情,像雪山突崩,像狂飙骤起,以致把我的心崩得粉碎……

不!我要爬起来,我要去救她,我要砸开牢门去狂喊!……可是,我却像发高烧一样浑身战颤起来。而正在这时,她那朗朗的、如明月般的脸庞,却在玻璃缺口处显现出来,她的一颦一笑,一嗔一喜都清晰可见。我陷入了一个美丽的幻觉中。我只觉得我从铺板上飘然而起,穿过玻璃缺口,像一缕青烟似的荡了出去。在外面,她牵着我的手,两人一齐飞过一团团黑雾,飞到了一个天宇碧蓝、杂树生花、细草如茵的地方……

第十章

我已经说了,我已经拯救了自己的灵魂。

——马克思《哥达纲领批判》

我知道后来的事,已经是在师部医院住了两个多月,拖着支离的病体回到师部机关的时候了。原来,在那第二天——十月五日早晨,兵团军管会就派来军代表把我们从那个武装连接回师部。名义上是转移看押地点,实际上是重新调查宋征死亡的原因。当然,这是宋副师长的老首长起的作用;她替我们寄给王玉芳的信终于达到了目的。除我因昏迷不醒之外,其他人都向兵团军代表如实写了旁证,其中自然以李方吾李大夫的证明为主。调查结束以后,这个"学习班"也没给谁定案,也没给谁平反,就一风吹地解散了。

我没有回家。我不忍再看母亲临终之地。那个所谓的家,全送给料理我母亲后事的邻居赵老师了。而不久,我也被下放到另一个偏僻的团场去了。

我在那个团场生活了十年。七八年秋天,我带着两鬓白霜,噙着眼泪,拿着改正的文件和调令,到我现在工作的单位——省出版社来报到。从此,我走到了阳光下。

她没有死。我从医院出来就打听到:给我信的那天晚上,她换了一身新的绿军装,偷偷摸到连队东边的那个大水坑——就是我救起刘俊妻子的地方,纵身跳了下去。可是,被紧跟在后面的王富海发现了。她被捞起以后,绝食、挣扎了很久,终于还是和王富海结了婚。后来我又陆续知道:第二年七月,她生下了刘俊的女儿(这大概只有王富海、她和我三人知道)。过了两年,又生下一个女儿,这才是王富海的。

"……有时候,遇到伤心事,觉着过不去,过不去了,可时间一长,也就过来了。"听到这些消息,我耳边总回响起她过去对我说过的这句话。

省农业局给宋征开追悼会时,我也接到了通知。在省委大院,碰到刚从小汽车上下来的王玉芳。

"呀!小石。啊,现在应该叫你老石了!"她挽着我的胳膊,把我带到花池旁边。她还显得精力充沛,只不过鬓边也添了白发。她握着我的手,只说了一句"老宋,他……全亏了你们……"就说不下去了,我们都强忍住心中的激动和眼里的泪花。最后,还是她先开口,还像过去那样,精明、爽利,说起话来滔滔不断。"怎么样?现在好了吧?你在报上发表的关于真理标准问题的文章和诗我都看了。好得很!想不到你还能干呀!啊,我想起来了:是哪年?就是林彪摔死的第二年吧，我接到过从那个武装连来的一封信，好像就是那个姓乔的，打听我侄儿，也就是你的情况。你说荒唐不荒唐，我成了你姑妈了！还说没别的意思，就问你身体好不好。我摸不清情况，没敢回信……"

我能说什么呢？一直到七二年，她已经生下第二个孩子后，还在惦记我身体好不好，还把我的谎言当作真话。我可以想象得出她在写信以前对我的思念，想象得出她的忧虑、她的痛苦、她的希望、她思想里反复的斗争；也可以想象得出她久久接不到回信时的失望和伤心。

我能说什么呢？可能直到现在，她坐在火车里，还幻想光阴一霎间退到十二年前，而她又顺利地偷到了钥匙，在她身边坐的不是王富海，却是和我一起向她家乡比翼双飞时，还把我的谎言当作真话吧！

回到省城以后，第一个来看我的是老秦。他非拉我到附近的酒馆"喝两盅"不可。原来，他和我走了完全不同的路。六八年他从"学习班"出来后，就积极地投入到派性斗争里。凭他的知识和能力，很快就和省里当时有势力的人挂上了钩，一时，他竟成了省农业口的一位风云人物。

"……老实说，我没什么其他目的，就是为了报复！"两杯下肚，他有点醉意地说，"什么信念，什么原则，根本谈不到了。一想起咱们在武装连关的那些日子，想起那种恐怖，心里就像着了火一样，就像发了疯一样，管他什么对不对！来吧！咱们与人奋斗，其乐无穷……"

他就用他的本领和到手的权力，把原来整过他的人一一整倒。那个武装连的"连首长"大概就是这个时候觉得受不了而活动调回老家的。但他自己也没有逃脱。七七年"揭批查"运动中，他又成了清查对象。只不过他没有什么激起民愤的劣迹，才比较早地解放出来。

"……真是一场噩梦呀!现在,我想重新搞科研,干点事业,可是已经力不从心了。过去在大学里学的一点东西,早就忘得差不多了。我真羡慕你,你还能行。唉!这十来年,我的精力都放在这种斗人的革命上了。可人的一生,又有几个十年呢?……"

他握着酒杯,瞪着发红的眼睛望着我,像等待我的回答似的。这又使我想起哪部电影里的人物。

我知道,要重建生活,必须要有很不寻常的精力才行。不过,从他醺醺的眼睛里还能看到一点他原有的炯炯光芒。我相信,他是能重新干些正经事的。可是,我想到王富海,这个无知的农村小伙子,本来是可以学点文化和技术的,但长期以来被人当作狱卒,当作打手使用,致使他除了看押别人就一无所长。现在,按照一种社会生态学的规律,在社会生物链上缺少了他所依赖的一环,他就茫然若失,落拓下去了。不过,我也祝愿他能重建生活,因为在他身边,有我爱的人。

李大夫现在已经退休,但还担任市医院的顾问。小顺子已回天津顶替他妈妈的工作。临行前,曾带着他白白胖胖的爱人和白白胖胖的孩子,提着一筐咸鸭蛋来出版社看我。"残渣余孽"也退休了,在家照看他的孙子。马力、小陈、其他所谓刑事犯的问题是早就解决了的,现在都在各自的岗位上劳动。"多事先生"的"书写反标"案当然已彻底平反,现在他除了"多事、多事"外,也能说些别的话了。

从医院出来,得知她没有死,我才有活下去的勇气。她给我的那封信,像一个巨大的惊叹号结束了我那一段恐怖的经历。而也正是她使我最终醒悟过来,并且把我的怀疑、痛苦、惶惑、动摇,引导到了一个正确的方向。

"实践是检验真理的唯一标准。"我认识这一条最简单而又最基本的原则,花了多么大的代价啊!我知道:她的肉体虽然被捞了上来,但她把她的青春和爱情,连同我的青春和爱情,都一齐埋在水坑底下的淤泥里了。

我——一个软弱而浅薄的、苟活下来的无神论者,虔诚地祈望:我们要永远坚持这个原则!

人民保佑吧!

1980年8月—9月区党校——白芨沟

青春期

一

到二十世纪八十年代初,我已活了五十多岁,才知道有"青春期"这个词。过去只知道有个词叫"青春",第一次读到它的时候刚刚六岁,不懂得是什么意思。给我启蒙的老师是重庆南岸乡下的一位秀才,但他并不是重庆人,母亲说他跟我们一样,也是从江浙一带"逃难"逃到"陪都"来的,被四川当地人称为"下江人"的一类。如今我想起他,就不由得佩服连环画家和影视化妆师再现历史面貌的本领,现在画面中凡出现过去的私塾先生,都与我这位启蒙老师十分相像,包括那顶古典的瓜皮帽,因而也使我总忘不了他的模样。他只教我家族中的几个子弟,开学就念《唐诗三百首》,不像一般私塾先生以《千字文》、《百家姓》、《幼学琼林》为教材。他好像很喜欢杜甫的诗,我学的第一首诗就是《望岳》:"岱宗夫如何,齐鲁青未了",认识的第一个字是冷僻的"岱",让我好久在别处找不着它。一次,他念到"剑外忽传收蓟北,初闻涕泪满衣裳。却看妻子愁何在,漫卷诗书喜欲狂。

白日放歌须纵酒，青春作伴好还乡。即从巴峡穿巫峡，便下襄阳向洛阳"的时候，突然把书本捂住脸痛哭失声，真正"涕泪满衣裳"起来。鼻子擤得訇訇作响，听到那样大的响声，谁都会惊奇此人的鼻孔非同小可。他哭得全身发颤，特别是颔下一绺花白的胡须抖动得更厉害，眼泪鼻涕随手往书案上抹。看到一个大人，又是我们一向畏惧的老师居然跟我们一样也会号啕大哭，下面一群六七岁的孩子哄堂大笑，哇哇乱叫。从此我们也就不再怕他了。

然而，就因为他的启蒙，我自幼就受到诗歌的熏陶，长大后不幸曾当了一回诗人，使我身陷囹圄二十余年。除此之外，我仍久久不忘他的另一个原因是：他是我自此以后再也没有见过的一位真正会沉浸到诗赋里的读书人，可说是位"诗痴"。不管别人怎么看，毫不顾及自己的行为会给他人留下什么印象，全身心投入铿锵悠扬的声调中，摇头晃脑地放纵自己的情怀，敢哭敢笑敢于痛快地宣泄自我。虽然他和无数"下江人"一样被日本人赶得离乡背井，穷居一隅，但越往后我越敬佩他仍然保持着精神上的独立；仅以他当着孩子的面痛哭一例，我可以断定他属于中国最后一代有风骨的文士。后来我跑遍中国和世界，再没有见过哪个人有那份凭借某种艺术形式来表达自己心情的真诚，再没有见过哪个人被某件艺术品打动得如此酣畅淋漓。世界不一样了，人心也变硬了，所有自称为艺术家、艺术爱好者即所谓"性情中人"的造作，都不能再打动我。

可是，我仍然没有弄懂"青春"是什么意思，私塾先生向来是不解词的。"蓟北"、"巴峡"、"巫峡"、"襄阳"、"洛阳"这些词看来是地名，其他的我都不甚了了，却对"涕泪满衣裳"这句诗，从此有了非常形象而直观的理解。后来的几十年我碰到无数场合会催我泪下，甚至要迫使我非痛哭不可，但泪水只要一溢出泪腺，脑海中就会浮现出他一把鼻涕一把眼泪的样子,于是在必须哭的场合我反而会破涕为笑。他的痛苦在我童年的眼中始终是不能磨灭的滑稽,我一想到他,即使已到成年、到垂垂老矣,我也立刻幼稚起来,这使我一生受益匪浅;老师的一场痛哭竟然使我能永葆青春甚至会返老还童,不管以后我多么深刻地理解了他精神的高尚,他与杜甫合为一体,他就是杜甫的化身,但他的痛哭似乎永远是人生的一个诙谐,仍会令我发笑。启蒙老师无意间在我心田里种下了抵御和化解痛苦的幽默感,让我能活到今天。

后来上了正规学校,上了初中,课本里"青春"这个词便接踵而至。可是,哪个老师都不具体讲解"青春"的词义,好像"青春"和"吃"这个动词一样,不用讲人人都会明白的。尤其到上中学,"把青春献给祖国"成了每个年轻人必须奉行的口号。中学生"只缘身在庐山中",并不觉得"青春"特别可贵,以为大概仅仅是人一生中的一段时间吧。但是,是不是一个人只把人生的这段时间献给祖国就够了呢?到了中年和老年,那光阴就完全属于自己的了?或是祖国不需要你其他时间,只需要你宝贵的"青春"?这些问题也没有哪个年轻人去深究。可是越到后来祖国好像需要得越多,每个中国人的一生似乎都不属于自己,那么,单单提出个"青春"献出去又有什么特殊意义呢?真的,谁也没有想过。

进入二十世纪八十年代,中国人才突然开始发现还有个"自我"。在政治钳制逐渐松动的社会氛围中,对人本体的认识,也逐渐从"阶级社会"的思想意识形态方面,转移到注意起人本身的心理生理上面来。首先,社会普遍感到在性知识上有补课的必要。于是,除了"青春"之外,报纸杂志上又经常出现"青春期"这个词语并加以反复探讨研究。不管怎么说,"青春期"肯定是最饱含青春的了,尽管有人会"永葆青春"或过了期还能"焕发青春",也不能不承认他在"青春期"的青春最多最足。可是杜甫所指的"青春"与王维的"狂夫富贵在青春"看来并非我们通常所说的必须献出去的"青春",更不是"青春期"。读了一些"青年必读"之类的专栏我才大致了解,从生理学角度上说,"青春期"原来是每个人生理发育上的必经阶段,是一个纯自然现象。在这个阶段,每个人除了身体上种种生理变化,在心理上的主要标志好像是开始对异性产生爱慕、爱情或性欲望,用我这个曾长期跟牲口打交道的人的话说,就是"发情"!

领导潮流的学者认为"青春期"是人生中很重要的一个时期,与人的童年时期相同,会决定一个人今后的心理、性格和品质。犯罪学家甚至能通过一个人在青春期受到的挫折来分析一个嫌疑人可能犯罪的深层原因,从而判断这次罪行是不是这个嫌疑人所犯;希特勒变成恶魔和爱因斯坦成为划时代的大思想家,都与他们青春期时的某种特殊遭遇有关。

这引起我自我分析的兴趣,然而自我分析的结果却发现,我不知道自己的青春期从什么时候开始,也丝毫没有觉得什么时候我的青春期就算结束了。好像我一辈子从来就没有过青春期,又好像青春期单薄地平铺在我一生的全过程,所有的日子都像一块青灰色的铁板,坚硬、冷峻而索然无趣,就这么浮皮潦草地过到今天。

二

我想我应该和别的任何人一样都有"青春期"的,我怎么可能从幼年就一下子跨到中年直到老年了呢？不找到人生这段时间，总不太甘心；别人都有唯独我没有的，除非是疾病，那可不是什么值得自豪的事。而有点闲心去寻找那根本不用再去寻找的东西，又说明我其实已经到了不可救药的老年。

现在回忆，如果算作今天人们常说的"青春期"的萌动，即"发情"的表现，还是应该在我五六岁时与小同伴们玩"猫捉老鼠"那次开始有点迹象。

地点仍在重庆南岸乡下。我的印象是在一所很大的院子中的一间很大的房子里，院子和房子都弥漫着古旧的气味，阴森潮湿而庄重逼人。"别梦依依到谢家，小廊回合曲阑斜"，那院子四周果然有一圈"小廊"，廊檐雕刻着许多线条不清的吉祥图案。后来我发现，凡是后来浮现在记忆中的景物都非常大，连山路旁和小溪旁的苔藓也浩浩荡荡绿成一片。我曾不止一次地到不同地方故地重游，每次都会惊讶地发现所有的东西都比过去小了许多。树木不但再没生长，反而仿佛缩水一般，小了不止一圈。所有的回忆都充满水分，或者说在回忆中一切都那么滋润和丰满，一进入现实就干瘪了。我也曾回过重庆，并虔诚地到南岸去考古般地寻找我青春期萌动的故址，就是那所大院子中的大房子，但所有的东西都失踪了，连泥土都失去了古旧的气息，如同战争的残骸被新建筑替代得那样彻底。一时间我竟迷惑我是不是有过过去，抑或整个人生都是一个幻觉。站在暑热蒸腾的柏油马路边，呼吸着大小汽车散发的废气，我如一片枯黄的落叶般飘浮了起来。

然而，那肉感至今仍十分丰润、温暖而柔软，与阴森潮湿庄重形成强烈的对比。当它贴在我身上，一下子就融进我的肉体，使我感到躯体内好像添加了更多的血和肉，某个部位立即涌动和膨胀。这种感觉从那时就嵌入我作为一个生物人的个体，成了我生命的一部分，并随我一同成长。每当那种感觉像一种腺素分泌出来时，过去，它总是会使我体内某个部位涌动和膨胀，后来随着年龄的增长，逐渐地从肉体的某个部位蔓延到全身，让我如同喝下一杯醇酒，使每一根神经都变得柔软和温暖。

现在我才知道人的一生多么无奈，那肉体那皮肤的承载者当然是位女性，一个比我大好几岁的小女孩，是我一个应该叫她"姐姐"的邻居，可是，我再怎么绞尽脑汁也想不起她的名字和整体形象，还不如我的启蒙老师给我留下的印象深刻。记忆中所有的人物都渐渐成了符号或代码；时间拉大了现时与发生点的距离，使一切可把握的东西都从手指尖飘飞。启蒙老师不过是因瓜皮帽和胡子组成的符号被一直采用至今而使我仍有记忆，肉感却正因为是感觉，肉体的形象反而淡薄以至于无。这就是人逐渐活到老的悲哀之处，所有具体的东西甚至亲密的人都会无影无踪，最后，连自己也消失了，也成了别人印象中的符号或代码。经我观察，不止是老年人，好像所有的人一进入中年都会逐渐地感染不同程度的健忘症和痴呆症。生活强迫人要倾向佛学所说的"空"。

但毕竟我曾拥有那一刻，曾有过那种感觉。那种感觉绝不会是与生俱来的，即使是符号和代码，那也应该在实物之后。我记得她拉着我蹑手蹑脚、急急忙忙而又悄声屏气地在几间房子乱串，阴森的房子院子因为有了我们而活跃起来。我们真的像老鼠一样缩头探脑，最后她终于选定那间大房子里的一个大橱柜。

奇怪的是我对橱柜倒记得很清楚，那是紫檀色的，里面有一股浓烈的樟脑的芳香。从此以后我对紫檀色和樟脑味就有了独特的嗜好，紫檀色和樟脑味，这一色一味，总会激起我的情欲。可是，那也同时将我的感情覆盖面限制住了，使我今生今世再不能冲出这种色与味的局限。每一种遇合都是若干次错过，那种特定的狭隘令我后来错过无数次艳遇。

她拉着我钻进橱柜，顺手把柜门一带。天地立刻昏暗下来。整个世界只有她和我两个。由于紧张地屏声息气了好一会儿，松懈以后，我和她自然要喘口粗气，我发觉她的嘴唇紧靠在我腮边，气息烘热而湿润，对我哈出一股既麻又痒的暖流。这样近的距离有一种特别的诱惑力，吸引我非更加靠近她不可，于是我不自觉地在黑暗中向她偎去。后来我当然和其他女人也有过同样危险的距离，但再也追回不了那种朦胧的、无意的、纯自然冲动的境界，从而使我认为一切有意识、有预谋、有热身过程的行为和语言，即人们通常所说的"恋爱"，全然没有什么乐趣，有趣的只不过是"发情"。"缘"，实质上都是偶然的、随机的和随意的。

她将两臂环绕着我。外面本来就很炎热的气温在橱柜里面又突然上升，薄薄的一层布衫已等于无。于是这使我"懂事"以后常常去注意纺织品的质地，但再没有见过厚度只等于零的衣服面料。我和她之间如油的腻汗不知是谁身上渗出的，这种腻汗特别润滑和凉爽，仿佛我们正是靠这种黏合剂才合二为一。这决定了我此后的一生再不能与皮肤干燥的女人亲热。由于我们俩都怕被"猫"捉住，我们就结成了一个命运的共同体。我们互相搂抱着。现在回想，我们的姿势绝对很不规范，在黑暗中两个肉体揉搓成一个肉团。大概那仅仅只一刹那时间，而那一刹那我与她完全达到一种不可告人的默契。她的手在我胸前、背上、肩头、小腹反复游走，既温存又有力度，只要游到我身上有肉的部位，那手掌就会自动咬合，并且每次咬合都如鱼喋水，恰到好处，让我幼小的心从此体会到"亲切"的"切"是什么滋味；汉字真太伟大了，"切"字真太贴"切"不过！我也完全不自觉地如此回应，像是一种条件反射，又像我们的动作非要像老师教的楹联一样上下对应不可。这时我才发觉人世间有另一种肉和皮肤，抚摩它比自己给自己搔痒要舒畅舒心得多，自己给自己搔痒的舒畅感在皮肤上，抚摩她的舒畅感却深入到心底里，其中有全然不同的体验。

"猫捉老鼠"的游戏规则决定了我们最后不得不分开。怎样分开的及分开以后的事，我全然忘却了。虽然现在我可以虚构和幻想，但任何补充都是多余。抚摩暧昧或暧昧的抚摩不可告人不可传达不可用语言描述，那种感觉正如自身的血液流动摩擦血管，有谁能说得准确？

或许，那仅仅对我来说是一次"事件"，一个进入青春期的"仪式"，是我为了勉强给自己一生设定一个"划时代"的阶段而烙的精神胎记，而那位"姐姐"却完全是无意识的，她的抚摩纯然出于亲情或热情，既非她的什么"青春期"表现，更与"性"毫无关联。风无心吹皱春水，春水却因风而皱；水以为与风有默契，而风不过将吹拂当作游戏。但是水因风而皱之后再没有被风吹过，这潭水便成为死水，那一场风，也就永远留在水的记忆里。

三

橱柜里的"仪式"对我非常重要，在于我现在自以为是平生第一次与异性的交流——我被异性抚摩和抚摩了异性,从而使我初次"发情"。如果说那就是我"青春期"的开始,我未免像只小狗似的有成熟得太早之嫌。我在才智上并没有超常之处,更不是一个绝顶聪明的神童,却对异性有过早的敏感,这不但不值得炫耀,还应感到自惭形秽。然而正如上面说的,自那场"仪式"之后我的"青春期"或说是"发情"就长期停滞再没有丝毫进展,像一颗小小的流星一闪即灭,落到一片无人知晓的荒原。又如前所述,那次遇合从此限制我的感情取向,失去了"遍洒雨露"式的广泛性,用营养学的话说就是我这个人比较"偏食",这样,我对异性的兴趣不仅没有因此升高,反而因此下降。所以,那次幸运实际上是次不幸,是我在童年遭受的一次挫折和压抑,致使我终生再得不到那样自发的热烈的拥抱。

橱柜"事件"以后,异样的感觉并没有保持很久,甚至逐渐淡忘了。然而慢慢过了四五十年,那种感觉却苏醒过来而且越来越强烈。现在,每天入睡以前再钻进橱柜里去温习一遍,几乎成了我的功课。人到老年有个绝妙的好处,就是可以躲在一个安静的角落钻到回忆中去,拾取过去遗失的东西。所有过去丢掉的细节哪怕是一针一线,今天在脑海中翻腾出来都会变得非常宝贵,从当年受到父母师长的呵斥中,也能品味出温馨。

人一生下来便不停地向前奔跑,将生命和时间稀里哗啦地丢了一路,像一条脱线的项链,沿途失落掉一颗颗现实的感受,这些感受只有到老年才会发现它们全部是闪光的珍珠。对老年人来说,现实世界上再没有什么能给他强烈的诱惑的了,逝去的光阴才最具诱惑力。于是每个老人就慢腾腾地往回走,在回头路上不停地拾呀拾,腰背大概就是为此而佝偻。

回忆,是老年人对未来的憧憬。

接下来一次，可算作是"青春期"表现或"发情"的，已是七年以后了。七年，听起来是很长一段时间，抗日战争也不过八年而已，但那时我仍只有十三岁，可见得我造孽实在造得很早。想到这里我就会想起一位逝去的好朋友，一个著名作家兼电影编剧。是他使我的回忆始终保持圆满，直到今天我写自己这段卑微的历史的时候，我仍然觉得她非常美丽。她脖子后、发际下那一小块、唯独是那一小块白皙的皮肤，永远在我眼前闪耀着尊贵的象牙色光辉，并且越往后越具有古董的价值，激发我对这个世界和生活的兴趣，使我舍不得轻易将这世界撒手而去。

抗日战争胜利以后，我们全家回到老家南京。我祖父在南京有一所颇有名气的大花园，是在二十世纪二十年代仿苏州园林的式样建造的，我就出生在那花园中的一个院落。在我出生的三十年代中期，楼台亭阁中时时传出六朝古都的遗老遗少骚人墨客的吟唱，一册册装订精美的旧体诗词印刷出一摞又一摞，当然是现在所说的"自费出版"。也好像现在自费出版的书籍一样，一摞摞堆放在家中送不出去，抗日战争爆发后跟我一起从南京搬到重庆，再从重庆搬回南京。我这个"长房长孙"和那堆吟唱的唾沫，在祖父眼中却似乎分量相同，用私塾老师教我的"敝帚自珍"这个成语形容我祖父再合适不过。

回到南京，包括"岱"字在内我已识了一大堆汉字，曾在泛霉味的房间里翻弄过那些曾与我风雨同舟的《酬唱集》，我第一次惊讶如此肉麻的押韵句子也可称其为诗。诗既让我失望又令我充满自信：这个玩意儿我也能玩一玩！诗中有杜甫和我的私塾老师一类人，但更多的是媚上媚俗的小人。从此我敢于蔑视我想蔑视的任何诗词文章，从"反右"、"文革"直到今天，任何对我的批判都不会令我心惊胆战。响应主人号召的"酬唱"，在中国文艺界理论界思想界风行了几十年，历久不衰。在那泛霉味的房间里，我受到的文字污染反而使我获得精神的免疫力，后来无论什么号称伟大神圣的话语都不会使我疯狂。

我被送到一个叫筹市口的地方上中学。名曰"筹市口"，其实并没有什么集市，而是一座长满青草的小山包。学校很威严地蹲在山包顶上，像一只灰色的大老虎俯视着沿小路而来的一群群莘莘学子。这座建筑物给我印象最深的是我曾把雨伞当作降落伞，撑着它从三层楼跳到凹凸不平的青草地上，结果摔断了腿。我想这也应该算我青春期的表现，因为我的英雄行为只不过是为了引起坐在我前排的一个女同学的注意。但我在家躺了一个多月后再来上学，她似乎并不怎么为我的康复而感到高兴，更没有因我的壮举对我五体投地。这使我以后在任何一个女性面前再不会搞什么鬼花样。女人是彻底的现实主义者，并不欣赏愚蠢的浪漫。然而正是她耳后那光泽的皮肤第一次发掘出我的冒险精神，这种精神不但让我后来渡过重重难关，而且一直支配我到老。

这个可能会令我终生残废的女同学总穿一条廉价的黑布衣裳。黑衣黑裤，皮肤却异常白皙。脑后垂着一条黑色的大辫子，长度刚好在腰下一点点，所以辫子的摆动幅度恰到好处。到二十世纪八十年代，黑色又复辟了，成为国际流行色，于是处处都有她的倩影，不时地在我眼前晃动。我从没和她有过肌肤上的接触，所以她的模样直到今天在我眼前仍十分清晰。尤其是她耳朵后沿着发际而下那一曲弧形的脖子，由于发辫被紧束着而好像故意要显露出来一样分外清明。那是一片迷人的三角区，笔直的斜边是洗得褪色的衣领。于是我终生喜欢洗得发白的旧衣裳。果然，三十多年后一种水磨洗布竟成了流行的时尚。

美丽并不需要很多，正如警句妙语，越短小才越显得精彩。单是乌黑发亮的头发还不够美丽，单是白皙的皮肤也不够美丽，美丽的原来是隐藏在乌黑的发根中依稀可见又难见的白皙的皮肤。只有那么一小块，如同一滴牛奶的泅晕。在整体描绘上，那正如画家神来的一抹妙笔似的可遇而不可求。是她，教会我从后面去欣赏女性以至于世界上所有的一切；她使我对《背影》这篇课文理解得比一般同学深刻。并且从此激发起我对任何事物的幕后活动与背景的兴趣，决不会轻易相信表面的形式，用现在流行的话语来说就是喜欢"揭秘"。我常想，我能够"兼听"并且是个"两点论"者，是不是也和青春期时的这个启发有关？

　　这个世界上的东西其实并不太多，还远远没有达到饱和的程度，一切一切动植物所谓的"无数"都有绝对数量，唯独秘密在地球上爆满，太多的秘密是宇宙间的另一个"黑洞"。譬如我对她耳后、脖项、衣领构面的三角区的神往痴迷，直到五十年后的今天才公布于众。而在当时，在我摔断腿之前一学期左右，可以说只有那白得耀眼的三角区才是我天天积极地去上学的动力。父母亲都很奇怪，我每天每堂课都不缺，摔断了腿躺在家里还总惦记着学校，老师也说我在教室里表现得也很用心听讲的样子，而我除了作文课外，却门门学科都不及格，连体育课音乐课也不满六十分。我想，这大概就是我现在勉强当了一名作家的初始原因吧。

　　那时我一见到她的脖项便激动得想去触摸，或是将那一片小小的三角贴在胸前。她耳后的三角区有如吸引飞机轮船自行往下栽的百慕大三角区，不但使我一举从三层楼上往下跳，还经常让我丧魂落魄，上课铃一响我在座位上落座，等候的不是老师而是她。如果她哪天请假我便神志恍惚，四十五分钟下来我竟不知道刚刚上的是什么课；前面的座位空了我的心也仿佛空了。不过那时我并没有一点橱柜里那种"发情"的冲动，体内某个部位更没有涌动膨胀，因为她那皮肤上光滑得没有一个毛孔，没有一点瑕疵，质地像大理石一般紧密，也像大理石一样冷冷地拒人于千里之外。

如今我回忆起来，那可算我平生第一次领略到"爱慕"的滋味，已经比"爱情"提高了一个等级，达到一种诗的境界。对白色三角区的神魂颠倒和在雨中玄武湖的心旷神怡相同，都与肉感无关，属于另一类感觉范畴。那隐藏在乌黑的发根中依稀可见又难见的白皙的皮肤，启发了我对杜甫的"香雾云鬟湿"有新的诠释。我自信比稍逊风骚的私塾先生更理解杜甫。她圆润的脖项上方那一小片微有弯度的爬升地带，颜色时深时浅，或白或黑，在我眼中果然雾气蒙蒙，香烟缭绕。所以我认为杜甫的"香雾"并非一般人解释的是嗅觉上的"香"，而是指视觉上如"雾"的朦胧；"湿"也不是潮湿的"湿"，而是触觉上的凉爽和光滑。对女人的鬟发有如此细腻入微的感觉，可见杜甫真是个伟大的女性欣赏家！

这说明我的确比在橱柜里成熟了许多，是符合"青春期"成长的生长规律的。只有这点还可证明我发育正常，我的身体一直很健康大概也得益于此。

四

三十多年后，我和一群作家到南京领一项高级别的文学奖，当作家们晚上聚在一起大谈特谈个人初恋的经验时，我没有别的可以炫耀，便说了这段脖子的故事。在座的朋友们却一个个嗤之以鼻，他们说我并不是跟那个动人的小女孩谈恋爱而是跟"一根"脖子谈恋爱；那算什么"初恋"，只不过是可笑的"脖子情结"罢了！我对他们用"一根"这个数量词非常反感，他们亵渎了我童年心中唯一可以留念的审美对象，使我对这些文学家品位的估量大大降低，怪不得现在在"创作"、"写作"这类高尚的心灵活动前面往往加上个低级的"搞"字。但午夜扪心自问，与他们多彩多姿离奇古怪温柔缠绵两相情悦青梅竹马的初恋相比，我不能不暗自惭愧：我"青春期"时与异性的接触确实少得可怜。如果我能像他们一样交游广泛，视野开阔，当时比那片三角区更加能吸引我的东西一定还很多。可是命运就是如此规定，我的性格决定了我偏爱一些别人不太注意的细节。这大约也是我后来还能靠写小说吃饭的原因。

　　一棵草的种子在贫瘠的土壤中破土而出，如果再没有其他植物在它周围生长，它便会成为荒山秃岭上一棵夺目的大树。我对白色三角区的怀恋何尝不是如此。在那耀眼的光芒以后再没有别的发光体照耀过我，于是我也像祖父似的敝帚自珍。在我以后的岁月里从劳改队进进出出，一直怀揣着对她的思恋。那是我缺少异性滋润的贫瘠的心田里的一株树。现在我又回到南京，当然要去顶礼膜拜。

　　我还记得她家住的地方。我说我造孽造得很早的一个罪过就包括我曾悄悄地跟踪过她。我至今还能依稀地看见她黑色大辫子摆动得合度得体，就是在三十多年前放学的路上发现的。但我并不是有意跟踪而是她主动吸引我，走着走着我不知为什么就会跟着她走。后来我才知道世界上许许多多事情都身不由己。我可以保证此后再没有跟踪过另外一个女人，因为再没有哪个女人有那样的头发。长大后我听说女人的头发长了发梢会分叉，现在很多香波就以解决这个难题做广告。可是那时我认为她的头发绝对是世界上最完美的，每一根都能够单独剔出来做成标本，难怪古人在诗词中把它比作"青丝"。那时我虽然已经戴上近视眼镜，奇怪的是我仍能远远地看见她头发根底白皙的皮肤，那是迷人的三角区的衍化。我第一次跟她到家，以后便轻车熟路了。原来她家离我家很近，她到家后我往前再走二百米也就到我家了。跟踪其实不过是顺路而已。她家在一个菜市场前面，我每天吃的菜都要一一经过她家门口。

和作家朋友们聊了初恋的第二天，我说我要去"寻根"，看看祖父那座大花园现在怎么样了。前面说的那位好友——著名作家兼编剧作为授奖会的东道主之一，发动几个友人跟我一起去。于是大家坐了一辆面包车直奔三十多年前曾经为我的家。按我提供的准确地址：××路××号，司机很容易找到地方，可是我家已经成了一个制造电机的工厂，门牌号却依然没变。早先悬挂楹联的门柱上如今一边是工厂的牌子，一边是工会的牌子，倒也很对称。大门已不是原来的大门。我记得原来的门是厚重的木头门，镶着几排铜钉和两个铜环。现在大大缩小了的黑色铁门上莫名其妙地涂着好些红白油漆，大门仿佛成了画家的一块调色板，远看又好像抽象画派的作品。几个作家走近仔细一看，才认读出了褪了色的"大跃进"和"文革"的口号。一时我竟有些晕眩，几个历史时期叠印在一起，压缩了多少人间的悲欢离合！时间便如此无情地匆匆而逝，不管对国家对社会对个人来说多么伟大重要多么惊心动魄的事都会过去，都会变为陈迹。

我的好友是南京的知名人士，对看大门的老头一说老头便领着我们从旁边的小门鱼贯而入。不出所料，曾经为我家的花园早已面目全非，楼台亭阁无影无踪，绿树花草也被雨打风吹去。小溪变成一条平坦的柏油路，看门的老头说路下面埋了条排污管道，那大概就是我记忆中清澈的小溪了；荷花池被压在车间底下，花房改建为一排砖木结构的简陋平房。老头还记得花移出来后都死了，"一棵都不剩！"老头也会发出感叹。看来，人要比花木的生存能力强得多。

老头仿佛是《失乐园》中的维吉尔，一一指点给我看什么什么是什么什么时候改造的。改造真的非常彻底！一家人的生活场所变成了公家的生产场所。但工厂近年也很不景气，竟败落到与抗日战争时期我的大家庭一样，要工人各自去寻找生路，老头说这地方将要被港商买去，真是"三十年河东三十年河西"！

厂房静悄悄的，既没工人也没机器的响声。一堆堆锈迹斑斑的电机半埋在凄迷的荒草中，那大约就是这家工厂的产品了。花园败落了，工厂也败落了。不管是花园也好工厂也好，不管是属于私人、公家或是港商，人们在土地上忙来忙去只不过是来来去去往返的风，这片土地还是这片土地。友人们怀疑说你是不是弄错了，又有人开玩笑指着车间里的一泡尿迹说，你大概就在这里落草的吧？我突然想到"落草"一词的含义：既指婴儿出生又指去当强盗，神圣感立即被一种暗示所代替：是不是人生下必须是强者，不然便不能承受以后的命运？

本来这应该是我心中的一所殿堂，可在又脏又乱又破的厂房中我找不到一点令我感动的景象，准备好的一掬泪竟无处可洒。我想我原来就无所谓"根"的吧，生下来就命定和风一样要漂泊天涯。现在的问题倒是应该考虑准备停息在什么地方，也就是说死在哪里；"根"，对我已经没有任何意义，坟墓倒是我必须思量的前途。所有的过去都把握不住，那么就试试把握现在吧！"自掘坟墓"虽是个贬义语，但换个角度理解那不正是提醒赶往坟墓的老人要把自己的墓掘得舒适合

151

体？一般人的坟墓都由别人来"掘","自掘坟墓"者才有精心设计、量体剪裁的自主权。

友人说既来了一趟总得留点纪念,我大致观测一下可能是我出生的院落的地点,站在一处铁皮自行车棚下照了张相,脸上的表情尴尬无奈得变了形。不知情的人看了这张照片一定会发笑:为什么我非要手扶着块"棚外禁止放车"的木牌留影,这有什么艺术价值可言?我还记得林木森森的院中有一棵高大的梧桐树,我母亲在树下怀抱着襁褓中的我的相片,今天正挂在我书房的墙上,而梧桐树却被一堵水泥砌的灰色标语牌替换了:"时间就是金钱质量就是生命"两行红字赫然在目……所有这一切,都令我能非常高兴地用现在流行的话语跟它们说一声"拜拜"。从此我获得了解脱。既然"时间就是金钱",我不会再对损耗掉的时间有丝毫怀念。花出去的"钱"再也收不回来,眼前的问题倒是怎样花手中这点不多的"钱"。

这次"寻根"反而激起了我"向前看"的精神,出生地全然颓圮全然消失,等于给了我一个新的起点。我在这所电机厂又诞生一次,活了半个多世纪我有权再得到一次"青春期"。这使我将近花甲时还敢投入商海。

算了,咱们还是去寻那"根"脖子吧!友人怂恿我说可能还会找到她,我当然早已抱着一线希望。于是我把这"根"毅然地抛诸脑后,和大家一起兴致勃勃地去寻那"根"。告别维吉尔,到贝雅特里齐那里去吧!幸亏我还记得她的芳名,这得益于我和她没有过肉体接触。于是面包车又向前开了二百米,来到菜市场门口。

让我诧异的是菜市场还是那个菜市场,三十多年来风貌犹存,污水溪流般地从大门洞往外淌,汩汩地泻进马路边的下水道。市场大门左边卖豆芽的小店还在卖豆芽,仿佛它的豆芽总也卖不完。在这里我倒寻见梦中的情景，真如佛经所说的"不可思议"。白得耀眼的细细的豆芽菜，更令我急切地想看到那白得耀眼的圆润的脖项。我说她就住在豆芽店的楼上，这间赭红色的残破的木板房里。整座小楼依然颇具风情，仿佛是一幅精致水粉画，虽然更加破旧但也更加凝重。窗户面临马路，贴着胶布的玻璃朦胧模糊，使有心的过路人不禁会遐想里面的暧昧。我说我过去就曾在窗下仰望过多次，除了贴上了胶布那窗户并没有变样。好友说你先别进去，让我先去替你打听打听，我们就说是三十多年前的老同学，来看看你有何不可？

好友进去了约十分钟怏怏地出来，连声叫走吧走吧！

在车上，好友说果真有这么一个叫那个芳名的老太婆，你记得一点没错。但哪有什么"美丽的三角区"！我特别注意看了看她的脖子，又黑又瘦皱褶里还藏着污垢。黝黑的楼道里摆着个破煤球炉，烟熏火燎地让人没法在房里久待，而她却安然地抱着不满周岁的外孙喂稀饭，头发也已花白并且脏乱不堪；她的形象和她的生活环境再匹配不过，纯粹是菜市场卖剩下的蔫菜叶。我问她你还记不记得有一个叫你这个名字的中学同学，她连想也没想就说想不起来了，一脸不耐烦的表情，可见当年她对你毫无印象，并且对过去所有的一切都不感兴趣。

"算了，你还是把你的梦好好保留住吧，别让现实击碎了它。到我们这把年纪，只有梦是最宝贵的。"

回宾馆的路上作家们个个默默无言。作家这时才像是作家，每个人都有各自由此产生的感慨。别人的感慨我不知道，我可以想象光阴对她和那片白色三角区的磨损，也许这个女人比我受的摧残更多更深。想到这点我不禁心头沉重。我有另一个同期的女同学从美国来看我，她在台湾也有一番挣扎，成了富婆后又描眉又画眼又染发还经过几次整容，但苍老仍然从皮肤下顽强地向外渗漏。被精心掩饰的老态更令

153

人不寒而栗，使我这个旁观的友人也觉得自己又老了许多。

我拍拍好友的膝盖悄悄说了声"谢谢"。我理解他的好意，他让我毕竟还能保留一点美好的记忆，不然我们这代人的经历未免太过于残酷。

他握住我的手背紧紧一捏。对这个世界，我们已心照不宣。

五

不久，我的这位好友就去世了，死时刚过六十岁。肯定他带着许多他有意不去击碎的梦到殡仪馆，将那些梦和他的躯体一起火化："泥土归泥土，灵魂归灵魂"。梦是他灵魂的核心；是经现实生活过滤又经过病痛的剥离，最后剩下真正属于自己的一点东西。那才是他最好的陪葬品。他珍惜它们到了吝啬的程度，不轻易把它们告诉世人。他的作品不多，留给我们的电影中有一部名叫《被爱情遗忘的角落》。

从橱柜里钻出来，又与美丽的白三角告别后，我就只有从小说戏剧中读到爱情和女人。我发现小说戏剧中有关爱情的描写似乎有个明显的界限，爱情只存在于过去的年代，到了新时代就像恐龙一般无缘无故地消失。爱情仿佛是与建设新世纪新社会相抵触的；所有的文艺宣传品都异口同声地向人们宣布：如果在不同阶级之间的男女发生爱情，那注定没有好下场，绝对以悲剧告终，如果男女双方都是革命阶级，那就是同志关系。同志关系是超乎所有的关系之上的最纯洁、最高尚的关系。这高尚的关系将全部人际关系包括两性关系都涵盖无余,男人和女人在这高尚的关系中并没有什么明显的性别特征,都是"革命同志"。"谈情说爱"只出现在主人翁有阶级觉悟之前,有了革命觉悟之后,即使是夫妻也只谈革命,交流学习心得,批评和自我批评,再不会甜甜蜜蜜卿卿我我;"男女作风"总是与"犯错误"联系在一起,"男女关系"可是个非常严重的罪名,连劳改队的犯人都看不起"乱搞男女关系"的"流氓犯"。总而言之,"男女"两个字连在一起绝没有好事。

整个社会环境就是这样,怎能使我在"青春期"表现出"青春期",激起我对女性的爱慕、爱情或性欲望?爱情是一种"小资产阶级情调","搞"这种情调的人很可能被划为资产阶级,而我本身不谈爱情已经是个资产阶级分子,再谈爱情更反动得无以复加,并且也没有哪个女同学敢冒天下之大不韪与我"谈情说爱"。于是我就成了一个没有任何"情调"的人,一个"脱离了低级趣味的人"。不只是我,几乎所有的中国人的生活与情感都像被制服领子上的风纪扣封得密不透风。千千万万年轻人都不度过"青春期"而一下子跨入中老年,从而使中国人的外表看来一个个都深沉内向谨言慎行老气横秋。果然,社会环境发展到后来,"恋爱"一词也普遍被"找对象"三个字所替代。一个可能是非常缠绵温馨心荡神怡的情感交流过程,被简化成直奔终极目标的繁殖行为。"找对象"不过是动物群体中的"交配"罢了。我在农场放马牧羊喂猪的时候,每到家畜发情期,队长叫我把牲口赶到配种站去配种,他总是手叉着腰站在圈门外这样对我喊:

"该给它们找对象了吧!"

整个中国全成了"被爱情遗忘的角落"。在我看来,爱情也只是"发情"罢了!

但是，那时我毕竟到了生理阶段的"青春期"，我"发情"了却找不到"发情"的对象，只好到一些还没有被禁读的中外古典小说中去寻找。一位位佳人淑女在发黄的书页上风情万种，通过我的眼睛抚慰我渴望女性的心灵，当时我以为那只是"饱眼福"，后来才知道那就是所谓的"意淫"。由于整天"意淫"，对学校教的 x+y=z 以及像天书般的化学分子式等等完全一窍不通，数理化每门功课都交白卷。若干年后中国出了一名著名的"白卷先生"，我想他大概也与我一样是"意淫"的结果。但他远远比我幸运，竟因为交白卷成了革命接班人，而我却因此被学校当成再恰当不过的政治标靶。那时，连普通中学也要开展"忠诚坦白"的政治运动，据说那是知识分子改造的一个必经过程，学校天天开会动员中学生向领导"交心"。我不知道领导要那么多"心"干什么用，十几岁的中学生上交的"心"非常单纯，满足不了领导的需求，于是领导就到家庭成分复杂的学生中搜寻复杂的"心"，我这样家庭出身的学生就首当其冲。但家庭出身不好的其他同学学习都很好，我这个"白卷先生"就成了重中之重。

我倒是很想把"意淫"的内容上交给领导，却又一时难于启齿，正在犹豫不决斟酌词句的时候，一天班主任反而主动亲切地找我谈"心"。他把我叫到他的办公室，谈"心"的主题是无产阶级必须具备的道德品质。然后和蔼地问我知不知道宿舍里经常丢失私人物品，什么袜子墨水信封信纸邮票钢笔针头线脑等等。我说我知道，我自己也丢过一双袜子。班主任说你知道就好，很好！你主动向领导坦白是你"拿"的。我惊诧地问我自己的袜子怎么会自己去"拿"？班主任启发我说：不是你"拿"了自己的东西而是你"拿"了同学的东西。我断然地摇摇头说我从来没有"拿"过同学的东西。班主任说你应该承认你"拿"过，你出身于资产阶级家庭，生在那种家庭的人打生下来就和无产阶级家庭出身的孩子不一样,有"拿"别人东西的毛病,你承认了,认识了,那种毛病才能彻底改正。我疑惑地说我好像从小就没有那种毛病,那种毛病不就是"偷"吗?班主任不厌其烦地教导我说在资产阶级出身的人身上,那种毛病是不自觉的,再说,"拿"和"偷"不一样,"拿"是偶然性的,"偷"是经常性的。你只不过偶然"拿"过同学的东西罢了,怎么能和"偷"联系在一起呢?这话虽然很有道理但我还是想不通,这比"青春"与"青春期"的区别还难懂。班主任宽容地说你好好想想,想通就老老实实承认下来,又说,承认了对我绝对有"好处",领导的政策一向是"坦白从宽抗拒从严",我承认"拿"了同学的东西以后照旧读书,就和什么事情也没有发生一样。

班主任每天至少要找我谈三次"心",同学们议论纷纷,弄得我整天如芒刺在背,何况,班主任的苦口婆心最终打动了我,觉得再不按他的教导承认"拿"过同学的东西也太对不起老师了。最后我终于低下头问他,您说我"拿"过些什么东西好呢?班主任见我总算被他说服,轻松地往藤椅上一靠,拿出纸笔让我记录,他翻开他的小本子念一件我写一件,什么袜子三双、邮票十张、信封一沓、用过几张的信纸一本、球鞋一双、墨水两瓶、钢笔一支、铅笔四支等等等等。我写完交给他,他一目十行地看了非常吃惊,啧啧地说,一件件东西加起来就不是偶然性地"拿",而是必然性地"偷"了!又摇头感叹资产阶级家庭出身的学生是多么难教育好。

几天后,学校却宣布将我开除,这就是班主任答应给我的"好处"。过了四十年,这所中学举办五十周年校庆,同时要编一部《同学录》,据说我是母校培养出来的最有成就的学生之一,母校来信向我索取照片及"几句话",我写了"感谢我的母校给了我一个艰难的起点"寄给她。所谓"艰难的起点",主要指学校宣布开除我那天竟将我母亲叫到学校,等校长在操场上当众宣布我是"盗窃分子"之后,让我母亲在众目睽睽之下与我见面。这大概是当时学校采取的教育学生同时教育家长的一种方式。我看见母亲慈祥地坐在学校长廊的板凳上迎接我,眼泪不禁夺眶而出,母亲却握着我的手说她决不相信我会盗窃,即使有人教我也教不会!我母亲没有流一滴眼泪,临走时只给我的母校撇下了一个礼貌而蔑视的微笑。

为了母亲,我彻底断绝了"意淫"的恶习。从此我天上地下人间什么都想过,就是没有再想女人。于是我的"青春期"就只能用另一种形式来表现。

我被学校开除不久就进了铁丝网,《唐诗三百首》给我种下的祸根终于茁壮成长并开花结果。那时社会上最危险的职业不是盗窃分子而是诗人,我这个资产阶级出身的年轻人既"盗窃"又偏偏要写诗,写的诗又不是《酬唱集》中的那一类,只能怪我自找倒霉。

所幸的是,据跟我一起劳改的犯人说:"坐三年牢见了老母猪赛貂蝉",这话非常形象地刻画出长久见不到女人的男人会变得怎样饥不择食,把母猪都当成美女。我却正因为压根儿没跟女人接触也压根儿不想女人所以毫不感到性压抑的折磨。我见到猪,特别是我能宰杀的猪,一心只想怎样把它吃到嘴。有一年冬天在猪圈起粪,一头乳猪哼唧哼唧地朝我踱来,我估量估量手中磨得锃亮的铁锹再看看它的脖子,锹光一闪它小小的头颅就应声落地。我的手法快得像公孙大娘舞剑:"来如雷霆收震怒,罢如江海凝清光",周围的犯人还有劳改干部连小猪的叫声也没听见。到收工的时候它的血也淌净了,我一把拎起它揣进怀里,回去和同号子的难友围着火炉大嚼了一顿。

若干年后有一部根据我写的小说拍摄的电影,里面的主人公在苦难中曾想到自杀,于是很多人以为我也如此想过。殊不知我不但从没想过自杀,天天想的倒是怎样杀死可吃的动物,包括老鼠青蛙癞蛤蟆;我从未想寻死,只想着怎样死里逃生。我曾读过一部革命小说叫《红旗谱》,别的都忘却了唯独记得一句话:"出水再看两腿泥"。

"出水再看两腿泥"!这话说得多好!和"涕泪满衣裳"一样总会激发起我的斗志。这就是没有女人没有爱情的"青春期"的好处,让我能在最艰苦的境地中免除性的煎熬,腾出全部精力充分发挥求生的本领。

没有女人没有爱情的"青春期"更加坚挺,因为这种"青春期"不含一点水分。女人、爱情、夫妻、家庭之类的东西其实是男人的软化剂,男人的心里滴上一滴柔情蜜意使全身骨质疏松,软弱无力。男人没有异性可以追求,"青春期"就表现为对同性的攻击。而这正是在劳改场所自我保护所必备的条件;你必须睁大眼睛,你不攻击别人,别人就要攻击你。在狼群里你必须像狼一般精明、狡黠和阴沉。虽然一同劳改的都是知识分子,绝大多数跟我一样也受过唐诗宋词的熏陶,在社会上一个个衣冠楚楚,风度儒雅,但"互相监督"、"互相检举"、"互相揭发"再加上饥饿劳累,使我们逐渐不自觉地都退化成半人半兽。知识分子一旦有百分之五十一的兽性,他们的攻击就更具有策略,那可比真正的兽类狠毒得多。我恰恰在人性的"青春期"羼进些兽性,可说是我莫大的幸运。过了"青春期"的男性犯人即使变成野兽,也只是一头老病的野兽,在"思想斗争"的荒原上别想占着便宜。不管在天堂或在地狱,不论是神仙老虎狗,谁在"青春期"谁就充满活力。到后来,老弱的野兽斗智斗勇都斗不过处在"青春期"的野兽,一头头在劳改场所心衰力竭致死,剩下年轻的兽类更加伶牙俐齿,咬人都能咬到致命的部位。

今天,我在写这段历史的时候手都发抖。

六

我发觉如今解除了压力我反而时常感到忧虑、忧郁和忧伤,时时被通常说的"忧患意识"所笼罩。我弄不清楚这是人性的回归还是"青春期"逐渐衰退的现象。现在我感到困扰的时候就不由得怀念过去我的胆大妄为,即使被铁丝网圈住我仍要作困兽之斗。我至今还经常回味一无所有的轻松,深感有一分获得便多一分累赘,凡是我所拥有的全部是我的负担!

自我有效地使用过手中的铁锹之后,我才发现我不但会用笔,还有挥舞冷兵器的武林功夫。我以为"青春期"的乐趣并不全在对异性的倾慕,更应该包括每天都可能发现自己内在的天赋,不断有潜力转化为能力。那迷人的三角区虽然对我毫无印象,但我仍然感谢她开掘了我的冒险精神,既然我十三岁时就敢从三层楼上往下跳,到了三十三岁我除了一套劳改服便身无长物,因而也就更加乐于冒险。我之所以没有从劳改队逃跑,仅仅因为那时普通群众的生活比劳改犯人还不如。后来我多次赞扬过劳改队是当时混饭吃的最佳场所,而且犯人犯了法再无处可送,反而比一般群众安全得多。

我感谢命运在社会的变化中总让我待在最适合我待的地方。

写到这里我就不得不说我砍断一个农民手指的事。后来我投入市场经济创办企业大概得益于我有这份壮士断臂的果敢，而且没有女人没有爱情的"青春期"，也只能以这样的冲动来发泄。

到我三十三岁那年夏天，劳改队长命令我去看水闸门。西北的初夏正是水稻小麦等作物都需浇灌的时节，因为"闹革命"，水利部门也顾不上制定用水的分配计划，黄河灌区的所有农场公社都纷纷群起抢水，哪家人多势众哪家就能独占水源。城市里武斗是为了夺权，农村中武斗是为了夺水。几个十几个生产队经常在渠口混战，为一条渠一股水拼命的零星战斗此起彼伏，类似旧上海黑社会争夺地盘码头的帮派打斗。水闸，是抢水斗争的第一线，是攻防阵地的桥头堡，劳改农场几万亩农田需用的水就从这个瓶颈淌进来。"看水闸"这个任务关系到劳改队当年全部农作物的生死存亡。临战前，队长对我做了这样的动员：

"你比谁都壮（因为我比谁都会偷吃），又是'二进宫'（即第二次劳改，这在社会上虽然很不光彩，但在劳改队常当作有经验的工作人员被赋予重任），我看你也不是胆小怕事之辈（说明队长很有眼光），你给我顶住！（口气像电影里的反动军官。）谁来提闸门抢水你就给我往死里打！（意思是我哪怕被打死也不能后退，并不是真把打死人的权力下放给我。）"

队长将这个大任降到我身上，所谓"士为知己者死"，我一时间竟豪气冲天，二话没说扛上铁锹就毅然决然上了渠坝。实际上，水闸上如果没有人来抢水，"看水闸"不过就在水闸旁边一坐罢了，什么农活都不用干，会叫你轻松得无聊；平均每天劳动十几个小时，"看水闸"等于休养。然而"养兵千日用兵一时"，如果有人来提闸放水，那就须看你的真本事。不是说着玩，为抢水打死人的事是经常发生的。

我在水闸旁的一棵柳树下坐了两天，带着一本《路德维希·费尔巴哈和德国古典哲学的终结》读得津津有味。劳改队长允许我看马恩列斯毛的书，只不过觉得这一长串书名啰里啰唆，指导我应该多读《为人民服务》。但这书目虽长却是本小册子，倘若平安无事我就能在灌溉期读完。可是附近的农民却不让我潜心研究恩格斯著作，第三天半夜，月亮正升到头顶，成帮结队地来了七八个扛锹的壮小伙，黑黝黝地像堵墙似的往我面前一站。看见只有我一人躺在渠口睡觉，领头的大个子旁若无人地喊了声"扒！"。若干年后我看金庸的武侠小说，看到"华山论剑"一章不禁哑然失笑，当时渠口上那气氛与"八大门派"在华山高峰比武竟相雷同。

我拄着锹慢慢站起来，镇静地向他们说理。我说："老乡，这几天还不该你们淌水，轮也该轮到我们农场了。今天你们要开闸放水，先得舍出条命来，不是我的命就是你们当中哪个的命。不信？咱们就试试看！"

老乡们七嘴八舌地谩骂，从我祖宗骂到农场的先人，好像我和农场属于同一个血统，劳改队是我天生的家园。现在叫我也无法将那些话一一复述清楚，总而言之是把我这个劳改犯不放在眼里，而他们都是贫下中农的什么什么"造反团"。

我笑嘻嘻地说："不管你们是啥'造反团'，也敌不过我这个判了死刑的劳改犯。你们知道队长为啥单单挑我来看水闸？告诉你，就因为下个月我就要被拉去枪毙，今天就是叫我来送死的。死在你们手上我还能给家属挣点抚养费。来吧，今儿个夜里让你们成全了我，砍了我以后你们就放水。"

"造反团"的农民听了一个个面面相觑，啐道："想不到这狗日的比死人就多了口气！"嘀咕了一会儿，领头的大个子摆出一副宽大为怀的架势说:"我们砍你干啥?你不要自己找死。你就待在旁边别动,你动一动我就叫你死不了也活不好!我们自己干自己的,你当作没看见就是了!"说着,一个二十岁左右的小伙子就抢步上前,弯下腰想提起水闸的闸门。我说:"我从来就没活好过,活着还不如干脆找死。我可跟你们打了招呼:你们不砍我我可要砍你们!我砍死一个也不能把我再枪毙一次。喂,老乡,你何必跟我一起去死?"

领头的咻咻冷笑:"你狗日的敢?!"

我接着说:"你看我敢不敢!"

他又说:"你狗日的敢?!"

我又接着说:"你看我敢不敢!"

"你狗日的敢?!"

"你看我敢不敢!"

"你狗日的敢?!"

"你看我敢不敢!"

…………

我俩就像狗似的对着叫,一声比一声接得紧,一声比一声响亮。这是世界上最简单的谈判。后来我才知道所有国家外交谈判的技巧不论多复杂,其原始形式不过如此。两次世界大战与无数次局部战争,谈判返回到最原始的阶段就要面临宣战。眼看我寸步不让,大个子再不跟我搭腔,连声催小伙子往上提闸门。我估量估量手中闪光锃亮的铁锹再看看小伙子的脖子,发觉那脖子比乳猪的脖子粗得多。我的眼光在他周身游移,打量在哪个部位下手最合适。我想这就是我的"青春期"发作了,胸中陡然涌起一股带血的气,催动我好像非要和女人性交一次不可地非要往什么东西上砍一下才解气,不然我的"青春期"就会受到严重挫折。黑格尔说得对,所有战争都出于领导人的欲望,并不一定是衡量现实利益的结果。

承受着水的巨大侧压力的闸门不是轻易提得起来的,小伙子双手扳着闸门的铁把手使劲摇晃了好几次,一股细小的水流才开始滋滋地从缝隙中往外冒。我一声不吭,冷冷地略微将铁锹往上一抬,看准小伙子握着闸门的手,"噔"地闪电般朝下一刹。小伙子大叫一声"妈哟",一翻身滚进渠沟,在渠水里扑腾着"哎哟哎哟"乱喊。旁边的农民一时惊讶得愣住了:看来真碰上一个不要命的死囚犯!再没有一个人敢上前来提闸门,而小伙子的喊声却提醒他们必须赶快送他到医院。领头的大个子一边招呼其他人手忙脚乱地下渠捞起小伙子,一边扭转头狺狺地朝我吼:

"你狗日的等着瞧!你狗日的等着瞧!"

我收起铁锹狞笑着说:"我能跑到哪里去?我等着你,我等着你!"

天一亮我就急忙向队长报告,队长连声夸我干得好,笑着说:"看那些狗日的再敢不敢来!"队长反过去将农民的祖孙八代臭骂了一顿。而按照当时的理论,那些农民应该是他的"阶级兄弟",和他同一个血统。所以我一直很理解"地方保护主义",在这种主义的支配下,根本不顾法律不顾政策不顾道理而只顾局部的眼前利益。

我只向队长报告我用铁锹朝农民的手上"拍"了一下。其实,天蒙蒙亮时我在水渠边除了鲜红的血迹还发现一截手指。颜色青紫,像泡透的红枣一般大,没想到断指不但没有干瘪反而会自行肿胀。断面整整齐齐,中间却看不见骨头,只有针尖大一个小孔,但捏捏它还能感觉到肉里有个枣核般的硬块,那大概就是指骨了。指甲乌黑,指甲缝里还藏着从那小伙子家里带来的污垢。我拿在手里把玩了半天,还掂了掂它的分量,猜测它是哪一根手指;又像抚摸女人似的抚摸了一遍我的铁锹。它的锋利就是它的美丽。

剁了人的一截手指，我的"青春期"才得到性发泄似的满足。这天我畅快无比，觉得升起的太阳都比往常亮。若干年后在改革中我见到许许多多不正常的人和不正常的事都会淡然一笑。我们整整一代人的"青春期"就是这样度过的，现在他们已经成熟并且是社会的中坚，但你怎能叫人们立即就变得正常？

我一面读着人类的最高智慧，一面干着最野蛮的勾当，奇怪的是那时我心里毫不内疚。若干年后我才知道，原来这种两面性正是那个时代的主流。奇怪的倒应该是我在任何处境中都与社会的主流同步。

今天写到这里我自然而然地惦念那小伙子。他比我年轻，今天顶多五十岁出头。大半辈子少了一截手指，生活上劳动上一定很不方便。他肯定会经常抚着剩下的半截手指向他的家人朋友一遍遍愤慨地诉说当时的情景。但他不知道那"狗日的"犯人的名字，不知道到哪里去报断指之仇。我也不知道他的姓名住址，即使我现在愿意给予补偿也无处可寻。他那时也处在"青春期"，那次挫折也许会导致他终生冷酷狠毒或是胆怯懦弱。果真如此的话，我就损坏了一个灵魂。世界就是这样，毫不相干的东西毫不相干的人往往会偶然碰撞，彼此改变对方。

在我这方面，社会环境和个人条件一转变，我就经常为过去的所作所为感到歉疚。我真的不像有些人那样心安理得。社会既然不再伤害我，我也尽可能以善心对待别人。我把古堡废墟建成的影视城是当地文明的窗口，我企业职工享受的待遇在当地也是最好的，为我建影视城而搬迁出去的牧民，我对他们已没有任何义务，但我仍答应只要我活着便会资助他们的教育。为了那断指的小伙子，我也应该替善良的农民做些事。可是在另一些事情上，只要"青春期"一发作，我仍然会说不想说的话，干不想干的事。

譬如，我办的影视城有了效益以后，附近地头蛇式的个别基层干部竟然挑唆一些农民也像抢水渠似的来强占。一天清早，一帮农民雇佣军把手下的工作人员全部赶跑，由他们来出售门票。在市场经济初期这在全国都是常见的"无规则游戏"。我得知消息后一人驱车赶到影视城，果然看见乌鸦似的三五成群衣衫不整的人在我设计的影壁前游逛，见我到了，一只只就像谷场上偷吃谷粒的鸟雀那般用警觉的小眼珠盯着我。我又感到那股带血的气往上冲，那气就是"青春期"的余热。我厉声问谁是领头的。一只乌鸦蹦出来嬉皮笑脸地回答他们根本没人领头，意思是你能把我们怎么样？我冷冷地一笑："好，没人领头就是你领头，我今天就认你一个人！要法办就法办你！你看我拿着手机是干什么用的？我打个电话下去就能叫一个武装连来！"乌鸦听到"武装连"，赶紧申明他也是身不由己，人都是"上面"叫来的。我说，行！既然"上面"有人你就替我给"上面"那人带一句话：我能让这一带地方繁荣起来，我也有本事让一家人家破人亡！今天的门票钱我不要了，赏给你们喝啤酒，明天要是我还看见你们在这里，你告诉你"上面"那个人，他家里有几口人就准备好几口棺材！谁都知道我劳改了二十年，没有啥坏点子想不出来！我冷冷地说完扭头便走，那"冷"的温度与准备砍人手指时的冰点相同。我当然叫不来武装连，更不会使任何人"家破人亡"，但我深知很多违法者并不怕执法部门，却害怕比他更强更狠的人对他采取阴险的法外手段；以毒攻毒不失为一帖疗疮的良方。地头蛇式的干部亲眼看见我把一片荒凉变成一个旅游热点，他也完全相信我有能力叫他吃了苦头还有苦难言。第二天早晨，我手下的人又照常上班，好像什么事情都没有发生过。

对非法的事情必须有壮士断臂的果断，在无序的市场中我的"青春期"就时常发作。想不到我该度"青春期"时没有"青春期"，年过花甲以后却常在"青春期"当中，或者说我度过的不正常的"青春期"正好培养了我现在善于对付不正常的事。又一起事件也能说明这点：我的影视城周边很不宁静，还有个别基层干部以家属的名义承包保护区内的土地进行蚕食，企图等影视城发展需要这一地带时他好高价转让。一天，这类"承包户"突然违背当地政府的文物保护通告，在他已失效的承包范围内挖渠植树，类似十六世纪的"跑马占地"，将我影视城外围的一面圈了起来。我本来懒得去理他，取缔它无须我动手，那是当地政府部门的职责。但他却扬言雇了几十个农民，人人手拿铁锹，谁动他种的树就砍谁。他很聪明，知道非法占领如无人敢管，慢慢就会成为既成事实而取得合法的形式，大量的国家资产就是这样流失到地头蛇手里。但他失算就失算在扬言有"手拿铁锹的农民"。我一听见有"手拿铁锹的农民"就血脉偾张，刺激出我"青春期"的内分泌，仿佛又来了一次剁人手指的机会。听见这话的第二天清晨，我叫手下人开了辆推土机，我亲自坐镇指挥，不到一小时就将渠和树推得精光。我站在初升的太阳下焦灼地等待手拿铁锹的农民，如同年轻人在公园门口等待跟他约会的女友。

有的男人喜欢和女人亲热，有的男人喜欢和男人肉搏，从我断绝"意淫"后我就变成了后一类男人。我想，"青春期"的乐趣还应该包括"与人奋斗"。多年的劳改生活没让我学会一项娱乐，我的确趣味单调生活无味，既不玩牌玩麻将，也不玩保龄球和高尔夫，好玩的玩意儿我一样也不会，只剩下两样不好玩的项目让我玩，一样是"心眼",一样是"命"。

归根结底,整个中国的市场经济社会也正在"青春期"当中,瞻前顾后冥思苦想拖拉疲沓犹豫不决畏首畏尾投鼠忌器四平八稳绝不是"青春期"的风格,它需要的正是行动的斗志、特殊的活力和敢于迎接挑战的精神。

"出水再看两腿泥",这话说得多好!

七

我的"青春期"没有女人没有爱情没有性欲。感谢苍天,他老人家为了安慰我或是为了平息我的欲念,竟打发了一对夫妻在我面前过了一次"夫妻生活",从此更加败坏了我对这种"生活"的胃口,让我以为与女人性交是件很乏味的事,几乎使我终生性冷淡。

六十年代末,我剁了人的手指后不久,就从劳改农场释放转到就业的农场。就业的农场与劳改农场只有一渠之隔,鸡犬之声相闻,过一座摇摇晃晃的破木桥就到了,似乎象征着那时的人一不小心就会误入劳改队。

释放了的劳改犯并不轻松,反而又加上两个字,叫作"劳改释放犯",像古代在犯人脸上施行的黥刑,犯人即使释放了也永远消除不掉个"犯"字,不论走到哪里别人一眼就能认出来。劳改队释放我时,管教干部给我写的鉴定很好:"认罪伏法,遵守监视,积极改造,世界观和劳动观有明显转变"云云,可见劳改队长并没有把我砍断农民手指当一回事。我以为拿着这样好的鉴定足有资格当个正式农工。可是到社会上一看，大多数人都须脱胎换骨积极改造，大多数人的世界观和劳动观都须彻底转变，大多数人都是形式不同待遇不同的罪犯，如同基督教原罪论主张的人一出生就有罪。我"二进宫"是因为"搞社会主义教育运动"，三年后出劳改队又碰上"文革运动"，没料到人是这样难教育，越搞政治运动犯罪的人越多。我当不当正式农工都无所谓了，反正大家都是犯人。

但无论如何，"劳改释放犯"还是低人一等。我到就业的农场报到第二天，农场革委会就把我分到"群专队"管制劳动。"群专队"全称叫"革命群众专政队"，社会上每一个机关单位甚至街道都有这种组织，实际上是遍布全国各地的小型劳改队，革命群众可以任意把本单位的领导和"有问题的人"揪出来当"牛鬼蛇神"，集中起来统一管制，强迫劳动。十年的"革命"把群众惯出目空一切无法无天的毛病，这毛病终于渗入民族的精神基因传给后代，致使今天许多有权势的干部成了地头蛇，许多无权势的群众成了无赖。这些人经常使我想起他们的前辈，招惹我有了一大把年纪还想砍他们的手指。

"牛鬼蛇神"四大类五花八门，什么人都有，从高官显贵到普通百姓，原来地位悬殊的人到了这里一律平等地都是坏人。进了群专队，我才知道我这个"劳改释放犯"比起其他牛鬼蛇神还有一定的优越，而且只有群专队才是我在社会上最适合待的地方。因为我没参加"文革"初期的派性斗争，虽然过去是出名的右派分子，现在却是和哪派都没牵连的中间人物，人称"死老虎"。死老虎当然不用再打了，活老虎才是革命群众批斗的重点。我身体好，没有思想负担也没有家庭累赘，劳动技能又比那些坐在办公室里吃人的活老虎熟练，所以"头头"对我颇为青睐，叫我带领农场的二十几只活老虎干活，令我受宠若惊，干起活来总是以身作则。

我说的这个男人原先是农场的技术员，农民大学生，"根正苗红"，属于天生下来就革命的那一类，不幸的是"文革"中站错了队，也被当作牛鬼蛇神送来"群专"。开始时我还搞不懂"站错队"是什么罪行，后来别的活老虎告诉我说他其实是个"二杆子"，好出风头，在"运动"中爱"反戈一击"，一会儿站在这边，一会儿站在那边，弄得"猪八戒照镜子"，哪派都把他当成坏人。日久天长，我看出来他确实是个什么罪都不会犯的窝囊废，最大的罪过大概就因热爱革命而惹人讨厌。一说话唾沫飞溅，凭这点我就不喜欢他。他干活又疲沓得让我冒火，于是就成了我训斥的对象。过去在劳改队，训斥人的机会可不多。现在我不能辜负"头头"给我的权力，我也发现训斥人比挨训斥有趣。只有训斥人才能体现自己高人一等，难怪"革命群众"都喜欢双手叉腰。

我领着这帮牛鬼蛇神干了几个月，越来越体会到我踏入社会的好处：一则我可以当领导，二则我领导的又是社会上原来大大小小的领导，我这个非正式工人一步就跨到干部头上，逐渐就有点得意忘形起来。后来不知怎的形势又有变化，原来革命群众觉得斗这些牛鬼蛇神再也翻不出新花样，斗争重点又转移到自己人斗自己人上面，当时叫作"群众斗群众"，农场的几派革命群众再次操起真刀真枪誓不两立地干仗。"头头"忙着要去"抓革命"，牛鬼蛇神更要加紧"促生产"。"头头"索性把现场的指挥权都交给我，农田上工地上连来也很少来。我的权力无形中更大了，从小被灌输的"资产阶级人道主义"毒素又不自觉地旧病复发。我看那些被斗得头破血流、妻离子散又被严管了几年的牛鬼蛇神比劳改犯还可怜，就悄悄让一个"叛徒"和一个"特务"见了见他们的家属。这两只皮包骨的活老虎都快六十岁了，全身是病，不让他们跟家属见个面于心不忍。这说明我并没有得到"脱胎换骨"的改造，劳改队给我的鉴定把我估计过高。

一个夏日的午后，天空忽然阴云密布，云层中不断爆发出顶天立地的闪电，狂风夹带着粗大的沙砾从乌云那边刮来，一股浓烈的土腥味直扑鼻孔，眼看就要下一场滂沱大雨。我和"二杆子"这天在马圈铡草。这个农民出身的农业技术员却不会最简单的农业劳动。给牲口用手工铡刀铡饲草，入草需有特殊的技巧，使每一刀下去铡出的草不超过一寸，几乎和机械切削的一样齐；掌铡刀把的只需用力气往下铡就行了。我是入草的好手，坐在土圪垯上将一条腿的膝盖压着草，一入一入地非常有韵律。"二杆子"不会入草，只能腰一弯一弯地用傻力气铡。铡还铡不好，不是一刀铡不到底就是险些铡着我的手，气得我乱骂。两人干的活两人配合不好最费劲，一会儿就惊得我浑身是汗，"二杆子"也被我骂得浑身是汗。雨来得正好，我叫"二杆子"用苫席把刮得乱飞的饲草盖上，两个急忙跑到旁边的一间放轭具杂物的破土房去躲雨。

刚钻进四分五裂的破土房，蚕豆大的雨点就砸了下来。这真是一场豪雨，铺天盖地，从房门向外望去，人眼分不清东南西北。我和"二杆子"肩并肩挤成一堆。"二杆子"连声惊呼"好大好大"，我也连声惊呼"好大好大"。除此之外我俩也无话可说，瞪着眼呆呆地看门外的雨幕。巴掌大的土房虽然快塌了却不漏雨，房里乱七八糟堆了些笼头缰绳还有一个麻袋。我扒开麻袋一看原来是喂马的黄豆，两人就咯嘣咯嘣嚼生黄豆充饥。

大约过了半个多小时，嚼生黄豆都嚼出屁来了，猛然间一个像从水里捞出来的女人出现在破土房门口，像个鬼魂似的吓我一跳，而

"二杆子"却高兴地大叫你怎么来了。落水鬼一般的女人说我到那边去找你他们说你在这里我就到这里来了。"那边"是群专队另一处干活的工地,"他们"当然是指一帮牛鬼蛇神。我还没有醒过神来,"二杆子"就把女人拉进土房,又是撩她的头发又是全身上下替她擦。女人褴褛的衣裳上每一根破纤维都浸透了雨水,擦下的水全洒在我头上。我以为她是"二杆子"的女儿,"二杆子"看我发愣才介绍说是他老婆。"二杆子"把她擦出个模样来倒也楚楚动人,看上去只有二十多岁,透湿的衣襟大敞开着,白嫩的胸脯挺得很高,中间却有一条很深的壕,这条壕不知怎么竟使我有些恍惚。我怀疑地质问她要比你小十几岁怎么会是你妻子?那时候除了大干部,一般老百姓"找对象"都找年龄相当的"交配"。"二杆子"对我谄笑着说是农村的。所答非所问,但我也不能断定她不是他妻子。我自己违犯群专队的纪律偷偷地开了让牛鬼蛇神接见家属的先例,不能不让"二杆子"与他妻子见上一面,只好坐在马脖套上听他诉说家常。

"二杆子"急切地问了他家里所有的情况,老人孩子柴米油盐等等,看来确是他妻子无疑。我一边嚼黄豆一边听,既了解到老百姓的困难也领教了有家的啰唆,还不如我光棍一个利落,所谓"一人吃饱了连小板凳都不饿"。"二杆子"这时好像也不惹我讨厌了,破土房里有这样温情的对话,倒也解除了我和他相对无言的尴尬。

他俩亲热地絮絮叨叨说了一会儿。"二杆子"忽然嚅嗫地向我要求,能不能让他们过一次"夫妻生活"。他那眼神从来没有这样可怜,往常我训斥他他总朝我翻白眼,这会儿如果他有尾巴的话尾巴也会摇起来,而且说话时嘴虽然堆满黄豆沫却没有飞溅到我脸上。可是我一时没有弄懂"夫妻生活"是什么意思,难道这家伙要跟他老婆一齐逃跑回家?我怔怔地望了望他又望了望那女人,女人低着头绞着手脸上又羞涩又忸怩的表情，方才让我有点明白。我不禁由衷地笑了起来：我并不是笑他俩要交配，而是由此知道交配还有一种说法。在劳改队一般用最粗俗的两个词，一个粗俗的动词加一个粗俗的名词；老百姓通常叫"睡觉"，正式用语叫"性交"，《阿Q正传》中叫"困觉"，古典文学中叫"云雨"，稍稍直露叫"行房"或是"交媾"，而我看过的多数小说中只有"事毕"，原来"事毕"还可叫作"夫妻生活"！

就冲他用如此文明的词汇我也必须让他俩"夫妻生活"一次。可是我为难地说你们过这种"生活"，我好像应该避开的吧，不过你叫我这时跑到哪里去呢？"二杆子"听见我答应了，连忙讨好地说：

"哪能让你到外面去淋雨呢！你把脸扭到一边就行了。"

我刚把脸扭向门外，脑后的麻袋上就窸窸窣窣响起忙乱的声音，隐隐约约还有女人的呻吟。女人的呻吟叫我挺难受，一定是麻袋旁的铁制轭具碰疼了她，她大老远跑来看她丈夫什么也没得到，说不定还要受点伤，我有点懊悔允许他们过"夫妻生活"了。可是还没有等我分辨出远处隐在雨幕中的黑影究竟是来了个人抑或是棵树，仅仅嚼两颗黄豆的工夫，"二杆子"就长长地叹一声像昏倒似的瘫到我背上。

"咦！"我诧异地问，"你们过完'夫妻生活'了？"

"二杆子"如同刚铡了一大车饲草，疲惫地咕噜一声：

"完了……"

我又由衷地大笑：原来"夫妻生活"的时间和牲口交配时间一样，两边一碰就"受精"了。怪不得旧小说中凡描写到这种事一眨眼就"事毕"，叫我这个读者摸不清究竟是怎么一回"事"。这样说，"云雨"即使如旧小说中描写的"欲仙欲死"，而只当一两分钟的神仙又有什么意思？死那么一两分钟则更加危险！这使我从此以为"行房"

也好"睡觉"也好"交媾"也好"性交"也好"夫妻生活"也好两个粗俗的词加起来也好,都乏味透顶。

我当着他夫妻两人的面痛快地放了个响屁。

八

现在时常有一股悲悯之情,像"青春期"时会从胸中涌出一股带血的气似的从我心底往上泛起。也许这是我已衰老的征兆,过去我可不悲天悯人。但是我的悲悯又不知对谁悲悯,向谁施用心底的悲悯,于是常常仰天浩叹。我周围的人已经习惯了我的叹息,却不理解我为何而叹:看书也叹看报也叹,看见盖起高楼也叹看见大桥变成废墟也叹,听见好事也叹听见丑闻也叹,受到赞扬也叹受到攻击也叹,成功时也叹遭殃时也叹,甚至休息闲散时也叹,到了无事不叹、无病呻吟的地步。我想我弥留时绝对不会有一句完整的话,大概也和"二杆子"过完"夫妻生活"一样,只有长长的一声叹息:

"完了!"

但我既不为人而叹也不为自己而叹。我感谢命运对我如此钟爱,凡我遇见的人和经历的事,命运都像拿着个橘子一样在我面前翻来覆去地卖弄,仿佛是让我看清楚却又不让我看清楚;而且命运一会儿把我拉下来一会儿将我抛上去,使我一阵子明白一阵子糊涂。所以最终我仍不能深省人情世故,在我自以为觉悟时我又悟到并未觉悟,一生都在明白与糊涂之间。我开始学书法后常有人向我索字,一次我问一位求字者你想要我写什么话,求字者思忖着叹了口气,说他就喜欢郑板桥的"难得糊涂",好像他怀才不遇屡遭排斥是因为他明白过度。我听了又不由得大笑,我说,你和我一辈子从来没有明白过,连郑板桥在内都糊糊涂涂过了一生,"难得糊涂"从何讲起?于是我大笔一挥给他写了幅"难得明白"。后来我听说他还不愿挂在墙上,因为很多人自以为聪明,他的所知就是整个世界;又有很多人根本就没想探个究竟,糊涂也是这一辈子,明白也是这一辈子,不明不白最容易过日子,"搞"明白其实是件很痛苦的事,在明白与糊涂之间才是一种幸福的状态。到了老年我才知道这是命运给我的最好赏赐,我的叹息是一种感恩的表现。

前面说过,我跟群专队的牛鬼蛇神每天一起劳动,渐渐地对他们有些同情。他们当干部的时候犯什么错误我不知道,也没看见他们高人一等时怎样颐指气使,压迫群众,只看见今天他们不但在"头头"面前而且在我面前也低眉顺眼,卑躬屈膝,日子比劳改犯人过得还艰难。劳改犯人一回到号子便另有一片天地,一个个蒸、煮、熬、烤从工地捎回的各种野生动植物,然后慢条斯理地一口口享受;劳改犯压根儿不想过去未来,想家也只想家里会给他们送来什么东西。这里的牛鬼蛇神却天天要检查过去、汇报现在、保证未来,还要写揭发材料应付外调人员,仿佛他们的一生都在这里挤压成一堆,所以连睡着觉打着鼾都一副愁眉苦脸。

革命群众对活老虎可不留情,折磨起他们来花样百出,心狠手辣。有时晚上也拉只活老虎出去耍一耍,被拖回来时肯定头破血流像真死了一样。别的活老虎都不管,只有我偶尔起来替半死的老虎包扎一下。每到这时我就想起读过的革命小说,那上面描写革命者蹲监狱的某种情景似乎和群专队有点相仿。我没参加"文革"当然不懂得"文革"的大道理,也没时间拜读那些长篇大论的文章,可是仅凭这点我的感情就倾向挨整的干部，直到发生了下面我要说的这件事。

夏天过了是秋天，秋天过了是冬天，日子就这么过着而我并不觉得难过。若干年后我反而很向往那段时光，劳改队群专队都常再现于我后来的梦。梦见我又被抓起来我并不会惊出一身冷汗，却有一丝再次获得青春期的欣喜，我似乎天生就适应面对挑战。我理解为什么千千万万"知识青年"当年被迫上山下乡到他们不应该去的地方受苦，今天他们回忆起来却一个个高唱"青春无悔"。我和这些老了的"知识青年"有一致的感受，我们怀念的是那段"青春期"中的青春，青春不论放在哪里都是人生中最光彩的一段时期；青春期即使"无奈"，到了中老年也渐渐会变得"无悔"。这大概也是一些人总是偏袒过去的罪恶甚至加以美化的原因之一，谁愿意承认自己的青春耗费在毫无价值的事情上面？

是的，青春期时看到的太阳也与现在的太阳不一样。一次我在美国的印第安纳州去游览印第安人保留地，高速公路边突然"哗"的一声巨响，落下一轮巨大的通红的夕阳，美丽得叫我对她无可名状，我想了半天才想出最贴切的比拟：那就是与我劳改期间在旷野上看到的落日相同！命运恰恰让我的青春期逢到那样的时辰，我别无选择，到了老年我对生活的感受都会以那时的体验为基准。

那时，我读的每一页书现在都能记住，现在读了哪怕只是一句短短的警句转眼便会忘掉。老年人容易僵化就在于衰老的大脑再不能容纳新的事物，我们只能是传统的载体。如今叫我复述我昨天干了什么我说不清楚，让我讲三四十年前的陈芝麻烂谷子却会唠叨个不休。

闲言少述，且说日子就这么过到冬天，北方农田里的活计就不多了，农村普遍将这几个月叫作"冬闲"。但革命群众当然舍不得让群专队的牛鬼蛇神闲着，这样驯服的劳动力在世界上再也无处可找，而且只有不停地强迫劳动才能把坏人改造好。田里的活少了而居民区附近的活还很多，要想找活来干世界上会有干不完的活。农场的"头头"把牛鬼蛇神们的工作做了番调整，还命令全体都要写"年终保证书"，主题不外是服从服从再服从，要主动自觉地配合革命群众对自己的管制和监督。别的牛鬼蛇神分的活都较重，甚至一会儿叫把这里的土坯搬到那里，一会儿又叫把那里的土坯搬回原处，来回折腾人和土坯。我至今也参不透这种重复的简单劳动怎能改造人的思想，而据说猴子就是通过来回搬运土坯慢慢进化成人的。

分配给我的活儿却是打扫厕所。别以为打扫厕所是件肮脏的差事，那可是革命群众对我最信任的表现，因为其中有一个厕所在原来的干部家属区，如今那里住着新上台的"头头"又称为"革干"的及他们的家属。那一带平时绝不让牛鬼蛇神们出入，说是要严防坏人投毒暗害、伺机报复、拉拢革命后代或者偷听"小道消息"、"最新指示"等等。但我每天上午下午都能扛着铁锹镐头在那禁区出出进进，铁锹镐头在那时都被看作凶器，居然没有一个"革干"或他们的家属孩子过问。革命后代还喜欢跟我玩耍，常用木头小手枪瞄准着我"嘎嘎"地射击。他们的母亲见了也并不阻拦，好像我已经成为他们中间的一员，我既感到革命群众的温暖又感到自豪，用当时写在保证书上的话说："决心在革命群众的监督下，用战无不胜的毛泽东思想攻克非无产阶级思想意识，通过打扫厕所改造自己腐朽的世界观，让革命群众无后顾之忧，全心全意贯彻执行毛主席革命路线。"

农场的厕所美其名曰厕所，其实都是土坯砌的三面墙加一顶芦苇棚。男女之间也只用一推就倒的土坯墙隔开，每边挖出七八个蹲坑，一堆堆粪便都暴露在光天化日之下，每天早晨每个坑都堆得冒尖，常使我不禁猜想人的屁股要撅多高才能排泄，粪便掉下来一定跟炸弹一样。幸亏是冬天，臭味还能让人忍受。但我以那种激昂饱满的热情去打扫它，即使臭气冲天我也不会叫苦，何况既来去自由还不受风吹雨打。我一进到厕所就像工人进入车间，甩开膀子就大干起来。淘厕所的工艺流程很简单，用铁锹将粪便一一从粪坑中铲出挑到厕所外的土堆上，再用土把粪便盖住，一层层往上加，让它们发酵后就成了最好的农家肥。然后在粪坑中均匀地薄薄地撒上一层细土，一间厕所的作业便告结束。

居民区共有五个厕所八十几个坑，这使我懂得怎样去测算一个机关单位的人数，后来我访问过许多国家地区的许多机关单位学校，我一上厕所便能大致知道这座大楼里多少人活动。所以我不同意说中国知识分子的知识素质较差，中国知识分子积累了任何其他国家知识分子所没有的经验。同时我也的确体会到"思想"的威力与它对"促生产"的重要作用，干了几天我就达到很高的专业水平，能分辨出"革干"的粪便与工人的粪便、大人的粪便与小孩的粪便、男人的粪便与女人的粪便、身体健康的与患有疾病的粪便等有何不同。遗憾的是这种知识始终未被学术界承认，不然的话我可以就此写出好几篇论文。

可是，十几天下来有一个现象越来越让我迷惑不止。从我第一天打扫就发现有的粪坑里有带血的医用绷带和各种纸张，血色有的鲜红有的深紫，而且这些带血的物件只出现在女厕所这边。刚开始还没有引起我十分注意，然而每天都有每次都有则不能不令我感到惊异。在这种"大好形势"下我只能想到这不知又有谁挨了打，难道这农场除群专队之外还有另一个关押活老虎的秘密地点，而且关的是活的母老虎？虽然这并不关我的事却激起我的好奇，弄得我每次去打扫厕所都目光叵测,两眼像贼似的四处瞄来瞄去,想发现带伤的妇女从何处来、回何处去。但来上厕所的女人们都没有异常的表现,只不过有的矜持有的还没进厕所就开始脱裤子。出了厕所一个个都一脸轻松,有的女人还哼哼唧唧地唱革命歌曲,回去也只回自己的家。

我的"资产阶级人道主义"余毒真无药可治,解开这个谜成了我每天打扫厕所的主要目的,好像侦察员负有某种特殊任务,打扫厕所不过是一种伪装。虽然我并不能去解救谁,但我想我还是可以表达一点小小的同情,眼看女人如此大量流血怎能无动于衷?对这些带血的物件我也进行了仔细研究。研究的结果如下:一、少数是医用绷带和烂布片,多数是各种纸张,有旧报纸、毛边纸、草纸,甚至还有农场的信笺、学生的课本作业一类废纸;二、所有带血的物件都有折痕,血色在中间突起的折叠处最深,看来受伤的部位在肢体的夹缝之间;三、受伤的妇女不止一人,但受伤的部位却完全相同。最让我奇怪的就是这第三点。革命群众折磨雄性活老虎总是劈头盖脸不加选择,经常弄得老虎们全身是伤,为什么打起女人来却专打一个地方?

后来我常常为自己的无知羞愧,也觉得自己的幼稚可笑,但再后来我便渐渐能用一种平静心情对待一切,因为再后来不断发生的事使我终于领悟到人们的一生都处于无知和幼稚的状态。当时觉得非常重要紧迫非常担忧或非常可笑可喜可乐的事,事后都会发觉全部是"空自悲"或"空欢喜"。人像无知的木偶一样总是被命运所拨弄,在人生的舞台上跳上跳下跳来跳去。即使活到一百岁的人也是幼稚的小孩。领悟到这点,就能够面对现实任何状况处之泰然,不过面对现实的这种镇静平静却是让你吃饱的最后一口馒头,你不经过情绪的所有波动波折,绝不会把人生这顿饭吃饱吃腻。

感到忧虑的并不值得忧虑，感到愤怒的并不值得愤怒，感到苦恼的并不值得苦恼，感到高兴的并不值得高兴……所有一切都是虚幻而非真实，连自己的存在也如一片浮云，于是我便达到一种境界，然而，到此时，我同时知道了我的"青春期"已到了尽头。

但是那时我还在"青春期"当中，被带血的物件弄得心烦意乱神魂颠倒又一直侦察不出原因，我终于再也忍耐不住告诉了牛鬼蛇神，想调动起大家的聪明才智共同查找另一处神秘的群专队。据说那天晚上的一瞬间是中国"文革"史上牛鬼蛇神开怀大笑的顶峰，后来听到解放他们的"最高指示"也没有那份高兴。能给牛鬼蛇神营造如此欢乐的气氛，是我对"文革"的一大贡献。全体二十几只活老虎笑得前仰后合，姿态千奇百怪，笑声鬼哭狼嚎，有两只活老虎还笑出了老虎的眼泪。等他们笑停当了我才知道那是妇女每月要来一次的"月经"，同时也知道了那是从女人哪个部位流出来的。原来，旧小说中常有的"身子不干净"、"身子来了"或"流红"等等就是指这件事。"流红"虽然与月经很接近，但谁能将"花落水流红"这样艳丽的词语与污秽的粪便联想在一起？旧小说那样隐晦真是害人匪浅！我们现代小说写得如此直露倒是文学的一大进步。

我也惭愧地跟着笑。"叛徒"说我的疑问是他一辈子听见的最可笑的话，他将来一定要传给子孙后代，不能让这样可笑的事轻易埋没；"特务"说难怪要把我反复改造，因为我充分印证了"高贵者最愚蠢"这句至理名言；老"地主分子"笑得差点断了气，在草铺上咳得死去活来；"反革命分子"非说我是装傻充愣，不过夸我表演得很逼真，"笑一笑十年少"，谢谢我使他能多活十年；"二杆子"又把唾沫飞溅到我脸上，但因为我让他和他老婆过了一次"夫妻生活"所以极力维护我，说他相信确实是无知不是我装傻，还举出他们村里过去有个秀才活到三十多岁也不懂得"夫妻生活"来证明"读书无用论"。

接下来牛鬼蛇神们便讨论起我看到的那些带血的物件。乱七八糟杂乱无章，什么软性材料都有，有经验的人士认为这对他们来说倒是件新鲜事。据他们说，一般妇女都用布缝制成一条专用的带子常备着，"身子来了"就在带子上垫上草纸夹在阴部，他们还诲人不倦地用火柴棍在泥地上给我勾画了幅草图，让我明白那根布绳跟我们男人的裤带一样缚在腰上，带子又怎样与腰上的布绳相连，草纸垫在什么地方以及怎样使用等等，等于给我上了一堂妇科知识课。我一边听一边觉得女人的生活比起男人来既复杂又麻烦，怎能让妇女跟男人一样劳动？但他们说新社会的劳动妇女有权每月享受一次叫"例假"的三天假期，这就是对劳动妇女的照顾。我点点头说这还算是人道主义。而他们又说劳动妇女虽然享受到"例假权"却丧失了起码的讲究卫生的权利，因为"抓革命"抓得社会上连草纸也供应不上了，如今只有上山下乡的女"知青"回城探亲能带些草纸来，农场农村的普通妇女只好手头有什么就用什么。那医用绷带肯定是医务室的小王小李撂下的，除了她们，别的女人哪有那样方便？

说到这里，"走资派"忽然皱起眉头说应该揭发检举，这是一种严重的假公济私行为。医用绷带属于国家财产，怎能让个人随便拿去垫月经带？小王小李从护士学校毕业分配到农场，当年是他批准转正的，现在却一个个参加了"造反派"，可恨可恨，"是可忍孰不可忍！"于是欢快的气氛一眨眼就变得非常气愤而严肃，牛鬼蛇神一个个咬牙切齿，用当时的话说是"露出了他们的真面目"，果然不仅是老虎而且还活着。原来任农场政治处主任的"叛徒"深思地说要好好研究研究，从这里我们可以"找到一个突破口"。那间厕所是"革干"和"头头"们专用的,如果发现他家属用印有"最高指示"或伟大领袖照片的报纸当草纸,就是非常严重的政治事件,可以与"恶毒攻击伟大领袖"联系起来,当时为这事被枪毙判刑的男男女女可不少。这个创意很快得到号称为"叛特反资"的牛鬼蛇神们的响应,个个都赞扬此计大妙大妙!

可是谁去发现用印有领袖头像或"最高指示"的报刊书籍当月经纸的"恶攻"罪行呢?当然只有我才有这个机会。于是"叛特反资"们一齐动员我去"收集材料",说这是一个十分重要的"政治任务","文革"是一场深刻的"政治斗争",我作为一个改造好了的右派分子应该积极投身到这场运动中来将功赎罪,为捍卫毛主席革命路线作出应有的贡献。我迟疑地问这种事情是不是太下流?"叛特反资"一致说"政治斗争"就要这样不择手段,你没看见他们把我们整得遍体鳞伤?这说明他们执行的是"形左实右的反动路线",我们和他们之间已经是你死我活的敌我矛盾,必须下定决心排除万难把"无产阶级专政政权"夺回来。他们东一嘴西一嘴七嘴八舌说了许多,我一时也不能领会得很深刻。总而言之这个任务非常光荣,接受它就是接受"伟大的无产阶级文化大革命的洗礼"。"走资派"还许愿说等他们将丢失的权力夺回来以后,要把我当作"人民内部矛盾"看待。

一个难题解决了又来了更大的难题。我不参与他们的"政治斗争"就是不捍卫毛主席的革命路线,就是不忠于"无产阶级专政",而参与政治斗争的第一个光荣任务竟然是去检查月经带!我不知道带血的报纸是什么东西还可以接受,知道了它的来龙去脉真有点不堪入目。但原政治处主任即"叛徒"用深沉的炯炯目光盯住我说,这可是对一个右派分子的政治考验,不要看那些"造反派"现在张牙舞爪,对你还假惺惺地表示信任,但他们是"兔子尾巴长不了","伟大的无产阶级文化大革命"必将取得最后胜利,大好河山仍然会回到无产阶级革命干部手里,孰去孰从,希望我三思。

原政治处主任不愧为政治处主任,擅长于做思想工作,口齿伶俐引经据典,富有逻辑性及说服力。见我低着头不作声以为我默许了,于是教给我具体的步骤方法:第一步,查看女厕所内有没有这种月经纸,如没有,下一步就密切注意哪家的家属上了厕所后留下这种东西,如果有了,就能够肯定是哪个妇女使用的。然后我把它捡回来交给他们,由他们写揭发信向更高一级的"军管会"检举。到时候月经纸是重要的物证而我是一个重要的人证,被月经玷污的领袖头像和我一起将呈堂证供。我必须挺身而出坚决捍卫伟大领袖,将那个罪该万死的"革干"家属送去枪毙,株连着那个"革干"就被拉下了马,这是我千载难逢的立功机会!一番话既是战斗动员又是战斗布置,与当时流行的"反特影片"如出一辙,听得我五脏翻腾全身发冷。没想到人心如此险恶复杂,政治斗争这么残酷肮脏,还不如待在劳改队安稳。

第二天清晨我扛着铁锹扫帚昏头涨脑走进女厕所,果然有不少月经纸在等候我检查,果然与往常一样多数用报纸当草纸。这又给我增加了一条学问:从用什么材料代替草纸上可以推测出这位妇女的生活水平,也就是她在农场的社会等级。知道了血污的报纸是做什么用的我竟生出一丝怜悯,哪个妇女乐意把这样硬的纸夹在两腿之间?来回走几趟肯定会被磨得表皮出血。

我铲出粪便时稍稍留意了一下,血污的报纸上并没有什么"最高指示"或领袖头像,可见得革命妇女的谨慎小心与对伟大领袖的热爱虔敬。但报纸上不论是新闻还是文章,连篇累牍都有"为人民服务",

几乎每隔一两行就会出现这五个字。当时规定毛主席语录在报纸上全部要用黑体字印刷,"为人民服务"虽然是毛主席的话,可是在文章中这五个字并没有用黑体字排版,这能不能算作是"最高指示"拿去检举揭发?我盯着"为人民服务"颇费了番思量,看来牛鬼蛇神们的"突破口"很难找到,我立功赎罪的机会也很渺茫。那时,打人的人民与挨打的人民都和乡下老太婆念诵"南无阿弥陀佛"一样同唱"为人民服务"。"为人民服务"就这样被月经的血污所浸泡。

我打扫厕所从来没有恶心过,这天早晨却忽然对着带血的"为人民服务"呕吐起来。

人啊,你叫我怎能怜悯你!

九

若干年后,中央电视台现场直播采访我的节目,主持人要我用一句话概括"名人下海"几年来的感受。酸甜苦辣,感觉良多,但事先没有准备却限定我用一句话来表达,我哪有本事在瞬间精练浓缩?然而面对着摄像机我自然想到电视屏幕,由电视屏幕又联想到屏幕上出现最多的广告,我就不假思索地说出平时看见某种广告时的感慨,我说:

"要实现个人的最大利益,必须首先把别人的需要放在第一位,所以市场经济本质上是'为人民服务'的经济。"

节目播出后很多人都认为这句话非常精彩,提炼出了市场经济的本质,不少报刊还转载引用,但观众读者肯定想不到我这话是怎样临场发挥出来的。前面说过，到了老年我对生活的感受都会以当年的体验为基准。当年我的无知及血污的报纸给我留下的印象太深，如今我每看到电视上妇女卫生巾的广告，那些血污的"为人民服务"必定又会在我跟前浮现。我惊叹于现今妇女卫生巾的品牌繁多规格不一，令人眼花缭乱目不暇接，大概可以全部满足妇女们在各种场合的需要。坦率地说，任何商品供应的丰富对我的感触都不如小小的卫生巾令我感动。妇女们不再受硬邦邦的报纸折磨，"为人民服务"也终于摆脱月经的血污恢复它原本的意义；中国目前需要社会改革及改革的困难，就因为过去开出的"为人民服务"的空头支票太多而今天又必须兑现。

　　由此我常想：赚钱当然是每个商人的首要目的，而要能赚到钱就必须时时刻刻考察、研究、试验并满足人们生活的需要，只有迎合人们的需要、满足人们的需要才能把钱赚到手。商业活动实际上是一种互为满足、相互服务的活动；在市场经济中每个人都具有双重身份，既是买方又是卖方，一次成功的商业活动就是我为你服务你为我服务。表面看来人人都只顾自己，客观上却是人人都在享受别人服务的同时为别人服务，在为别人服务的同时享受别人的服务。每个人获利的多少决定于他能多大程度满足别人的需求上，不能很好地为人们服务他个人立即会受到损失。任何个人如想最大限度地追求到自己的利益，就必须最大限度地把别人服务好。商人之间的竞争归根到底是争取比对于为顾客即"为人民服务"得更好，竞争一方的失败及损失，却会在宏观上使顾客即人民与社会得到更大的利益，提升人民的享受水准和社会的进步程度。甚至可以说，提高人民享受水平和促使社会进步，必须要以一部分商业活动的失败为代价。但在商业活动中失败者并非固定的，而每个人都天生有趋利避害争强好胜的本能，于是便激发出每个人的竞争性从而无限度地激起人与社会的活力。这就是市场经济社会的"生物链"。这样,"为人民服务"的口号就真正落实并贯彻于所有的链环当中。

虽然生活把人情颠来倒去让我观察,从而使我觉得人不值得怜悯,但生活又颠来倒去地让我感到人还是应该有怜悯之心。因为后来我偶然遇见一个女人,她用她的怜悯最终将怜悯深深根植在我的心里,使我后来在某些时候即使明知会上当受骗,也不愿放弃一次可能帮助别人的机会。

幸亏我没有完成"叛特反资"交给我的光荣任务,没找到带血污的印着"最高指示"或领袖头像的报纸,也就是说没有参与什么"政治斗争"。到第二年开春,农场的革命群众开始一个个解放牛鬼蛇神,第一个得到解放的竟然是我这只死老虎。

毕竟我与"叛特反资"一起劳改了一年多,我出群专队时牛鬼蛇神们都依依不舍地与我话别。"走资派"夸我确实改造好了,将来他一定派我当农场所有的"劳改释放犯"的队长,让全体"劳改释放犯"都向我学习。虽然我没有把哪个"革干"家属送去枪毙,原政治处主任即"叛徒"并不计较,仍真挚地握住我的手鼓励我出去以后还要好好改造。"二杆子"唾沫飞溅地说他最终发现"五类分子"中也有好人,以后他继续革命时一定要注意掌握毛主席"区别对待"的政策。还有的请我给他的家属带话,说他很快就能回家。他们的热情弄得我也热泪盈眶。

出了群专队还不是正式工人,只不过以被管制的右派分子的身份和正式工人一起劳动。在群专队我大小还是个领导,跟正式工人一起劳动我反而成了众目睽睽下唯一的监督对象，革命群众对我的宽大倒使我更加难受。从劳改队到群专队再到正常社会，在我身上体现的是每况愈下，于是几乎在我意识里种下了"劳改情结"。

可是出乎我意料的是革命群众掌权的农场"革委会"居然批准我回北京看望我的母亲，凭这件违反当时常规的事我至今仍认为即使把社会搞得再乱，人与动物还是有区别。况且这次探亲假还不是出于我的请求，只不过大伙儿在田里劳动时一个小"头头"跟我聊天聊得高兴了偶然说了句："你还是可以回家探亲的嘛！"我赶忙问探亲假需要什么手续，他漫不经心地说你打个报告交给我就行了，说这话的时候还给我挤挤眼睛。我不懂他挤眼睛的意思，我观察他并没有挤眼睛的习惯，可是他为什么偏偏说这话时向我挤眼睛？他的动作使我苦苦思索了很长时间，想搞清楚他有什么暗示或弦外之音。待我若干年后神经正常了，才知道世界上大约有一半以上的动作是无意识的，因而世界上也有一半以上的思索是无意义的思索。

探亲假的报告很快便获得批准。我只有三十几块人民币就爬上火车。这点钱还是"叛特反资"们凑起来借给我的。在劳改队我曾听说现在坐火车不要钱，可是上了火车才知道"大串联"的好时光已经过去，一节节车厢像拎着肠子捋油似的查流窜分子和不喜欢买车票的"知青"，可见待在劳改队群专队听到的消息总是姗姗来迟。我虽然没有钱却有"青春期"，列车员不停地将我查下去我不停地向上爬，一千多公里铁路我乘了七天火车才到达北京，有六晚上都是睡在免费的候车室。有"青春期"的好处就是没有钱也能跑遍世界。

下面要请读者原谅我不写我怎样与母亲见面。在我另一部题为《习惯死亡》的小说中我曾有过一点点叙述，即便在那本书里我也不愿写得太多。我与我那位死去的好友相似，要把对于自己来说最珍贵的东西留给自己。一个作家总要有完全属于个人的私有精神财产；在一生的情感与一生的遭遇中，有些东西是和自己整个生命紧紧相连的。那是我安身立命的根本，是我生命的根系，如果将根暴露在外面，我便不能再很好地吸收土壤中的营养。哪一位作家如果把根系刨出来出卖，说明他已江郎才尽，即将枯萎了。我大半生经历的生活已经丰富得过于沉重，我的母亲是我利用这些丰富得沉重的生活的动力。现在我将我母亲抱着我的照片悬挂在书房的墙上，她的微笑鼓励着我不断写下去。

她从一个贵妇人沦落为在街头靠手工编织毛衣糊口的老太婆，仍始终保持着高雅的风度。我想，只有受过旧社会高等教育的妇女才经得住人生的反复折磨。她虽然身材矮小骨瘦如柴却是一个文化的载体，即使变成化石也令人敬仰；她好像是一座贵族文明雕塑出的塑像，专门留给后人瞻仰那过去的永不复返的时光，并且时间越往后越会放射出古典的光泽而历久弥新。她老人家和我刚在一起过了三天愉快的天伦之乐我就被"小脚侦缉队"抓去。我以为"小脚侦缉队"这个词语应列为中国"文革"辞典中重要的条目之一，那是无孔不入的专制统治下的一个范例。一群大字不识的"居委会"老妇少妇居然在堂堂的首都有权抓任何她们认为可疑的人，而那时可疑的人又源源不断抓不胜抓，迫使她们像会说话的警犬似的白天黑夜兴致勃勃地挨家挨户搜查。抓住后就交给派出所，派出所既是她们的总部又负责收集她们的捕获物。而堂堂首都的派出所竟然将被抓来的男男女女可疑者不分青红皂白地关押在一起，首创了世界监狱史上男女混合关监的记录。

关我的派出所位于北京最繁华的区域，两进华丽的四合院原先是清代一品大员的官邸。这应该是集中体现中国城市文明的地方，可是在偌大的院子里派出所只拨出一间不到三十平方米的平房，关进四十多名男女。四十多名男女嫌犯都往一个马口铁桶里排泄大小便，满了后才让值班的嫌犯提出去倒进后院的厕所。我至今也弄不明白派出所是因为房屋紧张还是有意如此安排来作践人的尊严，或是要在男女差别的观念上来一场"彻底革命"，以便加快实现伟大领袖发出的"男女都一样"的号召。幸亏牛鬼蛇神们给我上过一堂妇女卫生常识课，不然的话我看到女嫌疑人当我面换月经纸肯定会大惊小怪。女嫌疑人在这里哪顾得上羞耻，要么将前面对着众人，要么将后面对着众人，而前后两面都是女性最隐秘的部位，索性大大方方地彻底公开。值得一提的是四十多名嫌犯中有七八个十四五岁未成年的孩子，每当女嫌疑人大小便时这些孩子们都从始至终观赏到底，现在想来他们的青春期肯定会受到严重影响。

　　我想尽快结束这一段落。我与一些不喜欢揭露"文革"的人士一样，不喜欢暴露那些丢中华民族的脸却又不应由中华民族集体负责的事。但我想我还有权利写自己。简洁地说我在臭烘烘的牢房待了五天，没有人来提审也没有人来问你是谁。每天早晨男人看女人解手女人看男人解手以后，由一个女"工宣队"指挥嫌犯们合唱《东方红》和《大海航行靠舵手》。女"工宣队"严厉地规定大家都必须看她指挥而她却没有起码的音乐常识，大概她在指挥合唱中深深享受到指挥人的乐趣，她指挥错了总责怪男女嫌疑人唱错了，不时地用指挥棒敲打人头，人头仿佛成了她的打击乐器，弄得人人都紧紧张张地抱着脑袋眼睛盯着她唱。男男女女关在一起同在一个桶大小便的牢房里却从早到晚歌声不断，让不知情的外人听见还以为这群男女在欢快地干什么风流韵事。

我是母亲的灾星而母亲是我的救星，她老人家总是出现在我最困难的时候。我母亲每天提着饭盒给我送两餐饭。我吃着红色的高粱米饭加几条青菜和几丝榨菜，她就在窗外安详地等着，仍与那天我被开除时一样。那几条青菜和几丝榨菜在红色的高粱米饭上每一餐都摆放着符合欧陆西餐的拼盘规格。这时她仍保持着西方上层社会的礼节，即使对儿子也不盯着看我吃饭，目光镇静地看着在派出所进进出出的各色人等，那君临一切的气度俨然她是这旧日官邸的女主人。

　　直到今天我也想象不出她在窗外对一个已三十多岁却身败名裂陷入囹圄又孑然一身的儿子作何感想。但我肯定这是她生产我的时候绝对没有料到的。当她第一次看见我带着她的血的面孔，她一定对我的未来有非常高的期望。而她的坚强就在于她能很平静地对待她完全预料不到的事，她接受恶劣的命运就像接受贺卡，拆开来看看便无所谓地放在一旁。对我被开除被劳改被群专直到被"小脚侦缉队"抓走，她就像看婴儿学步的妈妈早知孩子一定要摔跤跌倒才会走路似的，毫不惊慌更不责怪我。我从来没有听她老人家发过一句牢骚，她实际上很希望国家富强因而很拥护革她的命的革命。革命革得这样糟糕也是她老人家没有料到的，但她还是无言地将这一切当作意外地接到了一张陌生人寄来的贺卡收下。她常在窗外嘱咐我说被遣返回农场以后要尽快安置妥当，准备来农场跟我一起过"劳动人民的生活"。她说她自小生长在水乡所以喜欢养鸭子，如果可能的话再养一只猫。她非常天真地以为农场是世外桃源。我当然不去扫她老人家的兴，告诉她那里既有活老虎也有死老虎并且更多的是打虎的英雄。

　　后来我才知道我所以被关了五天是派出所等我母亲筹钱买火车票。所以我不同意说"文革"给国家造成了多大损失，损失其实都分摊到老百姓头上，譬如关押人要家属送饭，遣送人要家属买票，枪毙人要家属付子弹费等等,国家举办这次"革命"付出的成本还不如举办一次运动会多。当母亲凑到二十一元八角人民币在一天下午交到派出所,派出所第二天凌晨就派了四个臂膀上佩红袖章的革命小将押送我去著名的北京火车站。那会儿大街上只有扫街的清洁工,路过我母亲住的房屋后窗我看见灯还没有亮。我在穿军服扎武装带佩红袖章的革命小将们的押解下悄然走过,我想让她老人家多睡一会儿,谁知这就是我与她的最后一别,她要到送饭时才会发现我已被遣返走了。然后她又回到这间房里,去想象将来养什么样的鸭子及什么样的猫。

啊! 那寂寞的后窗……

十

接下来,那个女人就要出场了。在她出场前后,我的"青春期"连续发作了两次。

且说两男两女革命小将把我押到北京火车站时天刚蒙蒙亮,一男一女拿着劳什子证明进票房一会儿就办好了车票。四人又不辞劳苦地要亲自押我上火车。我们走进地道的时候还没有一个旅客,灯光通明的地道里空荡荡地弥漫着一种不祥的阴森。我走在前,小将们走在我后面。到了半途我听见四个小将嘀嘀咕咕不知商量些什么,随着响起叮叮当当解武装带的声音。我以为几个小家伙中间有谁要在这无人的地道上恶作剧地撒泡尿。那时见人有什么异样的动作我总与人要大小便联系起来,可能是因为看人大小便看得太多的缘故。谁知还没等明白过来后腿就遭到皮带猛烈的抽打,疼得我趔趄了一下腿肚子马上一片麻木。

遭到突然袭击我的"青春期"突然爆发,我急速掉转身去敏捷得像头豹子。这时一个小将正把皮带举在半空两个小将在跃跃欲试一个还手脚不麻利地解着皮带。等那举在半空的皮带快抽到我头上,我一把将皮带抓过来顺手一拧,皮带一眨眼就到了我手上。我冷笑着说:

"伙计,要讲打,你们四个绑在一起我用一只手就能把你们都打翻!你们信不信?你们知道我是谁?我是个反革命,专反你们这些革命的!不信,咱们就在这里试试看。"

小将们见我手里也有了皮带并且运用得比他们还要熟练,四人异口同声地耍赖:

"谁打你啦谁打你啦!你'丫挺'的!你看见谁打你啦你看见谁打你啦!你'丫挺'脑袋后面长了眼睛啦你'丫挺'脑袋后面有眼睛?你'丫挺'好好走你的不许乱说乱动!'丫挺'要好好走甭乱看!"

革命培养出这样的后代实在让我伤心,连强词夺理都软弱无力,皮带被人抢走了也没勇气夺回来。又要我走又不许我动,"丫挺"一词作何解释我也莫名其妙。这四个小将最大的不超过十八岁最小的一个顶多有十四岁。一个小姑娘还长得很清秀,胡乱地扎着两条羊角小辫更显得稚气可爱。见我盯她她马上将目光躲开,小嘴噘噘地好像要说些辩解的话。看她的面子我也就算了,不看她的面子我也只能算了。我说:

"我好好走我的,你们也好好走你们的。这样大家都好,谁也不伤谁。你们知道我为什么被打成反革命?就因为我一个人打伤了像你们这样大的八个娃娃。今天我急着上火车,不想再把人打伤了。走吧!"

四个革命小将垂头丧气地跟我走出地道口,一边走一边仍暗中嘀嘀咕咕个不休。到了有人的站台我随手将皮带还给那个抽我的小将，好像什么事情都没发生一样。这时闸门打开了，旅客们如同大难临头拼命逃窜似的向各个车厢拥去。我是第一个到的当然有座位让我挑选，我就找了个靠窗口的座位坐下。奇怪的是小将们仍不走，在我背后的座位四散地坐着，好像他们也准备长途旅行。等车厢里坐着站着挤满了人还有人爬到行李架上躺着的时候，四个小将忽然凑在一起喊了声"开始！"。接着，那个清秀的小姑娘英姿飒爽地站起来一脚登上她的座位，高高地挥舞着"红宝书"清脆地喊道：

"旅客同志们旅客同志们，大家注意了大家注意了！我们现在学习一段毛主席语录：'凡是反动的东西，你不打他就不倒，这也和扫地一样，扫帚不到灰尘照例不会自己跑掉'；'革命不是请客吃饭，不是做文章，不是绘画绣花，不能那样雅致，那样从容不迫、文质彬彬，不能那样温良恭俭让，革命是暴动，是一个阶级推翻一个阶级的暴烈的行动'。你们看见这个坏家伙没有？"

她居高临下地在我背后用一根稚嫩的手指在我头上狠狠地戳了几下："你们大家看看这个坏蛋的丑恶嘴脸，这坏蛋是个地地道道的反革命！恶毒凶狠得很！他一个人就打死了八个无辜的革命群众！前些日子他偷偷流窜到伟大首都来企图破坏我们'伟大的无产阶级文化大革命'，幸好及时被革命群众抓住了，使他的阴谋没有得逞。今天我们大家要押他回他来的地方叫他去受应有的惩罚。革命群众必须提高警惕，人人都有监督批判他的革命权力！大家要擦亮眼睛，严防他在列车上又拉拢群众，阴谋破坏我们'无产阶级文化大革命'的正常秩序。大家听清了没有？"

看不出这个面目清秀的小姑娘还真伶牙俐齿并且会编故事。这样的话她连说了几遍，特别把语气的重点放在我打死了八个人上面。开始念毛主席语录的时候车厢里乱哄哄没有几个人注意，但听见我一个人打死了八个人全车厢二百多人突然鸦雀无声，都将惊讶的目光盯着我，远处的人还学她的样子踩上座位伸出长长的脖子，力图看清我的嘴脸如何丑恶，同时发出一片"呀呀哦哦"的恐慌议论。小姑娘宣布完了，小将们又齐声高呼了几句"将'伟大的无产阶级文化大革命'进行到底"、"毛主席万岁"之类的口号便昂首阔步扬长而去。他们留下的空座位立即引起一阵争夺，革命群众又互相对骂。

列车开动后车厢终归于正常，我就成了旅客们旅途中议论的话题。有的说听那些"小崽子"的！他要是打死了八个人早就枪毙了，还由他一个人大摇大摆地坐火车？有的说"小崽子"可都戴了红袖章，说的话总有点来头，不会无缘无故冤枉好人，你没见这家伙一个屁都不敢放。有的说最好离他远点，你没看他脸色铁青，没准什么时候他又犯横打人。有的主张告诉列车员，车厢里有这么个打死了八个人的危险家伙对大家都是个祸害。于是人们又纷纷埋怨革命小将，一致认为他们应该通知列车员而不应把看管的责任推给旅客，万一发生问题由谁负责？坐在我旁边的一个妇女悄悄地和她同行的男人换了座位，那男人实在无处可逃只得心惊胆战地用半个屁股挨着我坐，一路上连看也不敢看我。

我觉得又可气又可笑又可悲，没料到"小崽子"们会想出这样的诡计，偷击不成便在大庭广众中糟蹋我，让我对他们无可奈何。难道我能站起来为自己辩解说我是个诗人？诗人同样是危险的坏蛋。难道我能说那些"小崽子"在说谎？小将们可都身穿军装佩戴红袖章，那是一个拥有特殊权力的符号，在政治上占绝对的优势。人们猜测得对，总不会一点原因都没有，我至少是个"劳改释放犯"，不管我怎样辩解都等于放屁。

但我有更多可想的，那就是我的母亲。想起她老人家我也就由人们去说吧，我想这时候她老人家应该知道我已离开了北京。

后来我每到北京就会不由自主地想起"小崽子"，在当时的首都街头有不少这类年轻人，他们无书可读成天在派出所进进出出，经常与"小脚侦缉队"密切配合干些抓人押人的勾当。算来他们现在也有四十多岁了，已成熟为我们社会的主要力量。他们现在是不是也认为"青春无悔"？他们是不是和我一样也觉得那时的阳光比现在灿烂？那个革命年代可能是他们一生中最风光的时候也是他们的"青春期"，那样的"青春期"会给他们终生留下什么影响？他们从小就在"伟大的无产阶级文化大革命"中学会横行霸道、耀武扬威，仗着人多势众用阳谋阴谋对付强者，学会脸不变色心不跳地编造谎言，最大的本事就是用时尚的语言蛊惑人心。到了新时期这些"小崽子"及"小脚侦缉队"突然销声匿迹，难道他们真的就在世界上消失？他们对中国社会的转型会作何感想？

当然那时我并没有想这么多，只是暗自懊悔这次回北京倒给母亲增添了许多麻烦，遥遥的思念尚是一种安慰，见了面徒然增添伤悲。我决心回农场申请一间土房，将母亲接来养她的鸭子，再去抱一只小猫。既然我能够请探亲假，那个挤眼睛的小"头头"也会帮我实现这个理想吧。

虽然无端地在稠人广众中受了侮辱，让一个小姑娘用手指在头上戳戳捣捣，但从北京返回去不再害怕查车票了。小将们离开车厢时倒没忘记把车票摔在我脸上，让我能够不中断地坐到目的地。可是凌晨我出发时连水也没有喝一口，中午列车员推着小车卖盒饭，我才发现全身连一个钢镚儿都掏不出来。到了晚饭时间令人垂涎的小车又推来了，我又只好在座位上饥肠辘辘地看旅客进餐。与母亲不辞而别加上被抽打、被侮辱、被猜疑、被监视又加上饥饿、百般折磨反反复复,怎能用"痛苦"一词表达得尽!我想,命运如果是考验我,如此种种考验也应到了极限,生活究竟是要将我铸造成为一个真正的人,还是有意与我开玩笑要把我揉搓成一团废物?我真想和十字架上的耶稣一样仰天哀叫:

"上帝,你为什么要抛弃我?"

我端坐在座位上无法入睡,不眨眼地凝视着窗外。所有的景物都在我眼前飞奔,不知道这世界急急忙忙究竟要去何处。但列车毕竟还有个明确的目的地,我却独个儿前途渺茫甚至毫无前途可言。我感觉有一种外力抽空了自己,生命已离开躯体,只有视觉是整个世界。可是这个世界不知什么时候一下子暗下来,我看见自己丑恶的面孔突然映在车窗上,还有团团黄色的灯光。为了避开我自己的丑恶面目我把目光收回到车厢,才发觉已到了夜晚。

这时我感觉到面前的小桌板下有一个东西有意在轻轻触碰我的膝盖,我才看见一直坐在我对面的少妇有一对大眼睛。那一对眼睛像温柔的湖,强烈地吸引着我要向里纵身一跃,那湖水深处才是我最佳的避难场所和歇息的地方。这对眼睛最大的特点就是不属于这个世界,它们与母亲的目光一样却又羼了些忸怩,那份忸怩使我感到她和我之间的平等;她对我的亲切是另一种亲切,她那份关怀是另一种关怀。这种天外来的目光使我为之一振,无须她做什么暗示我就伸手到桌下去摸那触碰我的东西。原来她在小桌面的遮掩下给我递过来一个塑料纸包的圆面包。

她的眼神鼓励我吃下去。她和母亲不一样,她要全心全意地看着我一口口吃。我吃着,她的眼睛就随着我的吃而越发开朗明亮。在柔和明亮的目光的安抚下，我从来没有吃得这么满意和开心，后来我走遍世界也吃遍世界，但是再没有一次比她的圆面包更令我吃得满意和开心。这样幸福的吃，一个人一生中只能有一次。我吃完后直起腰挺起胸坐得像座钟似的端正，被抽空的生命又返回来并且我的躯体反而更加结实。这时她对我莞尔一笑因此这世界刹那间变得异常美丽，在这样美丽的世界上还是值得活一活的。她的笑靥使我的"青春期"突然爆发，我又一次觉得那股气在我体内涌动并使某个部分膨胀壮大，破天荒地我想要与女人也就是她过"夫妻生活"，不论"夫妻生活"如何乏味我也要永远与她每日每夜不停地过"夫妻生活"！

可是我的吃却惊醒了旁边那个胆怯的男子。那男子第一次敢看我而且立即提高了革命的警惕。虽然他一动不动但我已发觉他在严密地监视我。乐于监视揭发的人天生就有一副老鼠相，目光就是它探索动静的胡须，我脸上感觉到了它的胡须不断扫来扫去。我知道他不敢碰一个打死了八个人的人却会与那些小将们一样在大庭广众中吱哇乱叫。我连用我的眼神向她表示一下感谢都不能，那样做很可能会牵连到她也挨骂或被怀疑。于是我吃完面包后非常郑重仔细地将包面包的塑料纸折叠成整齐的小方块，它像是一封珍贵的信一般装进我胸前的口袋。她深情的目光一直注视着我动作的全过程，在我放进口袋又抚摩着口袋时，她羞涩地低下了头好像我在抚摩她，并只有我才能发觉到她的头轻微地点了点。

飞！飞！飞！有什么能阻挡住我！我不断向上升！向上升！向上升！有她的笑和她的面包，我要凌驾于这世界之上并拥抱这个世界！

"出水再看两腿泥"，咱们走着瞧！

人啊！我怜悯你们！

十一

她在我的目的地前几站下了车,于是我终生记住了一个叫"五原"的地方。列车每到一站车厢里照例是一片慌张忙乱,有人提行李下车有人提行李上车挤来挤去大呼小叫,而那胆怯的男子却镇定若素,在昏暗的车灯下始终不放松对我的监视,见我没有和她一同下车似乎还有点诧异。她一手拎个拉链包一手提个网线袋,磕磕碰碰地好不容易走出座位。到通道时她还回过头匆忙地与我的目光对接了一下,但这世界上唯一的亮光仅仅一闪烁便被后面挤来的人扑灭。从此她随着人流涌入茫茫人海,我再也找不到她的眼睛及同她的眼睛一样的眼睛。

虽然在列车上她将男人的活力赋予了我,激发起我想与女人过"夫妻生活"的冲动或说是"发情",但与真正的女人过了半次"夫妻生活"却是在几年以后。

在"一天等于二十年"的政治口号下几年以后形势确实有了很大变化,农场的群专队早已解散,牛鬼蛇神纷纷出笼又上了台,那时叫作"恢复工作"。如今被管的人又管人管人的人又被管。这种无须通过投票选举的轮流执政据说是"无产阶级专政下才有的真正民主"。想起来当年要在月经纸上去"找突破口"真毫无必要且非常可笑。"走资派"又当了场长,他也没有借口私自用"国家财产"代替草纸而报复医务室的小李小王。"走资派"没有"斗倒斗臭"却被斗怯斗怕了,经过"锻炼全体干部的文化大革命运动"的锻炼，他绝不会再坚持原则主动工作，所以我也原谅他没有专门成立个"劳改释放犯"的小队叫我当队长。有时他回到原先群专队的所在地也就是我劳动的生产队来视察，见了我不过点点头而已，不再夸奖我已经改造好了。当然我还不至于傻到去问他为什么失信，人一当官马上就忘了他过去说的话。

  不过凭良心说我的处境毕竟有很大改善。因为革命群众失势后再也不热衷革命，才发现生活上不可缺少的柴米油盐酱醋茶对他们来说大大超过革命的重要性，而那时的社会主义怎么也"为人民服务"不好这"开门七件事"，劳动妇女仍然用印满"为人民服务"的硬邦邦的报纸垫月经带，反正那种政府宣传品取之不尽用之不竭。于是革命群众开始大发牢骚，上工不干活，干活不出力，在田里扛着锹三五成群地"讲怪话"。那些"怪话"的反动性大大超过五七年的右派言论，我这个右派分子也就被他们看作是自己人了，革命群众亲昵地称我为"老右"。

  本来我是可以申请到一间土房的，然而母亲还没有等到我把自己安置妥当便在偌大的北京孤独地去世。这一段请让我略去，我有权和那些有意回避"文革"的人士一样极力回避会使自己崩溃的历史。他们以为叫大家少谈"文革"，"文革"就会在民族的记忆中慢慢淡忘，果然，今天的大学生已经不太了解"大跃进"及"文革"真正的历史面貌，大学高中初中往下依次递减，以至于毫无所知，一个后人无法超越的一贯伟大正确的神话，就在患有失忆症的民族中树立了起来。那么，是不是我尽量不谈母亲母亲也会在我的记忆里逐渐消失？为了我的精神免受痛苦，我倒想试一试。

在农场，没有家庭的单身农工过日子比较简单："两个饱一个倒，家里连个油瓶子都没有，扯床被把一家都盖上了，炕上又没个女人等他×，这样的人不叫他干活他还闲得慌。"所以生产队有个不成文的规矩，好像单身汉一定要比拉家带口的工人干得多。凡是遇上加班加点的工作或繁重劳动，队长组长总是叫单身汉去。革命群众虽然在政治上已把我当作普通人，但一致认为我是个特殊的劳动力，过日子又简单劳动又好又没女人等我×并且遵守纪律，叫干什么干什么，使用起来得心应手，这样我就几乎成了大家的工具。和我过了半次"夫妻生活"并给了我很大启发的女人，就是在这种情况下遇到的。

我的生产组长是个复员军人，我从来没有看见他和别人一样扛着铁锹走路，总是把铁锹拖在地上来回跑，让铁锹拍打着地面，他走到哪儿哪儿就叮叮当当响成一片。春夏秋冬他都不系上衣纽扣，个子又矮又瘦，过大过肥的衣服老是敞着两襟一扇一扇地像长出了一对翅膀，于是他就获得了"麻雀"的外号。"麻雀"既玩世不恭，喜欢用政治语言开玩笑，又对人从不曲里拐弯耍心眼，说话直来直去。一天他对我说他要想法把他老婆从别的组调到他管的这组来跟我一起干活，我问他为什么，他毫不隐讳地说为了好让我多干他老婆少干。我说你他妈的真会占便宜，他说有便宜不占白不占，"当官的有权不用过期作废，我这个小官也要趁有权的时候使唤使唤你这个好劳力。"

不久，"麻雀"真的鼓捣队长把他老婆调到我们这组来了。第一天上工他就当着全组工人宣布他老婆和我结成"一帮一的对子"。"一帮一一对红"、"开展谈心活动好"、"要斗私批修"等等都是那时的流行语言，顺便他还说了句："这样也便于监督这个'老右'嘛！"说完又连忙向我打躬作揖："玩笑玩笑！你老右别放在心上。"

"麻雀"老婆坐在田埂上纳鞋底，一面笑着骂"麻雀""婊子养的"一面瞟了我一眼。"麻雀"老婆不超过三十岁，模样长得很端正眼睛也很大。她瞟我的一闪好像给我猛的一击，使我想起列车上遇到的她。后来我才知道她也是"五原"一带的人，出生在乌拉特前旗一个叫"白彦花"的地方。她还给我说过那个地方出美女，"脸盘鼓鼓的，眉毛弯弯的，腰杆细细的，肚子平平的，奶子撅撅的，屁股翘翘的"。她介绍到哪个部位便用手揉搓她身上的哪个部位，带动她全身都扭动起来因而使她的介绍非常生动具体。她自己就完全符合她的介绍，所以她的介绍实际上是一种炫耀。她介绍时我暗自想列车上的她大约与她的身材相当，遗憾的是列车上的灯光太暗，若干年后"三围"成了女人身材的时尚标准，但那固定的机械的数字怎能体现出女人珠圆玉润的灵动的美丽？从此她的身材便成了我看女人的特殊规格，后来我在巴黎用这种眼光看所有的模特与她相比都黯然失色。

可是刚开始的时候她确实是我干活的累赘，譬如小组集体挖沟开渠，每人按二十米分一段，"一对红"是四十米，这四十米全靠我一人吭哧吭哧地挖，她只是铲铲浮土修修渠道而已，多半时间无精打采地拄着锹站着东张西望，没干两下就急不可耐地问现在啥时候了为啥还不吹哨收工。中间休息时，却好像刚刚苏醒过来开始活跃了。她爱唱一种叫"二人台"的地方戏，确切地说应该是"哼"而不是"唱"，因我从没听她唱过一首完整的曲子，她大概也不记得一首完整的戏词，所以至今我回忆起她只听见那悠扬婉转的哼哼却不知道她究竟哼了些什么。她哼的音调纯朴自然，节奏富有弹性，有很强的跳跃感，带有黄土高原的开阔意境，给人极为悠远而又欢快的感觉，听腻了革命歌曲听她哼哼倒也新鲜而动听。

有一次我说你哼得挺好听，不过到底唱的是什么词你能不能给我说一说，她说啥意思都没有就为了给自己解"心焦"（心烦），唱词是现编的，想到啥就唱啥。我说我在替你干活你在旁边看着你还"心焦"，你说我"心焦"不"心焦"？她说你要是"心焦"我就给你唱一个吧。说着她笑嘻嘻地唱道：

  哥哥你好好干
  妹妹在旁边看
  哥哥要心焦
  妹妹给你干
  快把锹撂下
  咱俩玩一玩
  一身白肉肉
  随你上下看。

她随唱随笑，我也跟着笑。我说真把你没办法，你就"旁边看"好了。她笑着弯下腰，又唱：

  不干白不干
  不玩干瞪眼
  不玩你就得干
  哥哥你哟好可怜！
  ……

如果是两人干"零活"，我就干得更多了。"零活"包括很多农作项目：灌溉、起肥、打畜草、扬场及其他只需一两人干的零散杂工。我俩一"打零活"，她从不按时到工地，我几乎干了定额的一半，她才扛着铁锹或拿着镰刀慢腾腾地走来，到我视线以内就小跑几步，在我跟前就装出气喘吁吁的样子总能说出一套理由，不是要给"麻雀"做饭就是孩子病了要去医务室。后来经我证实多半也是真的，她大大小小有三个孩子，难怪"麻雀"要设法减轻她在生产队的劳动，好让她腾出手干家务活。我也看出来她走到我视线以内开始小跑其实是对我表示尊重和因来晚了而内心不安，如果她像一般群众那样摆出高我一等的"革命"派头，来晚了就来晚了，根本无须在我面前装模作样，我又能把她怎么样？

有一次她来晚了的理由非常特别，那是在马圈起粪，大清早我已经将马圈的粪起了一半，太阳也升到房顶上，她才扛着铁锹疲惫地拖拖拉拉到工地。我埋怨说，你倒好，活还没干一锹人倒乏了，一早晨你干什么去了？她笑了笑叹道：

"你哪知道！'麻雀'每天早晨要×个起床×，不×不起床。唉……"

这个×分别代表两个词，前面一个是动词后面一个是名词，是劳动人民包括犯人常用的语言，绝对不能登大雅之堂的。我也笑了，学她的口气说他要×你你不会不让他×，是干活重要还是干那件事情重要？她脸上一副无可奈何而又心甘情愿的表情，又叹了口气说：

"唉！有啥办法？给男人当女人男人啥时候想×就得给男人支上让男人×。"

这使我突然理解了"二杆子"的老婆，"二杆子"介绍"她是农村的"实有深意，怪不得"二杆子"要当着一个陌生人的面和她过"夫妻生活"她也只好顺从,乖乖地就往麻袋上一躺,给她男人"支上"。

汉语的语境经过"文化大革命"有了很大的变化,最大的变化就是粗鄙化,所有传统观念中"非礼"的动词名词口语俗话方言及"国骂"都登堂入室,甚至大大方方地成为文学语言与官方语言,如"放屁"、"狗屎堆"等等,所以怎能怪一般老百姓的口语越来越直言不讳,越来越不堪入耳。我想,这大概就是孔夫子说的"礼崩乐坏"的局面吧。我与她在马圈的对话还算是"文明"的,并没有公开详细深入探讨×的全过程。那时在农村农场工厂,干活的时候,除了柴米油盐酱醋茶,性也是劳动人民主要的话题,拉家带口的农工聊起来无不绘声绘色,常常还伴有动作表演,让如我这样的单身汉垂涎欲滴想入非非。

平时她来晚了还可原谅,孩子病了当然应该去找医生,一家五口人吃早饭也够她忙的,可是今天我一个人大清早在马圈埋头苦干是因为"麻雀"睡在炕上要练他的早操,不由得我有一肚子牢骚,于是就骂"麻雀"混蛋王八蛋,说他跟马圈里拴的牲口差不了多少。她拄着锹靠在马圈的柱子上,张开轮廓秀媚的嘴唇打了个大大的哈欠,一面揉眼睛一面就像说日常的柴米油盐一样平淡地为"麻雀"辩解:

"也不能完全赖'麻雀'要×我嘛,我一大早也骚得想要'麻雀'×,有时候还是我鼓着他来×呀!"

我听了笑得差点倒在马粪堆上。我说:"我服了你了!"她放下揉眼睛的手诧异地问:"你服我啥?"我说我服了你惊人的坦率。她把"坦率"当作大批判中常用的"坦白",笑着说:

"'坦白从宽'嘛,抗拒才'从严'哩。我跟你坦白为啥来晚了你也应该'从宽'了嘛。再说,你多干点也不吃亏,你闲着也是闲着,要不你干啥去？要不你也找个女人来×？"

我与她的对话全部是诸如此类的话。她善于把什么事都与性事联想到一起，譬如我们干的活儿需要我爬高的，她在下面仰着头会这样警告我："小心掉下来把你的屌摔断。""屌"指的是男性生殖器，或是："小心你屁股摔成八瓣！"好像我受伤的部位总是身体的下半部分。如果铁锹把或镰刀把没有修刨光滑，用起来不顺手，她会埋怨说："还不如捏着一个屌舒服！"或是："细得跟个屌一样！"我俩放水浇灌小麦，泥沙淤积在渠口里致使水流不畅，她会说渠口"小得跟×洞一样"，"水流得跟尿尿一样"。今天我写到这里，眼前又出现了她在田埂上飞跑的身影。一次我和她两人灌麦田水，一截田埂被水冲了个缺口，我一人堵不住，不得不着急地扯开嗓子连声喊她来帮忙。她在远处向我跑来，胸前两个如她所说的"撅撅的"乳房在破烂的纱线背心中颤动得如同两大坨圆圆的果冻，我一时竟忘了堵缺口，手拿铁锹站在激流中呆呆地望着她甩动的前胸。到了近处她发现了我傻瓜般的神态，便故意连跑带跳让乳房颤动得更强烈更欢畅，还随乳房的颤动有节奏地笑着大声喊叫："噔噔噔！噔噔噔……"好像乳房的颤动会发响，又像给飞旋的乳房伴奏的节拍。我俩堵缺口时我向她胸部瞥了一眼，发现她乳房间的壕比"二杆子"老婆的壕还深，乳房随着她铁锹的挥动不住地抖动，弹性十足。突然间，她既让我心慌意乱，又使我产生一股想用一根或两根手指顺着那道壕向下插进去的强烈冲动。我俩好不容易堵住了缺口，她还偏过头笑着问我：

"有意思啵？"

"有意思啵？"是她说"骚话"（这是她常用的方言）或表演她的肢体动作后总要向我补充的发问。当然我会连声回答"有意思有意思！

真有意思!"我的确逐渐觉得和她在一起干活"有意思",非常"有意思"!即使跟她一起干活会加重我的负担,加大我体力的支出我也心甘情愿了。这样便无形中调动得我劳动更加积极,每次都能完成甚至超额完成任务,于是我俩经常受到组长"麻雀"与生产队长的表扬。"麻雀"一次还装模作样地在"小组毛泽东思想讲用会"上说我俩"一帮一——对红"真正使两人都有了进步,两个人都"红"了,这是组长即他自己"落实了伟大领袖最新指示的结果"。

倘若遇到难得的休假日,我一天见不到她反而感到寂寞难耐,有时还躺在炕上猜想她现在在家正干些什么。第二天上工,她一定会详细地告诉我前一天她所做的家务事:洗衣烧饭和煤饼带孩子缝缝补补等等。她与别的女人不同,从不抱怨生活的艰难和供应的短缺,却会尽可能地寻找生活资料的替代品。一次,她利用休假日将日本进口的尿素口袋拆开来当布料,缝制成小汗衫及裙子般的半长裤穿来上工,满身散发着尿似的臊味,我笑着讽刺她说你说你"骚",今天当真"骚"了,就跟刚从厕所里跑出来一样。她咯咯地笑了起来,两手拎着半长裤的两边在我面前得意地旋转,而且极为自然地跷起脚尖。那时中国还没有T型台更没有时装模特,她可能就是中国时装模特的先驱了。

几年以后我在一份杂志上看到有文章介绍说,那种专用作包装材料的化纤纺织品对皮肤极为有害,会使人患上皮癌,但她穿着薄薄的尿素袋缝的衣裤却更加飘逸,更加突显了她的身材,至少在我俩分开时她丝毫没有患皮癌的症状。那时我还不知道怎样形容她的身材,进入八十年代我才知道应该用"肉感"和"性感"之类的词。与此同时,那种裙子般的半长女裤竟被称为"裙裤",开始在西欧成为时装并立即流行到中国,让我处处都能看到她因而常令我心酸。

不过,那时她穿着日本化肥袋做的半长裤在我眼中却非常滑稽,"日本"两个字正好缝在她屁股蛋上,一边是"日",一边是"本",但她连"日本"两个字都不认识,显然不是有意的。她做时装表演的时候我发现了"日本"而大笑她却以为我笑的是她屁股,便停下来弯下腰把屁股朝我面前一撅,笑道:

"你看你看你看!让你把女人的屁股蛋看个够!"

于是"日本"在我眼前更大大地膨胀起来。

平时,聊完了家务事,她绝不会忘记叙述她怎样和"麻雀"过"夫妻生活"。当然她不会像农业大学毕业的"二杆子"那样用文明的词汇,而是直截了当地用一个动词加一个名词来表达。她说她有时也觉得"心焦","'麻雀'瘦得跟铁锹一样,硌得我骨头疼。""麻雀"又爱喝酒,喝那种用白薯干酿成的劣质强度酒,她皱着眉头形容:"嘴巴臭得跟大粪坑一样!"我觉得这似乎就是她最大的"心焦"了,除此之外她永远快乐。譬如我俩割畜草或者割麦子的时候,蚊子牛虻马虻满天飞,朝人们劈头盖脸地扑来,连耳朵里眼睛里鼻孔里嘴巴里都会钻进蚊子蠓虫还有一种叫"小咬"的飞虫,叮得人满脸是包,全身红肿,这是我最害怕最"心焦"的事了,恨不得旁边有条水渠让我跳进去把全身淹没在水里。而她却好像毫不在乎,一面像扑蝴蝶一般扑打一面还笑嘻嘻地喊:

"蚊子喜欢我,苍蝇喜欢我,老鼠喜欢我,麻雀也喜欢我!……"

在她眼里世界上好像没有不喜欢她的人与动物,似乎她也喜欢世界上所有的人与动物,她是我所见过的唯一活得潇洒的人。又譬如,她刚刚叙述了"夫妻生活",还没把喜欢她的"麻雀"骂够,便会立即欢快地扭起秧歌。一瞬间她能变化出七十二种表情。

她不只爱哼"二人台",并且爱扭秧歌,每次要扭得上气不接下气瘫倒在地才肯罢休。我想,"尽情"这个词大概就是专为她而创造出来的。她的舞台是田埂、渠坝、割了麦子的麦田、割了牧草的荒地甚至在马圈、羊圈、猪圈、厕所旁边。总之,只要是我俩"打零工"的时候她一高兴便会扭起来。我汗流浃背地干着活,她在一旁扭秧歌,秧歌扭倒在地上还要喘着哈哧哈哧地笑着问我:

"有意思啵?"

她扭的秧歌我从来没有在别处见过,尽管我不是内行但也看出她的舞姿绝对不符合规范,像一具全身各处的关节都是用线连接起来的木偶被耍木偶的人举着摇晃一般,如果换另一个人来扭肯定是丑态百出,而她扭起来却显得活泼可爱,天真烂漫,脸上还带着调皮的笑容,同时嘴里发出"噔不仑噔锵!噔不仑噔锵!噔不仑噔锵!噔不仑噔锵锵锵……"的乐器伴奏。她曾扬扬得意地说她不需要别人来用乐器为她伴奏,自称"我自己就自带狗皮弦子"。我至今也不知道是真有一种民间乐器叫"狗皮弦子",还是她自贬的一句玩笑。她其实非常擅长表演,一会儿捡根树枝当旱烟杆衔在嘴上装扮成老头扭,一会儿噘起嘴唇驼起背装成老太婆扭,一会儿挺起"撅撅"的胸脯变成雄赳赳气昂昂的小伙子扭,变化多端,花样百出,她的"自带狗皮弦子"始终不停地"噔不仑噔锵!"

虽然我觉得"有意思",但也常常笑骂她有扭秧歌的力气还不如多干些活。当然她绝不会听从我的,仍旧照扭不误。

十年后我去著名的巴黎歌剧院观看轰动巴黎的后现代派芭蕾舞《天鹅湖》,才发现原来她就是西方后现代派舞蹈的鼻祖:全部动作都是反舞蹈传统的,在舞台上不应该怎么跳便怎么跳,举手投足完全随演员此时此刻瞬间的兴之所至,肢体动作纯粹出于天然,这种舞蹈的审美价值大约只有真正后现代人或真正原始人才能体会得到。

看完后现代派的《天鹅湖》，我没有招出租车也不去乘地铁，一直徒步走到蒙玛特高地，这里是巴黎公社社员战斗的最后地点。我在著名的"白教堂"前面的台阶上坐下，整个蒙玛特已空寂无人，连咖啡店也打烊了。白天艺术家们聚集在此作画，夜晚纷纷融入沉沉的黑暗。我突然感到无边的寂寞。"有意思啵？""是的，真有意思！"仰望巴黎的星空，淡淡的丝丝缕缕的云正向东方飘浮。"意思"在哪里呢？一切的一切忽然变得丝毫没有"意思"。巴黎躺在我脚下平淡如水，唯有月光中的她浮出水面……

"有意思！真的非常有意思！"她也是来自另外一个星球的，完全不属于这个权欲横流物欲横流的世界。她丝毫没有受到"社会化""革命化"的污染，从不说流行的政治语言，相反，她用她自然纯朴粗犷原始的风貌使所有"革命化"的意识形态及所谓的文明顷刻间土崩瓦解。她像是直接从半坡村或更早的山顶洞中跑下来的人的始祖，让现代人认识到"人"的原型。她会使人感受到什么是真诚，什么是人的天性。一次，她带了一些炒熟的黄豆到田间来我俩一起吃，虽然她从不刷牙牙齿却洁白坚实，那口利牙把黄豆嚼得咯嘣咯嘣乱响，浓郁的黄豆香味从她嘴里不断向田野扩散。她见我嚼得很难便自告奋勇说我替你嚼。但嚼好了怎样递到我嘴里倒成了难题。她伸出她的舌头"呜呜"地要我去接，舌尖上有她用舌头裹成的一团黄豆泥。我笑着不知所措，而她却一把便将她舌尖上的黄豆泥抹在手掌上往我嘴巴里塞，我也只好却之不恭地咽到肚里。

十二

小麦很快就成熟了，小麦很快就收割了，麦捆很快就搬运到麦场上，小麦很快就被脱粒，金黄的麦粒在谷场上等待着人们将它扬出来装包运走。扬场是手工农业劳作中需要有一定技巧的农活，我已经被改造成农业劳动的多面手，这种高技术的手工农活当然离不了我，于是我和她就被派到场上去扬场。麦场上堆放着一堆堆麦粒与麦秸、秕子、杂草等等的混合物，我要拿木锨一锨锨把它们扬向空中，让自然风把它们分离开去。重的麦粒落在近处，轻的麦秸秕子杂草等等就随风飞散飘远了。她拿着竹子捆扎的扫帚"扫堆"，"扫堆"就是将风没有吹走落在麦粒堆上的细麦秸、秕麦子、杂草等等拂扫掉。我必须交代清楚这种即将进入历史博物馆的北方手工农业劳动，不然现代读者便很难理解下面发生的故事。

我想读者通过我的交代大概知道了扬场最需要的是自然风。没有风，有多大的本事也没办法把麦子与杂草秕子等等分离出来。风来的时候扬场的人必须"抢风"，拿出全身力气拼着命干，没风时就站着坐着休息聊天，队长组长看到也不管。一天下午，天气闷热，广袤的田野上一丝风都没有，杨树柳树槐树白杨树连茅草芨芨草狗尾巴草全部一动不动，树叶草尖齐齐地指向天空，天空也没有云，天地之间凝结成静止的雕塑。我俩只好守在麦堆旁你看着我我看着你被太阳烤，因为天气酷热，她也不再扭秧歌了，慵懒地躺在麦堆上，我拄着木锨像士兵站岗一般,等候风一来便动手"抢风"。因为闲得无聊,我注意看了看她的脖子,她没有什么"三角区"更不是白色。她的脖子直到肩膀都裸露在烂线背心外面令人一览无余。从头部到脖颈再到肩膀的各处曲线都是一段段自然生成的弧形,像谷穗的下垂,像大葱的根茎之间或葫芦的腰,又像瓜藤在地面自由地左左右右延伸,从下颏到女性无喉结的颈部呈一条抛物线,没有一处给人尖利感觉的锐角。她褐色的皮肤紧密而有光泽,冒出的细汗像太阳洒在她身上的雨。于是我忽然发现她真正可以作为"自然人"尤其是女人的标本。

就因为我在那时曾经看过真正的女人,所以后来在灯红酒绿中遇到许许多多浓妆艳抹的女人再没有一个能使我动心。

闲待了一会儿,她忽然坐起来张口问我:

"老右,你是不是真的没结过婚?"

因为前一段时间我经常作为死老虎"陪斗",陪那些活老虎站在台上受革命群众批判,被斗之前每个牛鬼蛇神都要自报家门,那是"批斗会"上一个必不可少的节目,所以"老虎"不论死活都没有隐私可言,我的履历全农场人几乎都能背得下来。我说我怎敢对革命群众撒谎,我就是没结过婚,这还有什么真假?她又问那么你想不想女人?我思忖着回答有时也想,那多半是吃不饱的时候。她说你说的是假话,男人吃饱了尿才会硬,没吃饱咋会还想女人?我说没吃饱就想有个女人给我做饭,跟你的"麻雀"一样,那有什么好奇怪的?她想了想觉得我说的话也对,点了点头又说我可怜。她经常说我可怜,还把可怜的我编进她的"二人台",而我却不知道我在她眼里哪一点显得可怜,我自以为比拉家带口的"麻雀"日子还好过一些。她又问,不过,没结婚不一定没碰过女人,你给我说实话,你碰过女人没有?我断然地说没有,从没碰过!她调皮地笑了起来。停了一会儿,她在扫帚上劈了根竹节在地上面画，画好了自己笑嘻嘻地又端详了端详，随后招手叫我过去看。

我左看右看看不出是什么名堂，既像是一只熟透了的桃子，又像是一只闭着的眼睛，更像中间有个1字的一对括弧，难道她懂得某种神秘的符号？那是不可能的！这时麦场边正有只牛在偷吃麦子，我笑着打趣地回答说："是只瞎牛眼睛吧！"她听了陡地笑得乳房抖动个不停，全身像扭起了秧歌，最后笑瘫在麦堆上，眼泪居然也笑了出来。我也陪着她笑，但不知究竟有什么可笑。可是到我老年越来越体会到"青春期"的可贵时，我方才认识到那就是我平生收到的第一封情书。她的情书比世界上自古到今人类书写的所有情书都直截了当，并且比任何情书都出奇地深刻，让收信人会刻骨铭心地牢记到死为止。

她稍稍收住笑后又坐了起来，仿佛很严肃伤感地连连摇头，还不住地叹息道："可怜可怜！老右你这个哥哥好可怜！"这里我又须诠释一下，她这个"哥哥"是方言词，除了在"二人台"中有感情色彩，用在其他地方就与"同志""先生""师傅"一般是当地女人对男人的通称。队长有时跑到工地来大发威风，她会说："这哥哥疯了！"向别人借东西，她会这样问："哥哥你有没有火柴？"有人割麦子割破了手，她会喊："哥哥哟你小心着点！"跟我干活的时候更是"哥哥"长"哥哥"短，所以我并没有因她叫我"哥哥"而想入非非。但我还是不明白不认识她画的符号就有什么可怜之处。因为看过"二杆子"表演的"夫妻生活"从而使我对性毫无兴趣，更因为我自少年时就断绝了"意淫"，我又怎能想到那个奇异的符号代表的是女性生殖器？何况那时候叫我苦思冥想却又想不通的事情也太多太多。

等她笑够了，她手搭凉棚在眼睛上遮着阳光，仰起头望着我半认真半调侃地问：

"老右，你想不想×女人？"

我说："那有什么好×的？又费劲又危险，吭唷吭唷地一眨眼就完了，还不如躺在炕上看一会儿书。再说，哪有现成的一个女人等着我去玩？"

她声调忽然有点变化，甚至有点沙哑，与往日的顽皮嬉笑不同，她用一种少有的温存语气对我说："老右，你要想×女人一下，我舍了我的身子给你玩一玩，好不好？"

我仍然以为她在开玩笑，说："谢谢你吧，你有这份好心，我还没有这份大胆，让'麻雀'知道了，那可真是不好玩了！"

她又嘻嘻一笑，却有些腼腆地说："没关系，'麻雀'明天要到城里拉化肥，晚上不回来，你明晚上偷偷到我家来，我把门给你留下。嗯？啊？"

她见我没有吭声又连续"嗯？啊？"了几次，一次比一次声音低，她的"嗯啊"是希望得到我明确的答复。我从来没有见过她如此害羞的表情，她一贯是奔放坦荡没有什么不敢说的，看来她这次的邀请完全出于真诚。我又像上次看她乳房那样呆呆地盯着她，她抱着膝盖坐在麦堆上的肢体被阳光照得通明透亮，使我直到如今才突然发现她方方面面里里外外都与我不同，与这个可恶的世界不同。她是另一个与此全然不同的世界在向我呼唤，是我常常做的进入另外一个世界的梦想。她略向上仰起的头到她下面高耸的乳房再到下面平坦的小腹，再后面却又突出了一个圆弧形的臀部，阳光在这条自然的曲线上如此灿烂！她并不是一个简单的死的标本，她新鲜得令人无法抗拒地要去触摸，而且她还正召唤我去触摸，霎时间我竟意乱情迷，摇摇欲坠，像被阳光和热情所熔化，陡地失去了自我；我不知道自己身在何时何处，只感到咽干口渴焦躁不安，猛地又产生出非要砍人手指或与女人性交一场不可的冲动。她好像是炎炎烈日下的一块冰，只有搂着我才能凉爽熨帖安宁。扑上去，扑上去！这个声音在我心里嘶喊，一定要扑上去将她全身抚摩个遍也看个够。

可是这时突然来了一阵风。

这一晚我破例地失眠了。身下是冷而湿的炕，我隔着一条薄薄的被单摸索到了土坯炕面的粗糙，多少年来我一直跟印度的苦行僧睡在钉床上一样睡在这扎手的土坯炕面上，日久天长已成了习惯，然而今夕何夕，泥土的冷峻却从地底冉冉升起，我的肉体第一次感到需要另一个肉体的温暖。这样，我跟她一起劳动几个月的情景就一幕幕地在我脑海中重现。我发觉我为什么会觉得她"有意思""非常有意思"，为什么一天不见她就寂寞难耐，完全出自我已经对她产生了"某种"情感。可是这种感情是不是"爱情"呢？我在我所读过的所有文学作品中都没有见过，因而使我不能把握；这样的女人难道算可爱的女人？因为书中从来没有描写过这样的女性也使我难以确定。我一一检点我头脑中的妇女形象，不是十九世纪的淑女佳人便是二十世纪的巾帼英豪，要么扭捏作态要么气壮云天，最令我心醉的是俄罗斯沙皇时代"十二月党人"的妻子，对一个政治犯来说，有那样的女人陪伴在身旁即使流放到天涯海角又有何妨？可是她们一个个是那样温文尔雅，绝不会公开谈论"夫妻生活"，连私下也不会谈论，更不会把"夫妻生活"称作"××"。

文字使我退化，书本使我软弱。吟诗作赋必需的"推敲"衍变到我对什么事情都要反复推敲，于是我想什么问题都不会彻底，做什么事情都不会成功。但生理上毕竟有一种难忍的冲动，既然我已发现了另一个世界所以我决定无论如何也要去游历一次。可是因为我第一次失眠，才发觉周围还睡了好几个单身汉，他们的鼾声正震天动地，这又提醒了我现在是什么身份：我不得不考虑这是不是一个圈套？是不是一个调侃？是不是众人因为无聊而让她出面耍的一个恶作剧？还有，如果被人发现了呢？……稍一大意都会把我再次送去劳改：人们眼里的死老虎忽然变成了活老虎，随后人们当然会又一次把我打成真正的死老虎，这就成了这个可恶的世界给我开的最大也是最后的一个玩笑。

第二天一清早就开始刮五级风，这样的风最适合扬场。队长把全队所有略懂扬场的劳动力都抽调来了，天作怪的是风还持续不断，大家一齐"抢风"，连稍事休息的时间也没有。我们全班人马干得昏天黑地，头上的汗水都来不及擦，但我俩在偶尔的一瞥中都感觉到双方正在积蓄力量。反常的是今天我一看她便有性欲望，下腹部位好像有一股带血的气在发胀，在滚动，在向外喷，我这时才体会到牲口"发情"是什么感受。这天她看我的眼神也与往常大为不同，往常她说"骚话"时都带有笑意，为的是给这无味的世界增添一些味道。平时她无论是谈性也好扭秧歌也好摇摆肢体也好，绝对没有一点挑逗的意味。她天生是个快乐的人，因为不会用别的方式快乐只得在自己身上寻找快乐，而一个人的身上只有性与肢体属于自己，其他全部"社会化"了，如果她像那些淑女佳人一样受过高等教育，她也会以琴棋书画来自娱自乐或取悦于人；既然她会自编自唱"二人台"，谁敢说她不会成为民间艺术家或民间歌唱家？而今天她的眼神却反而像淑女的眼神，更像是女艺术家或女歌唱家，性的要求及性的欲望都隐藏到瞳孔后面去了，在外表上只透露出期待、渴望、幽怨、婉转与忧伤。何止是七十二种表情，女人啊，你叫我怎能理解你！

到黄昏时分，一辆拖拉机咚咚咚地辗过麦场边上的大路，朝进城的方向开去。拖拉机后面还拉着拖斗，上面站着好几个农工。"麻雀"果然威风凛凛地扶着拖车围栏，敞开两片衣襟飞呀飞地往城里飞去。当"麻雀"几乎是从我们旁边擦身而过，这一刻她和我都不自觉地交换了一下目光。她的目光有力地中止了我的犹豫，最终把我钉在她的身上。

决定了以后我就急不可耐地等待夜晚，既然小时候就敢从三层楼往下跳敢砍猪头敢砍人手指就说明我天生有一副冒险的性格。当我发现她是个女人后，为她冒险也心甘情愿了。天一黑下来我就变成罗密欧，命中注定非要到阳台下去见朱丽叶。跟单身汉们躺在炕上假寐的时候我精心地策划了一番，设想遇到昨晚考虑到的情况万一出现我该怎么办。这样办、那样办、这样办、那样办……想着想着就想到过"夫妻生活"不但费事还要费尽心机，这种事究竟值得不值得去做？于是我暗中警告自己只此一回，仿佛今晚的举动纯粹是为她而去。我不能辜负她期待的渴望的目光，使她高兴似乎成了我义不容辞的责任。

待同宿舍的农工都睡熟了，又如往常那样鼾声四起，我装着要去厕所悄悄爬起来走了出去。好亮好亮的月光！这样的月夜适宜做任何事就是不适宜去偷情。谁知这使得我今后的大半生都不断地追求月亮；月亮从此成了我灵感的泉源。第一次踏上美洲大陆正碰上那样的月亮，我不禁又热泪盈眶。一向自以为是的美国朋友以为我因到了美国才如此激动，我说：狗屁！不是，是你们的月亮叫我想起了一个中国女人，仅此一点就证明世界上的月亮都一样。中国的月亮美国的月亮及无处不在的月亮，触发了我写《习惯死亡》。

就在那样的月亮下我走到她家的门口,她家邻近厕所这时显出更有一层方便,倘若有人看见了我我可以装着去撒尿。但四周围连条狗也没有而且鸡也不叫,整个生产队死寂得像空无一人。月亮虽不是个适合偷情的月亮,夜晚倒是一个适合偷情的夜晚。我敲她家门的时候并没人发现却发出吓了我一跳的响声。她马上在门里低声叫我"进来"。我一推门,门立即随手而开,她当真如她说的那样把门早就给我"留着"了。

我进屋后她嘘嘘地催促我说门后有把铁锹赶快把门顶上。我知道农场所有的人家都用铁锹当顶门杠于是顺手一摸很熟练地就照她的指示将门顶了个牢靠。这仅是瞬间发生的事,想不到我就这样轻易地站在了她的面前。第一步非常顺利但下一步怎么办我却茫然不知,土房虽然不大我也不知道她在什么地方,只好呆呆地立在门口。这时炕上传来她耳语般的笑骂声,骂我是不是要向"世人"宣布我到了她家?"世人"是她的方言,意思是"世界上所有的人"。原来她是埋怨我不该敲门,"咚咚咚地乱捶,捶得隔壁人家都听见了!"今天却真的应验了她那时的话,这部小说远远比敲门的声音要响亮。而那时我结结巴巴地辩解说敲门是个礼貌嘛,哪有不敲门就直接推门闯进人家的道理?她又低声嘻嘻地笑了起来:

"说啥'礼貌',要讲'礼貌'你就不应该来。滚得远远的去吧!你跑来干啥?你跑来 × 人家老婆来了!你这瓜子来 × 人家老婆还讲'礼貌'不'礼貌'!"

接着又骂了我几声"瓜子瓜子!"她骂得我也笑了但心里羞愧得无地自容,她虽然没有学过哲学却比一般哲学家还善于一针见血地揭示出事情的实质,也由此教会了我怎样一针见血地看透虚伪并且教导我永远要一针见血地讲话。

因她的骂,我才发现她已睡在炕上,与她同炕睡的还有她三个孩子。那张大炕占去半间土房的面积,她靠一边墙,孩子靠另一边墙,中间空出足够睡两个人的地方。孩子一溜儿整整齐齐地头朝外,让人分辨不出哪个大哪个小。

我还站在门口手足无所措。她笑够了也骂够了便连连柔声地唤我"来呀来呀"。我向炕边移步过去。她从被窝里伸出赤裸的手臂拉住我的手,另一只手掌软软地拍拍炕叫我坐下。我忐忑不安地照她的话用屁股尖沾在炕沿上。这时我感觉到了她手指的抚慰,她的抚慰紧迫的力度极大。她一根手指一根手指地捋我的手指,然后她的手指与我的手指绞合扭结在一起,一握一握同时又一撇一撇地使我的手指骨节都觉得疼痛。她灼热的手掌渐渐地让我感受到从未有过的温暖,暖意从手掌传遍全身并渗透进每一个毛孔,使我的眼睛也湿润了。可是我似乎总听见"麻雀"的铁锹在门外叮叮当当地响成一片,于是我的心又像被泡在冰水中似的颤抖起来。那是真正从心底里抖出来的,抖得前胸的肌肉也开始痉挛,最后连我的牙齿也打战了。剧烈的颤抖迅速发展到手指上让她感觉到了,于是她一把掀开被子叫我赶快赶快进来暖一暖暖一暖。

她将被子掀得很彻底,我猛地看见白晃晃的一丝不挂的她直挺挺地全部展露在我眼前。她像是从月亮中下来的,是月光的一部分,是月光沉淀出的结晶,月亮在她身上闪闪发光。为了这一刻,我才认识到不管冒多大的危险也值得。

后来我曾在多瑙河上密西西比河上塞纳河上泰晤士河上及我国长江三峡中泛舟,也曾多次乘船出海,每一次我都能感受到她剧烈的波浪,所以我乘船时总默默无言却又心潮澎湃。那一刻,我确实与乘船相仿,她整个身躯上下起伏得强烈而有节奏,进退有如江涛海潮。她又像我婴儿时睡的摇篮,将我整个包裹着摇呀摇。她的摇晃令我昏眩也果真把我摇到另一个世界,那是个超凡脱俗的世界。由此使我领略了什么叫"欲死欲仙"。在那个燃烧着的世界中我和她都全身滚烫。这样滚烫的拥抱人的一生中也只能有一次,绝对不可能再有一次,否则人就会被燃烧殆尽。我三十九岁初识女人才认识到女人是如此可爱,世界如果没有女人便不称其为世界;如果我在摇篮中发现这个世界没有女人我一定在摇篮中就自我窒息而死。

  我贪婪地将她曾给我介绍过的"鼓鼓的、弯弯的、细细的、平平的、撅撅的、翘翘的"所有部位都抚摩个遍。当手上的感觉成为记忆之后,手便是我身上最宝贵的肢体。我死后愿意将全身都捐献给器官移植唯独要保住我这两只手,我要留下遗言嘱咐医生把它们浸泡在福尔马林中,作为这个世界毕竟是美丽的证明。我抚摩她的时候她也像"二杆子"老婆那样不住地哼哼,我才知道那不是什么铁制轭具弄疼了她而是女人感到舒畅。我当然也有从未有过的舒畅体验,这种体验激发了我全部的"青春期",三十九年积累下青春的欲望此刻爆发出成为一团乱麻般的疯狂。她也同样地疯狂但一会儿她忽然在我身下大叫了一声便风平浪静,像穿过惊涛骇浪的船终于停泊到港湾。我从她的波峰陡然跌落到她的波谷,一下子在她身上塌了下去,坠落到一个无底的深渊在空中飘浮。

  可是她的叫声却惊动了她最小的一个孩子,孩子懵懂地翻身时她还不忘以她特有的方式表现她的快乐,她低声笑着用嘟嘟囔囔的语音这样安抚孩子:

  "好好睡好好睡,你叔叔在×你妈呢!"

我听了这"有意思"的话忍不住笑出声来，但这一插曲使我的兴致戛然终止。其实，我并没有如我在劳改队生产队从劳动人民那里获得的性知识所宣示的那样进入她的身体。不管我怎样努力她怎样努力我都折戟沉沙而灰飞烟灭。于是我慢慢地从她身上爬起来坐在炕上，低着头表现出我功败垂成半途而废的懊丧。我有充足的青春却不能发挥得淋漓尽致，肉体的力量不听从情欲泛滥的内心的指挥。我不知道毛病出在哪里但肯定哪里出了毛病，才不能让我把快乐推到极致。这种不到尽头的快乐将我悬在半空中，并且仿佛永久上不着天下不着地地悬在那里，于是我突然焦躁不宁惶惶不安，使我比不过"夫妻生活"还要难受。我弓着腰坐在她的炕头上，连连发出"啧啧"的惋惜和"唉唉"的叹息。

一会儿，她也爬起来在我背后将手臂环绕着我，多么像我六岁时在紫檀木橱柜中曾被一个小女孩搂抱着那样，四周也是夜色沉沉。但她的乳房是赤裸的，紧贴在我赤裸的脊梁上。她的脸偎着我的脸也如那小女孩似的亲切安慰我说：

"没啥没啥，你别在意，别在意好不好？我已经很舒坦了，你不信你摸一摸。"

说着她把我的手拉到她的下身。我至今仍然极其悔恨当时我以为她跟孩子一样尿了床，如果时光能够倒流我宁可减少十年寿命也要把时光扳倒回去领受她当时的体贴，因为那时我不知道我摸到的那一片尿似的潮湿究竟能向我证明什么。那尿似的潮湿不仅没有使我得到丝毫心理安慰，反而令我产生了些微反感，于是我赶忙穿上衣裳与她匆匆告别。

临走时她对我说了一句决定了我今后一生的话，她说：

"哥哥哟，你的心先怯了！"

是的，当我在月光下懊丧地返回集体宿舍怏怏地躺在冷炕上，仔仔细细地揣摩我为什么会失败时，我才悟到那叮叮当当响成一片的铁锹声是我折戟沉沙的主要原因。这就是你说的"怯"意了，而"事毕"证明根本无需"怯"。"心先怯了"连"夫妻生活"都只能过半截，还能做成功什么大事？我在你身上的失败从此激起我开辟前途的勇气；你的话成了我的座右铭，在我以后的生活中总不断提醒我："怯"，是人生道路上的最大障碍！"魔障"都是从自己心里产生的，现实中并不存在恐惧，恐惧都是"境由心造"！

马克思说"人的本质是全部社会关系的总和"，还曾对他女儿说过人所具有的他都具有；高尔基说人要力争成为"大写的人"，这与释迦牟尼一出世所说的"天上地下唯我独尊"有一定的相通之处。这些先哲的教导无非要人雄心勃勃顶天立地，自信自强自尊，在宽容性中包含斗争性，永远以进取精神面对现实。你虽然不是哲人却让我彻底排除了畏惧犹豫，启发我完全无需胆小怕事地想象些困难来自己吓唬自己；你使我今后的一生都勇往直前。你的坦荡自在与无所顾忌，感染了我修炼出"事来则应事过即迁"的心态；我要把你的潇洒化为我的潇洒。我的感情和肉体在你身上已遭到最大失败，那次"青春期"的严重挫折让我将以后所有的失败都看作小事一桩，于是，世界上就没有什么我不敢做的事！

而这种心态正是"青春期"的特征：不知道什么是"怯"！不懂得什么是"怯"，所谓"初生牛犊不怕虎"！我虽然没有过生理上的"青春期"，但要在有生之年永远将心态保持在"青春期"当中，一辈子做一头长不大的"初生牛犊"。只要我记住你，我就能做到这一点。

人们说"无私才能无畏"，我在你身上把这个世界该给我享受的都享受过了,物质享受对我还有什么意义?"生不带来死不带去",我早已把我所拥有的一切都看作负担,面对现实我又有何畏惧?我到死的那一刻也决不拖泥带水,在大喊一声"完了"的同时还要在空中划一条优美的弧线再栽倒在地。

啊,我的"白彦花"!……

1999年9月写于
宁夏银川镇北堡西部影城"安心福地"

早安！朋友

新时期文学中首部反映中学生早恋的《早安！朋友》，发表于1985年，曾因题材的敏感引发争议并一度被禁。

"让年轻人认识自己，成年人理解自己的孩子吧！"这是作家张贤亮发自内心的呼唤。

> 本书纯系实录。地名从略。人名虚拟。
> 写到人物心理活动部分，作者有权代表全知的上帝。
> 让年轻人认识自己，成年人理解自己的孩子吧！
> 至于我，我愿迎着每天去学校的学生道一声：
> "早安！朋友。"
>
> ——作者声明

第一章

1

事情是这样开始的。

高三（三）班上最后一节自习的时候，本来好端端做着作业的王文明，突然向坐在他旁边的徐银花伸过手去，在她胸脯上捏了一把。

不难想象，徐银花吓得大叫起来，接着就捂着脸嘤嘤地痛哭。她不是觉得受了侮辱而装模作样，她仅仅是惶恐、害臊，后来又隐隐有一种异样的兴奋。激荡杂乱的感觉弄得她不知怎么才好，于是她只有不停地哭，并且不愿看见任何人，任何东西；她紧紧地闭着眼睛哭。

等她消停下来，发觉教室里奇怪地静。她偷偷地将眼睛睁开一条缝。偌大一个教室空荡荡的。白粉墙反射着中午的阳光，分外刺目。她又坐了一会儿，想了一想，但什么也没想起来，只觉得已经隆起的乳房火辣辣的，既是她沉重的负担又是她的热源，就像三九寒天在户外生着了取暖炉往回提一样。

人身上的任何部分只要被人感觉到它的存在，这个部分便有了毛病。所以，她又觉着这个部分似乎出毛病了。

她揉了揉眼睛，用小手帕仔细地擦完脸，也收拾起书包回家。

整个儿像场梦。

仿佛什么事情也没有发生。

2

但事情并不是她想象的那样简单。当王文明向她胸脯伸过手去的时候,有几个坐在他们前面的同学刚好掉过头来,想向后面的同学询问什么,还有旁边的同学扎成一堆在讨论一道数学题,而坐在他们后面的人也并不是个个的眼睛都规规矩矩盯在书本上。于是,几乎和徐银花一声"啊"的尖叫的同时,就有几声港味十足的"哇"声迸发出来。惊吓和惊奇、惊喜、嘲笑的喊声虽然用的都是"!"的标点,但音调和音势却千差万别。总之,王文明这一莫名其妙、突如其来的举动即刻获得爆炸性的效果。

"嚯!嚯!王文明不文明喽——"

"呀!看不出这傻小子还有种!"

"嘿!带劲!百分之百的土耳其电影(这是指去年放映过的一部土耳其电影《除霸雪恨》中的强奸场面说的)!"

"什么什么?怎么回事?"

在没有亲眼目睹这刺激性镜头的同学都知道了刚刚发生什么事以后,全班遏制不住地一齐哄堂大笑,可以说是声震屋瓦。毕竟是班长,鲁卫平首先意识到自己的责任,她勉强压住笑,气冲冲地从前排的座上站起来,推了推眼镜,大声呵斥道:

"不要笑!笑什么?!"

笑声居然在一秒钟之内戛然而止,全班的目光都集中到她红彤彤的面孔上。与其说是尊重,不如说是对她的喊叫也表示惊讶:还用问"笑什么"?徐银花仍在哭,那哭声在这一秒钟的安静中更为高亢。有一种笑称为傻笑,那么有一种哭也可称为傻哭。徐银花的哭就属于这一种。鲁卫平自己的嘴角也不由得往上微微一翘。上翘的嘴角好像是举起的指挥棒,全班学生又无一例外地大笑开了。笑声比前一阵子还要响亮。

"好可怕啊——National!"酷似"松下"电视广告中的波斯猫。

"满座皆惊矣——"还有"三味书屋"中的冬烘先生。

鲁卫平只好又一屁股坐下,脸埋在胳膊弯里"哧哧哧"地偷笑,肩膀不住地抖动。

老师当然很快就来了。但不是他们班的老师,而是隔壁高二(一)班正在讲物理的。这间教室的喧闹实在让他再也无法把一条颠扑不破的规律讲下去。他站在门口先是训斥,后是询问学生"犯什么神经病",竟无一人搭理他。他愣了一会儿,看见他亲戚的一个孩子正坐在门边,咧着嘴前仰后合。他俯下身去,不耻下问,这孩子才支支吾吾地使他闹明白。

他很快跑到教研室,用成人的语言大声宣布:

"真邪乎!现在的男学生大白天的竟敢公开在课堂上摸女生的奶头了!吴老师,你还不快去……"

3

现在,王文明战战兢兢地站在吴老师面前。他显然还没有从震惊中恢复过来。脸色灰暗,头发蓬乱,微耸着两肩。他觉得非常冷,而这时已经是四月的天气。阳光灿烂,几乎把一切都照得透明。但也正是在这种强光中他什么也看不见,或者说他什么东西也不愿意看见。他只想赶快回家,拉开被子往床上一躺,把自己和整个世界隔离开来。

吴子安不安地咂着嘴,发出无可奈何的"啧啧"声。他知道教研室里其他老师在支着耳朵听他如何解决这场官司，别看他们都埋着脑袋好像是在专心致志地批改作业。"你叫我说什么好?!"吴子安心里暗暗叫苦。作案经过，那是一句陈述句就能说完的，连第二个"。"都用不着。动机？只能归结为一个名词——"流氓"。

可是看看站在自己面前的这个学生，从来是老实巴交的。学业成绩：中下；学习态度：努力；平时操行：一般。他正是太一般化了，就像人身上某个运转正常的器官，简直让人感觉不到他的存在。打架斗殴，没有他；耍横骂人，没有他；看黄色录像，没有他。上学期开学的时候，在年级组长胡淑兰老师的主持下，曾暗地里调查过学生中开始早恋的有多少对，被学生称为"黑名单"的名单上，更没有他。他是否看过金庸梁羽生的小说、琼瑶的小说，抑或是《男人的一半是女人》？没有。据接近他的学生说，他什么课外书都不看。为此，他所在的学习小组还帮助过他。作为文科班的高中生，只有这一点才有些反常，怪不得他作文的成绩总上不去。每一次作文，都被吴老师的红笔勾画得一塌糊涂。"狗屁不通！狗屁不通！"吴子安经常对着他的作文恨得牙痒。高考是绝对没有希望的，不过是一个候补的待业青年，全班的平均分却至少被他拉下零点几。他之所以弃理学文，只因为理科功课更差，并不是他对文科有特殊的爱好。

案情虽然大明大白，没有什么可问的，可是又不能让他轻轻松松地回家。那么就先让他写一份检讨吧。

"听见没有？要从动机和影响上来检查。"吴子安冷冷地瞪着他，"你想想，你给全班、全校造成了多坏的影响！"

提到"影响"，吴子安自己心中先吃了一惊。原来在脑海里尚为朦胧的意识，忽然清清楚楚地跳了出来。所以说到"坏"字时，他几乎是咬牙切齿。

王文明却不走,仍木然地站在办公桌前,脸上既没有痛悔的表示,也没有对抗的神色。

是不是他害怕回家?吴子安飞快地搜索关于他家庭的记忆。因为他太一般,太平常,老师很少去他家家访。吴子安只记得他父亲在县银行里当会计,母亲大约也在商业部门搞财经。印象比较深的是,他家那间待客的房间,墙上没有一份当下时兴的明星挂历,而是被一张张先进工作者的奖状环绕着,却也五彩缤纷。从七十年代初到八十年代中,在不同的历史时期勤勤恳恳如一日的工作态度,令人叹服也令人可笑。

好像就是这些了。再有,就是他并非独生子,他下面还有个弟弟,可是从他父母的话音中听出来,他弟弟在智力发育上有些毛病,所以对长子的希望特别殷切。

然而,这下可好!……

"你还有什么想说的?"想到他的家庭,吴子安的语气不觉地和蔼起来,"同学反映的,是不是事实?"

王文明不声不响,他感觉很累。老师没有让他坐,他不敢坐。站着。他在沙漠里跋涉了几万里。最近以来他极力压制着的那种冲动,终于没有压制住,不知怎么在他毫无防备的情况下蹦了出来。刚刚那件事根本不是他干的,而是"它"干的。当时他要是大喊一声就好了,就会把"它"吓回去。可是他没有大喊大叫的习惯,他从来都像只小老鼠,一只经营自己小窝的小老鼠。他决不让人碰他拖进窝里的粟粟呀,糜子呀,可是也从不去碰别的老鼠窝里的东西。他喜欢独自一个在野地里去拣。你说他的窝狭小吗,不,荒野地里是一个广阔的世界。那里是属于他的。如果碰见了人,可以躲藏的地方多的是。

他忽然惦记起自己的老鼠来。别的同学养狗,养猫,养兔子,他养了两只小白鼠。

笼子里的小白鼠使他的眼睛亮了。他微微抬起眼皮,身子扭动了一下,他似乎恢复了正常。

"嗯?说吧,你是怎么想的?"

吴老师问的什么呀?我什么也没想!那根本不是我要干的,相反,正是我老叫自己不要去干,不要去干,结果,干了出来。他摸了以后,手上没有一点感觉,对那个东西是软是硬没有丝毫印象。但他摸了以后就感到轻松,有一种解脱感。当初,大家笑的时候(笑得那么开心),他甚至想加入进去一块儿笑,但徐银花不停地哭,哭得那样伤心,使他不好意思笑才作罢。一直等吴老师把他叫到教研室来,他才意识到大概闯了祸。在他个人的经验里,从小学一直到中学,老师从来没有把他单独叫出来表扬或者批评过,没有单独给他布置过任务或是个别辅导。老师们坐在一起办公的地方,在像他这样的学生眼里可不是个好地方,是属于派出所和居民委员会什么什么一类的。

"说吧,你也可以说说你的想法嘛。"吴老师又催他。

说什么呀?我说这不是我干的,是"它"干的!最近不知道怎么搞的,总是手痒,老想摸摸什么,尤其是想摸对我来说非常新奇的、从来没有摸过的东西。当时,我正在做数学题,就是旁边那几个同学讨论的那一道。我知道他们不会来问我,也不屑于跟我一起讨论。我要自己解出来。我知道我也考不上大学了;我爸爸妈妈也知道。他们常在我面前唉声叹气。唉声叹气干什么?你们还不如打我一顿哩!那长吁短叹的声调都透着假,冷得人骨头冰凉。以为我不知道?你们心里其实是在恨我。养我这样一个儿子,费那么多力,花那么多钱(我知道你们最看重钱,你们就是管钱的),可中学毕了业却考不上大学。你们放心好了,考不上大学我也不要你们养活。不过眼前这道题又怎么也解不出来。我承认我笨,但是编数学书的人也聪明得过火了,变着法儿来整人。我急得手心直冒汗。这时候我就管不住自己了。我本来想大喊一声:"考不上大学,解这道数学题有啥用?!整个儿是场骗局!"可我没敢喊,结果就……

"说呀!你是怎么想的?同学又没有冤枉你。"吴老师不耐烦了。对这样的学生真没办法。如果他一直很坏,还可以根据平时的表现来推定。

王文明局促地倒腾了一下腿,把重心移到另一条腿上去。他的意识里现在是一片空白。他闯了祸,他知道。但他不知道怎样从"影响"上来检查。大不了丢脸,丢脸是丢定了的。可是顶多还有两个月,大家就各分东西了。你考上大学,你走你的阳光道;我考不上大学,我走我的独木桥。他只想早点把这事结束。他实在是太累了,不是身体觉着累,而是脑子觉着累。他直想睡觉。

于是,他不由自主地嘟哝了出来:

"我想睡觉。"

又引起了一阵哄堂大笑。一个学生在一小时内在教室和教研室里都下流得出奇,这不能说不是一个"事件"。

4

王文明被叫走后,教室里自然乱了套,谁也没心思自习了。

不知是谁,拿捏着嗓子学"邹七嫂",对仍在座位上哭着的徐银花叫道:

"谁不知道你正经呀,短见是万万寻不得的呀。"

一句玩笑提醒大家,都纷纷把《阿Q正传》搬上来,怪声怪调地喊：

"哼，有趣，这小孤孀不知道闹着什么玩意儿？"

"这些东西忽然都学起小姐模样来！"

"吴妈此后倘有不测，唯王文明是问！"

一个男生在另一个男生的脖子后面拍了一巴掌："你的妈妈的，你连赵家的用人都调戏起来了，简直是造反！"

被拍的男生反手一掌。

"我手执钢鞭将你打！"

从动嘴到了动手，正在哄笑的高潮，吕宝辰猛地站起来，用少女尖利的嗓音大喝道：

"别闹了！闹什么？"她一对水灵的大眼睛闪电般向几个打闹的人脸上一扫，"你们在教室里没干过坏事？别当人不知道！"阳光映在她气得雪白的面孔上，连阳光仿佛都发冷。

果然奏效，几个带头闹的学生搭讪着坐下了。

"嚯，差点忘了，这儿还有大学预备生哩。"

"王文明这小子，这下子不知道要咋样处理呢！"

"别哭了，"有人大声劝徐银花，"你哭得越厉害王文明越倒霉！"

"喂喂喂！言归正传，少安毋躁好不好，未来的大学生们！"

"回家啰！"被称为"白公子"的白思弘抬起腕子瞄了一眼亮晶晶的"西铁城"。"各人自扫门前雪，休管他人瓦上霜。"他旁若无人地收拾起讲究的人造革书包，潇洒地向肩膀上一甩，大摇大摆地拉开教室门。

鲁卫平正想喊住他，却无端地脸红起来，可是这时下课的电铃声也骤然大响。

第二章

5

鲁卫平仔细地推敲过自己在这个"事件"中有什么责任。没有。她颇为心安理得。吴老师，还有几位学校的领导，曾绕着弯儿问她班上有没有学生"早恋"的。那天在办公楼二楼尽头的小会议室里，她端端正正地坐在小沙发上，她觉得回答得十分得体。没有一个老师给她解释"早恋"的概念，只要轻轻一点她就明白。谁谁谁跟谁谁谁好，谁谁谁跟谁谁谁有那么点意思；班上"早恋"的占百分之二十，她垂首敛目计算了一下，像汇报植树造林的成绩一样有条不紊。"还有吕宝辰……"只有说到这个名字的时候舌头有点儿打绊儿。"是吗？"吴老师马上皱起眉头，"她跟谁？"胡老师也紧张起来："全县文科高考的最高分就靠她拿哩，千万不能在她身上出岔子！""反正白思弘老找着机会接近……"她嗫嚅着。"白思弘？你刚刚不是说白思弘跟罗晓莉好吗？"在这个问题上她被堵住了，但她不服输，侧着头不作声。不是还有三角恋爱的吗？这些四五十岁的老师真傻！她蓦地打心眼儿里怜悯他们。而这些四五十岁的老师正苦恼着：班上最漂亮的女孩子和最漂亮的男孩子总是破坏安定团结的因素，所以也认为她说的可信。"吕宝辰----白思弘"，吴老师的小本上是这样记的。中间的虚线表示一种不确定的关系。

她没有报王文明的名，没有报徐银花的名。因为用姜旗旗刻薄的嘴说，这两个纯粹是"圣人"，也就是说，即使全班学生都"早恋"了，最后剩下的准是这两个。王文明，活活的一个果戈理笔下的泼留希金转世；她见过他爸爸，他是他爸爸最优秀的接班人。正课不行，小三门也没一样拿得起来；冬天的时候，一面做广播体操一面流鼻涕。而徐银花，将来最好的出路是到电影厂里当特型演员。还没到二十岁就胖得出格，不仅从正面看，从侧面看也是这样：两头小中间大。只是因为她不招人惹人，不使人讨厌，才没人给她起外号。不然，她准叫"枣核儿"。徐银花还格外壮，面孔红润，两臂有力，是块义务劳动的好材料。要不，她还是进"三八"公司给人当保姆去吧。

从王文明今天叫人吃惊的举动来看，是不是他们两个……？如果他们俩也真的"早恋"了，那她就算失职，没有全面地向老师汇报情况。班长班长，一班之长，是老师的助手和耳目。谁也没有教她当干部的学问，她却也能无师自通。她爸爸妈妈都是县委的干部，在饭桌上经常讲"这事可得跟领导汇报"，"他使的这一套你跟书记谈过没有？不让书记知道可不行"，"这事迟早会捅上去，咱们还是早点跟上面说，不然脱不了干系"等等，这样的话，把她从小熏陶到大，使她知道了干部的主要职责就是把下面大大小小的事向上报告。

不会！她最终得出结论。两个相好的人，谁也不会在班上当着众人的面动手动脚。哪有那样傻的？准是王文明想女生想出了神经病！哼！真是咬人的狗不叫唤……

在一些男生的哄闹声中，她虽然两眼盯着一堆系数矩阵，却支起耳朵听这里面有没有白思弘的声音。她没有听见，一股温柔的欣慰从她心底里涌了上来。从上学期的某一天开始，他就引起了她的注意。那是下午最后一节体育课，她拎着书包从楼上跑下来，正和急急忙忙回教室的白思弘撞个满怀。白思弘一手夹着篮球，一手用一根手指提着搭在肩膀上的衬衣领。他穿着雪白的弹力背心，裸露在外面的浅褐色肌肉还没有丰满，但已有了坚实的轮廓。皮肤上湿漉漉的，球壳的皮革味和汗水混合一起散发出来的气息，使她平白感受到一股迫人的晕眩。"你要死啦！"她伸出小拳头擂了他胸脯一下。"啊，对不起，'名人名言'。"他冷冷地一笑，侧着身子跨上楼梯。"名人名言"？他为什么叫我"名人名言"？尽管她知道好些同学背后都叫她"名人名言"，还有当面叫的。"但是别人是别人，他不应该这样叫我，"她执拗地想，"他不应该这样叫我，他不应该这样叫我……"这个刺耳的外号，和小拳头上的感觉，和那股球壳皮革和汗水的气味，和那副初具规模的坚实的轮廓，杂七杂八地纠缠在一起，有时弄得她眼睛里暗暗地涌出泪水。

自此以后，风吹得也不对了，云的颜色也不对了，县城那两条十字交叉的大马路更脏乱差了；鼻子的嗅觉却特别灵敏，除了那股皮革和汗水的混合味，再也没有引人食欲的芳香。她非要将他盘问到底不行。

一天，最后一节课下课，她将班长和同学的面孔综合起来，取得一个平均值，也就是说，把脸板得很适度，叫他先别忙走，有点话要跟他"谈"。

"谈什么？"白思弘无所谓地把搭在肩膀上的书包重又甩下来，搁在桌子上，摆出一副洗耳恭听的架势。

她非常欣赏他甩书包的动作和把衣服、书包等等凡是能上肩的东西都斜搭在肩膀上的姿势。她记得在哪部电影或者是电视剧里看过，难为他学得这么像。她忽然软化了，款款地问他：

"你为什么叫我'名人名言'？"

"'名人名言'嘛，"白思弘微微一笑，"就是不属于文艺节目。你不是也常看电视嘛。"

她以为他会回避，或是绕个弯儿，没有想到他直接撞了上来。"我怎么就不属于文艺节目！"她几乎叫了起来。

"你别急嘛，"白思弘稳稳地向她解释，"'名人名言'又不是什么不好，文艺节目也不都是好的，比如，最近播的电视剧你爱看么？'名人名言'有'名人名言'的价值，'为您服务'有'为您服务'的价值。这个外号一点恶意也没有，你怕什么？"

"那我和'名人名言'有什么关系？"她还是觉得委屈。文艺节目一般地来说总是人爱看的。

"我想，给你起这个外号的人大概以为真理总在你一边吧。"白思弘轻轻地把责任推给了不知什么人。又看看崭新的"西铁城"，"还有什么没有？今天我家有客人来。"

"先别走，还有，"她想多留他一会儿，终于把一个不应该传播的秘密说出来，"你知道吗，前些日子，高三级的几个老师，还有教导处的，调查过咱们学校有没有早恋的哩。"

"扯淡！"白思弘出言不逊，"不好好教书，瞎管闲事！"但是他总算坐下了，虽然是愤愤的。"准有'细胞核'！"他肯定地说。

她微微点点头。那天在座的果然有"细胞核"。不过她还是觉得应该管。

"所以说你是'名人名言'啰！"白思弘咧开嘴瞅瞅她，"请问，那些老头子知道什么是爱情？什么是友谊？正常关系和非正常关系的区别在哪里？还有，那天，在'幸子光夫事件'的讨论会上，吴老师居然说'不准发展超同学关系'，请问，他们老师中间，有没有超同志关系？他们有超同志关系，有要好的朋友，'亲密战友'，为什么不许我们在同学里交朋友?"

她知道自己说不过他;她知道原来同学们选的是他当班长,只因为吴老师倾向自己,桂冠才落到她的头上。她打心眼里佩服他的气度。小伙子就是跟姑娘不一样。上初三那一年,她的竞争对手是个女生,后来这个女生没当上班长,气得从此跟她翻白眼,直到现在一个在三班,一个在二班,教室挨教室,见了面都不说话。

"还有人向吴老师反映你和罗晓莉哩!"

她讨好地告诉他。

他怀疑地瞥了她一眼。"好就好!"谁知他满不在乎。

"是真的?"这样问的时候她已经不是班长了。

"她嘛,"白思弘懒懒地说,"她就属于文艺节目里的那种不怎么样的电视剧,花里胡哨的。不过在没好片子的时候,看看也凑合。"而他心里却想着,让人家以为他跟罗晓莉好也行。

"她有什么好的!"她气愤地说,"罗晓莉曾经公开地跟人说过,她的爱情原则就是'广种薄收,择优录取'。你可小心点!"

"是吗?"白思弘竟高兴地笑起来,"她能说出这话来简直是天才!我还没听她说过哩。她真是说出了我想说而没说的话。就冲这个我也得跟她好。"

白思弘弄得她晕头转向。她搞不清这个原来的地主孙子,现在的暴发户儿子心里究竟怎样想的。但越弄不懂越神秘。这种神秘不是系数矩阵那样干巴巴的神秘,而带有滋润心肺的水分,于是牢牢地吸引住她,使她不由得对他的一举一动都非常关切。

在大家都哄笑成一团的时候他无动于衷,这才是个男子汉,就像电影电视剧中那些总也吓不跑打不死见解与众不同临了一锤定音的英雄人物。这中间,虽然吕宝辰拍案而起,耍了一通威风,气镇群雄,使她嫉妒得气喘,但她拥有一个莫大的秘密,就足以令她满足。这个秘密是个朦胧的秘密,不成形的秘密。既有她知道白思弘把罗晓莉不过看成是部不怎么样的电视剧,又有她知道白思弘并没跟吕宝辰好上,还有她偷偷地"早恋"上了白思弘。

我喜欢他,你们知道吗?你们不知道吧!

于是,她原谅了吕宝辰,甚至暗暗赞赏"宝宝"有这样的胆量。

徐银花还在啜泣。身旁有些女生在劝,可是都没有劝人不哭的本领,她们自己也还经常哭鼻子哩,尤其是碰到这种对女孩子说不上是倒霉也说不上是高兴的事,怎么劝好像都不合适,只能一个劲儿地催徐银花:"快回去吧,快吃中饭吧。"徐银花仍然抽抽搭搭地不罢休,挣扎着不站起来,不回家。被人扯扯拽拽的身子东摇西晃,屁股却在凳子上生了根。这仿佛已经超出了仅仅针对王文明的撒气范围,而把气赌在大家身上,大家终于纷纷散去。

鲁卫平本来想上去尽一个班长的职责,可是吕宝辰还站在徐银花旁边,眼睛冷冷地透出一种居高临下的怜悯目光,踌躇了一下,想起了白思弘所说的"各人自扫门前雪,休管他人瓦上霜",掉头便走。

6

其实,"事件"刚发生的时候,她也捂着嘴笑过。但看见一些男女生笑得打跌,她却不笑了。继而,一股对这些男女生深深的蔑视,在她心里像火药一样爆发。如王文明那样:那件事不是她干的,而是"它"干的。不知怎么她就一下子蹦了起来。哇里哇啦一通以后,她几乎瘫在座位上,心脏跟她作对,拼命地跳,像要从她嘴里冲出来。

吕宝辰去年从炼铝厂子弟中学转到这所属于省重点中学的县中学那天，就开始对这所学校，对老师，对全体同学甚至看门的老头不满。不是这所学校有什么不好——这所学校在省上还有点小名气，近年来又添盖了两座大楼，谁都认为能进这所中学是一种荣耀；它是县城的"牛津"或"剑桥"——也不是这里的校长或老师得罪了她，校长还是她父亲新结识的朋友，一起到省城开过什么"为四化贡献力量的知识分子代表会议"。正是有这种关系，她爸爸才轻易地把她转到这所学校来。老师当然比子弟学校的老师强，至少讲课的时候唾沫星子不四处乱溅。不是，这些都不是，而是因为她到校之前，心里就不痛快。她刚刚经历过她这一生中的第一次挫折。

　　……爱叫我到哪儿去上我就到哪儿去上。这其实对我无所谓。我的心伤了，你们知道吗？哪所学校都治愈不了心上的创伤。哪所学校都不能保证一个人的前途。你们两个都是名牌大学毕业的，你们不是也常叹息吗？你们的同学有的已经当了中央的部长、副部长，××还当上了副总理。除了"文化大革命"里被整死的，现在最不济的也是北京、天津、上海、广州这些大城市主持地方工业的头头。而你们，我一生下来你们就把我放在姥姥那里，一头钻到这个穷乡僻壤，搞什么"三线建设"。我只记得你们回到北京的时候，你，是满脸胡楂，一张看起来怎么也不像城里人的面孔。姥姥叫我喊爸爸，你用胡楂扎了我一下，就说赶忙要到什么部里去找资料。你，一头没一点样子的头发（现在虽然烫了，但那样子也没一点样子）。姥姥叫我喊妈，你把我搂在怀里摇了几摇，然后就急急忙忙地上街采购。你什么东西都买，所以我才认定了你们那里是穷乡僻壤。给我印象最深的是，我们一家人送你们上火车，光卫生纸就坠得小姨直喘；舅舅扛着大米憋得脸通红。你们年复一年如此如此。一直到我小学毕业，你们说怕我跟你们不亲，还说你们的穷乡僻壤有了变化，非要把我接来跟你们同住。可是你们真正为我的前途想过吗？要真为我好，就应该让我继续留在北京。这几年我每年寒暑假都回姥姥家去。究竟是哪儿变化大?!

你们叫我怎么跟你们亲得起来！我记得我刚来的那一年，有一天爸爸你过四十岁的生日，那时候我们还没有搬进这套新房，四口人挤在你们住了十二年的一间快坍了的平房里。你们用一条被单把我隔了起来。你们说是你们晚上要工作，不让灯光影响我。其实是你们有意把我分出去，我知道，你们不让灯光影响我，为什么就不怕影响小弟？你们让小弟跟你们睡在那张大床上。不过这样正合吾意，我还压根儿不爱跟你们睡哩！被单遮得住灯光，可挡不住声音。我记得清清楚楚，那晚你们睡下以后，嘀嘀咕咕了半天，好像在总结你们活了四十年的成绩。这句话我永远忘不了，你们说，从大学挣扎毕业，分到部里，后来又来到这个远离家乡的、别的同事都不愿意来的不毛之地，个人最大的收获大概就是生了一个儿子，因为这里的计划生育抓得没有大城市那么紧。你们悄悄地连说带笑。可是笑得瘆人，比哭还难听。接下来你们就是长吁短叹。

原来在这个家里我是多余的。

小弟当然可爱，我不怪他。不过在他生病的时候，你们两个围着他团团转，一个说他在医院打针不哭，乖，别的家长都对自己的孩子说要向小弟学习，一个夸奖道："小弟是榜样嘛，'榜样的力量是无穷的'嘛！"真恶心！而我倒给他吃药的水稍微热一点就骂我不会做事，被姥姥娇惯坏了。你们何必这样厚此薄彼！我庆幸我小时候没在你们跟前。

你们怕我跟你们不亲，你们自己检查检查你们对我是不是也生疏了？

最近两年，你们经常用那么透着假的口气对我说："小宝，你心里在想什么，就跟爸爸妈妈说嘛，说错了也没关系。你为什么跟我们好像没有多少话说？"这样套人的话，你们最好去对小弟说，在我面前少来！……

不过，她伤心的并不是她爸爸妈妈，而是另一件事，另一个人。这件事、这个人直到八年以后她结婚的那晚上，在她还觉得满意的丈夫慢慢地把脸凑向她，随着用有力的胳臂将她搂到怀里的那一刻，还在她黑色的眼瞳中浮现出来。"吁——"她深深地吁了口气，然后才用嘴唇去迎接丈夫的嘴唇。

然而，她心中的伤口得以治愈，虽然永不消退却也平复，还多亏了鲁卫平给了她一个机会。

新来乍到的女生如果长得漂亮，一到班上就会引起一阵骚动，一阵窃窃私语，吕宝辰当然也不例外。一开学，同学们突然在一大堆看腻了的熟面孔中看到这么一张娇美的脸庞，神经全莫名地兴奋起来。男生们从她座位旁的甬道经过，一律迈出雄鸡的步子。她坐在靠窗的第三排。正前方是黑板旁的一小块白粉墙，贴着课程表，墙旮旯里放着一个字纸篓。于是，研究课程表的男生多了，扔字纸的男生多了，凭窗眺望大街的也多了。每一个男生在课程表前、字纸篓前和窗前摆出自己认为是最优美的姿态。有的拿捏出健美比赛式；有的表现出一副诗人模样的忧郁；有的咂着嘴，仿佛用思想家的眼光从课程表中得出了若干玄妙的哲理；更多的是撒野。"这些盖楼的孙子们，大概都没屁眼！"懒猫趴在窗口瞅着远在三层楼下的厕所骂，因为整幢新大楼里没有厕所，学生们每次方便要跑上跑下花五分钟。"嘿！瞧那盘儿亮的小妞又来了，你仔细品那两步走。"窗前马上涌来一堆已经注定考不上大学的男生。洋马扯着嗓子唱起来:"你到我身边,带着微笑,带来了我的烦恼。我的心中,早已有个她,噢,她比你先到……"

很快汇成一片港味的男生大合唱:

哎——呀,温柔又可爱,
哎——呀,美丽又大方——

下面少不了扔上去一串臭骂。洋马一鞠躬,说声"Thank you very much",同时抛出去一个气死港星的飞吻。显然是冲着她的。

可是,她对这一切都像是没看见,"我自岿然不动",低着头翻刚发下来的课本,搞得起哄的和想看热闹的都兴味索然。

女生也在喊喊喳喳。从她松软光洁的头发看,绝非一毛一包的灯塔牌能洗出来的,不是资生堂就是威娜宝。穿的虽然不够新潮,但天生是一副衣裳架子,胸腰臀三围完全符合少女的自然标准,从肩膀到小腿的线条足使时装模特儿一个个去跳井。她蹬在课桌椅子上的那对脚平平的,瘦瘦的,一双羊皮皱面的黑皮鞋包着它们,像件手工艺品。至于眼睛,有的说好看是好看,不过像《火烧圆明园》里的刘晓庆,透着厉害,有的说干脆就是《警花出更》里的那位女警察。女人标准的眼睛应该是汪明荃那样的,《四世同堂》的李维康也可以……

吴老师来了,首先布置选班干部,鲁卫平没说的,顺理成章地连任班长。因为学生们选别人也白搭,最后还要在吴老师那里拍板。至于选到各种委员,洋马在下面迫不及待地大叫:"文体委员选新来的……"吴老师尚没明白"新来的"是谁,两眼满教室乱转。既然选民们连候选人的名字都不知道,她当然没被选上,但却卷入了权力之争。

第二天，鲁卫平就说她座位的墙脚下有一堆葵花子皮，勿谓言之不预也，全班的奖惩条例上订得有，罚三天卫生。

强龙不压地头蛇。在炼铝厂子弟中学，谁都知道她是第一副厂长的千金，在这儿她除了漂亮再没一点权威。而生活委员又恰恰是个女生，比她漂亮的姑娘一律罪不容赦。瓜子皮明明是夜大学的哪一位嘴闲不住的大老娘们儿留下的，可她还得代人受过，忍气吞声地接下了钥匙。

早晨，她急急忙忙提前赶到学校，噔噔噔地跑上三楼，用那把不知被多少人捏过的钥匙开开教室门。首先撞进眼睛的却是一个男生在抱着女生接吻，正进入难分难解的高潮。

她一把拉上房门，靠在墙上，心咚咚地跳着，一时不知怎样应付才好。那个男生不是懒猫，不是洋马，也不是被全班羡慕的白公子，好像是一个大家叫猩猩的。女生正是坐在她旁边的母娃子。一会儿，弹簧锁无声地从里面拧开了，门悄悄地开了一条缝。她又等了七八分钟，才和第一批来到学校的同学一起进去。这时猩猩和母娃子都规规矩矩地坐在自己的座位上苦读。

这天，母娃子对她特别殷勤，帮她洒水，帮她抹桌子，帮她倒垃圾，卫生很快就搞好了。课间休息的时候又说要请她晚上去看电影。《铁骑士》，日本片，新到的。母娃子研究过北京的报纸，发现新片子在这里比北京还放得早。"你要不去就是看不起我。"母娃子说。我本来就看不起你，她心里想。可是刚刚和她认识，又坐在一张桌子前面，犯不着得罪她，话到了舌边又卷了回去。下午，母娃子果然拿了一张票来。"我舅妈在电影院卖票，以后你要看电影就跟我说好了。"她瞥了那张票一眼，继续做习题。临放学，一手把票胡噜进抽屉里。

被罚做值日的第二天，她开教室门前先敲了几下。猩猩肯定配了一把钥匙。这把钥匙传到谁手上谁都可以复制。听到门里没有响动她方敢进去。但等她刚一跨进门，门后就闪出一个人紧紧地将她搂住，同时一只哆哆嗦嗦的手掌在她的胸前乱摸。

她丰满的胸脯已经被男人的手抚摸过了，具有了免疫力。她没有像那人想象的那样会吓得瘫下去或是酥软地倒进他的怀抱。相反，这时，埋在她心里的怨愤、不满和蔑视一瞬间形成一股肌肉的爆发力。她一下子挣脱了那条本身就战战兢兢的胳膊，猛地返转身，很自然很顺手地在那人脸上扇了一记响亮的耳光。

那人是猩猩。门外还站着母娃子。不知她从哪里钻出来的。这显然是一个笨拙的圈套。"啪！"多么清脆。张力转换成强大的打击力，无情地在猩猩的瘦脸上刷下了通红的巴掌印。百分之百的激动人心的电影镜头。可是电影演员的这个动作完全出乎导演的意图，两个导演只好傻站在门口，任演员自己表演下去。

"哼！"她轻蔑地朝猩猩和母娃子冷笑一声，操起扫帚噼里啪啦地乱扫起来，灰尘朝那两位直扑过去。

这一记耳光彻底征服了班上最风骚的女生和最坏的男生。在他们俩带头下，男生和女生都一致对她崇拜得无以复加，威信大大超过实际的班长。她的外号是"皇后"。一些女生亲昵地唤她为"宝宝"。

更重要的是，用现在流行的语言说，这一记耳光在她一生中具有划时代的意义。手掌上又麻又疼的感觉启发她认识了自己的性格。一个人一生中没有几次能感觉到自我，没有几次能自我感觉到坚强。潜在于她身上的个性素质，在强有力的一挥间突然清晰地显现出来，并且从此再不会退缩回去。这不是小儿女之间的小打小闹。这一巴掌表现了成人的尊严。

就在这一天,就在这一刻,就在这一秒钟,我们的宝宝长大了!

现在,她站在抽抽搭搭的徐银花旁边。她垂眼瞅着徐银花凌乱的头发。那是一团深褐的头发,一颤一颤地漾出咖啡色的光泽。她应该有很温柔的性格,她想。但她摸不透她为什么会这样懦弱,这样老实,还带着几分羞怯。跟她同学同班了将近一年,她不记得跟她说过几句话。她和王文明一样,是班上的一对小老鼠。老师提问也很少叫她。因为她一站起来就脸红,低头,捻衣角,土气得往下掉渣;嘴里嗫嚅着,半天说不出一句整话,反而耽误全班人的学习时间。不是出了这么个"事件",皇后绝不会跑到徐银花身边来。她想安慰她几句。与其说是同情她,还不如说是可怜她。她对白思弘说的"各人自扫门前雪,休管他人瓦上霜"极为反感,她用那种过来人,而且是坚强的过来人的姿态俯视着她。她不想重复别人劝过的话,什么"回家吧,吃中饭去吧",不,她要想出具有人生哲理的话,能一下子打动她的话。

可是,她站了几秒钟,终于听出了徐银花的抽泣声里丝毫没有委屈,没有受辱感和孤独感。一股欢快和幸福的暗流在汩汩作响。这多么像她曾经发出过的哭声。她轻轻咬了咬嘴唇,微微一笑。

于是,她也悄然离去了。

7

在全班一片哄笑声中,没有笑的人大概只有孟小云。她不但没有笑,心里还怕得发抖。千万不要出事!千万不要出事!我的天,还有两个月就结束了。这中间出了事吴老师不好交代。他又要皱起眉头了;他又要苦恼了;说不定还要挨校长批评哩;别的老师还会笑话他,尤其是那个"细胞核"！

可是这能怪吴老师吗？全是王文明那个讨厌鬼、下三滥、泼留希金、《项链》里的小公务员、阿Q、又流鼻涕又癞痢头又没出息的货！

她现在已不自觉地完全用吴老师的立场、吴老师的眼光来看待班里发生的一切事了。

孟小云正在经历她的初恋。她已经十七岁零四个月了。天才和蠢材都一致把女人比作花朵，可是忘了再引申一步。植株到了一定季节就要开花，不管在什么地方，不管有没有人观赏，哪怕在荒原里，哪怕在绝壁上。同样，女人到了一定年龄就会自然地产生爱的意念，不管爱这个男人合不合乎道德规范，不管这个男人值不值得爱。爱是女人的分泌物，就像芬芳是花朵散发出的气味一样。

孟小云爱的是她的老师——吴子安！

还是在上学期开学不久，吴老师布置了一篇作文，各人自己命题，记述在暑假中的一段生活，或是所闻所见，或是某种感受，交读书笔记也可以。从来写不好作文的洋马，交上了一篇题目为《等待》的作文，语言通顺、文笔流畅倒在其次，难得的是感情真挚，一片痴心跃然纸上，竟使吴老师产生了怀疑。

"这是你自己写的吗？"吴子安把洋马叫到教研室，问他。

"当然！"洋马不自然地笑笑，胡撸着马鬃似的头发。

"你别是从哪份杂志上抄的吧，"吴子安笑着说，"要真是你写的，你都可以当业余作者了。没准儿省作协还要吸收你当会员哩。"

"你别那么小瞧人！"洋马急了，拍拍自己的大脑袋，"我拿我的脑袋担保！"

"你看你！"吴子安笑着叫他坐下，"文章写得这么花团锦簇，可举止和口语又这么粗鲁。你叫我说什么好?我总觉得狗嘴里吐不出象牙来,所以才犯疑。"

洋马也笑了。"真的,真是我写的。没错!吴老师你就放心好了。""好!要真是你写的,你这篇文章可算是全班最优秀的作文。我不但要在全班讲评,还要介绍给《春苗》登出来,还要推荐到全省的'中学生作文大奖赛'上去。你看怎么样?我把你叫来问,就是怕你让我出了丑。别是我没看出来,让人家看出来你是从哪儿抄来的。"

洋马又高兴又感动。"没说的!吴老师,你这么看得起我,我不能没点义气。跟你说实话吧,这是我递条子约了个女同学,让她那天上公园去玩,可左等她不来,右等她不来,我急得什么似的,回来就记了这么一篇日记。哄你不是人。那天我也不知道怎么了,特别动感情,笔捏在手里连想也没有想,词儿顺顺当当地就来了。"

"好。我不说你是怎样写下的,约的是谁。我只说作文之道:做文章一定要有真情实感,不能无病呻吟,没话找话。我就从这点来分析,你看好不好?"

吴子安诵读的时候,不觉他自己也受了感动。也许他想起了已经逝去的年华,也许勾起了他被可怕的世俗所淹没了的纯情。他的声音微微地颤抖着。年轻人的心曲从他嘴里吐出来,又加上了经过风霜的深沉。

"……我久久地盼望着你。游人如织,来去匆匆,可是我却视而不见。世界上,除了你,一切都是多余的。湖里的冰已经坍陷下去,一泓清澈明净的水从中汪出。春天来了。但是春天没有你又有什么意义?于是,我在园中到处寻觅春天。一会儿,我以为你还在大门口徘徊,一会儿,我又以为你夹杂在游人之中,一会儿,我想你可能正在小山的亭子里等我,一会儿,我又推想你一定在最僻静处的长椅上……我在园中乱跑，游人都用莫名其妙的眼神看我。然而我却无比地骄傲。我想，你们懂得什么?！你们知道春天在哪里？我想大喊大叫：'春天在我心里！'……"

孟小云坐在后排正中，吴老师的眼睛不时地落在她的脸上，洒下一团温暖的湿雾。她暗暗颤抖，双手在桌下使劲地扭绞。她听出了那声音中细若游丝的、若隐若现的成年人对青春的流连和向往。一股由同情而滋发出来的怜爱油然而生；她第一次有一种牺牲自己的愿望。不，那不是牺牲自己，而是将自己贡献出去。她第一次体会到贡献中有一种说不出的快感。

别的女生崇拜阿兰·德隆，崇拜高仓健，崇拜周润发、周里京或是达式常，而她偏崇拜《跟我学》中的教师弗朗西斯·马休斯。只要听到《跟我学》的配曲她就激动；那架波音747刚降落在伦敦西斯罗机场，她马上瞪大眼睛：弗朗西斯·马休斯该出现了！

她在吴子安身上看到了弗朗西斯·马休斯的影子。

吴老师也是瘦长的个儿，眼睛虽不大，但眉棱很高，眼神中有一种忧郁的和蔼。他的鼻梁是挺直的，鼻垂下横着周正的、薄薄的嘴唇，尖尖的下巴颏儿显露出文质彬彬的气质。吴老师爱画画儿，平时穿衣裳很随便，有时衣裳上还沾着油色，更多的时候是缺扣子。不是袖口上缺就是领口上缺，反正在他衣裳不紧要的地方都没扣子。她随一帮同学到吴老师家去过。墙上挂着好几幅吴老师亲手画的水彩，多数是风景，还有一张很美丽的女人头像，想必是他的妻子。

"我在师大是学美术的，"吴老师对她们说，"后来因为小三门不吃香，那时中学还没开美术课，所以我才改行来教语文。"说着，他苦笑了。"结果，什么也没弄成，美术和文学都是半瓶子醋。你们以后可要拿我引以为鉴。学一门就要把一门学到底。专业一扔就算报废了。"

但是，吴老师并不像他自认为的是半瓶醋。他教语文很在行，至少同学们都爱听他的课。当然，也要看是什么课文，有的论说文吴老师也只照本宣科，而讲到小说、诗歌，尤其是抒情散文，吴老师就会神采飞扬。

听，他又继续诵读着：

……我默想着你来到后，我应该说些什么才好。我不知道你爱听什么，我只能把我想到的一切都向你倾诉。我想，我们正年轻，但我们并没有用不完的时光。我常看着我的爸爸妈妈，看着我的爷爷奶奶，我怀疑他们是不是年轻过。他们好像生下来就是这样老。所以，当你出现在我眼前的时候，我要冲上去，握着你的手说：

"让时光永远停留在这一秒钟上！"

……

这篇作文一点不像洋马写的。瞧他那副整天癫癫狂狂的神气，瞧他那头又黑又翘的头发和粗得吓人的脖子！她认定了这是吴老师在向她诉说衷肠。不！你当然年轻过，而且你现在看起来还那么年轻。如果你觉得我们不可能……那我就把我的岁数和你的岁数加起来除以二好了。你有了我就会年轻的。可是你最好别年轻。现在的小伙子我一个也看不上。我就要你这样，永远这样！

她在课堂下面满怀柔情地望着他。那股在胸中激荡的柔情催动得她上身微微地摇晃。

也许情种在她高二刚上吴老师的课时就播下了；可能是吴老师忧

郁文弱的气质打开了体内某种神秘的生物密码。而真正使她自觉到自己的爱情，自觉到自己是那么一往情深，却是由于洋马的这篇作文。她上面还有两个姐姐，都已出嫁，单门单户过日子了。她的妈妈虽然是妇联的退休干部，可是思想上还没有和农民割断关系。她找不到人去吐露自己的秘密。说不得！千万说不得！如果说给妈妈听，妈妈准会当场晕过去；说给姐姐听，姐姐会把她摁在床上胳肢一顿，骂她"疯了心"，以为她说的是"娃娃话"。这天，她恍恍惚惚地回到家里，她姐姐正把她的侄儿带了来。她一把抱起孩子跑到里屋，拼命地吻他，大声地对着他笑，随即又呜呜地哭起来。她妈叫她吃晚饭她也不吃。她听见她妈在外屋跟姐姐唠叨："丫头念点子书咋都变了哟！一天到晚神神道道的。"

晚上，等人都睡下了，她忽然爬起来，翻箱倒柜地把姐姐到广州出差时给她带来的连衣裙找出来穿在身上，对着立柜的镜子左照右照。但是回想起来她在吴老师家中看到的那张水彩画，又一下捂着脸倒在床上。她看出她不如吴老师的爱人漂亮。

她沉默了好几天，沮丧了好几天。一天，课间操刚完，她急着去做没有做完的作业，三步两步跑上大楼。还在甬道上就听见几个平素调皮捣蛋，很少去做课间操的男生在教室里嚷嚷：

"我看除开皇后，就数罗晓莉！"

"罗晓莉算个屁！顶多在水平线上。"

"要说风度，除了皇后，还得算姜旗旗！能打八十分。"

"喂！"有一个声音喊叫道，"你们注意到没有？孟小云那张小脸耐看。她要演个古装片里的丫鬟满行！……"

听了给她的评语，像喝醉酒似的，晕了半天。从此，在一切能反光的东西前面，她都特别注意自己的容貌和形体，哪怕是一闪而过，哪怕在一瞥之间。镜子当然不必说了，还有橱窗、玻璃门、小轿车的瓦圈、暖瓶盖、茶杯，甚至自行车把上的铃铛，甚至任何一块地面上她自己的影子，都能使她一会儿喜一会儿愁，让她备受折磨。

她开始打扮了。县城的时髦永远比城市迟到一步。她再也不去光顾县城的百货公司和自由市场。反正她爸爸、姐姐、姐夫经常出差，她有条件非上海广州的衣裳不穿。过年时大人给的压岁钱，一股脑儿地换回了一套系列化妆品。妈妈看了摇头叹息：这年头，姑娘再不以要一根红头绳为满足了！只要今天有语文课，她就要精心收拾一下再出门。而几乎每天都有语文课，于是她几乎每天上学之前都要在镜子前顾盼一番。

妈妈进她房里来向她翻白眼："瞧你，都快成旧社会的小姐了！"

"妈，你懂得啥呀！"她也向妈翻白眼，"现在提倡'五讲四美'，收拾不整齐学校要扣分哩！"

她不好意思一个人去吴老师那里。只要有同学去找吴老师，她总要跟着去，在人堆里用热切的眼光盯着他。她不愿意像别的同学那样问一些傻里巴唧的问题，她想提出深奥的问题来跟吴老师讨论，可是绞尽脑汁也想不出，所以只能面孔通红地站在后面，显得更傻。

她拼命学语文，一有时间便看小说。她的奋斗目标是当上语文课代表。可是这个职位一直被宝宝盘踞着。于是她便极力讨好宝宝，帮她收作业，帮她捧一大摞作文本，去交给吴老师。这样，她倒真成了"丫鬟"了。

她过了一个从来没有感到那么难受的寒假。如此漫长的时间里看不到吴老师，真是不可想象。一天，她妈妈买菜回来，偶然间说起在自由市场见到了她的吴老师。第二天她便空前地孝顺起来，要给妈妈去提菜篮子。在办年货的人群熙来攘往的菜市场，她果然发现了她的太阳。

　　吴老师也提着菜篮子。他穿一件松松垮垮的羽绒衣，领口上的拉带一边长一边短；袖上沾着水彩颜料，胳膊肘像油腻的砧板；一条蓝色海军呢裤子像两条面口袋套在腿上，磕膝盖鼓起两个大包。唯一与众不同的是他那一绺卷曲地搭在高高的额头上的黑发，才显现出一点艺术家飘逸的风采。然而他一心一意挑选菜花的神气，又把他拉到尘世中来。

　　她没有靠上去跟吴老师打招呼。她下意识地感到这会损伤他的自尊心。她宁愿在心中的庙堂里将他当作一个神；她不忍心让神沦落到和二道贩子讲价钱的可悲境地。她远远地望着他。她麻木地提着一筐沉甸甸的菜往回走，脑子里的幻想却飞跃地向前发展。她想倘若吴老师跟她组成家庭，她一定不让他提着菜篮子上街；她允许他替她扫地，替她收拾房间，但决不许他下厨房。厨房的油烟会把所有艺术的灵感全部熏跑。

　　现在，十七岁零四个月的小云看见她的吴老师皱着眉头把王文明叫走后，再也无心做作业。好容易盼到下课铃声，她胡乱地收拾起书包，也不知是什么促使着她，飞也似的往教研室跑。要是有老师和同学看见，人家会以为我是关心着王文明哩。她这样想着，偷偷地将教研室虚掩的门推开一条缝，弯着腰向里面瞧。

　　房间里的人都在乐呵呵地笑。只有坐着的吴老师和站着的王文明板着面孔，于是吴老师仿佛也被嘲笑了。她恨死了那些发笑的老师们，同时对王文明也不由得同情起来。

第三章

8

吴子安只比往常迟回家十分钟,他班里发生的事却早传到他爱人薛小雅的耳朵里。

"你听听,"薛小雅气愤地说,"街上传得多难听,说你们学校出了奇闻,男学生公开在课堂上摸女学生的奶头子。'奶头子',亏得那些当干部的也能说得出来!"

"哪里是那回事!"吴子安边洗手边说。可是他又无法解释清楚。换一种文雅的说法,事实仍然如此。

埋头扒了几口饭,他看了妻子一眼,才说:

"还告诉你吧,这事就出在我的班上。"

"啊,"小雅惊愕地抬起头,"那你怎么办?到底是怎么回事?"

"我怀疑这个男生是一时的冲动。什么原因,大概只有心理学家或精神病医生才能分析出来。可是这种话,我在学校里说出来有人听吗?"他干脆停下筷子,"头一个,我们的年级组长胡淑兰就通不过。本来,我还想保护他。只有两个月了,以后不管他考得上大学考不上,总算取得了一个高中毕业的资格。可是,后来他又在教研室当着其他老师的面说了更要命的话。他说他想睡觉。你看,这下全完,开除是定了的。"

"哎呀!他怎么会说那种话呢?"薛小雅着急道,"大概都是你问的!"

"是我问的,"吴子安承认,"我以为他会回答'一时糊涂',或者说'我什么也没想'这样的话。谁知……"

两人心事重重地吃着饭,都没吃好就草草地收拾了。孟小云没有想象到,吴老师夫妇俩是很要好的一对。吴子安帮妻子洗完碗,倒在长沙发上默默无言。他的压力是不言而喻的。上学期一团高兴地推荐《等待》以后,同事们中间就有这样的流言,说他支持学生早恋。这个罪名仅次于和女学生谈恋爱。胡淑兰老师还在会上批评过他,不应该拿描写中学生早恋的作文当样板。这无异于火上浇油,使学校头疼的事更加不可收拾。王文明做的这件事如果要和前面联系起来,原因很可能要追到他的头上哩。

薛小雅早就想调离这个县。她虽然生过孩子,人到中年,但还和吴子安十几年前给她画的水彩画上差不多。圆圆的脸,圆圆的眼睛,嘴在说话和不说话时都是圆的。再加上天然的紧而且白的皮肤,就像个不会老的小女孩。小女孩的一派天真和心直口快,当然跟县上的干部合不来。这次她有个机会去省城学习,她也要像很多人一样,替夫妻俩活动活动了。

"我一到就去找'眼镜',"她一屁股在他旁边坐下,旧事重提,"他现在当了副厅长。我想这点忙他总要帮的。何况原来的曹厅长也答应过的。"

是呀,吴子安心里想,"眼镜"和他俩是同学,同年同月毕业,被分到省政府部门的,现在已经爬到了副厅长了,而分到教育部门的,连中教五级还没有混上。即使是中教五级,也不过相当个处长。可是这样泄气的话他没好意思跟妻子说。"眼镜"原来是他的情敌。那时候,她在他们两人中间选择了他,又随同他被分配到这里。作为第一批毕业的工农兵大学生，经历了七六年前后的风风雨雨。现在，只因为她有个大学文凭，才被调到电大工作站当站长。听起来头衔挺大，其实不过是科级。

他一手端着茶杯，一手疼爱地将妻子搂过来。

"去吧。"他叹了口气，"如果可能，我还可以到新办的教育学院里去教我的美术课。语文不好教。你没看现在的教材，哪适合现在的青年人！你只好给它加点别的方面的知识，加点带感情色彩的东西。可是这下问题就来了：说你脱离教学大纲了，说你不注意思想品德教育了，更糟糕的还说你启发学生早恋……"

"嘻嘻，"小雅笑了，打断他的牢骚，"其实早恋根本不用启发！你不是跟我说过你十三四岁的时候就偷偷爱你的音乐老师吗？"

"是的。"他也笑了，"照我看，有的人天生就有早恋的禀性，有的人一辈子也不会有恋爱。前者根本无须你去启发，你压还压不住哩；后者你教他也不会。像我们的胡淑兰老师就是一个。上学期她叫我们调查学生中的早恋现象，我说这种事我们最好少管，因为我们调查出来又无法解决，说不定还会搞得弄假成真；我们只求不要发生伤害到女学生的丑闻就行了。那天我说得很激动，甚至把我曾经早恋过而并不妨碍我以后还能健康成长，当了一名教育工作者这样的话也说了。谁知她用白眼看了我半天，说：'那也不见得，总会有妨碍的。'"他喝了口茶，自嘲地笑道，"我知道她的意思。她不过想说，我现在入不上党，大概和曾经早恋过有关系。"

9

当天下午，校长就召开了校务委员会，重点讨论王文明的"流氓行为"。果然不出吴子安所料，还没有开始讨论，王文明就被定了性。
"不是我给他定的性。"王校长焦躁地对吴子安说，"你到社会上去听听！我们这个县，巴掌大的地方，连农村人口加起来，不到四十万，学生又来自四面八方，各个阶层，中午就传遍了，还越传越神，什么'当老师的面抱着亲嘴老师都不管'的话都出来了。现在又是打击刑事犯罪分子的时候，我们不这样说他还行？"

看来只好从重从严从快了！

校长又苦恼地说："难道我不知道这样定他对我们学校名誉没好处？可是从轻发落了，社会上就会指责我们包庇流氓。上次处理那个姓马的女生堕胎以后，社会上就有这种说法，好像是我们纵容学生干坏事似的。"

教务处主任气不服："其实学校家庭社会三位一体，学校只占三分之一，也只能负三分之一的责任。"

校长没有从教务处主任的话里听出他究竟是什么意见，掉过头来又问吴子安："这个学生的家庭怎么样？"

家庭无可挑剔，规规矩矩的一般干部。

胡淑兰说："即便是三分之一的责任，我们也要负的。"她看了吴子安一眼，"过去我们没有负好责任，接二连三地出事情。这次我们一定要严肃起来。不开除他对学校的影响不好，对学生的影响更不好，不开除他，他一毕业走了，可是他的影响会一届一届地传下去。这样以后我们还怎么教学生？！"

总算有人说出了"开除"二字。胡老师是副校长，党支部副书记，又是全省的"三八红旗手"，优秀教师，她的话最具有权威。

"他不是还主动承认了他的动机么？"坐在桌子拐角做记录的小秦说了话，"坦白从宽，抗拒从严，一下子开除恐怕不合适吧？"

吴子安感激地向她一瞥。她刚从中专毕业分到学校教务处，带着年轻人的冲动。但她和吴子安一样，不过是列席，说话不算数的。

"从平时看来，这个学生并不是本质问题。"在小秦的鼓舞下，吴子安说，"这次举动恐怕和他心理和精神的某种病态有关。要是处理过重，会更加重他的病，对社会和他本人都不好。"

"既然他有神经病，就更不适于留在学校了。"胡淑兰有几分气愤。

真是一个"细胞核"！吴子安心里想。

教务处主任是这样考虑的："一个学生，上了十二年学，还有两个月高中就毕业，这时候把他开除，咱们未免太那个了一点。是不是让他自动退学算了。明年他的病好了，还可以继续上。"

他看了学生登记表。王文明是本县人，他也是本县人。

"可是他造成的影响怎么办？"胡淑兰不准备退让。

"影响什么？他又没有对女方造成伤害。至于社会上的人，过些日子也就算了，谁还老记着这事。"

"我看这样处理好。"吴子安赶紧表态。他知道这是能给王文明争取到的最轻处分了。

校长从一团乱麻中找到出路："要从给女方是不是造成伤害这点看，这个学生的流氓行为还是很轻微的。我也认为劝其自动退学比较合适。"

胡淑兰仍然坚持自己的意见："这样我们怎么向社会交代？怎样向学生交代？以后学校里再发生类似的事我们怎么处理？传到省上，问起来我们怎么说？就说他有神经病？这恐怕交代不下去吧！他又没有医生证明，光凭吴老师一句话？……"

做着记录的小秦扑哧笑了。

教务主任不动声色地说："那有什么不好交代？有病就有病呗。人家医院才不会给你开这个证明哩。轻微的流氓行为治罪;轻微的神经病不算病!"

第四章

10

徐银花回到家,呆呆地在床上坐了一会儿,然后倒头睡下。家里人都没注意到她红肿的眼睛,她也不愿意让家里的人看见。

她妈妈叫她吃饭。她说她头疼。

"那你下午不上学啦?"

"下午没课。"她撒了个谎。

"没课就睡一觉。头疼是学出来的毛病。"她妈妈在外屋说,"想吃了自己起来热一下。"

院子里静极了。几只母鸡在窗下咕哝。她家在城关公社,现在叫城关镇,从学校骑自行车回来只需十分钟,但中间却横着一条城乡差别的鸿沟。她家是农村户,她当然也是农村户口。"农村户口"四个字像烙印。不过这烙印不是打在身上,而是打在心上,给人一种不安定感和低人一等的委屈。她爸爸会瓦工手艺,政策开放时在县城承包建筑发了财,便说:

"妈的,咋样也得让咱们家出个大学生,去吃商品粮,当城里人。"

两个哥哥早已成家娶亲,希望只能寄托在她身上——去吃商品粮,当城里人。但她怎么也磨灭不了打在心上的烙印。虽然穿的衣裳和日用品已经城市姑娘化了,可是在学校里和别的女孩子一比,首先进入意识的却是自己是乡里人,于是手脚便放不开,一举一动都显得呆板。她羡慕皇后、晓莉、旗旗等时髦姑娘,也曾想偷偷地学。可是同样的举手投足放在她身上就成了复印件,没有原件那样鲜亮活泼。回家来还要被爸爸哥哥和嫂子嘲笑,高低不学了,老老实实地当学生。

包工头笑女儿学"洋气",他自己"洋气"得也可以。他新盖了一大排房子,屋里的地面铺上马赛克,屋外正面墙上镶满绿色和白色的瓷砖,远远地看,像北京街上新建的公共厕所。如今全家十余口人住在这崭新的大院里,一家人就看着她往外"拔",拔出一个城市户口。这是有钱也买不来的。

大房子又空阔又阴森,反没有原来的土坯房土炕暖和和实在。她觉得冷,拉过一条薄被盖在身上。全身只有一个地方热,那就是被大家笑话的乳房。她极力回忆当时的感觉,但是怎么也回忆不起来。神经集中在那一个点上,脑子里空空荡荡的,终于昏昏沉沉地睡去。

仿佛有谁推了她一把。她突然惊醒过来,用手臂抹去嘴边流出的口涎。抬头看看,窗外的日色已经是下半晌了。这个梦真怪!她梦见她在一幢大楼中爬呀爬呀,面前有爬不完的楼梯,两边的灰墙挤出一条狭小的楼道,逼着她往上走。她意识到她每跨过一级楼梯,身后的楼梯就没了。用不着回头瞧,后面一定是很吓人的深渊。她觉着很吃力,觉着口渴,觉着腿酸。不知爬到第几层楼,眼前的楼梯陡然无声地断裂了。就在她即将下沉的那一刹那,有两只手很温柔地托住了她。那股温柔劲儿使她觉着是自己在飞。她很快飞到一个平台上。平台上站着几个男同学朝她笑。

梦到这里断了。她的心咚咚跳,想想,解不开是什么意思。每个梦都是预兆，比如梦着蛇准生儿子，梦着马有信来等等。这是她奶奶说过的；她妈也信。她身体好，正像小时候她哥哥骂她的："混吃闷睡。"从来不做梦，尤其不做这种梦：怎么跟男生混在一起！没皮没脸的！可是仿佛又有种诱惑人的意思，她愿意将这个梦继续下去。而且做这样的梦很累，睡了一觉竟比不睡还困，全身发酸，脑子发蒙，于是她便不起来，仍极力地回忆今天上午的那种感觉，手还不由自主地往上探，往上探，搁在自己的乳房上……

她很少和同学来往，知心的朋友一个也没有。她家困难的时候，曾经有两年没让她上学。发财了，她爸爸下定决心："尿！有钱能使鬼推磨！这回叫咱闺女上学。哪个学校好上哪个。差的学校，请咱去上咱还不去哩！"打听到县中属重点中学，找上门去给学校主事的免费安装土暖气，装了三家就把闺女送进学校了。可是这样一来，她除"乡里人"的压力外，又成了全班年龄最大、成绩最差的学生。有时候说一句话，同学都笑她"犯傻气"，"土得掉渣"。干脆少说为妙。

但她非常想往同学堆里挤。看见人家三朋四友地一块上街、看电影、聊天，眼热得发呆。人家坐在一起聊电影电视剧，或是讨论功课，她也赖在一旁脸红地听着。聊到谁谁谁跟谁谁谁好，谁谁谁又给谁谁谁递条子了，同学直拿白眼翻她，她也不走。暗暗想，城里的学生又开通，又文明，找对象还先递条子。

去年，学校组织学生参观农村，接受农村经济改革以后的大好形势教育。一帮同学来到他们村，还要到她家这样的万元户来参观。她兴奋得双手发抖，说话的嗓音都打战。跑进跑出：洗苹果、装糖果盘子、沏茶、端瓜子。皇后、晓莉、旗旗等女生在班长鲁卫平的带领下涌进他们屋。别的她们没注意，一眼瞅见原来挂领袖像的正堂上，贴着山口百惠和三浦友和的大幅结婚照，便嘻嘻笑了。

晓莉说:"结婚还是穿礼服好看。"

母娃子发誓:"以后我结婚一定要穿白纱。什么'三十六条腿加四机',没白纱我就不结婚!"

旗旗挖苦道:"你穿的白纱礼服要到巴黎定做。非要高手裁缝不行,不然显不出你的曲线。"

她爸爸气得脸盘快爆炸,这帮女学生刚迈出房门,便嚷嚷道:"啥尿货!狗大的年纪就想着结婚,真不害臊!"

女学生听见了装没听见,只是脚底下加快了脚步。她赶忙追到院里。还是皇后和班长顾她的面子,一人用三根手指头象征性地捏了她一小撮瓜子。旗旗却气得大叫:

"真是不虚此行!接受了一顿农民的封建主义思想教育!"

同学走了,她一甩手进到她屋里号啕大哭,晚饭也不吃。"哪有你那么说话的?!"她光会说这一句。"哪有你那么说话的?!哪有你那么说话的……"

"我咋啦?!"她爸爸在院子里吼道,"我告诉你,你要跟那帮没皮没脸的学,看我不揭了你的皮才怪!反正是不要皮脸,揭了算了!"

"哪有你那么说话的?!哪有你那么说话的……"

"我咋说?我说话还要你教?!稀罕!"她爸爸又吐口水又跺脚,"反了!刚把一肚子屎换成墨水就想管起老子来了!我跟你说,还早着哩!"

想跟同学接近,反而把脸丢完。从此更加沉默寡言,没说话先脸红,总觉得人家瞧不起她。春节前几天,去学校开联欢会,听罗晓莉对别的同学说,她叔叔婶婶都从省城来了,想在乡下买点苹果回去。于是她错前错后地暗暗跟在晓莉旁边,寸步不离,直到罗晓莉推着自行车要出校门,才鼓起勇气跑上去说:"听说你想要苹果,我们家里可多哩。"晓莉先没弄懂她是什么意思,最后明白了她要送些苹果给她,便说,送不要,帮她买一些就感谢她了。她连忙应承下来:"要买多少都有。个儿又大,又脆,还贱。"她再不敢让同学到家里来,一定要亲自给晓莉送去。第二天,她骑着自行车,按晓莉给她的地址捎去了半麻袋苹果,足足有五十斤。晓莉父母把钱塞给她,她不要,又不会婉言拒绝,拔起腿就跑。晓莉追上去,把钱塞到她衣兜里,她又掏出来塞给晓莉。晓莉的劲哪有她大,又是个不习惯在大街上跟人推来搡去的娇滴滴的姑娘,便说:

"那好吧。谢谢你。今天晚上我们几个好朋友搞个小型的联欢会,无非是聚一聚的意思,就在我家。欢迎你也来。"

晚上,妈叫她帮着炸年食,她也不炸了。还缠着她爸爸把窖门打开,取出一个藏了一冬的大西瓜,有二十多斤,说是要去参加学校的联欢晚会。

"又是尿联欢会!前天刚开过,今儿个又开!尽他妈×要去了,还念书不念?!"她爸爸骂道。"给!拿去。让城里人看看,他们家有吗?他们家过春节拿得出这么大的西瓜吗?别他妈看他们是啥知识分子,日子过得有咱乡里人好吗?尿!老子的眼睛里尿都不尿他们!"

她爸爸现在没有别的乐趣,只有一个乐趣——摆阔。凡拿出去能撑门面的东西,要什么,给什么。

果然,这个大西瓜抱到晓莉家里,简直惊天动地。晓莉家的客人和叔叔婶婶观赏了一番,才切开。"今天真叫围着火炉吃西瓜了!""这西瓜不比彩电,这会儿有钱你都没地方去买。"一半留在厅里给大人,一半她们拿了去。

有了这样大的西瓜,她的身价也高了起来。几个同学都主动跟她说话。她高兴得如喝醉了一般,醺醺然。晓莉的小屋顶多有十二平方米，比她的屋子小多了；家具也不如她房里的家具新。但小摆设琳琅满目，让她目不暇接。小泥人、小瓷猫，花碟子竖起来放，下面还支一个木架子。她从来不知道盛菜的家什经那么一摆，就是好看。还有跟真人般大的洋娃娃，瞪着大眼睛坐在柜子上。"妈哟！这才叫洋气！"她心里惊叹。墙上贴着明星照，拐角还有人亲笔签名。这些照片不是画报上扯下的，一张张跟电影院贴的海报那么大。她第一次看见画可以歪着贴。不像他们家，每年贴年画的时候，还要有个人站在远处，专门端详四角贴得正不正。

大家先唱歌。晓莉有专供伴人唱歌的磁带，叫啥"卡拉OK"，她听都没听说过。晓莉唱，旗旗唱，小云唱，苏爱华唱，录音机给她们伴奏，就跟歌星唱的一样。大家看着她腼腆，看着蜜甜的西瓜，也不难为她唱。然后就乱哄哄地聊天。不知怎么，忽然都谦虚起来，都说自己学习不好，不专心，看不进书去，明年准考不上大学。

"考不上大学我就去周游世界。先去深圳。"晓莉宣告，"我玩到三十岁。三十岁到五十岁写小说。五十岁以后就享受人生！"旗旗说她要是考不上大学马上就动手写小说，不等到三十岁。

"我要写出我们这一代人：既是最幸福的，又是最倒霉的；既是最单纯的，又是最复杂的；我们爱整个世界，可是又恨所有的人。那些作家们知道吗？"旗旗像洋娃娃一样瞪着大眼睛，仿佛那些无知的作家就坐在她对面。苏爱华说她要是考不上大学就自杀。整个世界是黑暗的，只有上大学这条路才透出一线光明。

大家马上嚷嚷，自杀可以，但不能在今天晚上说——还有两天就过年了，招霉气。于是罚苏爱华吃两块西瓜，要把她肚子撑破。

小云又提议，每个人说最崇拜谁。小云首先说她崇拜美术家，画画儿的。大伙儿一定要她说出名字。小云想了半天，才想出画《蒙娜丽莎》的达·芬奇。旗旗说，你崇拜谁还用现在想？你说的肯定不是心里话。你莫不是崇拜吴老师吧？小云急了，用小拳头不住擂旗旗，宣称从今以后不跟旗旗好了。旗旗一边遮挡一边激动地说，她最崇拜撒切尔夫人。她也要当铁女人，政治家，光凭舌头就能征服世界。苏爱华说她最崇拜居里夫人。将来结了婚，要男人给她当助手。晓莉说她最崇拜索菲亚·罗兰，一个《卡桑德拉大桥》、一个《火的威力》，演绝了！那电影里的女主角对男人的原则一律是"为我所用"。其次，中国的刘晓庆也值得佩服。"听说她离了好几次婚，这会儿又上西藏独立拍片去了。这才叫女人！"轮到她说，她怎么也说不出来，从来没有想过。大家叫她随便说，她才想了一个中央的女首长。姑娘们又吵嚷：这个不算！当大官的你不佩服她也得佩服，咳嗽一声也够我们学习半天的。叫她重说，她支支吾吾说了一个女的养鸡专业户，前两个月到她们学校做过报告的。大伙儿对她崇拜的对象嗤之以鼻。

从崇拜对象自然扯到理想，将来要做个什么样的人。旗旗刚还要去当政治家、铁女人，转眼又说要去深圳开饭店。开一个大大的饭店，把什么白天鹅、中国大酒店全挤垮！她要领导几百人，谁不好就把谁开除！"每天赚的钱哗哗地淌！"晓莉说她一定要为当上电影明星而奋斗，"现在的演员我一个也看不上，假兮兮的！我要把她们全毙了！"苏爱华要当博士。"博——士！光这称呼就够让人肃然起敬的。博——，世界上的事没一样她不知道的！"至于小云，大家肯定她要当画家啰，"夫唱妇随，正好配一对！"旗旗说。

谁知小云正儿八经地声明她要当作家。"我不像你们：一个要周游世界，那写下的光是风景；一个要写'我们这一代人'，那写的也是别人的事。我要写自己的心，光这个就够我写的！"小云指着自己心脏的部位说。

于是姑娘们又追问她。她捂着通红的脸，怎么也不肯说。两脚搭在床沿下乱蹬，让晓莉好心疼刚铺上的新床单。这一来更引起大家的好奇，非要她说不行。苏爱华把手指在嘴上哈着："你不说我就胳肢你啦！快说！""说嘛说嘛！今儿在这屋里说的话谁也不许说出去。"晓莉气急地保证。同学们这么看得起她，哪能辜负她们一片心？她终于坦白了：

"我想当官。"

姑娘们全一愣。"就你这样还能当官？"晓莉首先怀疑。旗旗也不解："当官有什么好的？现在一个省委书记也没你爸爸挣的钱多。"女博士苏爱华想研究一下："你怎么会有这个想法的呢？"

"对对对！你说说你为什么跟别人想的都不一样，怎么会想当官？"

几个姑娘摇晃她，叫她不说不行。她把手从脸上放下来，坐得端端正正地说，她小时候她妈老提着一条面口袋，去找书记批条子。书记高兴，批了条子她家才有饭吃。碰到书记不高兴，她家就得饿肚子。那些年，她家议论最多的，就是书记，成天揣摩书记的情绪。她爸爸偷偷在外面给人盖房子，挣了几个钱，先得买上好酒给书记送去。书记要是上她家来一趟，全家人都得摆出笑脸，递烟倒茶。有一年为了给书记送年礼，把本来准备给她做棉袄的钱也花了，害得她一冬天直哆嗦，所以她从小就羡慕当官的。世界上再也没有比当官幸福光荣的了。

她说得断断续续、结结巴巴的，却使姑娘们相当感动，一致肯定她说的是真心话。小云严肃地说：

"徐银花的理想比我们都实在。咱们都是朝美处想，只有她想的是改变自己的命运。"

小屋活泼的空气并没有因为小云的严肃而破坏，大家又要各自说出自己希望将来找一个什么样的爱人。晓莉第一个说她要找阿兰·德隆那样的男人。"下巴颏儿尖尖的，往上翘。"晓莉边说边比画，"眉毛平平的，鼻子又挺又直。"旗旗说："那给你一个漂亮的木偶你也要？男人首要的是风度，帅！"旗旗站起来，在屋当中表演，并且吹牛说，"一抬手，一侧身都有讲究。这叫气质！老实说，男人从我眼前一过，我就感觉他是哪路子货！"苏爱华说还是得有学问，嫁给一个一肚子屎的家伙非要把她气死！最好是两口子下班回来，都有说头，都能想到一块儿去。小云要学简·爱，如果有个罗切斯特，哪怕岁数比她大一倍也跟他结婚。

轮着她了，她又捂着脸："妈哟！这咋能说哟！"

大家又是推搡，又是捶她，又是威胁，又是引诱，始终没把她的口撬开。

其实她根本就没有想过。

……现在，她躺在床上，两眼一会儿张，一会儿闭。张开眼的时候盯着房梁，什么也没看见。闭着的时候，许多男人在她眼前晃。但没有一个是成形的，有鼻子没眼，有眼没鼻子，都和在云雾里一般。总之，只有"男人"这个概念。

睡了半天，被窝里暖和了。手温柔地抚摩着自己。有一种懒洋洋的舒坦。忽然，她仿佛找到了那种感觉，并且更刺激，更持久。她不觉仰面挺起了腰，全身伸展得笔直，轻轻地呻吟着，手从胸口滑下去，滑下去……

11

第二天，徐银花来到学校。她骑自行车的时候，那种感觉也始终伴随着她。心里怦怦跳着，面孔潮红。上了三层楼，便微微地喘。她更怕见同学，下巴颏儿连着前胸，走到自己的座位上。拿出课本，把头埋下。如果老像这样看书，非患近视不可。

等了一会儿，旁边的王文明还没有来。她不住地偷偷地向空座位瞟一眼。桌上有一小粒铅笔屑；凳子上有一片瓜子皮。她趁教室里进进出出乱的一阵子，拿出自己的小手帕，先使劲地在自己这半边擦，然后仿佛不经意似的，把旁边的位子也掸干净。

下了第一节历史课，教室里嚷出了最新消息：学校要"勒令王文明退学"。如今没有一件事能保密，连黄金涨价，取消兑换券都不胫而行，何况小小的一个教务会议讨论的内容。有人说得有鼻子有眼：校长是怎么定性的，吴老师是怎么替王文明打马虎的，"细胞核"是怎样坚持非开除流氓不可的，教务主任是怎样和稀泥的。别看昨天大家没一个不笑话王文明，今天却一致给王文明鸣不平了。洋马第一个大喊大叫："还有我们学生的活路没有？！学生会是干什么吃的！"

懒猫说："王文明就是有神经病。没错！有神经病的学生应该去慰问才对，为啥还要人家退学？！"

四眼说："什么退学！王文明一辈子完了。你想想搁在谁身上受得了？搁在我身上非疯了不行！"

猩猩起劲地蹦起来："坚决反对学校非人道措施！"

白思弘在自己的座位上，把课本翻得哗哗响："我看学校大概还以为是宽大他了哩。伙计们，咱们还有两个月就走人了，何必跟那帮老朽过不去。"

下一节是语文课。吴老师的面孔活像都德《最后一课》中的那位教师。气色晦暗，声调低沉，仿佛在王文明的问题上把力气都使完了。

学生们蓦然肃敬起来，想想跟吴老师在一起也只有两个月光景了，不觉黯然。尤其是洋马，跟吴老师有知遇之恩，笑话王文明他闹得最凶，同情王文明他闹得最凶，这会儿也带头表示谅解。只要他不站起来提出王文明的事，别人也就不再提。猩猩还想折腾一下，可是他没有那个资格，没有那个威信。语文课平安地过去。

课间操的时候，洋马提议下午放了学去慰问王文明。"也不枉我们同了几年学。别让人家看着咱们连一点人情味都没有。"居然好几个人要去。鲁卫平思忖自己是班长，校团委委员，考虑了一下政策界线：王文明是退学，又不是开除，理应领着同学去，便也说算上她一个。

大家都在为王文明操心，没有想到这里还有个徐银花。有的男同学竟以为王文明是她害的，拿斜眼看她。在这样的气氛下，跟她比较接近的几个女同学也不便和她说话，何况她一张脸就像刀枪不入的盾牌，木呆呆的，毫无表情。

其实，她一辈子都没有这么痛苦过。过去穷的时候是肚子饥，现在是整个心绞着疼。心疼要比肚子饿难受得多。她眼里噙着泪水，忍着不往外涌。王文明在旁边时的种种好处，一一都记起来。两个人共用一张桌子，王文明从来没有霸道过；她的钢笔滚到桌底下，王文明还帮她拾；桌子四条腿不平，那一块木片还是王文明垫上的；王文明上课不说话、不搞小动作，绝不妨碍人家；王文明擤鼻涕，不往地上甩，也不往桌子上抹，而是用纸包着；最使她感激的，王文明始终没笑话过她是"土帽儿"，是乡里人。王文明的一切一切，放大了若干倍；王文明膨胀起来，在她眼前成了伟人，好得不能再好。

她一定要救王文明！

她知道找吴老师没有用，权在校长手上。农村户多年在当官的手底下过生活，连穿开裆裤的娃娃都熟谙权力结构。且当成是提着面口袋去要粮，我妈往年是怎样舍下脸来着？找当官的求事情，就得把脸揣在裤兜里头。

中午放学，她噔噔噔地跑到校长室。奇怪的是脸也不红了，心也不跳了。她并没有想好先说什么，后说什么，她只想告诉校长，王文明不是流氓，他是个好学生。

校长恰巧从屋里出来，边走边和一个老师说话。看见她站在门口两眼圆圆地死瞪着他，嘴唇哆嗦，诧异地问："你有什么事？放学了还不回去！"那位老师嘴凑到校长的耳朵边："这就是那个那个，昨天……那个女学生。"

"噢——"校长冷冷地把她从头打量到脚，"这里没有你的事。我们已经处理他了。你好好读书。还有两个多月就毕业了。不要把那件事放在心上。我们知道，没有你的责任。咳，现在你们正在紧张的时候，那事就不要去想了，也不要听大家乱说……"

说着，校长和老师走了。

她还站在校长室门口。

她觉得她全身的力量、勇气、信心都耗尽了。

12

放学以后，鲁卫平和洋马领着几个同学，每人骑辆自行车，浩浩荡荡地开向王文明家。

王文明家住的是银行宿舍。新盖的两层楼房，每家一楼一底，有独立的小院。可是进出路还很糟，新房前的旧土坯房没拆去，小巷子里堆满瓦砾垃圾。七八个人鱼贯地推着自行车，七弯八拐，费了好大劲,找着门牌号码。敲了半天门,来了一个中年妇女。洋马问:"您是王文明的妈吧?"中年妇女皱着眉头反问:"你们找谁?"

"王文明在家吗?"

中年妇女迟迟疑疑地不回答,两眼不住地在几个人身上乱扫,挡着门不让他们进去。

"谁呀?"房里传出严厉的声音。

"来了一帮学生。"中年妇女掉过头说。

"找谁?"

"说找咱家的文明。"

"叫他们进来!"房里吼道,"我倒要看看妈×是些啥人!"

中年妇女侧过身子:"车别推进来,车别推进来!"总算让几个学生进入院子。这时候屋里的人跳出来,站在房门口:

"我告诉你们,你们听着:咱家的王文明一向是老老实实,规规矩矩的,都是让你们这帮人带坏的!你们自己不好好读书,亏了你们父母还不够,还要害别人!哼!一帮害群之马。你们别高兴,今后的社会容不了你们,迟早一个一个都要把你们收拾了!"发现害群之马还有个女的,盯着鲁卫平气势汹汹地说:

"你就是那个女的吧?瞧你这打扮,装模作样地还戴着眼镜,穿的可是一套流氓服。妖里妖气!我告诉你,你算是把咱家的王文明害了。我服了!可你就这样下去,也没好下场。趁早收心,还能有救。你在家缺说少教,这是我给你的教育,听不听在你。"

接着,他的气似乎泄了些,又说:"好了!你们走吧,都走吧。王文明不在家。今后我们也不欢迎你们来找他。我也不让他再跟你们混。你们爱咋就咋的,王文明可永远不能跟你们在一起……"

几个学生目瞪口呆,想在连珠炮里插话也不知道说什么。鲁卫平嘤嘤地哭起来，掉过头就往外跑。大家只好一个个跟出去。门砰的一声关上了。

懒猫还埋怨鲁卫平："你真窝囊！你不会说你是班长，团委委员，代表我们……"

"算了了了！"猩猩朝院里吼得比王文明爸爸还要响，"呸！啥玩意儿。咱们缺说少教，我看你才是满脑袋糨子。孙子，你小心你们家的玻璃吧！"

几个人推着自行车磕磕绊绊地走到巷子口，王文明的弟弟气喘吁吁地追出来。

"给！"他将一个纸包塞在鲁卫平手上，向她脸上瞪了一眼，用袖子抹了一把鼻涕，转过身便跑了。

大家把纸包拆开：一本1985年的高考试题答案，两角人民币，还有一封信：

班长：很对不起你们，你们对我真好，答案是借赵小兵的，钱是借徐银花的（上次看《少年犯》代交的钱）。以后你们也别来了，我要到外地流浪去。

王文明

字迹潦草，显然是刚才匆匆写就的。几个人怅然若失地走出巷子口，各想各的心事。仿佛不是王文明，而是自己觉着很孤单。不知怎么，鲁卫平又抽抽搭搭地哭起来。

第五章

13

图图晚上又到宝宝家。他大大咧咧地朝宝宝的小床上一坐，背靠着墙，手从毛衣领伸进去，摸索半天，在衬衫口袋掏出一支皱皱巴巴的香烟，内行地在床栏上蹾了几蹾，擦着火柴，悠然自得地吸了起来。

如果是别的男同学来找宝宝，妈妈一定会打发小弟挤到房里，不是问字就是缠着姐姐讲故事，唯有图图例外。图图长得丑，首先就让人放心。大下巴往上噘，嘴形成了人们常说的"地包天"；大鼻头从眉心直向下垂，两扇鼻翼又待在原地不动，以致整个鼻子像一支即将落地的箭，小眼睛上戴副眼镜，镜架普通得再没么普通；额头又奇高，额头上竖着很少梳理的一头乱发。

这么说吧，他活脱是南非大主教图图的再版。

宝宝爸爸说："这孩子懂事，有头脑。"

宝宝妈妈说："这孩子爱帮人干事，哪家和煤饼，买粮，叫都不用叫，他自己就来。"

可是图图在家却不是这样。一天，县广播局的一个编辑来找他爸爸要求调动，爸爸躲在楼上不见。他放学回来，也以为爸爸不在家，于是在客厅里跟小编辑胡聊。他说："我一看我爸那张脸就知道他对共产主义没有信心,整天板着,不笑。你看人家里根,老面带微笑。他他妈才是对资本主义有信心的表现哩!"气得他爸差点跑下楼来揍他。

他妈也说他:"咱们家的孩子懒得淌油。家务事不说,那把头发,你催了八遍他还不去理发馆。"

宝宝和图图是邻居。这片两层楼的高级住宅是这个县"华丽家族"的住宅区,所有权属炼铝厂。也只有中央部属企业有如此雄厚的财力盖阔气的房子。房子盖好后,为了和地方搞好关系,分给县上两幢。图图的爸爸是县委书记,当仁不让,另一幢给了县长。

住宅区的大人们几乎老死不相往来,孩子们的交往却是很频繁。宝宝在高三(三)班,图图在高三(二)班,自搬在一起以后,两人就相伴上学放学。有时候,如图图所说,到宝宝房里来"吸两口",然后把窗子打开透气。宝宝也愿意跟图图来往,图图不但使大人放心,也使女孩子放心。他不是让女孩子看了动心的小伙子。凡是女孩子不动心的人便具有安全系数。而安全系数也是一种吸引力。

图图说:"你们班上的事传得好快,我爸爸都听说了,吃饭的时候还问我哩。"

宝宝问:"你怎么说?"

图图笑着喷了口烟:"我说摸也好捏也好,关他们屁事。中国人要少管人家闲事,'四化'就有希望了。老头子气得又要揍我。"

宝宝低下头来,两眼盯着作业本。什么"摸"呀"捏"呀的,真难听!图图觉察了,连忙声明:"你别在意,这都是他们大人说的话。他们是这么问的,你叫我怎么回答?"为了表示歉意,他又巴结地要教宝宝做数学题。图图是理科班的高才生。他说他将来"要盖了陈景润"。陈景润解的是"哥德巴赫猜想",他要创立一则"霍曙光猜想",

让全世界的人世世代代都解不出来——他的大名叫霍曙光。

图图抽完烟,用纸将烟头烟灰仔细包好,揣到口袋里,又把窗子关上,说声"拜拜",走了。

客厅里的电视还响着,传来演员们的傻笑。中国的电视剧充满了笑声,笑得让人莫名其妙,笑得让人起鸡皮疙瘩,宝宝一听就反感。宝宝从不大笑,更不傻笑,一笑就要捂着嘴。

那人就说过,"你的笑具有魅力。"

强制自己做完了作业,收拾好,洗脸洗脚,无声地叹了一口气,钻进被窝。两眼瞅着天花板,手背搁在头上。躺在床上想心事,是一大乐趣,好像只有这个时候属于自己,其他的时候属于老师、课本、作业、父母、弟弟,有时也属于厨房和洗衣机……

同样的事情,公开出来便是笑柄,人们的消遣资料,而隐秘地做了,便是个人的享乐、幸福。在那个暑假,有多少次她光明正大地到他那里去,进去后却关上房门,紧紧地拥抱在一起。那人的手从她衬衫下襟探上来,那只手是那么温柔、滑腻,是一只拉提琴的手,纤细得不可抗拒。她愿意把她交给他。她急切地想要尝试。她不曾犹豫、她不曾畏惧、她不曾退缩。他的怀抱便是她的梦境,能勾引起她童年时的向往和对未来的希望。那只手是她爸爸的手,妈妈的手,不存在的哥哥的手,朋友的手,爱人的手。

那人在耳边问她:"好吗?"

她闭着眼睛点点头:"好。"

爸爸妈妈依旧把她当作孩子,在衣着用品上从来满足她的要求,甚至超出了她的要求。但也就是把买小号的衣服变成买大号的,把送洋娃娃彩色气球换成了手表钢笔,偶尔也送胸饰和领花。而在感情上,她一天比一天强烈地感觉到再把她当成孩子是一种压抑。她要解脱。

她要寻求平等。她要寻求大人般的友谊。

于是,这一天出现了。

大概就是从他说"你的笑具有魅力"这一句话开始的。她忽然意识到自己不再是小姑娘,而是一个女人。这点很重要,比她第一次月经来潮更有冲击力。她跟他学提琴,还是爸爸妈妈支持的,"一个人应该有音乐素养,可惜我们那个时候……"爸爸正儿八经地说。送孩子去学乐器成风。这表示那个家庭的社会地位、富裕程度和父母的教养。他手把手地教她。起初她并没有什么感觉。她只听见声音。有时美妙有时不美妙的声音从她手底流出来。但越来越觉得皮肉触摸的愉快。他细腻的白皙的皮肤下有坚硬的骨骼。她感觉到的不是他的皮肤,而是骨骼,而是神经。他的呼吸就传导了他的神经。她不是凭着触觉在感觉。她是用心在感觉。因此握手之间都怀有隐秘的欣喜。欣喜由于隐秘又加强了若干倍。她偷偷地洒了一点香水。香水是大姨从国外带回来送她的。从北京回家没有告诉妈妈,她藏了起来。今天是第一次用。她听见他的呼吸比往常急促。她的呼吸也比往常急促。她已经不记得起初是怎么接触的。好像是她回头看了一下。他的目光不在琴弦或琴弓上,在她脖子上,在她脖子的发际间。她恍惚了。有一只手抚着她的肩头。她不自觉地就垂下手,琴和琴弓都耷拉下来。她听任他搂着她。他说"你真美"。她感到骄傲。他不是个小伙子。他是一个大人,成年人,几乎和她爸爸一样大。她毫无委屈,相反,她有一种征服者的胜利喜悦。那只手熨斗般发烫,熨斗般熨遍她的上身。那只手汗涔涔的。她的全身也汗涔涔的。有一刹那间脑子里掠过"这就是爱情?",但她没有多想。这肯定就是人们常说的"爱情"吧!

他说:"如果我和你年纪差不多,我一定要娶你。"仿佛直到这时才觉察到他们之间的距离。但她并不惊奇。她觉得一切都很自然。奇怪的自然。顺理成章地他们就到一起了。她的自豪感还不仅在于对这个人的征服，还有对父母感情淡漠、无视她的成长的挑战和背叛。

她说："我并没有感觉你大。"

他说："你真傻。"

她无声地笑了。她爸爸妈妈也说过她"傻"。但他说的"傻"意思不同。她原谅了他，还用更热烈的拥抱来回报他。

她努力地要成长为大人，她急切地想经历人生的一切。把全部人生浓缩到一小时内。她战战兢兢地盼望他跨出一步。她鼓励他，刺激他。而他已经被生活磨炼得非常世故。他心里有一道界线。他知道责任从哪里划分。

她在他面前没有羞怯。因为他的软弱？因为她暗含着对被征服者的蔑视？因为在下意识里知道未来不可能结合？似乎都有一点。这是一场游戏。在游戏中双方的机会和地位是平等的，遵守着共同的规则。她毫没有觉得他是在玩弄她，她满怀解放感；她还觉得她在玩弄他的时候有全新的乐趣。

爸爸妈妈当然都不知道，他文工团的同事也没有觉察。他们很顺利，外界连一点怀疑都没有。她甚至觉得太平静了。她迫切地想将秘密泄露给人家。秘密藏在心里会发酵，会膨胀，必须有一个宣泄口。她取得了小姨指天发誓的保证以后，告诉了小姨：她在恋爱，那人比她大十几岁，离过婚。小姨皱了皱鼻子，说是"胡闹"，三十多岁还在县文工团拉提琴，可见得没出息到家了。小姨是解放派，说是她也早恋过，但越大越知道选择的重要。爱情归根到底的原则是选择二字。而选择者必须要有地位，不然就只能等着别人来选择你。

小姨并没有写信告诉她爸爸妈妈。

他们来往的中断像开始那样地突然和自然。从北京回来，也许是北京街头和公园有太多的刺激，也许是这个县城太缺乏刺激，也许她觉得爱情不过是拥抱和抚摸。同时她觉得爱情也很累。每次去和回的路上心跳都不规则，而回来以后又更加寂寞和孤独。她蓦然有了厌倦的情绪。那天，她又到那里去。走进铺满煤渣的小巷，穿过服装、道具、编辑、导演、演员直到拉大幕的、赶大车的、开汽车的混杂在一起居住的大院子。绕开一座座警察岗亭般大的小厨房，推门进了他的宿舍。

她从他垂在额头上的那绺黑发看出他的郁郁不得志，从他像女人般的眼睛里看出他的软弱和胆怯，从他抚摸她的手上觉得缺乏刺激，他的嘴唇也是无力的。他告诉她，他的好朋友警告了他，如果他闹得她考不上大学，"罪过就大了。"说到这里他连忙声明，不不不，并不是别人知道了什么，别人并不知道什么。她忽然联想到大眼睛的老鼠。他说，过一年她将升到高三了，等她考上了大学，他们再继续这种关系。他说，如果他父母知道了，哪怕是得到一点风声，他的日子会更难过，等等等等。

她感觉悲哀了。她陡然非常鄙视他。他在她面前如同突然换成另外一个人。她本来是准备到他这里说这番话的，可是这话却从他的嘴里说出来。她流泪了，但不是由于分离，由于说是爱情也好说是别的什么东西也好的结束，而是由于气愤，由于自己的失败。她第一次感到委屈。这话不应该从他的嘴里说。一个不敢负责任的男子汉。那绺平素多么潇洒的头发是这样地颓败，像秋后的乱草；眼角的鱼尾纹里似乎还藏着污垢，而过去是那么顾盼多情。尤其抚摸她的手，并不是温柔滑腻，简直和抹布一样黏搭搭的。她倏地转过身去，冲出晒着尿布的大院子。

她不恨他。她也不懊悔。她至今还认为跟他学琴的二十天是一生中难忘的日子。躺在床上想心事的时候，一夜一夜地，她慢慢以为体味到了人生的滋味。如果说这就是早恋，那么这次早恋便提高了她看世界的立足点，把她的目光变得冷峻而有洞察力。刺激永远都是暂时的，她已经体会过了。生活从来不宽宏大度，在欢乐后面总要给人一点什么痛苦将原先的赐予索取回去。她当然想考上大学。但经历了这一场游戏，大学似乎也变得并不是那么光辉灿烂，具有魅力了。她预感到大学里也会发生类似的游戏。

人不但要学习，还要生活，她这样想着，她面前的书本扩大了。而在学这本书的时候并没有老师的指导。

她无声地流出了眼泪。在整个生活的大书前，她内心有隐隐的恐惧。王文明和徐银花的突发性事件，仿佛昭示了生活中强有力的因素是偶然性。谁知道我将来会遇着什么？人生，并不单纯是自己的路，还有这样那样的人和你完全意想不到的人在这条路上穿来穿去……

客厅里的电视机关了。她妈妈在她房门口站了一会儿。她爸爸说："大概睡着了。"她妈妈叹了口气："唉，我真羡慕。我像她这么大的时候也是倒头便睡着，连梦都很少。现在睡下了怎么也睡不着。"她爸爸问："安眠药还有吗？"她妈妈说："我劝你总不听，还是少吃安眠药。你去学学做气功不行吗？"

不久，整幢房子的灯都熄了，只有宝宝的眼睛还亮着。

14

受王文明"事件"影响最大的，全班同学除徐银花外，莫过于姜旗旗。

旗旗爸爸说:"这还得了!你看看现在学校教出什么学生?旗旗跟这帮学生在一起能学得出好来?你过去太不会管教孩子了。今年应该严一点。还有两个月就考大学,再不管她就是害了她。"

妈妈委屈地说:"那至少对孩子也应该有起码的信心吧,旗旗本质上是个好孩子……"

"本质上本质上,"爸爸焦躁地说,"谁本质上都是好人。'人之初性本善'嘛。可是'近朱者赤,近墨者黑',存在决定意识。人都是环境带坏的。这点你还不清楚?"

妈妈到厨房里去了。妈妈有把柄捏在爸爸手上,如今在家庭里是三等公民。一等是爸爸,旗旗的哥哥和弟弟,二等是旗旗。妈妈的等级比旗旗还低一点。

旗旗永远忘不了,直到她白发苍苍,卧在病榻上回忆往事的时候,这一幕还是那么清晰。那天,老师又请假了。老师请假,学生放假。旗旗提前回到家,用挂在脖子上的钥匙开开房门。她妈妈正和经常到她家里的叔叔搂在一起躺在床上。

她本能地带上房门,站在门口啜泣。谁也没有对她进行道德教育。她不能判断她妈妈干的是好事还是坏事。但那所大杂院的孩子们骂人的粗话,和公厕墙壁上叫孩子似懂非懂的图解,明显地被那位所谓的叔叔在实践着。这点她是明白的。在这片大杂院里,在那个婴儿像小虫虫一堆一堆孵出来的年代,大人被"抓革命促生产"促得焦头烂额,孩子们处于完全的自由状态。于是,咿呀学语的孩子,第一句话是大人教的"爸爸妈妈",第二句话是"毛主席万岁",第三句话就是千古一绝:"×你妈"。大人们还为孩子会骂这句话欣喜不已:你瞧,他多能耐,会骂人了!并且口齿伶俐,不假思索。而这个字——"×",就包含着性的启蒙教育,同时包含着性的道德观念:被"×"的一方蒙受耻辱,是被损害的;"×"的一方是胜利者,占了极大的便宜。从这三个音节的极其简单的"国骂"钻探下去,可以获得对中国社会男女地位与性观念性道德以及有关于这方面的法律的彻底认识。这是中国传统文化的一个重要组成部分。但这部纪实性的小说无暇来探讨这个问题。我只能继续往下说:七岁的旗旗站在门外哭,是因为她觉得委屈,她觉得她妈妈和她的便宜都被这个叔叔占去了;野孩子骂她的话,今天竟真正应验在她的身上。

叔叔出来,摸了摸她的脑袋,还弯下腰,看了看她泪流满面的脏脸蛋。随即低着头,好像很惭愧地走了。

妈妈无精打采地做好饭,母女俩默默无言地吃完。晚上,睡在吱嘎作响的铺板上,听着耗子在墙角奔跑的窸窣声,妈妈忽然把她搂在怀里,搂得很紧很紧。一面拼命地亲她,抚摸她的脊背和肩膀。

妈妈说:"我的旗旗是个好孩子……"

她觉着妈妈哭了,用手掌抹去妈妈的眼泪。

妈妈说:"你让妈哭吧。妈是个苦命人……"

旗旗爱她的妈妈。她妈妈洗衣裳,在大铁盆里的搓板上使劲地搓,使劲地揉。盆里涌出雪堆似的肥皂沫。阳光照在妈妈的手臂上,七彩缤纷。妈妈的侧影非常美,轮廓鲜明;从额头直到下颏,呈一条温柔的曲线。难得的是,倘若用一把尺子来测妈妈的面庞,额头和下颏保证在一条直线上。而那条温柔的曲线就在这直线之间起伏。

她希望她将来长得和妈妈一样。

母女俩相依为命。旗旗生下来就没见过她爸爸。大了一些,从大杂院孩子骂她的话中知道爸爸是个劳改犯。再大一些,妈妈把什么话都对她说,从爸爸是怎样送去劳改的直到日常的柴米油盐酱醋茶。那时候广播天天播放"穷人的孩子早当家",旗旗从小就是小大人。爸爸被打成"反革命",单位叫妈妈离婚,妈妈不离,于是刷到招待所最底层去洗被子。哥哥被送到农业中学,因为那里白吃白住还发零花钱。"咱家会好起来的,"妈妈经常说,"你爸爸可是个有本事的人!"爸爸是什么样子,旗旗除了好奇之外,并不关心。有这样的妈妈就够了。

那位叔叔还常来。她才恍然悟到,凭她妈妈一月二十多块钱是不能维持母女两人生活的,何况每月还要到劳改队给爸爸送东西。买东西不说,光车钱来回就要三块多,妈妈还要脱两天工。她家的日用多半要靠这位叔叔贴补。叔叔是个文静的人,在她们家总是沉默地坐在小板凳上,捧着报纸。临走时,妈妈说:"你小心点。"

叔叔凄然地一笑:"大不了是那么回事。"

"不要搞得你也栽进去了。"

"不会的,你放心吧。"

有时,叔叔用怅惘的眼光打量她,感慨地说:"时间过得真快!十五年很快就会过去的。"妈妈也展开一丝微笑:"是呀,已经一半了。"仿佛时间的飞逝就是生活给他们的最大恩惠。

但是,旗旗永远不能摆脱她看见那一幕时心里所承受的屈辱感,因此永远不能消除对这个文静的叔叔的敌意。现在,这种屈辱又和经济纠缠在一起而更加强烈了。与此同时,还有个黄胡子叔叔,是在招待所管妈妈的,也经常来。不过她妈妈总用冷脸对待他。这一天,是妈妈又去劳改队看爸爸的日子,黄胡子叔叔来了。黄胡子叔叔带来糖,叫她吃,她吃了。糖果然很甜。旗旗坐在小床上,聚精会神地品着。黄胡子叔叔问她还想吃不想吃。她没有点头也没有摇头。黄胡子叔叔忽然挪到她身边坐下,嘴里喷出一股奇臭:"小鬼,跟你妈长得一样!你要听话,不叫,我还给你买糖吃。"说着,一手搂着她想把她翻在小床上，一手粗暴地要从她裤腰带中间插进去。她吓得大哭，糖块一下子塞进嗓子眼里，窒息了过去。

黄胡子叔叔吓跑了。

后来，黄胡子叔叔还说："你们的旗旗真没见过糖！那天急着吃糖都差点噎死，多亏你们隔壁的老赵……"

她感到太屈辱了，这件事连她妈妈也不告诉。

所以，她跟她的好朋友晓莉冷冷地说过：

"你们都有童年，我没有！我们现在都奔着考大学，可我认为我把大学都上过了。"

旗旗从小就学会用警惕的审视的眼光看人，看世界，从小就知道男人们在女人身上图的是什么。逐渐地，她的确如她自己所说，感觉很敏锐。她能够保护自己，也习惯于观察别人。嘴又要逞强，所以尽管功课很好，却不被老师们喜爱，最讨厌她的是"细胞核"。

县中从"文化大革命"开始就没有恢复生理卫生课，虽然年年都发给学生们生理卫生课本。

学生问："这本书怎么不上呀？"

老师回答："你们自己看吧。"

学生说："看不懂。"

老师告诉他："看不懂回家问你爸爸。"如果是女生，就打发她："回家问你妈去。"

旗旗上高一那年，县中一个姓马的女生怀了孕，跑到乡下的医院打胎被发现了。一时间又是满城风雨。毕竟历史已近八十年代中期，学校认为有必要对学生进行生理卫生教育，目前首先是青春期和生殖系统这方面的教育。经过校务会议几次讨论，最终做了决定：一、由适龄女生参加，采取上大课的形式；二、由唯一的生物课女老师胡淑兰同志讲授；三、不占用正课时间，讲课定在星期天上午九时。

星期天，"适龄"的女生们一个个仿佛一万分不情愿地来到学校。新修的准备上实验课的阶梯教室却挤得快胀了出来。女生们的脸都呆板地朝着黑板，没有一人东张西望。平时在一个教室里打打闹闹说说笑笑的姑娘们忽然变得好似素不相识。矮胖的胡老师从最高一级台阶上庄严地走下来，一步一顿，没有一个人再喊喊喳喳地笑话她两腮的肥肉乱颤。"细胞核"今天具有新的含义，获得了崭新的价值。她将向芸芸众生们揭示最神圣也是最污秽的东西，那就是科学，那就是世界神秘的一角。

胡老师摊开书本，先宣讲学习这一课的政治意义，青年人理解这一课对社会主义四化建设是极为重要的。比如说，这一课要和计划生育工作密切相关，因而它直接与宏观经济指导挂上了钩。接着对由于开放政策而带来的"性解放"进行了大批判。在学生们听来，"性解放"好像就是街面上常说的"搞破鞋"。有的女生还是头一次听见这个新名词，不免交头接耳一番："哟！今天胡老师是咋了！说出这种话来！"最后训诫学生，特别是女生要遵守《学生守则》，"不然一失足成千古恨"；女人的贞操最要紧。"女人和男人不一样，女人干了坏事公安局叫医生一查就能查出来。"把女生吓得要死。顺带，又把那个"自己不知羞耻还丢了家长和学校的脸"的马姓女生进行了缺席审判，痛斥了一顿。

讲到课文，胡老师一字一字地仔细念着。与往常不同的是，每一个句子都重复了两遍。当女生们个个洗耳恭听她进一步解释的时候，她却停住了。

下课！

旗旗倒霉的是在胡老师布置收集女生们听了以后的意见时，公开地说:"我还以为她能说出什么科学道理来,原来细胞核还是细胞核!她懂的还没有我多哩!"

可以想象这话传到胡老师耳朵里是什么效果。

胡老师第二天就去进行家访。

幸亏接待胡老师的是旗旗的母亲。

晚上,妈妈趁爸爸不在家,到旗旗房里,握着旗旗的手,没有说话自己却先流开眼泪。

"你懂,你懂多少哟!傻娃娃。"

"妈,"旗旗倔强地说,"你别再把我当傻娃娃。我们这一代人懂的比你们多得多!老师们也把我们当傻瓜,这是他们最大的错误。"

"你能,你能!你那点本事不都是老师教的?还敢在背后说老师的不是!让老师告到门上来。"

旗旗撇撇嘴:"什么老师教的!社会教给我们的就够多了。老师们就是极力想把我们变成傻瓜。明明是那么回事,老师非要遮遮盖盖的。我就讨厌虚伪!其实男男女女不就那么回事么?"

妈妈害怕地说:"你该不是……"

旗旗懂得妈妈的意思:"你放心。我跟你说了我不是傻瓜。"她想起黄胡子。这位叔叔教给她的就够她用一辈子。

"班上有……男同学跟你好吗?递条子啥的。"

"当然有。"旗旗骄傲地昂起小脑袋,"我一天能接到两张条子。"

"哎呀!"妈妈吓得叫起来。

"你别怕,"旗旗笑道,"我一个也看不上!穷得一天连一根冰棍都吃不起,还交女朋友哩!"

"那你……"

"妈,我跟你说实话吧。我最爱钱;我将来要有钱,要有地位!想想过去咱们过的日子吧,不都是因为没钱,没地位造下的罪孽!"她意味深长地瞥了妈妈一眼,"我有钱有地位,我自己找啥样的有啥样的!"

妈妈垂下头去抹眼泪。旗旗说的话不无道理。自小妈妈把她当成一个伴儿,使她过早地像成人一样思考了。

妈妈说:"这些话你可别跟你爸乱说。不然他又要说我没管好你。"

旗旗别过头去:"还用你说!"

这次谈话决定了旗旗今后一生的道路。理科最好的她,改上文科了。因为理科班的班主任是细胞核,文科班的班主任是吴老师。

旗旗十岁时,爸爸平反了。补发工资上万元,爸爸很高兴,说"等于强迫存款"。一关一放在他身上起的作用,仿佛就是脾气特别大而耳朵眼又特别小,别人的意见一点也听不进去;什么事情都是自作主张,更不用说家务事了。聊起那段往事,他还庆幸地说他并没吃苦。在劳改队里教书,比一般犯人自由得多,也舒服得多。旗旗想,那你还让我妈妈每个月给你送东西干什么?从旗旗有记忆的时候开始,每个月固定的日子,妈妈要半夜爬起来赶火车。旗旗当然也睡不好觉,妈妈一面收拾瓶瓶罐罐,一面给她安顿这安顿那。

爸爸仍然喜欢已经参加了工作的哥哥,毕竟他和儿子曾一起生活过几年,在漫长的十年里是他回忆中唯一喜人的形象。平反后第二年,妈妈生了弟弟,爸爸又偏爱弟弟了。旗旗夹在中间,像是蹲在后台的一个被导演遗忘的角色。

爸爸恢复了职务,翌年又调任为专署副专员,举家迁到专署所在的这个县。那个文静的叔叔自爸爸出狱就再没到她家里来过,现在更在百里之外。但是旗旗却有时奇怪地想起那个叔叔。妈妈也经常一人呆呆地坐着,翻来覆去看自己一双手,仿佛想从手上看出自己的命运。

是不是妈妈也在想那个叔叔呢？旗旗开始认识到人的感情的复杂，感情的微妙，感情的不可捉摸。

一个少女的心，将战战兢兢踏上感情边缘的哪一个侧面？谁也没有教给她做这样的准备，只有生活本身……

爸爸跟妈谈完话的那天晚上，爸爸给她通告了新的家规：

第一，不许穿裙子；不许跟男生交往；

第二，放了学就回家复习功课，不许在路上逗留；不许晚上到同学家去，女同学家也不行；

第三，要星期天去学校必须有老师的书面通知，什么时候下复习课要老师写一张旁证。

还有其他等等，以后临时决定。

旗旗大哭了一场。星期天的自由被剥夺了不说，平时到晓莉小云家做完作业后海阔天空聊天的乐趣也没了。更主要的是，怎么跟好朋友交代？她爸爸在地区也算是有名的"思想解放派"。只有这一点还值得她在同学面前自豪。可是这个被孩子引以为荣的形象自己把自己破坏了。

感情的复杂首先是因为人本身复杂。

还是苏爱华说得对，世界是黑暗的，只有上大学的路有一线光明。上大学能把她从家里解放出来。

于是她拼命用功复习。

第六章

15

　　社会上还沸沸扬扬地传闻某某中学的某某男生在课堂上公开地搂着女生"亲嘴、摸奶头子",被称为某某中学的县中高三(三)班的学生却已把王文明的事置诸脑后了。他们是目睹这件事的人,从他们心里被压抑的那一个角落出发,他们似乎朦朦胧胧地能够理解王文明。越是大人不让动的东西他越想去碰,甚至有把它毁坏掉的冲动。学生们扪心自问,都发现了自己身上或多或少存在着这种危险因素。看见王文明被勒令退学的下场,个个都自觉和不自觉地赶紧加强自我约束和自我压抑。这大概正是学校希望达到的效果。而深藏于内心的对王文明的同情和同病感,就使得大家都对那不幸的事件缄口不提。何况,班里人人都面临着大考,如同乘了几天几夜的火车,还有几分钟就要到达终点站,各人都站起来忙活收拾自己的提包、毛巾、茶杯,检点有什么遗忘的东西,哪有去管别人的心思?更何况,班里每天都有笑料,足够这些被考试苦恼的年轻人乐一阵子的。

　　最近一件可乐的事,不是一男一女演出的,而是发生在两个最要好的女生之间。

　　现在,令人惊诧的是,高考使班里同学与同学之间的关系陡然紧张起来。用旗旗的话说,这是一个"无形的战场",而同学们并不是同一战壕里的战友，恰恰相反，每一个将要参加高考的同学相互之间都是敌人。学生四面受敌，握着枪杆子到处乱放。每天早晨早自习，有人会大声宣布昨天晚上他看电视看到深夜，功课一点也没复习。"那部电视剧真棒！你们都应该看看。系列片，今天晚上还有。"有的人说最近她身体不好，一看书就头晕，吃完晚饭就睡着了；有的人在自由市场的书摊上偶然买到一本有用的复习资料，视为至宝珍藏起来偷偷地看。倘若不慎被别人发现，都说是托人从上海北京买来的，既不外借也不让别人跑到那书摊上去买。

如果要问他昨晚那部电视剧是什么内容，他肯定连名字都说不上来；而那位吃完饭就睡的女生，恐怕她是吃完了早饭才迷糊了一会儿，其实昨儿晚上她做了一晚上作业。假如有人公开说他昨天开夜车开到凌晨一点，听见的人会嫉妒得心绞痛，至少也会心律不齐。好像他开夜车不是用他个人的时间而是占用了听者的宝贵时间一样。

这两个女生，一个叫郑聪，一个叫汪明惠。用晓莉带港味的话说，"她们两个好好啊！"而旗旗却说她们两个不是"姊妹花"，简直是"一对白骨精"。两个人同一张课桌，谁要吃了别人一点亏，两个马上统一战线共同对付，非要把那人骂得狗血淋头不行。两副尖牙利齿绑在一块儿，谁也不敢惹。洋马说虽看她们是本县人，两张嘴却是日本原件中国组装的。可是高考即将来临，两人之间也有了微妙的变化。谁也不让谁多用一点时间来复习。复习时一块儿复习，玩耍一块儿玩。互相帮助成了互相监督。监督的不是谁偷了懒，而是谁多用了功。于是搞得两个人都筋疲力尽。

一天放了学，郑聪还在课堂上复习，汪明惠催着她回家。又是帮她收拾铅笔盒，又是替她合上书本，殷勤得很。郑聪没法子，跟她一起走了。下了楼，郑聪忽然说要解溲，叫汪明惠等一等。她独自去了厕所，汪明惠在报牌前看报。她连"遗失启事"都看完了，郑聪还没有出来，这泡溲解了足足有二十分钟。汪明惠跑进厕所一看，原来郑聪蹲在茅坑上专心做习题哩！气得汪明惠几乎当场晕厥：郑聪多学了二十分钟，而她除损失了二十分钟之外，还被当成大傻蛋！

汪明惠跺脚骂她："你的狡猾都带着屎味！"

郑聪反唇相讥："你安下的心当我不知道？你的好心比厕所还臭！"

汪明惠指天盟誓："就你这样，要能考上大学我把脑袋割下来。"

郑聪的笑冷得令人打战："当然啰，你爷爷是教育部长嘛，你爸爸是招生办的主任嘛！"

两人的统一战线毁于一旦，还互相揭短。郑聪说汪明惠对白思弘有意思，爱他家的钱；汪明惠说郑聪希望有个男生给她写条子，约她到什么地方去她就到什么地方去，不值钱的货！直闹到两人都要求吴老师调座位。

洋马咏哦道："风云突变，军阀重开战！"

懒猫笑着鼓掌："狗咬狗一嘴毛！"

"四眼"正儿八经地用新闻腔说："不时有惊人内幕消息传来！"

猩猩做了总结："反正足叫哥们儿咧咧嘴的！"

有人拍着白思弘的肩膀："听见没有？你小子够有桃花运的！有个 girl love you。"

白思弘头也不回地说："让她把脖子洗干净了再来。"

16

晓莉当然也乐。但乐完了又苦恼。白思弘不知怎么，对她总是若即若离，不冷不热，让她摸不清他究竟是什么意思。眼看就要毕业了，考得上大学考不上大学，反正都要各奔东西，这样暧昧下去，叫她怎么受得了。

晓莉不像旗旗。旗旗告诉她："你看见没有？现在咱们这些大学预备生，在上大学的这条小道上，竞争的对手不在全国，不在全省，不在全县，还正在咱们自己班上。我看着就觉得可悲！"而晓莉并没有这种感觉。考不上大学还可以复读，再考不上，参加工作罢了。她爸爸妈妈都没上过大学，现在挣的钱比正牌大学毕业的还多。爸爸根据自己的经验说："有技术比什么都强，文凭有什么用？"他先是承包了一辆卡车，后来又承包了汽车摩托车修理厂。她妈也退职了。"你就专门在家给我当后勤，打扮得漂漂亮亮的，让我看了舒服。"爸爸给妈妈安排了这样的工作。假若说全县第一个穿牛仔裤蝙蝠衫，戴新颖太阳镜的是她妈妈，那么第二个就是她。她也参加竞争，但竞争的方向不是学习，不是考大学，而是比衣着打扮，比美。

在高一，就有男生给她写条子，有时是在铅笔盒里发现的，有时是男生红着脸直接塞给她。什么"你真美，我爱你"这些话。有的还用英文来表达。对"I love you"，她并不感多大的兴趣。爸爸爱她、妈妈爱她；她是独生女，奶奶姥姥爷爷都爱她。她和旗旗的不同点还在于：旗旗叫人害怕，敬而远之，而老师和同学都说她"没心没肺"，喜欢跟她接近，她周围总有一群人。可是对"你真美"三个字，却喜不自胜。因此越发在身上下功夫。

到了高二，纠缠的男生更加多起来。各种漂亮的女生在被围剿状态，都纷纷找保护人，晓莉也动了念头。既不是出于情，更不是出于爱，而是自卫的一种手段。她看到班上猩猩最壮，像电影里的打手，于是应猩猩之约前往公园。可是猩猩见第一面就要跟她接吻，一点大明星的风度都没有，吓得她推了他一巴掌就跑。后来猩猩约了几个哥们儿在她回家的路上堵她，扬言要不跟他好就把她"撕了"，她只好去求助旗旗。

旗旗说："别怕，我跟你走，你有那么好的一个爸爸，还怕啥？"走到胡同口，果然看见猩猩带了两个低班的男生，像武打片里的土匪在探头探脑。旗旗挺着还没发育成熟的胸脯直往前走。三个"土匪"一字排开，颇有"此山是我开，此树是我栽，要想此地过，留下买路钱"的气派。旗旗冲着他们说："晓莉的爸爸跟他的徒弟正在家等我们哩。你们要不要跟我们一块儿进去？"猩猩一听就明白，呼哨一声都骑上车子溜了。因为晓莉爸爸修理厂的一帮所谓"徒弟"，多半是教养所出来的青年或是派出所的常客。她爸爸还因"帮助失足青年安排工作做出贡献"，在广播喇叭上受过表扬，闻名全县。

从此无人敢动晓莉的心思。

她却深感寂寞了，爱人和被爱的欲念因寂寞而陡然增长。在家里无缘无故地发脾气，无缘无故地哭，无缘无故地跟爸爸妈妈顶嘴。妈妈说波兰的《夜茫茫》好看，她说波兰人都是丑八怪；爸爸说中国的侦探片没啥看头，"拳头上去都没响儿"，她偏说这是中国风格。爸爸妈妈莫名其妙："莫非这个丫头吃错了药？！"

洋马的文章被吴老师讲评的那天，下了课她朝洋马抛过去一个张瑜式的微笑，使劲儿突出不太明显的酒窝。可是洋马油腔滑调属第一流，对打架斗殴却敬谢不敏。倘若她爸爸手底下的徒弟杀将过来，他肯定屁滚尿流。掂量了一下，洋马没敢问津。有一段时期，晓莉满脸带着潘虹式的苦相。

不久，白思弘像从魔术箱里拎出来一般突然变了样，全身港货，派头十足。她暗暗对他倾心，可是嘴里却说："他穿的那'苹果牌'是假的。别蒙我了！""他是想学李小龙，可是学不像，学成了梁小龙！""他那拎包的姿势不是港派，是海派。差远了！""像他那样的已经过时了，他属于奶油小生。人家现在讲究的是硬派小生。"那个"人家"不知道指的是谁，反正不是她，她还是中意"奶油小生"的。同时她还故意说些很"解放"的话，好似她在恋爱上很有经验。用武侠小说的话来说，这种有意暴露破绽的方法，不过是诱使对方进招罢了。

后来，白思弘带来他在广州深圳的彩照给班上的同学看，她也凑了过去。放了学，她趁只有他们两人的时候，绷着脸问："你那彩照是拿什么照相机拍的？在哪儿印的？"白思弘不无炫耀地告诉她。她又埋怨她爸爸："我说彩照不能在县上印，我爸非说都一样的机子一样的药水，哪儿印都行。我们的彩照就是没你的颜色好。你借给我一张。我拿回去给我爸比较比较。"她挑了一张白思弘的单人照。第二天放学，走在回家的路上，她交给他一个白信封，诡谲地一笑，说："还给你相片，旁边没人的时候你再看。"

白思弘先是愕然，旋即给了她一个心照不宣的微笑。

可是，过了几天，白思弘做值日，溅了一点水在她裤子上，挑了挑眉毛，说声"对不起"。她气得在回家的路上直发抖：他为什么要说"对不起"？！既然我们有了意思，照片都交换了，你洒了点水在我身上有什么关系，为什么这么生分？于是又赌气不理白思弘。

然而，她和白思弘好的信息已传遍全班。原来白思弘把她的照片大明大白地压在书桌的玻璃板底下。同学起哄，他还说："这有什么关系！你要送我照片我也压在这儿。我是来者不拒。"猩猩说："你小子别以为了不起！这妞早让我玩过了。"白思弘鼻子里哼了一声："粗俗！"在班上，只有白思弘能对付猩猩。"这家伙黏不叽叽的，一肚子鬼！"猩猩说。

　　上了高三，她到学校来报到。在报到的花名册上，看到她的名字正列在白思弘下面。是不是命运在向我预示什么？是不是命运特意的安排？她暗自窃喜，以为冥冥之中的主宰已经把他俩牢不可分地结合在一起了。但没有几天，班主任吴老师在课外活动的时候，蹲在操场上似有意似无意地对她说：即将考大学了，希望她在这一学期好好用功。比较要好的男同学当然应该有，可是不要过早地陷到爱情里去。如果上不了大学，倒是一辈子的不幸。吴老师没有指名道姓，她已经明白是怎么回事。准是班长这个四眼母狗汇报的。但吴老师的口气又很和婉，不便于当场顶碰，她反而低下头哽咽地说："我听你的话，吴老师。可是我怕我现在突然跟他生分了，会伤他的心。"自作多情的神态可掬。吴老师这个过来人看了暗笑，说："这你不用顾虑。我会好好跟他说的。"她表示道："你跟他说的时候可别伤害他。就说就说……考完大学我还跟他好。"吴老师说："你放心吧。我会说的。只要你们考上大学，将来你们真结合了，我还要来吃喜糖哩。只是现在不许你们这样做。"

　　她以为吴老师这次谈话就把他们的事情一锤子决定了。

　　而现在马上就要考大学了。

　　可是他的态度为什么还不明不白？

　　白思弘不喜欢汪明惠，跟好朋友旗旗也没来往。肯定他另有所爱，这个人只能是被称为皇后的吕宝辰！

　　如果有消息说吕宝辰出了车祸，她会高兴得马上跳起来。

第七章

17

洋马到自由市场去给家里买香油,发现了久违了的王文明。

王文明站在卖老鼠药的摊子面前,研究悬挂在砖墙上的老鼠药广告。

他指着花花绿绿的一大幅布:"你看,这词儿写绝了!"

广告上写着:

六五期间重大科研成果!

七五期间科研攻关项目!

本鼠药"一嗅灵"乃美国伽俐佛俐娅大学程玉友博士经三十年研究而成。被法国巴黎大学英国伦敦大学德国柏林大学意大利罗马大学日本东京大学苏联莫斯科大学定为国际级灭鼠药。在非洲埃及巴勒斯坦土耳其埃塞俄比亚津巴布韦做过多次试验。灭鼠成绩卓绝。目前上述国家已成为国际无鼠区。美国联合国第一百八十五次大会郑重向全世界推广。我国仅北京中央科学院有少量此药。因本省本地区鼠害猖獗,经研究,特向本地区居民免费发放。只收成本费。每包贰角。

"你他妈的看这干啥?"洋马在王文明脖子后面给了一巴掌。

王文明痴痴地说:"我说人还不如老鼠。你看到没有?老鼠都能满世界乱转。各国都有老鼠。这儿灭鼠了,它跑到那儿去……"

洋马看看他的脸色:"你他妈不是着魔怔了吧!"

王文明说:"我这会儿一点病都没有,比啥时候都清楚。"

"那你怎么想起来把人比老鼠?"洋马骂道,"孙子!你要是老鼠,人就要给你吃耗子药,治死你这个王八蛋!"

"你不信?"王文明神往地说,"这些日子我瞅着我的老鼠就捉摸。捉摸出好些道理来。我才知道,哪个国家的名字好听,哪个国家就好。比如说吧:美——国,美!你听出来没有?英——国,英!你咂咂这字眼儿!苏联就不行!苏——,像要垮的架势。那越南更糟了,越过越困难——"

洋马笑道:"多日不见,你他妈真长学问了,真是'士别三日当刮目相待'。你不是说你要流浪去吗?我还当你真走了哩。"

"我就是要走。我正琢磨到哪个国家去哩。我看还是缅甸好。带'缅'字,大概好些东西是免费的。"

洋马揶揄他道:"你还不如上加拿大去哩,逛一趟还能拿一大件回来。"忽然又想起来,"喂,我问你,你是不是对徐银花有那个意思?"

王文明噘着嘴唇思忖了一会儿:"跟你说老实话吧,原来真没意思,坐在一块儿坐了半年,我就没有想到旁边是个女的。这会儿嘛……好像有那么点意思。"

"你他妈真把人坑了。"洋马告诉他,"如今她神不守舍的。有时候坐在课堂上光是不出声傻笑,课外活动一个人站远远的。你要对她有那么一点意思，干脆给她写封情书。我来给你递。"洋马自告奋勇。

王文明低着头，两眼呆呆地盯着鼠药摊上的死耗子。洋马有点发慌，莫非这小子真有神经病了？

王文明从死老鼠上抬起眼睛，说道：

"我没钱。"

牛头不对马嘴！写情书要钱干什么！洋马断定他脑袋瓜有了毛病：一会儿明白，一会儿糊涂。咱们还是"拜拜"吧！他赶紧提着油壶跑了。

18

徐银花身体越来越坏，精神越来越差。王文明"事件"并没有给她什么舆论压力。她爸爸妈妈还不知道。一条城乡差别的鸿沟也隔绝了信息的流通。她是正在经历人生的一次危机。

下面，如实摘录她两天的日记：

6月14日

躺在床上睡不着，我就干这罪恶的又无法自制的事，开始是揉揉乳房，乳头，最后我就答应自身的强烈感受摸自己下身。一阵我激动得浑身发麻，想入非非，一阵后脑子一片空白，而后又想到可怕，我也许正是染上了杂志上说的"手淫"恶习。

6月20日

几天来我都昏昏迷迷，脑子什么都记不住，白天总想男女之间的事。我觉得走到哪里都有异性的眼睛盯我,我连走到大街上都觉得有人盯着,真是弄得心惊肉跳。晚上当我得到了那种羞耻的满足后,我又后悔得流泪,离高考越来越近,我可怎么办……我睡不好觉就起来到马路上走,想好回来一上床就睡,什么也不想。可是当我睡下不久就感到有什么东西等着我,我不自觉地又把手放在下身处……我强制的办法就是坐起来把这些写进日记里,让它暴露在我眼前,也许我能改的。

一种强大的罪恶感压得她抬不起头。女的人人耻笑她;男的人人眼睛盯着她。一张张耻笑她的嘴和一对对灼灼的眼睛都藏在阴暗的地方,使她内心充满恐惧;她在苦苦挣扎。而斗争的对象是自身体内如火的情欲。她没有朋友。小云、晓莉、旗旗、苏爱华,都在忙于应付高考。即使没有高考,这些同学也算不上跟她很亲密。她能把她干的勾当告诉她们之中的任何一个吗?她已认定了她干的是极其见不得人的事,不但对于自身是犯罪,对社会也有极大的危害;和抽鸦片烟一般:既害己又害国。社会和家庭仿佛在联合起来对付她:一方面使她无知,一方面又加以谴责。如她日记中所说,在她想入非非的晕眩中,伴随着激动不已的快感是深深的自责;矛盾的感受,矛盾的情绪,不再是看不见摸不着的东西,而是铁锤似的砸在她身上。

两个嫂嫂都是农村妇女。她记得曾听她们妯娌聊天时吃吃地笑着说过,"这事可不能多来,多来了把身子都会拉垮。"当时她隐约地意识到她们谈的是跟哥哥之间的事,红着脸走开了。现在,道德的自谴自责再加上自以为对自身生物系统的戕害,不但把她的精神,并且真的把她的肉体全面拉垮了。一张脸像被强烈的日光晒后的红纸,留下的是不健康的污秽的红斑,皮肤也如久经暴晒的菜叶,皱皱巴巴的,毫无年轻人应有的光泽。

更严重的是失眠。因为从来没有失眠过而更感到失眠的可怕。在深夜谛听心脏噔噔地跳动就像听见鬼的脚步。而对付可怕的失眠的办法又是干她所谓罪恶的事，希图在满足之后得到暂时的平静，使自己能迷糊一个小时。如此反反复复，她陷入了恶性循环。

生活对于她来说已经成了极沉重的负担。而她又必须遵循着习惯每天拖着沉重的步子上学和放学。

她也曾想克制、想改，想认识自己。路过自由市场的书摊时，她一眼瞥到一本名为《青春期心理》的书。封面是一位妙龄女郎抱着一棵树。她想去买，可是书摊上总围着几个人，还有本校的学生。卖书的又是一个留长发穿牛仔裤的小伙子，她骑车从书摊旁来来回回许多遍，始终鼓不起勇气。这是一本黄书。谁买这本书谁就会被人在背后指指戳戳。

妈妈说："都快考大学了。你看她一脸倒霉相，能考上大学？上学上学，越学越懒，现在吃完饭连碗都不洗，往床上一躺。明儿出了嫁，看她怎么办！"

爸爸说："妈的！我给她铺了路，走不走在她。明儿考不上大学，当不了城里人，给人算了！咱队上的老司正找对象哩！"

"队上"指的是爸爸组织的建工队。老司是河南来的技工，瞎了一只眼。农村人说那眼眶里装的是狗眼。不管狗眼也好，玻璃眼也罢，反正看人比真眼还厉害，总是目不转睛地瞪着。她在这个老司面前胆战心惊，以为那只眼能把她一下就看穿。而老司的独眼是全队唯一会看图纸的眼睛。爸爸离了他不行。爸爸把她给老司当媳妇，完全可能。

二哥从小跟她一起耍大，一块儿打过猪草，一块儿扒过山柴，虽然娶了媳妇,还疼她,并且也上过几年学,说:"银花我看是有病哩,我还是带她到医院去看看。说不定是因为功课重,愁的。吃几服药补养补养吧。"但她死也不去医院。胡老师说过,女人干了坏事医生一查就知道。去了医院,丑事全暴露了。

听洋马在班上说,他在自由市场上见过王文明;这小子要到缅甸去,可没钱。她把塞在枕头里的二百块钱都拿出来装在身上,天天路过自由市场时东张西望。但没有见到王文明的影子。晚上,当她为克制自己的习惯爬起来四处转的时候,她也会跑到自由市场上去。

几条野狗还在肉摊附近徘徊。个体经营的小铺开着门,传出阵阵划拳的吵闹声。蓝幽幽的路灯光洒在空旷的广场上。夜的空气里弥漫着腐物的臭气。她把手揣在裤兜里,紧紧地攥着钞票。她和野狗一同到处寻觅。但她不是希冀得到点什么,而是要施舍出去。浩渺天空中闪烁的星光,丝毫不理会一个只有在奉献中才能获得安慰的灵魂。

王文明大概真的到缅甸去了!

她不知道每天晚上她跑出门,她的哥哥或嫂子就会在爸爸妈妈的眼色支使下,跟在她后面。哥哥嫂子回来报告说,她什么也没有干,也没见着她跟谁说话,只是一个劲儿"瞎溜"。她爸爸越发生气:"妈的!古人有话说:'女大不可留,留了结冤仇。'要考不上大学,趁早给老司!"

她爸爸说得对,女儿到啥时候都要嫁人。迟嫁不如早嫁。没文化的彩礼轻,有文化的彩礼重。区别仅此而已。

第八章

19

白思弘在家里发脾气。

"你们这儿人来人往的,家里跟饭店一样,还叫我复习不复习了?只有半个月就高考,能不能让我安静一会儿!"

爸爸嘻嘻笑道:"你小子这时候别张狂,到高考的考场上看你的能耐!你不是嫌家里吵吗?给你租一间高级宾馆咋样?"

说办就办,下午他爸爸就以宝丰电器公司的名义,在县上为外宾新建的招待所开了一套甲级客房。"这会儿只要有钱,招待里根总统的套间我也能去睡两晚上。"他爸爸说。

像这个县的大马路上既跑着小毛驴车,又奔驰着超豪华的丰田一样,县中的学生里既有徐银花这样的乡里人,也有正在被八十年代吹进的南气熏陶的白思弘。

他已经忘记了刚上小学那天,因为家里买不起新的绿帆布书包,他爸爸把平时卖货用的破人造革钱包洗干净交到他手里:"乖儿子,你凑合着用吧。赶明儿爸爸发了财,给你买个大箱子盛书。"使他第一天跨进学校门就感受到委屈。如果说还有点记忆,那不过促使他下定决心:再不能过过去的日子;今后的生活一定要与过去截然相反。

截然相反!

他家没有一个亲戚在海外。中国人富裕起来绝不是靠海外关系提携的。且看这个内地的一个普通农民，而且是长期受着政治歧视的农民如何发家的。

他爷爷是地主，他爸爸世袭了这个倒霉的成分，到他上小学，学生登记表上还填的是地主。爸爸在生产队上从来没有被评过高分，尽管是一个最棒的劳动力。在一个劳动日仅值两毛钱的情况下，要不想饿死，只有趁农闲时出去做小买卖。无非是倒腾辣面子、荞麦皮、木耳等等不值钱的东西。地主的儿子读了几年书，脑袋瓜子灵，家里又有五张口嗷嗷待哺，逼得他足迹遍及全省和邻省的十几个县，逼得他成了最熟悉商业信息和最善于倒腾的小贩子。打倒"四人帮"后，首先是给地主摘帽，接着是开放自由市场，随后又允许长途贩运。这个原来背着辣面子口袋挨村串户的中年农民，看准了这是他施展才干的时代。蚀了本，大不了还过穷日子，闯出去，财发得就不可限量。他是全县第一个光临广州的客商。他带出去的是发菜。这个县盛产发菜，公家从农民手里收购每斤三元，而广州市面上的价格高达七十多元。他带去的一百多斤还是卖给三道贩子也不知是四道贩子，就赚了几千块。他深谙钟摆式运输的道理，带了一批广州已过时的电子表回来，又大赚了一笔。不到一年，他已经不用亲劳大驾了。在本县他雇人用高出公家五分之一的价格从农民手里收购发菜。发菜不属统购物资，他这样做是合法的。然后打成包包租卡车运往西安，从西安托运上火车直发广州。在广州有人接站。广州的代理人又将他所需的货办齐发回来。在电子表跌价之前他改做服装。服装成了大路货之前他已改做家用电器。他永远比人先着一等。香港人和东南亚华侨喜欢发菜是因为它与"发财"谐音。这种蓝藻类植物并不一定给他们带去了吉利，却真正让这个农民达到了目的，不但财运亨通，政治荣誉也接踵而至。

他现在经营着宝丰电器公司和其他等等公司,挂的是大集体的名,实际上属于他自己,资产高达百万元。他又是第一个向县上捐了三万块钱办教育的积极分子,被称为农民企业家,于是当选为县政协委员。

全部过程,从掺了红高粱皮的辣面子到索尼和三洋,是在短短四年当中完成的。

四年间,一个四十岁左右的普通农民的素质不会有太明显的改变,至多不过因财大而气粗罢了,但在一个正在发育成长的少年身上,这四年是关键的时期。到了他上高中,就变得他爸爸妈妈觉得陌生了。临到高中快毕业的这一年,爸爸妈妈和他的差别,已经相当于辣面子和立体声录音机之间的差别。

在家里,他的目光总是冷冷的,从他并不太大的眼睛里发射出来。父母的爱,姐姐的爱,激不起他的热情。相反,他们越倍加宠爱,他却更加冷淡。升到高三,他爸爸讨好地说:"小子,现在反正存钱没用,你大学毕了业,老子送给你一辆超豪华丰田。不就十几万嘛。"他鼻子里哼了一声:"到那时候,超豪华丰田早过时了。人家外国的小轿车一年一个样。你们总是拿几十年一贯制的中国眼光看问题!"

他的两个姐姐当然也随着家庭经济的上升而开始精心打扮。他却撇撇嘴道:"别看你们戴耳环、戴项链、戴戒指,说不定你们那耳朵眼里乡下的土还没洗净哩!看看你们那手指甲,搂发菜的驴粪末还藏在里头哩!"

他也去搂过发菜。那时候他力气弱,蹒跚地拖着筐跟在妈妈和姐姐的后面。现在,他早已开着超豪华的小轿车跑得远远的了,他家里的人简直不能望其项背。

他一放学回家,家里人莫名其妙地都有点战战兢兢,不知道他又会说出什么挖苦的话来。他姐姐向她的未婚夫说:"你这是头一次去咱们家,我爸爸妈妈都好说,他们不会有啥意见,就是我那个兄弟,你在他面前留点神就是了。"相过女婿以后,一家人吃饭自然要议论。他居然恩准了姐姐的婚事:"你们两个正好配一对。看起来都很洋气,可是翻过来一看,原来是 MADE IN CHINA,仿制品。"一家人还不明白什么意思,只是笑。

令他家人吃惊的变化,成长条件的决然不同虽然是主要的,但偶然性也有相当大的作用。高二的暑假,爸爸带他去广州深圳。"现在有钱人讲究旅游。咱们也旅游去,有钱不花,死了白搭!"父子二人先乘火车到北京,再转车至广州。在火车上,邻铺的一个乘客在看一本叫《海外文摘》的杂志。这本杂志他们县上没有出售过,他借了来翻翻,给他印象最深的,可说是对他今后一生都起着影响的,仅仅是一句在别人看来绝不会留意的话。这句话出自一篇译介法国小说的文章:

"培养一个贵族需要三代人的时间。"

这句话像锥子一样楔进他的头脑,触到他童年记忆中最敏感的部位。那敏感点迸起的火花,即刻升华为一种激越的野心。谁能想到十八世纪法国贵族的经验如此微妙地投合了一个二十世纪八十年代的少年在童年时的逆反心理。而这个中国少年,将是未来中国社会的主人翁之一。

在他的记忆中,他小时候总被称为"地主崽子"。小学一年级的同学,虽然衣衫褴褛,食不果腹,有的却懂得以"五代贫农"向人炫耀了。老师喜欢这样的学生,照顾这样的学生。而他这个上查三代都是地主的学生被冷落在一边。受了伤的童心也会反抗,自卑到了极点反而会自豪。"地主就地主,你们还当不成地主哩!"当年很模糊很朦胧的心理状态在社会全面变化了之后当然早已淡忘。但它并没有在脑海中消失，不过是沉到了海底；从意识转成了潜意识。到了八十年代上半期，"地主"已不再是蔑称，是耻辱，同时历史教科书、语文课本及各种课外读物上，也真实地记述了许多被称颂的大人物多是地主出身；毛泽东的家庭出身也是富农。"哦！原来如此。"不要以为"血统论"绝迹了，它是这样奇妙地以另一种形式流传下来。不然，"血统论"就不能说是中国传统文化潜意识的一部分。谁也无权责备他，因为他就是当年"血统论"的受害者，他有理由维护自己的尊严，以自傲来求得一颗心的心理平衡。在向南方飞驰的火车厢里，他暗自激动。既然三代才能造就出一个贵族，那么他爷爷、他爸爸实际上并不能算是贵族，第三代恰恰轮在他身上！

原来我是贵族！不要以为他还想当地主来剥削农民，不，他是想成为贵族。"贵族"的概念在他的认识里，并不是什么公侯伯子男，拥有封地的古代人，而是高于普通人，超于常人的现代人。

一个十七岁的年轻人，已经懂得怎么塑造自己了。他要把自己塑造成一个"贵族"，他以为他有这样的条件。

在北京，他又偶然地去看了一次电影。电影院偶然上映的是《铁面人》。这部以中世纪欧洲宫廷斗争为背景的轻喜剧，使他知道了国王也能模仿。那个一落地就寄养在农村的国王的孪生兄弟，二十多岁时被宰相领回去后，竟也能学得举手投足与国王惟妙惟肖，把真国王顶替了下去。

何况他仅仅十七岁！何况他并不是要学国王！

一个在内地生长的中学生到广州深圳之前，心里就有了这样的准备。在他向什么白天鹅、中国大酒店踏去的第一步时，他就告诫自己，不要犯傻相！他居然也会用很随便很雍容的气派经过他爸爸还对之连连点头的西服笔挺的门役,仿佛这里没有一样他不熟悉的东西。他爸爸对富丽堂皇惊诧不已;他爸爸大声喧哗;他爸爸的西服全部扣齐,领带结得像麻花;他爸爸当众打哈欠;他爸爸不知道把痰吐到面巾纸上,再扔进痰盂;他爸爸不会用刀叉;他爸爸满口土腔,三句话一个"妈的";他爸爸老叫他"小子"而自称"老子";他爸爸吃完饭剔牙还不知捂着嘴,饱嗝还特别响;他爸爸爱跟"的士"司机讨价还价,而仪表盘上明明有计程表;他爸爸经过琳琅满目的橱窗一副猴相;他爸爸逢人便夸自己有钱,其实不过几十万财产;他爸爸不知道世界上还有洛克菲勒、松下幸之助和包玉刚;他爸爸没有文化;他爸爸……到旅游后期,他已经不太情愿跟他爸爸一起上街上游乐园了。年轻人的眼睛悄悄地注视着港澳和海外来客。他能分辨出哪些是"打工仔",哪些是所谓有文化的"上等人"。如果刻意模仿,年轻人没有学不到的东西。从南方沿海回到内陆腹地,他浑身上下变成了"上等人"。

内心努力的方向改变了外表,外表的变化又强化了内心倾向。他一心一意读书,知道未来是有知识的人的天下,同时开始意识到,知识不但是创造的一种力量,也是享受的一种手段。在一个绚丽多彩的世界上,没有知识的人没有资格享受现代物质文明提供的许多乐趣。他在班上不屑于与猩猩懒猫这样的同学为伍,那些都是"下等人"。而另一方面,他对人的态度也变成和他年龄极不相称的冷漠。

当我们的教育家挖空心思用各种形式——教科书、教学大纲、考试、讲演、英模报告团、参观工厂农村、健康的课外读物等等,希望把我们的后代培养成我们所希望的人时,我们大概没有想到几个偶然性的因素就击破了我们的希望。至于这些偶然性的因素怎么会使他着迷,怎么会像戏法似的一霎时变成必然的影响,留待心理学家去分析。甚至可以这样说,关于人的心理而非生理的成长过程,会是科学的一个永恒的课题。

这部作品仅仅实录生活。

他何尝不知道晓莉喜欢他。他识破了晓莉那套向他虚晃一枪的手法。每有他在场，晓莉就特别饶舌，尽说傻话；在课堂的走廊上，别看晓莉跟一帮女生打打闹闹，眼睛却不时在向他瞟。他的虚荣心得到了满足。他把晓莉送给他的相片公开摆着：看，全班最漂亮的女生跟我好，可我并不珍惜她的感情，不像别人那样像宝贝似的藏在日记本里。吴老师找他谈话，是他意料中的事，因为鲁卫平早就告诉了他。他绞尽脑汁地要想出既得体又有力的回答，为此他翻了不少书，回忆一部部电影和电视剧。但遗憾的是书本和银幕上都没有现成的恰当的语句，没有给他提供思考的依据。他决定采用反诘法。一句话就把吴老师难住了。

他问："吴老师，您是一位好老师，更是一个诚实的人。您能表扬马力（即洋马）的作文就让我服。那么，我问您，您有没有过早恋的经历？"

作为老师，吴子安好像不能承认；作为诚实的人，又好像不能不承认。吴老师只好支支吾吾地跟他说些大道理。

他说："这些道理我都懂。我知道您是不能说，因为您是老师，您要尽自己的责任。这么说吧：我已经不小了，我会替自己负责的。还有什么事？要是没别的事我要复习英文去了。"

晓莉像傻瓜似的一厢情愿。她哪里知道他在深圳的电视上看过竞选亚洲小姐的录像。他爸爸看了哈哈一笑的镜头，已经深入到他的心里成了他的审美观，至少是审定女孩子的标准。晓莉在他眼里，纯粹是一个"土洋结合"的组装货！女孩子身上最重要的是气质。

而全班只有一个具有女性气质的女孩子，就是吕宝辰——皇后！

他悄悄地倾慕着皇后。但他要像"上等人"、"贵族"那样去恋爱。也就是说把爱藏在心底,让自己慢慢地体会、去咀嚼;即使一时不会有英雄行为,也要用突出的成绩去博得她的欢心;他要她先向他献出玫瑰花。什么递条子,撒野,那都是猩猩懒猫之流干的勾当!

他站在招待所甲级套间的落地长窗前向大街眺望。他希望看到她的身影。在久久盼望而不见的时候,他的眼睛里也会过早地流露出忧伤。

20

如果不是一句话的错误,宝宝是会和白思弘好的,但是他过于精明,急于在她面前表现自己而不择手段,终于永远失去了宝宝喜欢他的可能。

这还要从上学期"细胞核"发动的那次所谓早恋调查说起。

吴老师从鲁卫平嘴里知道学生中早恋的情况后,虽然在"细胞核"面前装模作样地记在小本上,但并没有大张旗鼓地当回事去处理。他只拣了几个有希望考上大学的学生,个别地规劝了一番。听不听在他(她)。的确如白思弘所说,他不能不尽一个教师的责任。至于其余根本没有希望考上大学的,他也没有去多费唇舌。这是一般老师的心理:既然已经看出是废品,再没有加工的必要了。

可是胡老师却不然。全班竟有百分之二十的学生陷入早恋,是令人震骇的数字!长此下去,怎么得了?万一出事,如何交代?她采取了惯用的方法,在班会上不点名地把学生严声厉色地训斥了一顿,好像全班人个个闯了祸。接着,她将同时给两个女生递条子的男生和另一对放学后公开在河边散步的男女同学统统记了一次过。"你还强辩?

简直是厚颜无耻！"她说，"同时给两个女生写条子，你还说是沟通感情！这连'早恋'都超过了，完全是乱搞！"然而她不但没把这种恶劣的现象压下去，反而全班递条子成风，纸蝴蝶乱飞。她像一个昆虫迷一样，手执标本采集网四处乱扑。而扑到她手上的条子，却写的是"请把你的复习提纲借我一用"，"我父亲请你父亲星期六到我家便饭，托你转告"，"英模报告团的报告会令我感动，我当场落泪了"等等。她知道她受了调侃，气不打一处来。

不久，省《青年报》读者来信栏里竟然刊登了一封署名县中高三年级学生"爱思"的文章，题目是《幸子光夫式的友谊有何不可？》，顾名思义，文章赞成在中学里发展男同学与女同学之间的"纯洁的友情"，说"纯洁的友情有助于互相促进学习，共同思考，为未来的恋爱生活做心理准备"，还说"有的老师想阻挡人类的天性，正如五百年前薄伽丘说过的，只会是枉费心机"云云。省《青年报》还加了编者按，说是最近接到不少青年学生的这类来信，本报择出一篇供同学讨论，编者不加任何意见等等。不加意见就是加了意见，刊登出来就等于支持。作为高三年级教师组长的胡老师大怒，写信给《青年报》提出抗议，并要"爱思"文章的原稿，至少要回信告诉她"爱思"的真实姓名。谁知编辑看到她一纸怒容，料到了披露学生的姓名以后"爱思"会有什么下场，复信中一字儿没提这个学生，还委婉地批评她没有了解报纸的作用，编辑的责任。

一时县中又掀起轩然大波。这封信被称为"幸子光夫事件"，第一，要追查写信的学生。并不是要给他什么处分，但要对他加强教育。第二，要在全校高年级各班展开讨论。《青年报》的编者按不也说供学生们讨论吗？而县中的讨论目的在于消毒。

学生中立刻分成两派。公开的一派在老师和团委的引导下，反对发展幸子光夫式的友谊，反对这篇文章的观点：中学生正在求知的阶段，不能心有旁骛；同学之间应一视同仁，谁能分得清友谊和早恋的界线？所以在感情上还是一律平均分配为好。吴老师为了大事化小，小事化了，想出了一个"不要在同学中发展超同学关系"的提法，胡老师也接受了，于是成为高年级同学的处世守则。另一派是地下派。中间也包括不少公开派中的两面派。这一派当然是支持"爱思"的。其所以称为"地下派"，是因为他们的观点不能或不敢拿到讨论会上说，不过在课堂下、在马路上、在家里议论议论罢了。

可是，对于这位神秘的"爱思"，两派都一致反对老师追查，更反对学校给予处分。历史老师刚教完"美国的独立战争"这一章，洋马马上接过口号在班上振臂高呼："不自由，毋宁死！"公开派中的鲁卫平也宣称：我们接受老师的教育，"不要在同学中发展超同学关系"，但是如果学校要追查处分这个"爱思"，我们就会站在他一边。她获得了空前的拥护，大家都说班长这次才真正代表了我们。

这样，这名"爱思"无形中成了全校学生崇敬的人物。

学校要追查，学生不让追查，于是上上下下都在公开和私下里猜测：是谁是谁？嗯？是谁？范围当然是在高三四个班二百名学生里，从文笔通畅又能引经据典来看，肯定在文科班的五十多人当中。

"爱思"，有个"思"字，莫非是白思弘？

而白思弘在那些日子，脸上总带着高深莫测的表情，凡人不理，昂首而进，挺胸而出，似乎即将绑赴法场也会用这种姿态。不但全班，全体高年级学生都在背后暗暗向他投去仰慕的目光。晓莉兴奋得容光焕发，在教室里，在走廊中，在操场上公开宣言："这个爱思只有我知道！"大伙都知道她爱疯言疯语，还告诫她不要随便乱说，要保护这个"爱思"。晓莉像和人吵架一般："这还用你们吩咐，我会用生命保护他的!"鲁卫平把她恨得牙痒,嫉妒得拳头胀:你为什么不告诉我?!为什么告诉她?!我冒着大不韪替你说话,你难道不知道?

全班只有一个人安之若素,沉静得出奇,对白思弘毫不动容。这个人就是宝宝。

客观的影响和主观的希望,使白思弘脑子里产生了自以为是的幻觉。这天,他终于按捺不住了。放学回家,他特地绕道跟在宝宝后面。看到宝宝与同学分手了,紧蹬了几下脚踏板,撵上她,将车往宝宝车前一横,用基督山伯爵的神态说:

"吕宝辰,我有一句话跟你说。"

宝宝诧异地刹住车把。

"你知道那个'爱思'是谁吗?"

宝宝一对大眼睛盯着他,紧闭着嘴,没有回答。他优雅地坐在车座上,两手交替地伸展雪白的线手套,眼睛高傲地斜视着过往车辆,说:

"是我!我只告诉你一个。"

说罢,他将很亮的永久牌13型锰钢车转了一个漂亮的弧度,向宝宝一扬手,返回去了。这是他从《原野奇侠》中那位奇侠的马背功夫学来的一招,帅到了顶!

这就叫恰到好处!

但是,他正双手撒把在宽敞的大马路上扬扬自得地飞快奔驰的时候,他没料到,此刻他的形象在宝宝的心目中一落千丈,摔得惨不忍睹。

全校,除了"爱思"本人以外,知道"爱思"是谁的,只有宝宝。这个卖辣面子出身的贵族大大失算了。

"爱思"不是别人,更不是他,而是理科班的霍曙光——图图!

21

图图说:"我这是为我们学生说话。从理论上,从人性上,青年男女中应该有纯洁的友谊;我认为这种友谊是存在的,根本不是什么早恋!可是我不能有这种友谊。要是我有这种友谊,人家会说:你霍曙光这小子原来是替自己说话,你的主张没劲!"

说这话时,他满脸为了自己的信仰,为了真理而准备殉道的表情。

在灯下,宝宝拿着他写的稿子,莞尔一笑:"你既然认为这是正当的,为什么你不应该有?如果你以为你与女孩子之间没有正当的纯洁的友谊,那么你跟我又算什么?"可是她不好意思驳他。

图图总有些怪想法,有时怪得她也难理解。

"我看,你最好不要用真名。你这篇文章肯定会引起争论。要是扯到你爸爸身上,学校就不好说什么了。"她以姑娘特有的细心建议,"干脆,你用个化名吧。"

"好。你说用个什么化名?"

宝宝脱口而出:"你挺爱思考的,我看你就用'爱思'怎么样?"

"爱思就爱思!"图图一拍大腿。"爱思又是S,而S在拼音字母上正是我的名字SHU的第一个字。太好了!"

"爱思"的化名还是宝宝起的呢,白思弘尽管看了《铁面人》,又怎能跑去冒名顶替?

倘若图图的想法有时让宝宝难以理解,那么让他爸爸妈妈就根本不能理解了。

图图声称他只有一个朋友。但这个朋友他连面也没见过。原来他是名闻全国的一位本省作家,高一那年,他读了这位作家一篇有争议的小说，便煞有介事地写了封信去表示支持，还要跟人讨论人生问题，说他将来也要成为一个名人。那时这位作家还没出名，又看他是本省的青年，给他回了一片巴掌大的纸。除了感谢他的支持外，对他要当名人的愿望还说了几句话。他请县文化馆馆长、中国书法家协会的会员把那话写成一张大大的条幅，挂在他房间的墙上：

凡是名人都有一段在黑暗的矿坑里爬行的经历。他孤独，他没有援助，他的前途仅仅是一点微光。只有当他历经千辛万苦在洞口站起来，他才有资格说：
"我是一个大写的人！"

他爸爸左看右看，似乎咂出一点滋味，说：
"扯淡！'黑暗的矿坑'，他把我们社会比作什么了！现在党和政府多关心你们青年人！振兴中华的读书会你参加了吗？怎么叫'孤独'？怎么叫作'没有援助'？这不是自找的？好话你听不进去，精神污染的东西你倒有兴趣得很！"

他反问道："这叫文学语言，你懂不懂？怎么？你是不是还想在反精神污染里整他一下？"

他爸爸觉得有必要跟他好好谈谈，拉着他的胳膊说："来来来，咱们坐下来。你不要以为爸爸什么都不懂。你知道我过去好赖也上完了初中。李白、杜甫、苏东坡的诗，到现在我还会背几首哩；我不是你们常说的土八路。你也不要以为爸爸动不动就整人。现在小说电影里把干部的形象糟蹋够了，好像当干部的都是官僚，官僚就是整人的。实际上这样的人在干部队伍中只是少数，至少我不属于这种人。我为什么要整人？'文化大革命'里我也挨过整。生你那一年，你妈坐着月子，还要挣扎起来给我送牢饭。你当然不记得，可我记得，你妈记得。这就是我们惨痛的教训。别说我现在不会整人，就是上面来道命令叫我整谁，我也不会去整了。我只是觉得你近来有点、有点，怎么说呢？也不能说是危险，反正是不太对头的情绪。正书不好好读，尽看闲书……"

他拧着脖子坐在长沙发的另一边。听到这里，他别过头来："我怎么不好好读正书了？我的成绩单你没看见？"

"是是是，"爸爸把手掌放在他膝盖上，仿佛怕他跳起来，"我承认你成绩是好的。可是能不能好上加好呢？爸爸现在就常为自己只上到初中毕业懊悔。书到用时方恨少。可是是爸爸不愿继续上学吗？不是，是当时家里经济情况不允许，只好早早地参加工作。你现在就是不太懂国家的历史，家庭的历史，我想还是多跟你回顾过去的历史有好处……"

爸爸讲的的确是肺腑之言。爸爸还准备了一些话，讲着讲着都被自己的耐心和诚意感动了。可是儿子却突兀地冒出这样一句：

"历史是属于你的；未来是属于我的！"

这句话是一刹那想出来的。图图眨巴着小眼睛，暗暗为想出这句话而得意。今晚要记在日记本上，他决定：可是在书面上要把"我"改成"我们"，把"你"改成"你们"，这就更具有代表意义了。至于爸爸那番话，他压根儿没想到用笔记下来。

"对，我承认未来是属于你的。"爸爸还是很有耐心。"可是跟你同时代的人，比如张海迪吧，你就不能向她学习学习吗？人家一个残疾姑娘，又通历史，又懂当代……"

"张海迪我当然佩服。可是要说在当代，当代……当代再用一个模式套着把我们年轻人都塑造一样的，不行了！"

他高兴地舒展开眉头。他觉得这句话也可以记下来，不过在日记本上要表达得清晰一些，修饰得有味道一些。他感到脑子里正有某种使他思想激动而不是情绪激动的东西如潮水般涌来。

"我不是用模子套着你，像脱砖坯那样，"爸爸有点焦躁了，"我是说她有没有值得你学习的呢？她的话……"

"向她学习什么？学习她坐在轮椅上到处讲演吗？"

他仍追寻着刚刚冒出的一点模糊的思绪，把它整理成形。无暇顾及跟爸爸对话，还认为爸爸打扰了他。

爸爸忍无可忍，勃然大怒：

"混蛋，人家那么好的一个姑娘，就是你不听她的话，连感动都不感动吗？你还有人性没有？你算不算个人？……"

妈妈急忙从里屋出来，问道："什么事？又是什么事？"

爸爸气急败坏地说："这小子，毫无人性！将来我们老得走不动了，将来要是我也残废了，你看他怎么笑话咱们吧……"

图图这时仿佛才惊醒过来，咕哝着："我又不是那个意思，我只是……我想着……"

"你混蛋！你是什么意思？别看你有胳膊有腿，能跑能颠，你连人家一个手指头都不如！"

图图心底确实没有侮蔑张海迪的意思。在他秘而不宣的日记本上，他还记了一些张海迪大姐的话。他虽然只在电视里见过海迪，但他能感觉到海迪那头长发的轻柔，在照明灯下经常反光的镜片后面，一定是对温存明亮的美丽的眼睛。还有她的坚强，还有她的韧性，还有她的知识和才华，使他不由自主地对海迪有一种男性的倾慕。于是，他对海迪坐在轮椅上到处讲演，又产生了他所喜爱的人在被别人摆弄的反感。这里既有爱恋，又有忌恨，既有仰慕，又有希望她一下子跌落下来恢复本来面目的种种情愫。一颗年轻的心也许承受不了这许多，因而全部沉入了意识之下。在和爸爸谈话的时候，在他理智正在紧张运动的时候，沉入意识之下的东西就不自觉地流露了出来。

可是在他爸爸看来，他简直就是残忍、冷酷、毫无同情心；不但不愿意进步，还是块任何道理和情感都感化不了的石头。

父子两人因一瞬间的误解而产生隔阂。但是他能告诉爸爸他是因为爱她才挖苦她的吗？你爱张海迪？你混蛋动的啥心思？把张海迪当作姑娘去爱，肯定是百分之百的坏小子！

从此爸爸动不动就想揍他，虽然他爸爸只有他这么一个儿子。如他爸爸所说，他妈妈生他的时候坐着月子还要去送牢饭而落下了病，不能再生育。可越是这样一个宝贝，爸爸就盼之越切，盼之越切就恨之入骨。

他爸爸怎能理解，自己曾经为之激动为之奋斗为之痛心为之消沉和振奋的那段历史，在图图的脑子里只是一堆文字。生气勃勃的有血有肉的有声有色的有切肤之痛的实实在在的经历，实实在在的记忆，在图图看来都是没有生命的符号。那一个时代的全部过程，在图图的印象中最深的不过是毛主席逝世。还是在小学二年级，一天，老师哭丧着脸到班上来宣布毛主席死了。同学们看见老师哭于是都哭起来，大家都哭于是他也哭。他因为害怕而哭，因为看见那么多老师哭而万分恐惧。他对那个引起大家痛哭的人没有感恩、没有依恋，也没有怨恨。那不过是一位不长胡子的老人，和几位有胡子的老人同挂在墙上。那个人没有给他买过一块糖、一本小人书。他反而觉得那个人破坏了正常的安宁，搞得这么多老师都伤魂失魄、垂头丧气。

那个时代的结束正是他能动用自己小脑袋的开始。没有一点历史负担的他面临着社会的巨大变化，面临着外部世界吹进来的新鲜空气；

他的小脑袋里没有两个时代的衔接点和中转站；因而就有着完全与他爸爸不同的是非观和价值观。一次，在饭桌上，他爸爸偶然问起他最崇拜哪一个历史人物。

他老腔老调地说：

"这个世界上没有我崇拜的人，只有我欣赏的人。"

"好吧，那么说说你欣赏谁吧。"

"外国的，我欣赏华盛顿、爱因斯坦和马克思。"

唔，马克思还占一席之地，他爸爸尚能容忍。"那么中国的呢？"

"中国人嘛，我欣赏毛泽东和蒋介石。"

把毛主席和蒋介石相提并论，而且同样地欣赏，他爸爸把筷子头往桌子上一蹾："混蛋！你大概还欣赏希特勒吧！"

"嗯，希特勒嘛，他就是太残暴，杀的人太多。不过他还在短时期里振兴了德国。"他认真地说，"凡是在历史上起过大作用的我都欣赏。"

"胡扯！"他爸爸把筷子朝桌上一拍。"在你眼睛里还有反动和进步、反革命和革命的区别没有？！"

"没有反动哪来的进步？没有反革命哪来的革命？"他自有他的一套辩证法。

他的爸爸常跟他妈嘀咕：我的儿子怎么会变成这个样子的？是什么东西教他成了这个样子？上的是重点中学，读的是统一教材，看的是国家允许出版的书籍报纸，这小混蛋怎么除了跟我相貌相似之外就没有相通的地方？他妈妈劝解说：你消消气吧，咱们儿子还算好的。你没看见报上登的，干部子弟变成衙内横行霸道还有挨枪子儿的哩。咱们的儿子总没到外面闯祸吧？他爸爸凭着政治经验说：没闯祸？就照他那样的思想下去，将来要闯大祸的！

而这个宝贝儿子却在家又感到气闷，常到宝宝家去，一进门就拿腔捏调地说：

"寂寞呀，寂寞呀，在沙漠上似的寂寞呀！"

宝宝给他一个会心的微笑，两人都知道这是鲁迅《鸭的喜剧》中俄国盲诗人爱罗先珂的话。随即，两人就爽心大笑起来。

两人交换同看一本书，同一份杂志的同一篇文章。两人都因心灵的理解而愉快。但是他们绝不会表现出来。似乎朦胧地意识到，心灵的相通一表现出来便失去了价值、失去了味道。于是两人在一起时多半谈别人，不谈自己。宝宝当然不会把和那个人的一段罗曼史告诉他；他也不会跟宝宝说，他认为他和宝宝就是光夫和幸子，那篇给《青年报》的文章，正是有感于此而作的。相反，他还要做出一副殉道者的架势，仿佛他决心为了自己的主张而牺牲个人幸福。至于对宝宝嘛，他压根没有把她当成一个女孩子。她仅仅是个没有性别的抽象的"同学"而已。

看了一部小说，他们便要评论作家。他们已经过了为书中主人公的命运哭死笑活的阶段。他们的审美已经冷静了；把艺术品就当艺术品看待，因而能把作者和作品联系起来看。据图图说，当代的中国还没有一个作家。

"那么王蒙呢？"宝宝诘问他。

"算半个！"

"蒋子龙呢？"

"更是半个！"

宝宝提到本省的那个作家。

"他嘛，算四分之三。"大约因为这个作家给他回过一封信，他将他升了半格。但接着表现得和那位作家挺熟似的，"他光写自己，我很替他担心。他把自己写完了就完了。"

"半个、半个、半个,可这和数学不一样,半个加半个永远不能成为一个!"他决断地说。

宝宝说:"要是有作家写中学生,写我们这一代人,不知道会写成什么样子?"

他沉思地笑道:"我保险他会塑造出一个标准学生,有理想、有道德、守纪律,听了战斗英雄的报告就要往前线跑……"他支着腮帮子说:"可是什么叫作理想,我说我是有理想的;我希望我们是个自由民主的国家,在世界上各方面都是第一。可是爸爸却说我思想危险。所以我也保险,他写的要是让我爸爸满意,我就不满意;我满意,我爸爸就不满意。"

于是两人又议论各自的父母,最后给他们作了总结:"幼稚!"

临到报高考志愿,图图突然要改变志愿,一定要报考政法学院或是名牌大学的法律系。转变得叫人莫名其妙。班主任胡老师殷切地到家里劝说,全县考理科名牌大学的学生就数他有希望,他能拿到最高分。理科的高中读了两年,放弃了多可惜!问他为什么会陡地改变初衷。他坐在沙发上拧着脖子闷声不响。再问,便说"中国需要法律!"。胡老师明智地分析:"四化"需要各方面人才,何止于法律!按你的条件最适合去读理工科,读法律的自有适合搞法律的人去。爸爸斜眼瞪着他说,你学法律,顶多能当个律师。要是让你当了法院院长,就凭你这出尔反尔,没有一个准主意的个性,肯定搞出几十桩冤假错案。倒霉的是老百姓!他也斜眼瞧着爸爸说:我要是当了法院院长,准不听县委书记的。不像大胡子张伯伯,老跑到咱家来向你讨主意。爸爸嫌儿子当了老师的面顶撞了他,又扯上了本县的法院院长,给了他一顿臭骂。胡老师只得临时充当劝架的角色。

第二天开县委扩大会,会下爸爸烦恼地向教育局长请教,怎样治他这个宝贝儿子。教育局长说,可能他的儿子正在度青春期,这个时期的青年有的就表现反常,爱幻想,爱冲动,一天三个主意,劝他别骂了,让他自己慢慢转弯子。他爸爸说,我也有青春期!我也经过十八岁!那时候我一心想的是怎样把工作干好,争取入党,哪有什么一天三个主意的事!于是书记和局长都叹息现在的青年人不好教育。

宝宝还是从孟小云那里听到图图要改变高考志愿。小云说:"学校里都传开了。这样,咱们考文科的学生又多了一个竞争者。这个竞争者还是强有力的对手哩!"

晚上,图图又到宝宝房里来。宝宝问他。他说:"我这也是心血来潮,想跟他们别扭一下。可是要说起来,也有一定的原因,主要就是上次学校处理王文明的事。究竟他有没有神经病?有神经病,学校就应该认真负责,和家长一起研究怎样治好他,还可以把他当作一项研究课题:学生里怎么会有人发神经病的。如果没有神经病,那么就是流氓行为,至少要给他记一个大过。劝其自动退学,这算什么?那时候,我就动了学法律的念头。可是跟你一说王文明那件事,你就好像不高兴,我才没有跟你说。"

宝宝比他小几个月,却像大姐姐那样摇摇头。"你这样可不好!你的理科那么棒,考文科的有几门又没学过,还得拼命背。哪有事到临头又改变主意的?你不是要盖了陈景润吗?学习法律还怎么能盖他?"

图图弓着腰,掐灭了烟头,装模作样地想了想,说:"行。你说不好那就算了。我还是报考理工科吧。"

"那你不会再变卦啦?"宝宝追问道。

"不会了。"

"那咱们俩勾个手指头，一言为定。"

宝宝笑眯眯地向他伸出弯曲的小手指。他笑着也用小手指紧紧地在宝宝小手指上钩了一下。这是他第一次与宝宝的肌肤接触。他手上的感觉妙不可言；腋下一团滚烫的气流冲到胸前，胸前一团滚烫的气流又直冲小腹的丹田。他赶紧出来。外面夏夜的晴空上，繁星似锦。他想唱歌，但他不会唱什么表达爱情的流行歌曲。"十五的月亮……"他刚张口，又觉得这支歌不适合。

"嗳——喂！"

他大叫了一声。一脚蹬翻了放在他家门口的垃圾桶。然后又扶正了鼻梁上的眼镜，挺起胸脯回到家。他很为自己的自制力而自豪；他陡然觉得自己非常高大，是个英雄。

也许这就是所谓的幸福感吧。

第九章

22

高考前，许多应届的考生突然得了怪病。有个男生几乎每一小时就要流一次鼻血；赵小兵一天到晚光喝水，吃不进东西，天气正热，嘴唇上燎起一串串血泡。家长带到医院去看，县医院的大夫开了些清火的药，可吃了并不见好，反而拉开了肚子。女生普遍感到小腹疼痛，月经不调；还有个女生看着看着课本，突然发现自己不能顺行阅读，要么重复看一行字,要么跳到了几行以前或以后,紧张得直哭。苏爱华的病就更让大夫说不出名堂了。她一见逗号(,)就敏感,头晕、恶心,已经好些天不能到学校来了。

这天,小云和晓莉放学以后,路过苏爱华家,就进去看她。

"我这是心比天高,命比纸薄!"苏爱华斜靠在床上,手里拿着英语课本,弱不胜衣似的叹息,"现在我只能复习英语单词,因为英语单词表上没有逗号。"

"你这病是怎么得的呢?"小云问,"看了没有?"

苏爱华说:"前一个月就有了苗头。先是害怕老师在黑板上点逗号。黑板上一出现逗号,我就觉得它特别大,特别吸引我,写的别的字都进不了我脑子里。脑子里光是一个特别大特别大的逗号。后来很快发展到我不能看书上的逗号。不知怎么搞的,一见着逗号就发火,脾气就上来,恨不得把书撕了。我极力克制着自己,有时拧自己的手,拽自己的头发。你们看,我胳膊上这一块块青印,现在还没下去哩。这就是我自己掐的。再后来,我就成了现在这样子,一见着逗号就要吐,有时候吐得苦胆水都呕出来……啊,不行,不行,现在我一提它就要吐……"

两人忙张罗着给苏爱华倒水,捶背,好一会儿苏爱华才平静下来。小云把枕头摆好,让苏爱华舒舒服服地躺下。

"那咱们就别说了。你好好休息吧。过几天咱们再来看你。"小云说。

"你们先别走。"苏爱华拉着小云的手,眼泪汪汪地说,"以后你们也别来看我了,都忙。高考马上就到了,谁也没有闲工夫。你们今天难得来,咱们就多聊一会儿吧。你们来,我心里别提多感激了,现在谁都希望别人得病,少一个高考的才好哩。"

小云说:"你也别这么想。"可是心里也觉得苏爱华说的是实话。

晓莉说:"是有人这么想,不过咱们几个除外。尤其是我,考得上考不上我才不在乎哩!"

苏爱华看看晓莉说:"还是你轻松,我真羡慕你。其实要看开了,就那么回事。天底下没上过大学的人多了。现在咱们高中生好像就在争这口气;家长也认为这是给他们争气。真是没有办法!"

晓莉说:"我看了好多电影明星的介绍,除了美国的,差不多都没进过大学哩。比如山口百惠、刘晓庆……"

小云插嘴道:"你当然跟人不一样!像旗旗就不行。她现在被她爸爸关了起来,可严哩!我前次去看她,她哭着跟我说,她只有考上大学才能从家里解放出来。"

苏爱华脸上露出一丝凄凉的笑容:"她爸爸还是'改革派'哩……"

晓莉抢着说:"我爸爸才是真正的'改革派'哩!我看,'改革'不'改革',应该看他对子女的态度。那些以为子女只有考上大学才有前途的,就不算'改革派'!"

苏爱华出自内心地羡慕。"晓莉真幸福!"又问,"你说说和白公子的事吧。现在发展得怎么样了?"

晓莉撇了撇嘴。"他一天人模狗样的,尽会装蒜!我现在才不想他哩!我看得开,人何必为了一个人苦恼?索非亚·罗兰有次丢了珠宝,伤心得直哭,有个导演劝她:你别为不会为你掉泪的东西掉泪。这话说得太棒了!他冷冰冰的,我何必跟在他屁股后头!我罗晓莉不是那样的人!有一天我出名了,他再来,我还要扇他嘴巴子哩!嗳,你们知道不知道?我最近又发现了特棒的男子汉,比阿兰·德隆强多了。"

小云和苏爱华忙问是谁。晓莉竖起一根手指头,带着神秘的笑容问:"你们看过《野鹅敢死队》没有?"两人都说最近忙得晕头转向,哪有时间去看电影。晓莉一下子泄了气,说:"那跟你们说了你们也不知道。""说嘛,你还是说出来嘛。"两人要求她。晓莉神往地说:"那里面有个'军师',特棒!他四十来岁,高高的个子,瘦瘦的;他不是漂亮,而是帅!你们没看,真是太可惜了!"晓莉每一句话都带惊叹号,逗号绝不足以表达语气。所以苏爱华能听得进去,还越听越有趣。

"你一会儿爱这个,一会儿爱那个,我看你将来怎么办!"

晓莉容光焕发地争辩:"你真是个死脑子,才得了这种病,光认准那么一个标点符号。我就不会得你这种病。我发现,世界上可爱的男人多了!有时候我都不知道究竟应该爱谁!"

小云却听得没有兴趣,还暗自瞧不起她,瞥了她一眼。"你呀!你将来就跟《日出》里的陈白露一样,准是个交际花!最后自杀拉倒!"

晓莉像松开的发条一样拧过身去,朝着小云嚷嚷:"我才不会自杀哩!自杀的都是傻瓜!"

小云向她挺出胸脯抢白道:"就你能!就你能!写《骆驼祥子》的老舍不就是自杀的?他难道比你傻?"

晓莉挥舞着小拳头。"当然啦!要是我,我才不让人斗哩!谁要斗我我就斗他!"她对"文化大革命"中的批斗毫无印象,有资格说这样的大话。

苏爱华又怏怏地叹了口气说:"提到自杀,你们还记得过春节那会儿在晓莉家吧,我说我考不上大学就自杀。老实说,这些日子我真有这样的念头。自杀拉倒!小云说得对。"

小云赶忙说:"你这算什么!今年考不上还可以复读,明年再考。明年还考不上,就像晓莉那样参加工作。现在还有成人高考哩,三四十岁的人参加成人高考及格了,国家照样承认他大学毕业的资格。你千万不敢有这样的想法。"

晓莉也劝她:"你可别弄假成真!你要真自杀了,我连觉都不敢睡。准是一闭眼就想到你坐在我家说那话的样子。最后搞得我也自杀了!"

小云和苏爱华都扑哧笑出声来:"你刚还说不会自杀哩,现在又说你也会自杀的。"

晓莉笑道:"我这是让苏爱华吓的。你可别自杀,你要自杀会出两条人命哩!"

小云思虑着说:"别人倒不怎么样,我看徐银花有点危险。这些日子她瘦得都脱形了。"

晓莉有她自己的见解:"她还是瘦点好看。最近我瞅着她变漂亮了,你没见她那对眼睛,透着迷人。我就是害怕胖。我要是能像她那样猛地瘦下来就好了!"

三个女朋友唧唧喳喳又说了一会话。苏爱华精神也觉得爽快多了。到了快吃晚饭的时候,小云和晓莉告辞出去。

"女博士,你好好养着吧!迟一年早一年当博士有什么关系。"小云安慰她。

晓莉还说:"说不定明年还取消了高考哩!只要高中能毕业就能上大学。你别着急,没准你还因祸得福哩!"

苏爱华不抱这种希望。"唉!当学生的,什么时候都逃不了考试。"

她们走后,苏爱华还躺在床上。其实她并没有心灰意冷。她暗暗地嫉妒小云和晓莉,她们的功课都不如她,却能够参加高考。她下定决心:

"明年要报仇雪耻!"

她跟谁有仇呢？连她自己也说不清。是所有能参加高考的人，还是自己的命运？

23

徐银花变窈窕了。但如果仔细看，那不过是憔悴罢了。一头栗色的头发失去了光泽；眼睑因失眠而浮肿，原来坦诚的直露的天真的目光罩上了一层怯怯的幽怨，那就是晓莉说的"迷人"。老司来他们家的次数更频繁了，一只假眼凝定不动，另一只真眼像锥子似的，在她身上到处乱扎。

她没有改掉她的习惯。因为没有任何令人高兴的事情能替换她自己安慰自己、在自己身上制造快感的冲动。相反，她现在还盼着天早点黑，自己早点躺在床上。整个白天都沉重不堪，充满了苦恼和恐惧。只有那一会儿可以由自己设想和任何人在一起的任何的梦境。在清醒与昏迷之间，既没有责任，也没有罪过，达到欢愉的最高境界。反正已经滑进了深渊，从最高境界滑下去一百丈跟滑下去一千丈似乎没有区别，倒不如一下子滑到底。

但是，她毕竟不甘心。与小云晓莉鲁卫平旗旗等等女同学比较，命运为何待她如此之薄？她们都能自己找对象，还要挑挑拣拣，有的要长得好的，有的要有风度的，有的要能谈得来的，而那个独眼老司，哪样都不沾边。高考肯定考不上了，未来的磨盘般的命运眼瞅着要向她身上压来。老司比她大十几岁。可怕的独眼之外，和砖头打交道的手还和砖头一样粗糙；一说话，离他两步远就能闻到他喷出的口臭。背地里，她二嫂猜他是由于抽烟喝酒的缘故，而大嫂却笑话他才真正是一肚子屎，不然何至于有茅坑的气味？她上了十二年学，如她爸爸说的,"一肚子屎换成了一肚子墨水",再叫她跟这个一肚子屎的人生活怎么忍受得了?

听大嫂说,普济寺前面有好些摆摊算命的,还灵得很。大嫂说人家给她算她命里该有四个儿子。现在还只有两个,没有达到命定的指标。这几天来就一个劲儿和大哥商量,用什么方法来突破政府规定的指标,非达到命定的指标不可。

于是,在高考前几天,她来到普济寺。

普济寺是这个县的名胜,建于一四二三年。历经了几次大火没有烧毁,反而重建一次比一次规模大。"文化大革命"时,来了一帮红卫兵,把和尚撵跑,把佛像推倒,可是这几年又兴旺起来。日本人还曾派了一个佛教代表团参拜,捐了一笔款子给如来佛开光。外国人也经常来带个照相机东照西照。于是和尚又来了,佛身又塑了,享遍了远近十几个县的香火;朝钟暮鼓,香客不断,煞是热闹。那些卖凉粉的、卖酿皮子的、卖粽子炸糕油麻花等素食摊子,也摆满了寺前的广场。

今天的游客稀稀寥寥,大约不是节假日的缘故。她一进广场,就看见有两处算命看相的人摊子。一个悬着八卦一个挂着像医院里的人体解图似的面相。走近一看,竟有好几个同学也围在摊子旁边。她认得的有母娃子,有猩猩,还有懒猫,其余是理科班的学生。几个人嘻嘻哈哈地挨个都要算一次。算的命好,别的人就吵着要他买糖糕请客。母娃子连连啐唾沫,大概她的命不十分妙吧。

她躲在寺前的大柳树背后,等几个同学骂骂咧咧地从她身边走开以后,她才出来。她听见母娃子说:"我要是考不上大学也不嫁给那样的男人!什么'青龙照命'……"理科班的一个学生笑道:"你能嫁三个男人也不赖,一辈子当三回新娘子比当博士还风光哩……"她欲前

还止地向卦摊挪去,还没挨到眼前,算命的就招呼她:

"来来来!这几天学生到我这儿来的可不少。问考试,问升学,问前途,问父母寿数,问婚配嫁娶,我是免费服务。灵了你帮着宣传,不灵你就一笑。五毛钱,看场电影就完了……"

这是个中年人,穿一身灰制服,挺像县政府的干部,说的话里还夹着时髦词儿。她挪到卦摊前面,看看四周再没有本校的学生,放下心来,照算命的要求把生辰八字报了。算命的脑子比电子计算机还快,当即给她批了几行字,她照录如下:

命大三两三,早年做事事事难,百计施展枉费心,半世有如流水去。

此命为人性巧心灵,生就桃花艳容。

为人多愁善感。恩中招怨,君子钦敬,小人嫉妒,骨肉无援,志在四方。黄花莲凶,大男易化。十年寒窗不得志,三十一二大运交,万业换新,名利振达。

大事天定,小事由命。寿元八十一岁,辛于九月之中。

她捏着小日记本,恍恍惚惚地走出广场。原来命中注定如此!小小的日记本很重很重,坠得她抬不起胳膊。这里面装着她一生浓缩的光阴和遭遇。"早年做事事事难","半世有如流水去",还有什么"骨肉无援","十年寒窗不得志",准得不能再准!她以为识破了天机。而那些"三十一二大运交,万业换新,名利振达"等等话,她执拗地想着是算命人给她的安慰,要不他凭什么收我五毛钱!

是个多云的夏日。风刮起街道上的尘埃,商店橱窗的玻璃黯淡无光,行人和车辆全是灰蒙蒙的一片。她路过普济寺桥。原来这是座石砌的三孔桥,最近铺上了水泥,加宽了路面。她沿着桥栏向前走。她不敢停下脚步引人注目。可是她的心思却整个地被桥下的流水吸引了去。"半世有如流水去。"她虽然不能参透七字的蕴含,但仍要极力地去咀嚼它们。浊流哗哗作响,浮载着泡沫和脏物,河道不畅,流沙淤塞。流水也是如此地艰难。她觉得七个字糅杂成一团的滋味很苦很苦,苦得口腔发涩,两腿酸软。她的身躯也像那些泡沫,随着身下的流水向她毫无所知的地方漂呀漂去。

24

下面,再照抄一段徐银花的日记。

7月7日

　　早晨,二嫂把我从慌乱的梦中叫醒,大概二哥看我脸色不好,问我是不是不舒服,妈却不高兴地说:"这副丧脸像个考试的么!"八点钟一进考场我由不住心跳得厉害。语文我本来以为蛮有把握的。吴老师教得好,我又爱听他的课。我的作文也有进步。可是刚过半小时我的思想就从卷子上跑开了。我的心里越着急就什么也想不起来。反而算命的话、老司的脸充塞了我的脑子。我蒙蒙眬眬坐着,连下考铃声都没听见,直到监考催我离开考场时我才坐在空白的卷子前惊呆了。

　　下午,在数学答卷上糟极了,这是我预料之中的。可我没想到在答政治题时,突然感到胸部疼痛难忍。我强制着咳嗽,想呕吐,心里乱翻腾,气喘吁吁,全身都冒汗。我只好趴在桌子上。有人推了我一把,监考问我要不要叫大夫。我摇头拒绝。考试结束,大门口挤满了学生家长。他们有的举着冰棍的,有的端着冰激凌等自己儿女的,还有几个干部开来吉普车等在门口接人。我费了一个多小时才推着车子回到家。

她没有能参加完全部高考便病倒了。

那天早晨,她昏迷不醒。一家人手忙脚乱地把她抬上自己家的手扶拖拉机。包工头嘟嘟哝哝地骂着:"九九八十一拜都拜了,最后这一哆嗦没哆嗦下来!"接着又自怨自艾:"妈的!早知道就别让她上学!是乡里人的命咋也挣不到城里去,反把丫头害了……"妈妈也说:"我早说了,丫头就让她学针线锅灶。你非要送去让她受罪。你人老八辈子都不是读书的料,能生个读书人出来?现在倒好,搞得家里家里活干不了,书书也没读成。文不像秀才,武不像个兵。看将来咋办……"拖拉机还没发动,老两口却先动了肝火。

"吵!吵!吵啥!"大哥在驾驶座上吼道,"看看还有啥带没有。脸盆带上了没有?"

拖拉机嘟嘟嘟地在一村人的笑话中开向医院。这一村人看着包工头奇迹般的发财都气不忿,倘若这家再出个大学生,那么大家的眼睛都得淌出血来。

"考,考,考!这下可考成糊嘎渣儿了!"

"鲤鱼跳龙门。那得真是鲤鱼才行。小鲫瓜子也跟在里头混。看,摔成了八瓣儿了吧……"

县医院的大夫诊断,她害的病叫"心脏肥大"!一家人都没听说过,这是种什么怪病?心咋会肥大?问有妨碍么?大夫挺客气,说最好在医院观察些日子,反正你们家有的是钱,付得起住院费。这位大夫也想给家里安装土暖气,要跟包工头拉关系。她爸爸想,丫头回家也干不成啥，住院就住院。让乡里人看看，你们得病住得起这么白净的病房么？一天三顿饭还有人侍候着。

她身不由己。心也让听筒听了，肺也让机器照了，腰也让大夫捏了。总算没有检查出她干的"坏事"，只有这点让她放心。她躺在陌生的病床上，眼眶里泪水盈盈，对二哥说："我再不要啥了。你们都回吧。就是我枕头底下有个小绿本本，让珠珠给我捎来。"

妈妈望着病怏怏的女儿，心也酸楚起来，骂道："病成这副架势，还惦记着啥本本！以后别念书了。病好了家去，跟你嫂子多学着点针线锅灶。"

到了中午，她的大侄女儿珠珠还是把她的日记本送来了。又带了些水果罐头，都堆在她床头柜上。

她一觉醒来头还昏昏沉沉的。仿佛自己仍坐在考场里，心里火焦火燎，天气又闷热。别的考生都交了卷子，唯独她坐在一个奇大无比的房间的正中央。四面八方的空桌椅一排一排直排到看不见的尽头。前方的黑板黑得吓人，又大又重，岸然地向她挤压过来，像是一只黑老虎张开的大黑口；还有一张空白的卷子摊在她眼前。上面连一点墨迹也没有，白得叫人打冷战，白得让人起鸡皮疙瘩。她手抖得不敢往纸上点一个点。往上面写任何一个字都是错的，绝对不会是对的！因为那张卷子注定就要跟她作对：写对了也错，写错了更错！只有它那不着一字的冷峻是绝对绝对地正确。黑的黑板，白的考卷，黑的黑板，白的考卷，黑的黑板，白的考卷，黑的白的黑的白的黑的白的……黑和白在她眼睛里而不是眼睛外乱转，最终搅和成一团，转得她睁眼也不是，闭眼也不是……

医生给她注射了一针。她悠悠地又醒过来，已经是下午了。她感到这会儿挺清醒。她伸手拿起她的日记本，她觉得日记本奇怪地轻，轻得让她不能忍受。那里面有她度过的许多许多日子，那里面有她的命。许多许多日子和命加起来，原来不过这么点分量！

如果说"悲伤时，世界变得贫乏空虚，抑郁时则是自我变得贫乏空虚"，那么她现在正处在既悲伤又抑郁的状态。她的世界和自我都极为贫乏空虚。她自己已经认为自己毫无价值，生来命苦不说，还害了爸爸妈妈，害了哥哥嫂嫂，害了王文明，害了老师……她是一个非常下流卑鄙的女人！那"毛病"还没有改掉，也改不掉。别人都活得活蹦乱跳，只有自己才在那上面偷偷地找一点乐趣。这说明她生来就跟别的女娃娃不一样，生来就坏！为什么王文明不去摸别人？皇后、晓莉、旗旗、小云、母娃子都比我漂亮，他不去摸，偏偏要摸我？不是因为我特别坏是什么？而他正因为摸了我，倒了霉，才流浪到了缅甸！床头柜上有四个罐头：一瓶糖水荔枝，一瓶糖水苹果，一瓶糖水橘子和一瓶麦乳精。她一一抚摸遍，好像那是她爸爸妈妈，是哥哥嫂嫂，是珠珠，是王文明……

"心脏肥大"。她家里的人不懂，她稍许懂一点，但也有限。与其说是从书本上得到的知识，毋宁说是她的自我感觉。她真的感到自己的心肥大得堵塞在胸口，似乎她都能摸得着。又肥又大的心使她气也喘不均匀，使她闷得直想叫唤。

心这么沉重，命却那么轻贱。也许这就是冥冥中的菩萨故意给我的惩罚吧。

今后揣着这么重的、这么肥大的一颗心，过着那么轻贱辛苦的日子，虽然说是自己作孽，可是说不定还会害别人，倒不如眼睛一闭，从此再别醒来。自己落个痛快，世上也少了一个祸害。

她挣扎着往枕头上蹭了蹭，略微靠起来。病房里拉着窗帘，将晚未晚的天色在白布窗帘上透过一片铅灰色的辉光。红十字像两道交叉的鲜血。下垂的一道还不住地朝地面淌着，似乎还响着滴滴答答的声音。空气里弥漫着药物的气味。这种气味强化着死亡和不幸。她待自己气稍微喘匀以后，两眼满病房寻找。她只看见墙角有个电器插座。

可是病房里还睡着一个老太太。

我怎么忍心吓着她！

25

洋马接到本省师范学院的录取通知和得到王文明自杀未遂被送到省城精神病院的消息，竟是同一天。

原来，洋马在全班学生里，是划归可能考上可能考不上的那一部分。他爸爸妈妈对他并不抱多大希望。考不上就干活，家里还早点撂个包袱，多一份收入。爸爸是铸造厂的五级工，妈妈在日杂门市部开票。夫妻俩双职工，收入不算低，但洋马下面还有一串娃娃。洋马是老大，理应提前分担爸爸妈妈的累赘。

可是一考上大学，接班的期限至少要往后挪三年。

爸爸看了通知，也有几分高兴，但马上向他声明："上就上去。这也是好事。可说好，你上大学可不能像别的大学生那样，尽要家里倒贴。咱们厂工程师的女儿，在北京上个啥大学，一年到头问家要钱，愁得那老两口头发都白了。那年那丫头回来，到咱们厂瞧她爸。嚯！穿的那洋气！花裙子也不知啥料子缝的，一步一飘，连大腿都盖不住。我就想，你他妈的是穿你爸爸身上揭下的皮哩！"

妈妈说："其实上不上都一样。现在提倡自学成才。像咱们公司的那小会计，两手会打算盘。上次在省城珠算比赛，得了头奖，省长还跟他拉手，照样光荣。"

洋马从家里出来，低着头，两手的八个手指插在牛仔裤两边窄小的裤兜里，两只脚尖交替地踢着一块小卵石，一直踢到普济寺的广场前。

他找了个荫凉地方，正是徐银花曾藏身过的大柳树旁，坐下来，手支在额头上。他得到了录取通知，心里却异常乱，压根儿没有预期的那么高兴。通知下达之前，几个小哥们儿聊天，说是像洋马这样的学生如果听到自己考上了大学，非跟范进一样得了魔怔不可，必须先把大巴掌准备好；猩猩说他的巴掌大，又有劲，这回要当一次洋马的老丈人过过瘾。可是，希望实现了，方感觉到世界上没有美妙的东西。旧的烦恼解决了，新的烦恼又来了。

这时，在人生的一个新阶段的开始，他忽然有一种自谴自责的意识。他是怎么得以录取的？他以为多半靠了在填写志愿时填写得当。应届高考生报志愿，如今也成了一门很微妙的学问。根据学生个人可能得到的分数，根据各高等学校的等级和招生标准，那需要老师和学生把代数学的排列与组合和概率这几章的知识全部应用上，也就是说需要某种投机。洋马报的志愿全是师范，第一志愿不过是本省的大学，录取的概率自然比较高。于是，他首先就完全没有凭真本事跃进龙门的喜悦。

相反，他觉得自己很鬼，社会也鬼，人人都鬼。他暗自惭愧：不应该把这种鬼心眼带进大学。大学应该是一个新的起点。一张录取通知书使他有了想改变自己和社会的责任感。可是他又觉得他很难改变自己，更无法改变这个世界。因为他还不是一个独立的人，不具备独立的人格。

所以他的心情很矛盾，深深地感到惶惑。

他的弟弟妹妹多，在他下面还有四个，都在中学和小学。在学校里，他从来没告诉过同学他有那么多弟妹。兄弟姐妹多，在当今的学生身上已经成了一件不光彩的事，仿佛他要代他的父母受过似的。独生子女有资格自豪，多弟妹的学生，别人一听就能知道他在家庭中的地位和他的经济实力。独生子女有的他没有；独生子女没有的他却有，那就是对弟弟妹妹应尽的责任和义务。高一那年，他看见男女同学一个个都衣着时髦起来，也眼热心痒。虽然买不起，穿不上，可是他会幻想。躺在小木板床上，眼睛一闭，他想有什么就会来什么。一个星期天的上午，他想得脑袋发胀，竟然拿起笔记在一片纸上：

花呢西服一套
灰中长纤维西服一套
粗条绒猎装一件（四个大贴兜）
黄色皮夹克一件（真牛皮）
花格衬衫四件（红绿黑咖啡各一）
苹果牌牛仔裤一条（真正）
石磨蓝牛筋裤一条
兔毛套衫一件（灰色）
羊毛毛衣两件（套头对襟各一）
真牛皮皮鞋两双（系带与不系带各一，一黑一黄）
白色运动鞋一双
东方牌双狮三防表一块
袜子六双（尼龙与羊毛）

他随手揣在衬衣口袋里，还没过半天就忘却了。他妈妈洗衣裳，翻了出来。那年正是第一次打击刑事犯罪闹得轰轰烈烈的时候。单位上和街道上都组织学习，号召揭发检举，说是现在罪犯的特点是青少年居多。他妈看了纸片儿脸发白。这上面既不像语文数学题，又不像商店的发货票，倒像一张大街上贴的法院布告里罪犯某某某的赃物清单。他妈抖抖索索地给他爸爸看。他爸看了半天也捉摸不出是什么名堂：莫非咱们大小子跟一帮……后来分下的……于是老两口偷偷地将他一个纸箱子翻了个底朝天，床上床下都搜个遍，却又找不着单子上的任何物件。他爸爸只好借着吃饭的时候对他说，咱们家穷是穷，可不能人穷志短，干出那种犯法的事来。一个年轻人沾上偷的毛病，一辈子就完了。这顿家教又训得他莫名其妙。晚上，他妈郑重其事地问他，这是一张什么单子。他看见自己的幻想，方才明白爸爸的话是什么用意。他说他是随手写的。他妈又诧异："写这些干啥？"

"不干啥！"

"不干啥？那为啥不写作业，写老师教的东西？哪有写的字没有意思的？"

他怎么也说不清楚。晚上，躲在被窝里无声地痛哭了一场。

他连幻想也不能随便幻想。他不能有自己的秘密。

以后，他不知怎么就变得玩世不恭，油嘴滑舌起来。

现在，他已经是大学生了，是人人羡慕的大学生，是社会器重的大学生。但是大学生又有大学生的生活标准。他可以想象到自己将来一定是一个最寒酸的大学生。他并不怕干体力活，也喜欢干活，在一个弟妹多的大家庭里，他从小就养成了劳动的习惯。他完全能够独立谋生，用自己挣的钱把那张单子上开的衣物置齐，也像别人那样风光风光。可是，到哪里去挣钱？到哪里去挣钱？在咱们的社会里，读书和干活是截然分开的。在大学里只管读书。

他叹了口气。他很羡慕美国的大学生，他们还可以去洗碟子。

使他烦恼的，还有一个秘密，就是旗旗。

那篇《等待》，等待的是谁呢？原来是旗旗！他给旗旗递了一张条子，结果她那天并没有应约去公园。可是他还是很感激她。她没像别的姑娘那样，要么大惊小怪地交给老师，要么当作炫耀的资本，招呼一帮人来"奇文共欣赏"。旗旗悄悄地压下了。跟他碰个面对面的时候，从她脸上也看不出蔑视的表情。吴老师讲评过他的作文，一天放学，旗旗主动过来向他说："你看，坏事还变成了好事，你到底发挥了你作文的天才。希望你多向那方面努力，可是你以后再别给我写条子，我跟别的女生不一样，在中学里绝不谈恋爱。"那时，他还油腔滑调地问："那么到了大学里呢？"谁知旗旗很严肃地说："你先问问你的经济独立了么？没有独立的经济哪有独立的人格？连独立的人格都没有，还谈什么恋爱！"这番话如醍醐灌顶。后来，他虽然仍是嬉皮笑脸，撒野炕欢，可是却从来没跟女生胡闹过。尽管晓莉也曾对他飞媚眼，但旗旗的话总在他耳边。

听说，旗旗考上了上海的重点大学。上海的重点大学和本省的师范学院，未来的研究员和未来的中学教员，中间差的码子大了！从此旗旗离他可望而不可即，恐怕连望也难得望见。他不觉勾下头，拣起一根树枝，像《红楼梦》中的龄官一样，在黄土上乱划了许多"旗旗"，一层一层的，密密麻麻。

这时，来的不是贾宝玉，而是懒猫。懒猫从普济寺里出来，发现了他，招呼道："喂，你蹲在这儿干啥？"

他慌忙用脚把地上的一片字扫掉，懒懒地答应："不干啥。"

"你他妈的考上大学了，还垂头丧气，叫我咋办？"懒猫过来，跟他并排坐在阴凉底下。"洋马，还是你够意思！你没见，今天我在街上瞧见几个考上大学的，他妈的眼睛都挪到头顶上去了。孟小云那臭丫鬟，还给我猛灌糊糊，什么：'你好好复读嘛，争取明年上大学嘛！'"懒猫学小云娇甜的嗓音学得活灵活现。洋马也被逗笑了。

"你他妈的真有姜昆的天才！"他在懒猫背上给了一巴掌。

懒猫又说："我心想：去你妈的！你他妈当了博士也是副丫鬟相，生就了的！"

洋马不愿骂小云，便指着懒猫手里拿的一本小黄本本问："这是本啥书？"懒猫将书一扬，说："我他妈也是闷的！听猩猩说普济寺的和尚会武功，有什么武经秘诀，今天跑来想跟老和尚套近乎。老和尚真逗！当真事儿跟我聊了起来，说人要干好事，这辈子干了好事下辈子肯定有好报应。他说他就是上辈子积了德，这辈子到了六十多岁，政府照样把他养起来。一天不干活，光念经，每月还给他六十多块。一听就腻：闹了半天，你他妈的菩萨原来还是人民政府！临了，他又送给我这本书。你别说，这虽然不是啥武经秘籍，可还有点道理。"

两人笑着把书翻开。这本书叫《觉海慈航》。懒猫指着一段说："你看，老和尚教我先念这一篇。"

> 佛教是专门讲究解除苦难的法子的。等到烦恼断尽了，心里无挂无碍，无忧无虑，这才算真自由。
>
> 从这里看来，佛教的道理，不但不和现在的学说违反，并且更彻底一些。如果人人都照着佛的说法去行，你想世间还会有刀兵盗贼劫难吗？况且这不过是顶浅近的道理，拿一点来做个样子罢了。至于高深的道理，任你多少年，都说不完，真是无穷无尽的。
>
> 问：这么说来，想要避劫，最好是学佛了，是不是？
>
> 答：是的。不过学佛的好处，却非仅仅可以避免劫难。学佛

的人，并且将来也能成佛，和释迦牟尼一样。

问：真的吗？请问成了佛，有什么好处？

答：你要知道佛的好处，先要明白众生的不好处。且就我们人类来说吧。我们一生下来，就和苦恼订了合同，亲爱的偏不到头，仇怨的偏缠搅。以及天然的灾害，意外的祸患，任你有钱有势，灾祸还是跟在后面。即使那些可以摆脱得了，却没法不病不老，更不能不死。这都是因惑造业，因业受苦。佛是因为已经觉行圆满，所以在涅槃界，可以不受诸苦。这便是成佛的好处。佛看着我们受苦，像在火坑里一般，特地教我们许多成佛的方法，就是为的救我们脱离这个火坑，改造这个火坑。

问：既然这个世界是个火坑，学佛又很费功夫，我们还不如直截了当弄点毒药把自己药死，不是一了百了，立刻跳出火坑了吗？

答：这却是很大的错误。这个世界虽然是火坑，只要我们大家肯于学佛，是可以用我们的力量，把它变好的，这是佛教里头积极的精神。如果自己寻死，死后真的一切完了，那倒也未尝不可。要知道，死后并不是一切都完了。以后还须要转生的。照佛经上说：自杀是有大罪的，再转生时，得报更苦，那不是跳到火坑更深的地方去了吗？所以自杀的人往往长期沉沦鬼道，非常痛苦！

两个朋友边看边评论。懒猫说："瞧！这还是佛经的普及本，白话的，跟他妈科普读物一样——《十万个为什么》。可人家舍得白送！"

洋马叹道："'人一生下来，就和苦恼订了合同'，这话不假！"又转忧为笑："它也要改造世界哩！还要把世界变好。懒猫，你干脆当和尚学佛去吧。这不和上大学的目的一样?"

懒猫耸了耸鼻子,哼了一声。"去你的吧!你上大学是为了把世界变好?纯粹是为了捧个铁饭碗!我他妈的过些日子就跟我哥做买卖去了。蹬上一辆三轮,专卖女人的裤衩和乳罩,外带丝袜连袜裤。我哥说保证我三年发财。你他妈上了三年大学,我没准已经变成白公子他爸了。小子,你到我公司里来吧!我专门为你办个子弟学校,派你当校长。"

洋马笑得很尴尬。他想,这还很有可能哩!懒猫倒比我还早地获得了独立的人格。

两人看到谈自杀的一段,懒猫忽地惊呼一声。

"哎呀!这么说来,王文明真悬!差点沉沦到鬼道里去了。那才叫永世不得翻身哩!"

洋马迷惑地问:"王文明?王文明咋啦?他不是跑了吗?"

懒猫做了个鄙薄的手势。"他跑到他娘的后脑勺子上去吧!这可是最新消息,县上的人大概还不知道哩。前几天不知他从哪里弄来好些耗子药,先把他养的耗子都药死了,转眼自己又吃下肚去。复读复读!孟小云那臭丫鬟说的'复读',王文明可真的服毒了。"

洋马忙问:"你是怎么知道的?别是你瞎编的吧?"

懒猫赌咒发誓:"我瞎编干啥?我瞎编了是你孙子!你忘了?我姨父是医院的大夫,就是他抢救的。王文明的妈,就是上次咱们到他家见的那个,一把鼻涕一把眼泪地跟我姨父说的。医生抢救病人,病人家属当然要给医生说清楚:是什么药,怎么吃的,吃了多长时间。我姨父啥不知道?"

洋马不知为什么特别不安:"后来呢?"

懒猫说:"后来抢救过来了。总算小命没有白送。抢救过来也是迷迷瞪瞪的，两眼发直，一问三不知。他妈说这两个月，他一直是这副神气。一天闷在屋里，老不出门。家里人还以为他在学校里干了那事，臊的，怕见人，也没多管他。我姨父请了几个大夫来会诊。结果都说要送精神病院。他爸问银行要了辆小车，昨天送走的。你看，我记得我当时就说他有精神病，果不其然！我的眼光还是准的吧？他妈的，要当时就照我说的治，也不至于让他吃回耗子药！"

傍晚，洋马也没有回家吃晚饭。从普济寺广场出来，过了普济寺桥，沿着环城路绕了一个圈子，走到已经散市的自由市场。路灯还没有亮，个体经营的饭馆里灯火辉煌，响着咣咣当当的炒勺铁锅声。他摸摸牛仔裤的屁股兜，掏出来一把散票子，还有钢镚儿。这都是近一个月来替家里买东西落下的找头。数一数，有一块八毛多。他走进一家油腻腻的饭馆，找了个单桌坐下。桌上没有铺台布，脏得发黑。主人过来问他要吃点啥。他瞧了瞧笑容可掬的主人，竟发现他既像那位发明"一嗅灵"的美国加利福尼亚大学博士，又像个老和尚。

"来一个拼盘，再来二两白酒。"

他一口就把酒灌进肚去。他从来没有喝过酒，只觉得火辣辣地噎嗓子。他妈的，这酒也有一股耗子药的味道！啊！"佛看着我们受苦，像在火坑里一般"。难道你没有责任吗？你为什么把王文明撇在卖耗子药的摊前自己跑了？他攮了两片松花蛋送进嘴里，淡而无味，如同嚼蜡。等他出了饭馆，酒劲却上来了。有一条野狗正在肉摊下面皱着鼻子东嗅西嗅。他趔趄着，同时又亢奋起来，无端地向那条野狗踢了一脚。狗尖嚎了一声，回头朝他望了一眼，就夹着尾巴没命地跑。

他跟着野狗直追，一面跑一面用两手噼噼啪啪地拍着屁股。他又想笑，他又想哭；他一时回忆起他在七八岁时就喜欢成天追猫追狗；他此刻充满着幼时的冲动；他觉得他仿佛变小了，变到了他经常留恋的那个童年的时候。

于是，他就敞开怀，迎着晚风将狗一直追下去。

可能今天是他一生中最后一次这样撒欢了吧。

他为什么追我？他为什么追我？莫非他发了疯？狗一边逃一边这样想。

26

孟小云忐忑不宁地跨进吴老师家。

她忐忑不宁，完全是由自己幻想搅起的。一个学生，考上了大学，在即将去外地上学之前，向中学老师告别，是再自然不过的事。但她总觉得她一去吴老师家，就有无数的眼睛盯着她，有无数的耳朵在听他俩说什么，有无数张嘴在议论她。她畏畏缩缩地，然而又强作镇静。她心里编织着许许多多她与吴老师恋爱的片断。可又要假装出一副坦然的神态。她一会儿高兴，一会儿苦恼。那些恋爱的片断，总也串不成一个故事。像云，像雾，散在她四周飘浮缭绕，却又使她激动不已。弄到后来，她也糊涂了：究竟是爱自己的吴老师，还是爱自己的幻想。

她这是第二次单独去吴老师家。第一次去，表面的目的是为了填高考志愿，聆听吴老师的指导。吴老师爱人去省城学习去了，孩子一直在爷爷那里，也在省城上学。一所小院子，两间小平房，还有半间厨房，到处是失去家庭主妇的孤苦伶仃的模样。鸡飞到窗台上拉屎；猫钻在炉洞里撒尿。反正厨房里冷锅冷灶的，几株白菜都干巴了。也不知什么时候切开的西瓜，西瓜瓢子成了洗锅用的丝瓜瓢子，筋筋缕缕的。满屋子苍蝇乱飞，还在墙上的水彩画上爬来爬去，一边爬一边搓爪子。

吴老师微笑着说:"我这些日子没开火,就在街上吃。倒也好,想吃什么就吃什么。同时,时间也多了,可以帮助你们多复习。我觉得最近还胖了一点哩。你看是不是?"但在小云眼里,吴老师比在菜场见到的那天更可怜了,可怜得她心疼。吴老师说自己胖了,小云却看着他瘦了。人一瘦,个儿显得越高,两鬓还依稀有了白发,于是更像弗兰西斯·马休斯。

小云勤快地打来了一盆清水,问清了哪块是抹布,便帮吴老师擦拭起家具摆设。一种隐隐的竞争心浮出她的意识层面:我要你觉得我比"她"好;你有了我才是幸福的!而吴老师反不安了,也忙乱地整理着一大摞报纸图书。小云把每一样东西都仔仔细细地擦得锃亮,擦出它的本来面目。吴老师再三说算了算了,过几天它们还会脏的。你还是抓紧时间复习功课去。小云仍不罢休。她想在吴老师身边多待一会儿。她置身在这凌乱的房间里,有一种在不修边幅的吴老师的怀抱中的惬意感。她的幻想似乎离现实近了;云开雾散,远山露出清晰的峰巅。

谈到小云要报考什么志愿,她讨好地说,她要报考师范,将来和吴老师一样,当个优秀的人民教师。而吴老师却喟然长叹。小云端详着吴老师伤感的脸,挺纳闷。

"怎么?我的志愿报错了么?难道我将来不能当老师?"

吴老师转过身去,把一摞书归到书架上,一阵沉默,然后仿佛自言自语地说:

"老师当然是崇高的职业;国家也需要大批的教育工作者。可是,当什么也比当教师好!"

小云困惑不解,那么热爱职业的、教得那么好的吴老师,为什么却认为当教师不好。她疑疑惑惑地凝视着吴老师的背影，手慢慢吞吞地移动着抹布。她直感到吴老师郁郁不乐的神态后面，有他难以言传的苦恼。她油然产生了一种想抚摸他，安慰他的爱怜感。于是，她把她的万种柔情都放到她手里的抹布上，是那么温情脉脉地拭擦着毫无所觉的桌椅碗筷。

这次，她带着外省一所师范大学的录取通知，心里揣着一个绝密的想法，来找她的吴老师。近几天，她就一直被这种想法折磨着，她想，我一定要用这种方式来表示我爱他。

吴老师正蒙头大睡。这么闷热的天，他居然没出汗。他掀开毛巾被坐起来，接过她的录取通知，在膝盖上展平，摩挲着。表情木然。

"因为我数学不好，怕考的分数不高，所以才……"小云带着歉意的口吻，同时小心翼翼地观察着吴老师的脸。

"师范就师范吧。"吴老师却淡淡地说，"这个师范大学虽然不是国家的重点大学，但是也不错。文学系还有点名气的，我记得……"

他举了几个人的名字，小云一个也没听说过，据他说是现在经常发表论文作品的，是这所师范大学的毕业生。但小云感到吴老师显然心不在焉，目光呆滞，在录取通知和她的脸上黏黏地游移。胡子有几天没刮了，蓬松的头发和鬓角连在一起，一直拖到下巴。吴老师原来长着一副络腮胡子。小云觉得他更具有风度。

吴老师东一句西一句地说了些勉励的话，在小云听来都是些不相干的事。陡然，吴老师又不说了，似乎也发觉自己的话索然无味。他微微地垂下头，用大拇指顶着眉心，呆坐在床上。

小云倒了一杯水，端到吴老师身边，关切地问："吴老师，你是不是有什么心事？"

吴老师只穿着背心，裸露出匀称的两肩和两臂的双头肌。支撑着两臂的胛骨,顶端的突出部分有极强的力度,给她一种可靠性和稳定性的感觉。稍稍佝偻的厚实的背脊展现出一种成熟的男性的弧形线条。从背心的圆领中望下去,平坦的胸脯如郊外的原野,是春游时躺着打滚的最好场所。杯中的水轻轻地晃荡着,小云也觉得自己的两腿在阵阵颤抖。我已经十八岁了!我已经十八岁了!这就是男人!这就是男性!也许这就是物理学上讲的"同性相斥、异性相吸"吧!她心中有一个强有力的声音向她呼叫,然后又转入窃窃私语。私语如茸茸羽毛,撩拨得心发痒。那私语似乎在教她怎么说、怎么做。她极力想听清楚自己内心的那个声音,紧张地凝神地向她体内谛听着,以致额头、鼻端和胸前都沁出了汗珠。她就想一直站在这里,一直站在吴老师身边,直到他有所动作。她要顺从吴老师的动作,听凭他的摆布。结果,一滴水终于从她倒得满满的玻璃杯中晃了出来,无声地掉在吴老师肩膀上,随即便像涸进了皮肤似的消失了。

不知怎的,她常非常羡慕那一滴水。但她仍然缺乏做那一滴水的勇气。

吴老师仿佛被惊醒了似的,抬起头,用空洞般的眼睛看着她,问:"徐银花自杀了,你知道吗?"

"啊?!"

于是,温馨迷人的气氛全部被破坏了。

27

五十年以后,二〇三六年,六十八岁的孟小云出版了一部长达二百七十页的回忆录,关于今天的一段,她是这样写的:

……那天，我又到吴老师家去。这是我最后的机会了，我想。那时我是那么爱他。爱吸尽了我全部的生命；我一想到他便会激动得颤抖，可由于我一天到晚经常想到他，于是便一天到晚经常地处于激动而颤抖的状态。晚上，我常常会感觉着他在抚摩我，使我神态昏迷而又极为舒服。是他，或说是他给予我的幻想使我第一次领略到性的快感。但当我略为清醒以后，却发现不过是自己的手。我记得，那天我去时，他正坐在床上，和平素一样，穿着很随便。洁白的背心使他的胸廓显得异常宽大，但他的肌肉又是纤巧的，不像长年进行体力劳动和体育锻炼的人的肌肉令人望而生畏。从那时我就开始意识到，被女人倾慕的男人，不会是一个通常意义上说的典型的男人，也就是说，他不能把男子的雄性发展到极致。在他身上，必须还有点女人的影子，这样才会使女人感觉到与她有共同点，而能以和乐于与他接触。不然，男人就会在女人眼里完全是个异物。典型的男人，或说是男人的标本，会是一个审美的对象，但不会是女人的性对象。

他好像正被一件什么事烦恼着（这件事我后来才知道是一位女同学的自杀。关于那位女同学的命运，张贤亮在《早安！朋友》中已经写过了。但我下面还要写她）。他用拳头支着下巴，弓着背盘腿而坐。他的上身，酷似罗丹的《思想者》，当然是一个活的思想者。我在他对面坐下。他接过我的录取通知，似乎感到欣慰，情绪渐渐地好转了。他对我说了些鼓励的话，但老实说，我一句也没有听进去。我只是一个劲儿在想，怎么开始？怎么开始？

我的县城，在当时虽然已经逐渐所谓的"现代化"了，但仍然相当落后。它有它的传统、生活方式和习俗。尽管有许多美的，令人留恋的事物，可是还没有脱去粗鄙。后来我去西班牙采访，觉得它极像巴塞罗那（其实它和巴塞罗那毫无共同之处，但是人总有些说不出道理的奇怪的印象）。我接到录取通知，不久之后，就要到那时我们都向往的大城市了，而他，仍旧要留在"巴塞罗那"和毛驴一起生活。我想，爱情中一个很大的成分应该是深深的怜悯。就是这种深深的怜悯促使我要为他做出牺牲（在上个世纪，性是双方互相服务和互相享受对方的观念还没有普遍，在女方，就认为这是她单方面的牺牲）。我终于鼓起勇气说，我记得您曾经懊丧地说过，您在学美术的时候从来没有画过活体的模特儿，因为那时社会还没有开放。您很羡慕现在的美术学院的学生们，他们可以对一个真正美的活的形体进行临摹了。您认为您在绘画上没有成就，就是因为没有经过活体临摹的训练。那么，您教了我这么多年，使我能考上了大学，我应该报答您，我现在还没有别的能力，但我有身体，我愿意在您面前展示它，让您至少有一次临摹的机会。我大致说了这番符合当时尊师和报恩的道德观念的话。他开始很惊愕。我看得出来我的想法完全出乎他的意料，但对他又不无诱惑。在我几次三番的恳求和催促下，他总算迟迟疑疑地支好画架。我叫他先背过脸去。等他再转过身来时，我已经脱得一丝不挂了。我记得我当时虽然仍很羞涩，但又非常地骄傲。我从他的眼里看到我形体的美。的确，大约每一个女人在年轻时都有自恋的心理。因为女孩子在青春期形体的变化要比男孩子明显得多。我常常和在当时流行的年历上印着的维纳斯与其他裸女进行比较，我自以为我隆起的乳房和已经发育成形的臀部比起她们毫不逊色。我喜欢在洗澡时观赏自己，抚摩自己；我享受着自己的美。现在我愿意和他共同享受我的美。

就是因为他，我迟迟没有结婚，因为他的影子总把我和与我接近的男朋友隔离开。

九年以后，我才和我第一个丈夫结婚。在新婚之夜，他发现我还是一个处女，于是暴露出一种小市民式的满足。也许就是他的这种自满自得的神态，使我开始对他产生反感，直发展到三年后离婚。而我，对我仍然是处女也很惊奇。因为在我的记忆里，我一直以为我曾经和我的吴老师有过性关系。

不要以为她是在自己的回忆录里有意欺骗二十一世纪三十年代的读者。她是真的把自己狂热的幻想当作了现实。年代越久，幻想覆盖层越厚；时间能磨灭对现实的记忆，但不能磨灭青春的幻想。所以，幻想永远高于现实。另外，从这里，读者也可以知道一般回忆录的可靠程度。

啊，这个老太婆！

28

可是，在吴子安这边，事实却完全是另一个样子。

前天中午，一个陌生的青年工人来家里找他。来人穿着蓝色的工作服，宽脸膛显出悲戚的神情。但他说他家住在城郊的农村。他说出了一个很熟悉的村名。那么，这是一个农民了？吴子安在搜索着记忆；他觉得这张脸和这个村名同样熟悉。是在什么地方见过他？

"我是徐银花的二哥。"来人坐下以后，才说。

"哦，怪不得……徐银花怎么样了？准备复读吗？"他想他听不懂"复读"这个词，又加了一句，"是不是准备再上一年高三？"

"她死了。"她二哥用冷冰冰的声音告诉他。

"啊?"

"葬了两天了。"

为什么?为什么?他心里不断地发问,但舌头却发不出声音。他的直觉已猜到她不是正常死亡。对这个消息,他不只是震惊,还怀着莫名的恐惧。死的不是老人,这已经够可怕的了;并且她肯定用的是一种特殊的方法,自己处死了自己,就更为严峻。他忽然意识到徐银花可能有自杀行为的想法在他脑子里曾经一闪而过。是的,曾经有过这样的猜测,是在王文明自杀未遂之前?还是以后?总之,是有过这样的闪念。但是,他却没有抓住那一掠而过的想法;他任其滑过去;他听凭这个念头湮没在一大堆教学和私事的思虑下面。人们常说,自杀是一种轻生行为。那么,是他或她自己轻生?还是别人对他或她的生命不重视?抑或是整个社会对生命的价值估计不足?至少,现在,此时此刻,他感觉到了自己对这个学生的死负有责任;他的良心背上了沉重的负担。于是,这份重量把他压倒在椅子上,他默默地与来人面对面地坐下了。

大约是徐银花的二哥从他的脸上看出了同情,看出了他们之间对于徐银花的死同样地悲痛,才放纵了自己的情感,把哽在喉头的泪水呜咽出来。

"她是跳河的。"他用一块染有机油迹的手帕擦着鼻涕。"那天,她都从医院回来了,她要做饭,咱们都说你先歇着。我妈说,要做以后做,以后有的是你做的哩!我妈嘴不好,可还是心疼她的。她非要做,我婆姨就帮她做了。我爸还没回来。她又要等我爸回来才吃饭。咱们几个就先吃了。我大哥的女子说,她做的饭不好吃,煳了。她又要给珠珠揪面片。大嫂骂她女子,你闹的!凑合吃吧。可她还是要给她揪。大嫂也只好由她了。天黑了，我爸才回来，她亲手给我爸盛了饭，站在一边看着他吃。我爸说话也口粗，说你要真这么孝顺，就要把书念好。我不稀罕你这个，还不床上躺着去！心脏大了，又要我花钱住院。她还是站着不走。后来咱们都睡下了。我婆姨心细，跟我说，我看她不对哩。我还说，有啥不对的！是住了好些日子院，刚回来，亲的。"说到这里，这个青年人忍不住哭出声来。抽泣了一阵，他继续说："那天晚上也怪，谁都睡死了，都没上她屋里去瞧瞧。转天天亮，该着我大嫂早起做饭。要是该我婆姨做饭就好了，她心细。等大嫂做好饭，咱们起来吃的那阵子，才想起叫她。我婆姨一撩她门帘，就说不对，人不在屋里。当时她就慌了，叫快找！我爸我妈也慌了，撂下碗就往外走。厕所没有，满村子也没有，听看渠的老汉说，天蒙蒙亮，看着她顺渠朝渠口方向去了。一家人就赶紧追。追到渠口，就是河边上，太阳也老高了。只看见树枝上挂着她新新的衬衫，新料子裤，滩上放着新皮鞋。她，她就这么光穿着背心裤衩，她，她是舍不得哩，还想给家里留下……我爸就急忙叫人捞，咱们家能下水的都下了。我爸的建工队也来人了。到了下半晌，才在十里外的桥墩的漩涡里捞上来。"

　　青年人呜咽着叙述完经过，吴子安的泪水也止不住无声地流下来。他捂着面孔，四肢僵硬。一年之间，他这个学生怎么从一个胖乎乎的有点傻气的农村姑娘，变成一个憔悴的、带着感伤和忧郁神情的怀春式的少女，在一串特写镜头中展现出了几个阶段。每一个阶段都一步一步地伸向她的死亡。这时，在他印象中的她的一举一动，仿佛都成了她的预告：我要自杀！我要自杀！太晚了，我们在一切事情上都开始得太晚！王文明那次对她的无礼举动，当然是她转变的最重要的关键。然而，在王文明的那次行动之后，我们对她做了什么呢？我们的注意力全部都放在王文明身上。所谓注意，也不过是研究对他如何处理，寻得了一个"劝其自动退学"就认为是一个最好的方法，既应付了社会舆论，又没有过于伤害这名男学生。于是，便万事大吉。可是，结果适得其反，又将是轩然大波，又将是满城风雨了。

"吴老师，"青年人擤了一把鼻涕，将手帕揣进口袋，"这儿有她一个本本。她留了一封信，给家里，信上说让我把这本本交给你。本本里还有封信，也是给你的。我爸、我爸还不让给，可我觉着，这是我妹子最后的话了，所以我还是给你捎来了。你看看吧。"

他无力地接过一本绿色塑料封面的小型日记本。第一页里，夹着一张折叠得方方正正、边缘对得整整齐齐的信纸。

她死之前，是多么地平静！

青年人走了。他仍坐在椅子上，甚至忘记了和客人告别，忘记了安慰死者的家属。青年人突如其来，悄然而去。而这次造访却改变了他的世界。

他展开信纸，怀着一种敬畏的心情。摸着死人留下的东西，总有一种好似触摸到死人肢体的感觉。他教的一个女学生死了。这个学生是自杀而死的。死之前给他留下一封信。他从来没有过这样的体验。但愿今后再不会有这样的体验。于是，在展开信纸的一瞬间，就是他一生中最重要的时刻之一，将使他终生难忘。死，并非死者的不幸，而是生者的不幸。他忽然感觉到了世界虚空。升学率和一个生命，放在良心的天平上，哪面更有价值？

敬爱的吴老师：

我对不起你，你白教了我一场。我没有听你的教导（我何尝教导过你！我何尝教导过你！），今后为"四化"出力。我是一个逃兵，可是我觉得我还是死了好，我没有资格和大家在一起努力建设"四化"，我死是我自愿的，和任何人没有关系，我怕大家怪王文明，其实和他没有关系，我一本日记请你看看，我觉得自己很坏，信上写不清楚，我也怕羞，可是想着自己死了，有什么关系，所以还是请你看，也许对你将来教育有参考，注意让同学不要有我的行为，你是我敬爱的老师，我一直很佩服你，祝你以后教出更多更多的好学生。

你的学生　徐银花

这封遗书使他在悲痛中生出了好奇心。她究竟做了什么坏事？一本不厚的小日记簿，后面还有许多空白，中间附着几张明星的彩照。他很快便读完了。

原来，她所说的"坏事"就是她的自慰行为。

致她于死的不是手淫，而是由手淫产生的自卑感。是强大的社会道德力量和她的自慰行为在心理上的冲突！

还有隐隐约约提到的一个叫"老司"的人。但是从她家人对她的态度看，如果她一定不愿意嫁给这个"老司"，爸爸妈妈和哥哥都不会十分勉强她。而她已经有了严重的自卑感，她在精神上首先失去了抗争的力量。

他没有上街去吃午饭。把信照着折缝叠好，仍夹在日记本中，拉开抽屉，将它放在他平日放重要材料的那一角。然后颓然地躺在床上。奇怪，看了日记，他释然地有了一种轻松感。

一个人的责任心，是和他在社会上的分量，和他的作用及潜在的力量联系在一起的。他认为自己对这个女孩子的死，并不像他想象的那样负有重大的责任。这个女孩子非自然死亡竟然仿佛是自然的。作为一个普通的中学老师,尽管是一个班主任,他能公开地对学生中的自慰行为采取什么疏导的方法吗?想也不要想!连"手淫"这个词都不要想公然说出口。这个词会马上在学校引起爆炸,炸伤的不是别人,正是他自己。更不用说他想要告诉学生,人在青春期,自身性体验的获得是自然现象;手淫过度无疑会使人的生物系统受到某种程度的损害,但和道德上的善恶毫不相干。它是无可谴责的,至多表示了这个青年的性格软弱,克制自己的能力不强而已。这种话,无疑会被认为他是在教唆学生手淫。他就会遭到和王文明同样的下场,"劝其自动退学"了。

然而,社会又采取了什么方式来疏导呢?他想不出来曾采取过什么方式。压抑和谴责,只会使学生的精神分裂。王文明就是个病例。

一下午,他躺在床上一动不动。由于血涌上了脑部,使他头痛欲裂。因为他想到他学生的自杀未遂和自杀成功,也许是我们社会性教育不开放以及他们性苦闷的结果,可是他忽然又想到在资料上看过的丹麦,那是个性开放的国家,然而青年的自杀率又高居世界之首。究竟是为什么?究竟我们应该怎么办?他觉得他在夹壁道里摸索。左也是墙,右也是墙,前面,是永远不为人知的人性与人的心理的谜。青年自杀,既有社会原因,又有超社会的原因,最后只能归结于个人的命运了。

他慢慢爬起来,又拉开抽屉,取出妻子最近给他的来信。很长的一封信详细地告诉他这些日子小雅替他办调动的经过。他又读了一遍,一面读一面揣测自己将来的命运。

真实情况是,小云怀着她所谓的准备自我牺牲的爱情来看他时,他又开始揣测这个女学生的命运。他盯着她看:她将来会怎么样?会有什么样的命运？同样都是他教出来的学生，一个死了，而且是自己杀死了自己，一个忸怩地坐在他面前，面部的表情浮现出一种使人难以看透的憧憬。

他苦笑了：原来教育并不是一门科学；他不过是按现在的标准来衡量不失为一个称职的教书匠而已。

他发觉自己的神经也有点不正常了。

第十章

29

白思弘考上了一所全国重点大学的经济学系。

可是他已经习惯住在高级宾馆里了。他对舒适的环境总是适应得很快。有一天他爸爸从公司回家，路过来看他，环顾了房间的设备，在地毯上跺了几脚，又拨弄了一会电唱机，到处找唱片，却找不到。

"妈的，这也是个聋子的耳朵——样子货！"他爸爸骂道。

他坐在宽大的写字台前复习历史。"你别弄了，"他告诉爸爸，"电唱机是坏的，收音机有杂音，电视机没有室外天线，马桶箱直漏水，澡盆的水龙头拧不紧，一天还只供应两小时的热水；房间她们爱什么时候收拾就什么时候收拾，也不管客人有事没事，可是要她们提开水，却找不着人，咻！这是什么高级宾馆！"

他爸爸愕然地瞪着他。"小子，你也应该知足了！你忘了你搂发菜的那会儿了，住在这儿，把你烧的！"他爸爸认为自己可以耍阔人脾气，儿子却没有资格发牢骚。

"人为什么要知足？"他掉过头来，"人知足了社会怎么能进步？我为什么要老记着搂发菜那会儿？我想都不想它！这几天我就想，要叫我来管这家宾馆，那帮子服务员我要统统开除！"

爸爸像鸟瞅见一条异常的诱饵似的扭了几下脖子，走了。他儿子过去虽然也时发惊人之语，可是这种要开除人的话他还没听过。

他独自坐在宽大的、不是用五合板而是用上等木材做的写字台前面。写字台像一片彩云，蓦地把他从地上托举到空中。在电影电视上，官员们、大干部们和银行家、经理们总是坐在这种写字台前发号施令的。住进来两天后，他就觉得什么电视机、沙发地毯包括汽车并不是享受的真正内容，一种对经营管理的权力的追求，悄悄潜入了他的脑海。

夜晚，当他复习功课累了，他站在临街的大玻璃窗前，俯瞰着他的县城。灯光已经把农村推向了远处，推进了黑暗；向外扩展的城区吞没了他出生的地方，甚至吞没了他对出生的地方的记忆。县城虽然只有两条十字交叉的大马路，却自有一番华灯初上的繁荣景象。电影院门口，通常是人群拥挤的地方。那里的灯光也特别亮，能照见几十米外等候退票的焦急的观众。西方和日本电影的巨大的彩色海报牌，把整个世界拉到他眼前。几万里以外的城市，他伸出手就能触摸到。他可以想象自己凌空翱翔在世界之上。世界各地人们的生活，包括西方那种比较富裕的生活，是可望而不可即的。在他看来，大学的门，就是步入那种生活的开始。而在他的脑袋里，西方式的生活已不再仅仅是高楼华屋等等物质构成的了，我们通常称为个人主义的自有思想色彩，就在此时此刻涂上了他的意识层面。

我们把历史划为阶段，这些阶段的标志常常是革命、战争与和平。当我们把个人的经历分为阶段时，却只按年龄划分为青年、中年、老年，忽略了具象的、技术性的事物。一个青年获得了一条梦寐以求的牛仔裤，以及什么方式获得的，对他来说往往是一件重大的事件。与其说是改变了他的装束，不如说是改变了他的精神面貌。尤其是电视这种技术性的东西，会大大丰富他的文化视野。电视屏幕上展现的世界，调动了他的参与意识，因而也发展了他独立思考的能力。

接到了录取通知，他又要爸爸给他租这套房间。

"考都考完了，还去住干啥！"他爸爸不是舍不得钱，而是习惯性地要表示有管束他的权利。

"你都快走啦，还是在家里住几天吧。"妈妈是真心舍不得他。

"我就住两天，"他的口气今天变得很动听，"我想安安静静地写篇文章。"

写文章！这把他爸爸镇住了。家里来来往往的人也实在太多，全是谈买卖的。反正宾馆里从上到下都有他爸爸的熟人，即使是旅游旺季也能给他腾出房间。

下午，他爸爸亲自送他到宾馆。他一走进房间，便伏在那张讲究的写字台前，展开随身带来的雪白信笺，写下了他早就想好的话。

宝辰：

　　请允许我这样称呼你。实际上我已经在心中这样称呼过你无数次。也请你耐心地把这封信看完，这绝不是班上男女同学之间传来传去的情书。我是非常认真地想和你谈一谈。

　　我想，自上次我告诉你我是署名"爱思"的那篇文章的作者，你就能够领会我对你的感情。但是我并没有得到期望的反映

（应——本书作者改正）。可是我并没有失望。我想，也许是因为刚上高三，面临着人生的一次重大拼搏，我们都顾不上谈到功课以外的话题。现在，你即将去武汉上大学，而我也要去北京了。从此天南海北，不是假期我们便不能相见。但是也有有利的一面，我们的家毕竟都在一个县，我们有发展友谊的条件。想到这点，我就很感安慰。

　　人生不止是高考这一场拼搏，还将有无数次，尤其在现代社会中，人与人的竞争更为激烈。在这种状况下，友情就变得十分重要。我详（仔）细地观察了，在班上，不，在整个县，在整个世界上，只有你，才能跟我结成伙伴，一起对付未来的惊涛骇浪，直达到成功的彼岸。

　　请你接到此信后，到县招待所三号楼（即贵宾楼）301号房间来畅谈。今明两天，我都时时刻刻在这里等你。也许你过去对我和罗晓莉之间有些误会，我会给你说清楚的。

　　请不要再次使我失望。

永远忠实于你的思弘
即　日

　　他读了两遍，觉得很得体。"永远忠实于你的"是向西方人写信的落款形式学来的，既文明，又亲切。他细心地将信封涂上胶水，粘得很牢，边缘又不让挤出胶水来。随后，他把这个淡绿色的信封摆在写字台当中，坐在皮转椅上欣赏着它。字落在纸上他就以为她已经听见他的低诉。他在默默地想象，她会怎样回答。

　　不一会儿，门上响起敲门声。他优雅地转过身去，说了声"请进"。

母娃子果然如约而来。高中勉强毕业，没有考上大学，她即刻擦了粉，涂上口红，耳朵上两串紫色的流苏式的耳环，随着她头部或全身任何一个部位的摆动而颤悠悠地闪光。

"呦！这么高级！"

她还没和主人招呼，就迫不及待地将套房参观了个遍，甚至使用了一次抽水马桶。卫生间哗哗的声音，使白思弘无可奈何地皱起眉头。

"还是你白公子有办法！"从卫生间出来，她娇滴滴地赞美着，毫不掩饰艳羡的目光。她一屁股半坐半躺地倒在长沙发上，眼睛狡猾地问他，什么事？你的意思我大概明白！

白思弘怕她误会，彬彬有礼地站起来，给她沏了茶。"请。"他将茶杯放在她面前的茶几上，赶快回到原来的座位，和她保持着一段距离。

"今天请你来，"他带着礼貌的微笑说，"是想请你办件事……"

"什么事你就说吧！"母娃子很爽快地答应了。

"我想、我想请你替我交一封信给一个人。"

"带信？"她疑惑地望着他。这显然出乎她意料。"带给谁？"

"给吕宝辰。"

"她——呀！"母娃子坐起来，两腿叠在一起。同样，她也毫不掩饰自己的失望。"你想得倒好！为什么不丢在邮筒里？"

"实在是麻烦你。可是，小桂，我决不让你白做。从邮局寄，你知道，本县的信常常比外地的信走得还慢，要两三天，有时还不止。所以……"他知道她会干的，只要给她一点好处，比如，送她一件时髦的裙子什么的。他已经知道了金钱的力量。

母娃子抱着两肘考虑一会，看看他，又翘起脚尖看看自己式样新颖的浅口皮鞋。今天来，她着意打扮了一番。既然不是她所想象的事，那么不如干脆从罗曼蒂克落到实处。其实在踏入这所宾馆之前，她已想好了报酬。

"那你怎么会想到要我带？"她拿捏着，"你找别人不行吗？"

"你知道，宝宝在班上跟谁也不多来往。我看她和你坐在一张桌上，有时还谈谈话。所以我想来想去，还是你比较合适。"

"行当然行。你小子真有眼力！我实说，宝宝在班上就跟我一个人好。你要找别人，真还带不去哩。"她马上抬高自己的身价。

"那我就谢谢你了。"白思弘把转椅一旋，返身拿起那封信，很郑重地向她递去。

小桂——母娃子却不接信，抱着两肘不放，朝他嫣然一笑。"你说你不让我白做，那咱们先说好，你怎么谢我？"

白思弘把淡绿色的信放在茶几上，豪爽地说："你说吧！本来，我们同班同学两年，分手的时候，我也应该送点纪念品给你。你说，是衣服？还是日用品？你喜欢什么？"

"哼！"小桂鄙夷不屑地把下嘴唇噘起来。"你当这红娘就这么不值钱！事要给你办成了，这就是你一辈子的幸福！你说，咱们县上，还有哪个姑娘能比得上宝宝？人家现在又考上了武汉的名牌大学。"

这点白思弘没有异议。"所以嘛，我让你自己说。"

"这样吧，"小桂放下腿，坐端正了，把已经做好的一副牌亮开，"我什么都不要你的。你就跟你爸说一声，让他给我在你们家公司的门市部里安排个营业员。怎么样？"

白思弘一怔。他万万没有想到小桂会提出这种要求。安排小桂当营业员并不难，他的推荐他爸爸肯定会接受的。何况他爸爸的公司正准备扩大业务，专区的几个县都设了分公司，还想向省城进军。他爸爸早已不专门经营家用电器了，杂七杂八，什么赚钱干什么，真正"搞活"了。但是，小桂这样的姑娘当营业员，他第一个就不放心。前些日子他还说要把这所宾馆的服务员统统开除，按他的标准，小桂这一类的也在开除之列。可是，事情已经对她讲了，临时再委托别人，一是无人可找，二是小桂一出大门就会宣传得半个县都知道：白思弘给吕宝辰写情书喽！

"这个，这个我们以后再谈好不好？"大概他除了搂发菜那会儿，还从来没有这样低三下四地求过人，"你这也是举手之劳……"

"'举手之劳'？"吴老师教过这个成语，小桂懂得，她即刻抢白他，"举手之劳，你自己为什么不去'劳'？我跟你说吧，你们考的考上大学了，准备复读的复读，其余的，家里有办法有后门的，好歹都能给他们的子女找上个工作。我呢，又不想复读，复读了明年还是考不上，准的！家里又没有后门，怎么办？要等到什么时候……"说到这里，小桂的眼睛居然出现潮红，随即，语气也变得缓和了，略带哽咽地补充道，"反正，反正国营企业也要改成合同工制了，我也不为难你，把我也按合同工待遇好了。你爸看着好，就让我干下去，要是不好，我自己走人！我也不是看人家白眼讨饭吃的人！"

小桂欲出未出的眼泪，触动了白思弘的同情心。并且他也没有想到，这个一向以放荡闻名的姑娘，一个如果不是吴老师袒护去年就会被除名的女学生，还有她不愿依赖人的一面。他犹豫片刻，拳头轻轻在膝盖上一擂。

"好吧，你的事我尽量去办。即使我爸那儿不行，我爸还有好多熟人，我一定跟我爸说。"

"那，"小桂用撒娇的眼风向他瞟了一眼，"你一定要在走之前说，你别一拍屁股就跑到北京去了。"

"那当然，那当然！"

"好吧，我这就去！"小桂嗖地站起来，将信一把塞进手提包。

"我这是，我这是约她到这里来谈一谈的。"白思弘不好意思地说明。

小桂鼻子两旁的纹路略向上挑起一个醋意的弧形，斜眼瞥了他一下。

"行啊，要是她愿意，我让她马上就来。你等着吧。"

30

小桂走后，他拿起带来的几本杂志翻着，当然一行字也看不进去。楼下有新开的游艺室，院子里还有个小花园，园里有喷水池，但是他一步也不敢离开房间。他总以为小桂前脚一走，吕宝辰后脚就可能来。他在厚厚的地毯上转了数圈，又打开电视机。电视屏幕上是电大的教学节目，他心不在焉地看完了一节课，已到了吃晚饭的时候。他走进餐厅，选了个靠窗的桌子坐下，便于看到三号楼进进出出的人们。但是等他吃完饭，回到自己301房间，直到在电视机前坐到新闻联播开始，吕宝辰还没有来。

他不时地看表。离小桂把信带走，已经过了四个小时。而吕宝辰的家离招待所，骑自行车不用一刻钟。他掏出了一枚钢镚儿，占卜三次，三次都是国徽朝上。国徽表明宝宝肯定会来。他不敢再卜了，怕出现了相反的兆头。

他房间的窗户临街。大门在另一面，必须在走廊尽头的那扇通阳台的门外才能看到。但那扇门却被锁住了。这样热的天，为什么不让客人到阳台上去乘凉？这也是要把服务员开除的理由之一！

夏令时八点，太阳已落山了，房门终究响起剥剥的声音。他一跃而起，一把拉开虚掩的门。门口站的仍然是母娃子。

"怎么……"他失望地问。

"人家不来。"小桂当作没有注意到他的表情，婀娜地走进来，随手将月牙形提包撂到沙发上，人也顺势坐下，颠了两颠。

"那，你把信给她了吗？"

"当然给她了！"小桂激昂地说，"你别不相信人！我就是怕你不相信，还做了好些工作。我说你人不去，给他写张条子也行。可是她人也不来，信也不回。我有什么办法？"接着，她拍了拍沙发，"来，你坐下，我问你，你想想你在哪点得罪了她？"

"我？我怎么会得罪她？"他惊愕地反问。同时种种疑窦一齐挤到心头，是不是我找她带信本身就是一个错误？宝宝看我和这种人来往必然有想法！是不是母娃子根本就没有去？是不是她说了什么坏话……

"那你怎么这时候才来？"他极力使自己镇定下来，问道。

"我在宝宝家吃的晚饭。她非要叫我留下来，拉着不让走。宝宝挺好的，她还为我前途担心哩。后来我也跟她说了实话，说是请你爸爸找工作，所以才替你办事。她还很赞成我去当营业员。"

他的怀疑消除了一大半，深深地叹了口气，颓然坐在沙发上。

"真的，我问你，你究竟在哪点上得罪了她？你好好想想。"小桂看着他这副神情，既关心又好奇。

他皱着眉头思索了半天，摇摇头："我想不起来。绝对不会有。是不是她怀疑我跟罗晓莉？"

"不是！"小桂断然地否定，"我还跟她解释了，你是拿罗晓莉开心哩，你和她根本没有来往。从她的话里来听，她也不在乎这个。"

"那么是什么呢?"他更弄不明白了。人不来,还情有可原,为什么信也不回呢?难道你的字就那样贵重?这里面肯定有很严重的原因。

"好吧,我来告诉你原话。"小桂正儿八经地说,他也不由得挺起腰,支棱起耳朵。"第一,她看了你的信,就冷冷一笑,说:这封信完全是以自我为中心的典型。以自我为中心,就这话,一字都不错。我说让我看看,她没让我看,找来火柴一把火烧掉了,还说等于她没收到这封信,又让我不要出去说。我说,你要不去,就给他回封信好了,因为我还要托他爸爸给我找事情,免得他以为我没把信交给你。她说,对这种人,我不能信任,我不管写下什么话,谁知道他会怎样去编?比如吧,那封什么'爱思'的信,并不是他写的,他非要把高帽子戴在自己头上。她还叫我告诉你,她对你有六个字评语。你要听不要听?"

因为她讲到这里,发现他的痛苦已全部溢到脸上来了,像电视上看到的拳击运动员完全被对手打垮的姿势,窝在沙发中间,所以她才问要不要她继续汇报下去。

而这时,他才恍然大悟:错就错在这里!他才从英雄的迷梦中醒来:"爱思"不是他而是她!怪不得那时候除了他自己之外,只有她一个人不动声色。"不知深浅,切勿下水",忙中偷闲,他还想起了这样一句俄罗斯谚语。如果是单纯的痛苦,他还能忍受,痛苦加上羞愧,又加耻辱,并且这种耻辱还来自所爱的姑娘,使他的心脏几乎停止了跳动,眼角禁不住涌上近年来很少出现的眼泪。

但他是"贵族",他要做一个超出一般人的人,他横下心,狠狠地对小桂说:"说下去,没关系!"

"好,那么我就说,她对你六个字的评语,就是:自私,冷酷,虚伪。"

虽然小桂尽量用柔和的语气传达，但这六个字最终催出了他的泪水。他没有举手去擦，仰面靠在沙发背上，任眼泪顺势而下。他记得哪部外国电影里就有类似的镜头。男儿有泪不轻弹，既然弹了就弹个痛快！擦眼泪是女孩子的动作，以泪洗面是男子汉深切的悲痛或忏悔时的面目特征。而他心中除气愤之外，也确实在忏悔着。首先，冒名顶替就是极不光彩的，他还有什么话可以辩解？"以自我为中心"，不管对这问题怎么认识，在自己身上存在不存在？多年所受的集体主义教育和文化氛围，不能说没有在他思想上留下深刻的影响。这时，这种底色，便显露在意识的表面上来了。一颗被爱情所摧残的年轻的心，正因为它年轻，所以它能够很快地在悲伤中迸发出活力。年轻人的眼泪是往外流的；中年人的眼泪是朝肚子里吞的。朝肚子里吞的泪水会把心泡得发酸，泡得腐烂；往外流的眼泪却会把心上的尘土排泄出来。他猛地站起来，在屋里兜着圈子，喃喃地说：

"我明白，我明白了……"

小桂一直惊异地瞧着他。既有点幸灾乐祸，但更多的还是同情，以及跃跃欲试地动着乘虚而入的念头。这时，她也随着站起来，殷勤地倒了杯茶捧在手上，跟着他转圈子的步子，故作不解地问：

"你明白了什么？你明白了什么？告诉我呀……"

他陡然停在房间当中，眼睛视而不见地盯着窗外已经降临的暮色和一片模糊的灯光，同时胳膊不自觉地搭在小桂的肩上。"你不明白，你不明白……"他继续喃喃地念叨。小桂赶快斜着身子悄悄地将茶杯放回茶几，尽量不使她的肩膀和他的胳膊脱离接触。然后紧紧地偎进他怀里，妩媚地说着毫无意义的话，"我会明白的，我会明白的……"

他的胳膊下意识地弯了回来，那只手抚摸到一处他从未触过的肉体，柔软而光滑。他吃了一惊，松手一看，方知道他在搂着小桂。他清醒过来，定眼打量着她。她穿着今年国际流行色的连衣裙，领口很低，袖口很高，裸露出两肩和一大截前胸。她的皮肤是健康的褐黄色，肌肉滚圆而结实。样式新颖的短发经过精心的梳理，一丝不乱；脸上涂脂抹粉，虽然掩盖了本来面目，却分外妖娆。整个身体透过薄薄的衣料，和香水味一起热烘烘地向他放散出一股强烈的诱惑的磁场。他被体内突兀膨胀起来的滚烫的冲击波推得微微晃悠着，同时感到一阵惬意的眩晕。他记得上高二那年，爸爸妈妈有感于现在社会和学校的风气每况愈下，老两口曾在他们房里嘀嘀咕咕地议论："……还是儿子省心，要是个姑娘，一天到晚就操心死了。儿子，他在外头乱搞，大不了给咱们抱个私娃子回来，咱们养着就是了……"爸爸这段话恰恰被他听见了。现在，这段话兀地蹦出了他的记忆，几乎是字幕般的显现在他的脑海中。而正在他犹犹豫豫的、迟迟疑疑的当口，小桂忽然使劲地搂着他，头顶顶着他的下颏儿，把乳房柔柔地贴在他的前胸上。

　　可是，宝宝对他六个字的评语抽在他心上的伤痕，并没有平复，还正因为胸前有异样的感觉又猛烈地疼痛起来。他只要抬起胳膊迎合了小桂的拥抱，便被宝宝说准了，真正是个"自私冷酷虚伪"的人！而想做一个高尚的人，这时对他却有极大的吸引力。为了他自己，为了做给他所爱的人看，他默念着宝宝，好不容易克制住冲动，瞪圆了眼睛，与其说是从小桂的胳膊中，毋宁说是从自己的欲念中挣扎出来。

　　"你，你走吧！"

　　他像机器人似的向写字台蹒跚走去，两只拳头撑住台面，大口大口地呼吸着。台面的玻璃板冰凉,他索性张开手掌,压在玻璃板上。一股凉气顺着手掌往上升,直透进他的肺腑。

小桂还站在房间当中,为了把羞耻感压下去,强作生气的口吻问:"为什么?为什么?"

"不为什么……我就觉得这样不好。"他用尚在颤抖的手叮叮咣咣地摆弄着写字台上的墨水瓶、胶水瓶、蘸水笔、台历等等,想使房里的空气正常化,也使自己正常化起来。

"那么,我的事呢?"小桂诘问他,"你说的话还算不算数?"

"那事,以后再说吧。"

他以为他和宝宝的恋爱已成泡影,他和小桂的约定也自然解除。同时,对小桂,又隐隐地产生了厌恶感:原来你刚刚的动作是为了……幸亏我……

"你别'以后'!"小桂跺着脚。羞愧、失望和焦急陡然使她泣不成声,"你的事,我又不是没给你办。人家不来,叫我有什么办法!你别说话不算话……你们男的,都没好东西!拿人开心……"

他还是第一次碰到这样难堪的局面。虽然他今后一生会碰到无数遍,可是现在还没有经验。今天是什么日子?没有一样事情是顺心的!走廊上又传来人们兴高采烈的笑声,大概是出席一个会议的人刚在晚宴上吃饱喝足回来。他手忙脚乱地把门关好,回身拉着小桂,强捺住自己的烦躁,安慰她道:

"你别哭,你别急,坐下坐下,我们好好谈谈好不好?"

小桂总算停住哭泣和喊叫,从提包里翻出手绢,裹住一根手指,仔细地抹去脸上的泪水,顺从地侧身,坐在沙发上。"你说,你答应过的话算数不算数?"小桂反复问,"老实说,我就想离开我们家,好赖有个工作就成。我特别讨厌我妈……我不能再跟她住在一起……"

小桂说着，又抽抽搭搭地哭起来。

"你别哭，再别哭了！究竟是怎么回事，你跟我说说。"他看出小桂现在的气愤不是冲他而发的，稍稍安下心，替她把茶倒上，推到她面前。"如果你实在有困难，我一定会帮助的。"对，我为什么不能从现在起就不再"自私冷酷虚伪"呢？

小桂沉默了一会，眼泪干了以后，情绪也稳定下来。"好，我告诉你，可你别跟别人说。"他连忙点头。小桂看他的表情是可信的，慢慢说道："我妈不是亲生的，是后妈。我上初中那年，她跟我爸结的婚。她一进我家我就跟她合不来。那时候，我亲妈有个朋友，我叫她'王姨'，她老来看我，照顾我，我一见她就特别亲，老想抱她，亲她，初二那年，她调走了，我想她想得睡不着。后来，后来，你别笑话，我知道了'同性恋'这个词，害怕得不行，以为自己害了'同性恋'的毛病。我傻就傻在给老师递了个条子，问老师，我是不是同性恋？老师找了我去。我一五一十跟老师说了。谁知老师把我的事当笑话跟别的老师讲了。后来搞得全校差不多都知道，都笑话我是个同性恋者。我没法在那个学校上学了，可是要转到咱们学校，一定要成绩好，所以我就拼命用了一年功。到了高一，才转到咱们学校来。我想，这回得好好上学了。可是，我妈，我说的是后妈，又跟一个开饭馆的乱搞，被我爸抓住了，闹得我们那条街都知道。他们离婚离不成，因为我后妈又生了个弟弟。这样，那条街上的'倒爷'就来缠着我，要跟我好，说要是我不跟他们好，就把我们家的事告诉同学，让同学笑话我。那时候，我刚来咱们学校，特别害怕人又笑话我。所以，所以，我没法儿，就跟他们好上了。先是看电影，跳舞什么的，后来……我知道你们都瞧不上我，可我也是有苦难言。以后，索性就胡来吧！不知怎么，我就从特别怕人笑话变成了一点也不怕人笑话了。我今天坦白告诉你，我跟猩猩、跟懒猫都亲过嘴，还有咱们学校的电工，那个白眼狼，也在他房里摸过我好几回。我也不在乎了，你爱笑话就笑话吧。要是你不帮我忙，我以后只有还跟那帮'倒爷'混在一块儿，给他们当下酒菜。他们还以为泡个女中学生挺光彩。可是，我总还是个学生，高中毕业，我一点也瞧不上他们里面哪一个！怎么办？你约我的时候，我还以为你也想占便宜。我就打主意走你的路子。老实说，我还真的喜欢你。到了这儿，我才知道，你心里根本没有我。可是你要我做的事，我还是忍着心疼去做了。给心里喜欢的人当红娘，你想我心里是什么滋味？嗯？我想你根本就想象不出！我忍着心疼，还不是要求个职业，要离开家。你不管给我找什么事，我都会好好干的……"

白思弘听到这里，激动地抓起小桂的手，说："行了！我明白了。小桂，你放心，我上大学以前，头一件事就是把你的工作安排好。我爸要不答应，我就不去北京！"

小桂深情地望了他一眼，叹了口气："还是你好！可惜宝宝才是真正的傻瓜，没有福气。"

他在小桂的手上拍了一下，站起来。"不，她不是傻瓜！你不知道，她说的有道理。我刚想过了，我的确有她说的那些缺点。小桂，你知道我现在想什么吗？我想要在我们上大学以前，做件好事让她瞧得起我。至于我们以后怎么着，那是以后，至少我不能让她带着对我的坏印象走。什么'自私冷酷虚伪'！"

小桂低下头去，思忖着。"那也难了。就这么几天你们都各奔东西了。你还想明天一大早有个娃娃钻在汽车底下去，你给他拉出来，让县上给你发个'学雷锋'的大奖状，广播一下？"

"是呀是呀！"他年轻的脸阴沉着，又在地毯上蹁圈子。"问题是机会，机会！要有机会，我什么都会！你说我不理解给喜欢的人去当红娘心里是什么滋味，可是你也不理解一个想成为堂堂男子汉的人被别人瞧不起是什么滋味！"

"那么你动员你爸爸给什么少年宫、科技馆捐几个钱？"小桂替他想了这个办法。

"不，不行，"他摇摇头，忧郁地说，"世界上还是有钱买不转的东西。这个办法太庸俗！"

小桂忽然抬起头，用还闪着泪光的眼睛瞅着他。"有一个人你想起过没有？大概你压根儿忘到九霄云外去了！"

"谁？"他停下步子，诧异地问。

"徐银花。"

"徐银花？她不是自杀了吗？"

"是呀，她自杀了。可见得你们这些考上大学的，一点没想过没考上大学的同学的苦恼。我倒是老想着她。不知怎的，这些日子我脑子里老晃悠着她的影子。有时候想，干脆学她的样，跳到河里拉倒！十八岁就苦恼，以后一辈子的苦恼怎么熬！你要是想表现得不'自私'，不'冷酷'，就应该临走时去跳河的地方祭祭她。老实说，我是想过去的。就是路远，没有车……"

"对，对！"他马上发挥了自己的想象力，很快领会到祭奠的意义。"你看我这个脑子，我这个人！为什么把这么大一件事忘了，为什么把她忘了？这就是宝宝说的，'以自我为中心'嘛。你提醒我得好！这样吧，我就在这几天租辆面包车，拉着愿意去的同学，一块儿去。在徐银花跳河的地方开个追悼会。我们往前走的人，永远不要忘记掉了队的人……"

于是，两人很兴奋地聊了起来。小桂的工作有了保证，当然心情好转了。两人越谈越感到给徐银花开追悼会，不但有意义，并且充满戏剧性，既是一件严肃的事，又非常好玩，比开联欢会，跳迪斯科"高级"多了！请读者原谅他们，他们毕竟还年轻。对死亡，终归缺乏中年、老年人的沉痛感。

两人商量着，请谁去，宝宝当然是第一个了。宝宝去了，罗晓莉就不能去，尽管没有罗晓莉就不热闹，还是把她舍弃了。然后在全班考上大学的二十人里挑，因为一辆面包车只能坐八个人，最后确定了八个人的名单，由小桂挨家挨户去通知。还要买食品和饮料。买不买酒？两人争执了一番。小桂说祭死人一定要有酒，于是决定买些甜酒。这也由小桂去办。白思弘说，她来当营业员，这算她办的头一件事，他回去跟爸爸说，开工资就从今天算起，小桂却说她情愿白尽义务，哪天正式上班哪天才拿工资。操办的是追悼会，两人却欢声笑语，谈到十一点。

送走小桂，白思弘泡在澡盆里痛痛快快地洗了个热水澡，蓦然觉得这一天过得很有收获，非常愉快。他哼着不成调的流行歌曲从澡盆里爬出来。穿好衣裳，对着大玻璃镜仔细地端详了一番自己的脸，做出了各种表情和怪样，从左和右的各个角度，都对自己的面孔感到满意。于是他觉也不睡了，跑回了家。

"咋啦？小子，怎么不住高级宾馆啦？"他爸爸略带嘲讽地问。

"我的文章写好了。"他一本正经地回答。

"你小子这会儿跑回来，把房退了没有？"

"忘了。"

"咻！真是个败家子。"他爸爸很高兴地骂他，"今儿退房只算半天，明天我去结账，就要给我算一天了。懂不懂？"

第十一章

31

洋马早已把徐银花投水的地方打听好了。他坐在驾驶座旁边,指挥着司机一直朝河边开去。

出了县城,田野上一片透明的绿色。盛夏时节,水稻的穗齐刷刷地铺天盖地。在阳光下,穗也像是透明的,随风摇曳的仿佛不是它的外壳,而是里面的浆汁。整个世界是飘荡的绿。绿的空气和绿的风。飞的鸟也像是绿的。挺拔的白杨树梢,响着清脆的绿鸟的聒噪。眼前一条曲曲弯弯的土路,被路边的猪耳菜、芨芨草、马兰花、苍耳子和苦蔓覆盖着,于是也成了绿色的路。

一辆米色的面包车在绿的路上奔跑。

一车年轻人个个都想笑。明明知道这是次野游的机会,所以个个都很开心。尤其是旗旗,刚刚从家里解放出来,她本来要提议"我们唱支歌吧",可是想到这次去河边的目的,又憋住了。她掉过头,看看每个人的脸,脸上都堆满沉重的微笑,表情复杂。

图图也来了。上车的时候,他对白思弘说:"你组织的这次活动很有意义。你没邀请我,我也要参加。车上坐得下吧?"

小云笑着说:"你们听图图的话多像他爸爸,'组织的活动很有意义!'行啦,你可以当第五梯队的接班人啦。"

图图说:"你别把我跟我爸爸扯到一块儿。我说的很有意义跟我爸爸的很有意义完全是两回事。我要当接班人,也要靠选举,不靠他们提拔!"

鲁卫平笑道:"你的话使我想起《威尼斯商人》:'幸亏尊驾在她(他)的背后说这样的话,否则府上一定要吵得鸡犬不宁了。'"

白思弘看着图图是跟宝宝一块儿到集合地点——宾馆门口来的,有点不是滋味。现在这句优雅的俏皮话又被鲁卫平抢先说了,心更不甘。但他还是大度地做了个礼让的手势,照《威尼斯商人》的语言说:"欢迎欢迎。请上坐,殿下。"

等了一会儿,四眼和赵小兵没来,大家说他们成了"失踪的男中学生",一齐嚷嚷马上开车。只有洋马的表情带着真正的沉重,仿佛今天他一下成熟了许多。他默默无语地搬食品塑料袋,搬饮料箱子。白思弘出钱,他出力。

车开到岸,土路融化在印满羊蹄的草滩之中。洋马首先跳下车来,领着一群人走下堤坡,到一座渠口的水泥闸门上面,他指了指脚下:"就是这儿!"

闸门关闭着。一条笔直的大渠露出渠底,湿漉漉地闪着黄色的辉光。渠底有一道道鱼鳞般的波纹,似乎凝固的黄土仍在流动,越流越细,流到一片碧绿当中便消失。渠口的另一面,河水无情地在闸口回旋,呵呵作响。就是这个回旋吞食了一个年轻的生命。但河水还是毫不动容地淌着,漩着,宽阔的河身还是这么平静,安详。既没有咆哮起来,也没有下陷或涌起巨大的浪花。河还是河。水上连一点记号都没有。不用说一个人,就是一千个人、一万个人跳进去,它还是这样。

一群年轻人这时才肃穆起来。女学生不自觉地退缩在后面,怀着一丝恐惧,瞪着深不可测的回旋的某一个点。鲁卫平暗暗后悔跑了来。

如果不是白思弘的面子，她是不会来的。不是说她缺乏人情，而是她最怕看死人。在书报杂志上她看到"尸体"、"死尸"、"鬼魂"等等词手指都不敢去碰。这时，她仿佛就看见徐银花浮在水面上，像一片碧绿的，还没有到秋季便落下的叶子。小云心里也在打战，她还清楚地记得徐银花在晓莉家，谈她自己的理想。她想当官，她想改变自己的命运。而在这里，死去的不只是一个人，还有一个梦想。从此，她认识到梦想是脆弱的，比人的肉体脆弱得多，遂又回到千古不变的老话：活着是首要的；好死不如赖活着！肉体总是梦想的载体。也许她以后遇到那么多情感上的挫折，遇到两次婚变居然能处之泰然地写回忆录，和这次祭奠不无关系。宝宝外表冷冷的。她自然不会知道这是白思弘为了表现他不"自私冷酷"，可说是专为她操办的。所以对白思弘此举很感意外，同时也对他有了些许的好感。但即使是知道了，她也会原谅他的。两天以前她在家里经历了一次小小的风波。她妈妈从北京回来，找她很严肃地谈了一次。幸亏她考上了大学，不然这顿训斥肯定更为声严色厉。原因是小姨虽然当时没有写信告诉她妈妈，可是这次却当面告诉了，揭露了她和"那个人"的秘密。小姨无疑是出于一片好心，却在宝宝年轻的心中把对人的信任摧毁了。宝宝决定从此把什么话都闷在肚里，不管它发霉也罢，发臭也罢，凡是两个人知道的事就绝不会是秘密。正因为这事已经成为过去，所以再当回事翻出来亮开就更扎她的心。而在哀伤之余，由于对于人的失望也就产生对于人的原谅，由于对于人的失望竟也能产生出一种宽容的精神。她答应来，还把图图拉来参加，是怀着对白思弘的内疚的。是不是我对他太苛刻了？批评他的话太刻薄了？从小人物直到叱咤风云的大人物，都曾有某种虚伪，难免也有冒名顶替，把过失推给人家，把功劳归为自己的时候。报纸上不是时有揭发吗？可是，一个人倘若一辈子虚伪地做好事，一辈子虚伪地有利于人，这个人也不失为一个好人了。这是一种后天的宽容精神，一种弹性的宽容精神，一种淡灰色的宽容精神，因而绝对是一种成人型的宽容精神。人生的路还长，并且路又窄，没有人与人之间的宽容，路上就更挤了。

追悼会是白思弘发起的，但他却不知怎么主持。大家在闸口上沉默了一会儿，小桂终于忍不住问，"怎么开始呢？"她前些日子还想要跳河，现在如果有人把她推下去她肯定会大喊救命。她的工作已经有了着落。白思弘的爸爸允许她住在商店里，从此脱离了她的后妈。今天她比旗旗还要轻松。

图图不愧为"殿下"，他站出来说："你们忘了？苏轼的《赤壁怀古》里写的，'一樽还酹江月'，首先，我们倒杯酒下去，算是我们对死者的祭奠吧。"

于是洋马拎来一瓶红葡萄酒，但这帮成熟的淘气鬼却忘了带杯子，只带了吸管。大家就说这么倒吧。白思弘手抖抖索索地把瓶口朝下。他觉得这会儿他很庄严，可是又很害怕。他以为徐银花真的在水下张着嘴等他的酒哩。还没倒进水里几滴，手一松，一瓶酒整个儿掉了下去。

白思弘倒酒的时候，洋马在向大家介绍，徐银花的衣服挂在哪棵树上，鞋子摆在哪里。这都是一个放羊的老汉给他说的，千真万确。等酒瓶子掉进河里，翻了两番，竟从下游不远处冒了上来，黄水里有一团淡淡的红色，向四周扩散，瓶子直直地竖在水上，鲁卫平第一个受不了了，尖叫一声就向堤坡上爬。小云和旗旗也跟着争先恐后地撤退。图图无奈地说，好了好了，大家都到堤坡上去吧。

几个悼念死者的女学生被竖在水面的酒瓶吓得心惊胆战。在阒无人迹的河边，前面是茫茫的河水，周围是野草萋萋的荒滩，几个女生叽叽喳喳地挤在一堆,还招呼三个男生围在她们身边。图图暗自懊丧,觉得这几个女同学破坏了追悼会应有的气氛。今天他来,是准备在徐银花跳河的地点发表一篇演讲的,他甚至连结尾都想好了,就用狄更斯的《穷人的专利权》最后一句,"什么'文件夹主管',还有'封烫火漆主管',那一帮子人都非得废除不可,英国已经叫他们给愚弄糟蹋够了。"这一段在语文课本上有。大家都会懂的。在路上,他就慷慨激昂地对宝宝说,法国在一次车祸中死了几十个儿童,全法国下半旗志哀,总统亲自主持悼念仪式。咱们县上死了一个学生,还是自杀死亡的,却无人过问。大街小巷嘀嘀咕咕,当作茶余酒后的消遣,而社会却不问自杀的原因,研究社会问题的机构也视若无睹。他说他爸爸知道了,虽然叹了口气,但总结的两个字却是"胡闹"。他跟他爸爸争鸣,说应该重视生命的价值,县上至少应该对死者有所表示。而他爸爸吼道,毛主席早就说过,"死人的事是经常发生的",是免不了的。倘使县里每死一个人县委都要去追悼一番,县委就成了殡仪馆,再甭想干正事了。你想去寄托你的"哀思",你去你的!他口头上说他的一切和他爸爸无关,其实心理上是不可能割离开的。他来,就是要跟他爸爸对着干,但也隐隐地有点"官方代表"的意思。可是,现在这些女生尽说鬼话,什么那瓶子下面有徐银花托着,什么水上冒出了血等等,把他发表演讲的兴致也冲个净光。他觉着无聊,讪讪地问白思弘:"你怎么想起来追悼徐银花的呢?"

白思弘瞥了宝宝一眼。"这还不是小桂提醒我的。"他老实说,"那天小桂跟我谈了她的经历,我才知道我们同学中间,每个人都有一段特殊的生活,才想到徐银花。我们在小说上,在电影上看到过很多悲剧,其实悲剧在我们身边就有,在我们同学中间就有。"

白思弘这番话使大家很感惊异,尤其是女生,都用亮晶晶的眼睛瞅着他。鲁卫平头一个赞叹道:"嚯,我们的白公子变得真伟大!"语气虽然有些讥讽的味道,但又是由衷而发的。白公子美滋滋地红着脸,再次向宝宝偷看了一眼。宝宝也在对着他微笑。不过他没有在微笑里看出其他的意思来,又些许感到失望,随即把眼睛转向滔滔的河面。

洋马不动声地翕动了几下嘴唇和下巴颏儿,他本想揶揄鲁卫平一句,"到底是'名人名言'说出了'名人名言'",又想说,"我们不要忘记还有个王文明",可是两句话挤在一起,反发不出声来了。他牙齿战战地继续喝他的汽水。

旗旗不愿冷落洋马,向洋马笑道:"洋马考上了师院,他将来要当老师,真不能想象洋马当了老师是什么样子。"

鲁卫平像大姐似的说:"洋马要当老师,可得把你那油嘴滑舌的腔调改一改。"

洋马把汽水瓶放下来,也笑着说:"我也不知道应该改的是我,还是咱们的高考制度。其实,我是进工厂的一块好料。我还爱到工厂里去干,最好让我将来当个技术员或车间主任什么的。"

于是,大家便议论开这次高考和对未来大学生生活的憧憬。小云很兴奋,以为大城市的大学生活一定在她面前展开的是一个新的天地,旗旗还是那个话,她说她已经上过大学了。真正的大学只能教她啃书本,教不会她别的什么经验。宝宝推测,她离开这么一个土土的县城,不知道将来会想它,还是根本不想它。鲁卫平仍然用团委委员的口吻说,现在教育制度正面临着改革,教学方法当然也要顺应'四化'的要求而改进,她坚信他们上大学是遇到了最好的历史时机。图图最近染上了爱说"有分量"的话的癖。实际上,他才是电视上"名人名言"节目的忠实观众。他的日记里记了大量的格言和警句,并且可以将句子拆开来,随手搭配成自己的见解。这时他又思潮起伏,侃侃地说:

"老实说，大学只是为社会培养各种人才的地方；它制造的是社会需要的各种零配件。它并不负担培养优秀人物和英雄的任务。教育改革不改革，就是那么回事。让·雅克·卢梭和伏尔泰，都是用很原始的教育方法教育出来的；狄更斯还挨过老师的教鞭哩。咱们的林则徐、孙中山，哪个不是像三味书屋那个老冬烘先生教出来的？所以，要想成为优秀的人物和英雄，完全靠自己，不是靠改革以后的教育制。"

大家都认为他说的对，可是又觉得茫茫然，仿佛未来依然悬而无决，无形中给自己又加了负担。但年轻人本能地不愿自寻烦恼。七个男女同学在河边的柳树林里一直耍到太阳偏西，把个追悼会真的变成了联欢会，直到出租汽车司机在河岸上直揿喇叭，才尽兴而归。

走的时候，白思弘说所有的空瓶子都不要带了，丁零咣啷地不好往河岸上拿，全丢到河里算了。于是每人都拎起几个瓶子朝大河里扔，看谁扔得远。扔到河里的瓶子，都是直直地竖着向下漂走的。唯独小云扔的一个瓶子，掉在水泥闸口上摔得粉碎。

小云的心头罩上了一层阴影，以为这是一个不好的预兆，在回去的路上她一直噘着嘴。可是她仍然活到了七十岁。虽然在未来的长寿社会中她不算高寿，但也不能算夭折。

写于书中的人物上大学、工作、死亡
和住院一个多月之后的 1986 年 10 月